THE ⓧ FILES

X-파일 비망록

N. E. 가인즈 지음 / 한 경 훈 옮김

한경북스

옮긴이의 말

X파일(The X-Files)은 분명 매우 오락적인 요소를 담고 있는 극이다. 과연 X파일이 추구하고자 했던 것은 무엇이었을까? 순전히 시청자들의 시간 때우깃감으로 제작되었을까? 분명한 것은 일반 시청자들뿐만 아니라, UFO와 관련 있는 사람들에게도 상당히 인기가 있다는 사실이다. 결정론적인 사고방식에 물든 현대인들이 대부분 애매하게 끝을 맺는 이 극에 관심과 애정을 보이고 있는 이유는 무엇일까? 다시 말해 어떻게 보면 시작도 결론도 없는 극에서 우리는 무엇을 느끼고 있는 것일까? X파일은 철저하게 그 결론을 시청자에게 위임하고 있는 듯하다.

어떻게 보면 우리는 문화가 상실된 시대에 살고 있는지도 모른다. 어린 시절 간직한 소중한 기억과 추억이 현대 문명이라는 거대한 흐름에 파묻혀져 있는지도 모른다. 그간 우리에게 다소 생경했던 UFO는 차치하고라도 귀신이나 설화나 신화 같은 이야기에 우리는 더 이상 마음을 열어두고 있는 것 같지 않다. 오히려 과거에는 교육적인 측면의 하나로 여겨졌던 이러한 이야기들이, 이제는 청소년들의 현실 도피적인 소재가 되어버린 것도 척박해진 우리네 마음의 반증일는지도 모른다. 이러한 시점에서 X파일은 우리에게 신선한 충격을 던져주고 있는 것 같다. 미래의 두려움을 적절하게 노정시키고, 과거의 심층적 기억도 적절하게 표면화시키면서 현실이라는 시점에서 이야기를 전개시키고 있는 듯하다. 결국 이 극을 보는 순간 과거도 미래도 아닌, 현실이라는 동시대성을 느끼게 함으로써 극에 대한 관심을 증폭시키고 있는 듯하다.

저자의 말대로 공상과학적인 요소만 있는 것도 아니며, 탐정이나 경찰 이야기만도 아니고, 또한 추리적인 요소만 있는 것도 아닌, 오히려 이 모든 것을 결합한 X파일은 결과적으로 더욱 까다로워지기만 하는 시청자들의 심리를 꿰뚫은 것이라 할 수 있겠다. 다시 말해 X파일은 물리적인 세계와 고도의 정신적인 세계 사이에서 일어나고 있는 초자연적인 현상을 다루고 있다. 과학적으로 설명할 수 없는 이러한 현상은 우리 삶의 일부분이기도 하다. 그리고 멀더라는 등장인물은 합리적인 그의 파트너 스컬리와는 달리 은폐된 진리를 찾아내기 위해 감각적이고 직관적이며 편집증적인 모습을 보인다. 멀더라는 등장인물을 그저 단순히 편집증 환자라고 가볍게 폄하할 수 있을까? 오늘날 우리 주변에는 엄청나게 많은 진실이 은폐되고 있으며, 이러한 진리를 찾기 위해서는 오히려 일종의 편집증적인 환자가 되지 않을 수 없을 것이다. 멀더라는 등장인물의 편집증은 건전한 것일 수 있으며, 또한 그러한 사람이 이 사회에 필요한 존재일 수 있다. 왜냐하면 신문이나 TV에서 전하는 말을 믿지 않는 사람들이 우리 사회에는 많기 때문이다.

X파일이 「오락과 더불어 정보를 제공하는 극(infotainment)」으로서의 역할을 충분히 하고 있듯이, 이 책은 그러한 정보에 깊이를 더해주는 역할을 한다. 즉 극이 다루는 주제에 관해 과학적인 설명과 구체적인 사례를 들어 재미를 배가시키고 있다. 극을 보지 않은 독자들에게는 다소 버겁게 느껴질 수 있겠지만, 이 책은 분명 일종의 「X파일 길라잡이」로 볼 수 있다.

사실 X파일의 원작자인 크리스 카터(Chris Carter)는, 자신은 초자연적인 현상을 한번도 경험한 적도 없고, UFO 접촉은 고사하고 목격도 못했다고 한다. 게다가 공상과학을 전혀 좋아하지 않는다고 말한다. 그런데 이러한 사람이 X파일을 만들게 된 동기는 무엇이었을까? 그는, 자신이 타고난 회의론자이기 때문이라고 답한다.

X파일에서 우리가 일반적인 외계인이라고 생각하는 「회색인」들은 인간을 실험하기 위해 피랍하는데, 이러한 얘기는 「첫출항」, 「교신」, 「녹색인간」, 「듀언 배리」, 「승천」 일화에서 엿볼 수 있다. 그리고 인간이 외계인을 되살리는 장면은 「외계 지적 생명체」에서 볼 수 있다. 그리고 「성 바꾸기」와 「군체(식민지)」와 「게임의 종말」에서는 형태를 변형하는 외계인이 나오고, 「빙하의 공포」에서는 외계 벌레, 「우주 영혼」에서는 외계인 유령, 「추락 천사」에서는 투명 외계인, 「얼렌메이어 플라스크」에서는 외계인 DNA와 바이러스를 볼 수 있다.

제작진들은 X파일을 제작할 때 보통 상담과 조언을 구하지 않는다. 또한 내부 밀고자와 같은 사람도 제작진에는 없으며, 오히려 엄청나게 다양한 자료들을 연구·검토하고 그 자료를 토대로 제작에 이용한다고 말한다. 그리고 제작에 필요한 자료와 정보를 발견했을 때, 이것을 문학적 또는 축어적인 방식으로 극에 이용하지 않고, 오히려 극을 위한 하나의 기점으로 활용하고 있다고 한다. 철저히 창작에 의존하는 X파일은 우리에게 무한의 상상력과 틀에 얽매이지 않는 사고를 원하고 있다.

우리는 X파일이라는 허구적인 매체를 통해 현실을 보고 있는 것은 아닐까?

한 경 훈

감사의 말

이와 같은 책은 훌륭한 분들의 도움 없이는 출간이 불가능했을 것이다. 그리고 나는 물심양면으로 도와준 그분들께 공개적으로 감사할 기회를 갖게 된 것에 매우 감사하고 있다.

세인트 존스 메모리얼 대학의 퀸 엘리자베스 2세 도서관과 건강학센터 (Health Science Center)의 의학도서관, 그리고 래브라도 시(Labrador City)의 레이먼드 J. 콘던(Raymond J. Condon) 기념 도서관과 자료센터의 서가에 묻혀 적절한 시기에 적절한 지침서를 만들어내기 위해 성실히 일하고 있는 사람들에게 감사드린다.

심연의 기묘함을 파헤치는 데 도움을 주었던 빅토리아와 앨버트 박물관과 브리티시 도서관의 사서들에게 감사의 뜻을 전한다.

필요한 정보와 더불어 유머 감각을 제공해준 FBI의 홍보부 직원들에게도 빚을 졌다.

자발적으로 도움을 준 멋진 요원이자 훌륭한 시민인 링 루카스(Ling Lucas)와 에드 베스네스크 주니어(Ed Vesneske, Jr.), 기이한 자료 수집에 온 정성을 기울여 도와준 패티 에디(Patty Eddy), 엘크 빌라(Elke Villa), 애드리엔 잉그럼(Adrienne Ingrum), 스티브 와이스먼(Steve Weissman), 로렌동(Lauren Dong), 크리스 파이크(Chris Pike), 로리 스타크(Laurie Stark), 그리고 나의 편집자인 웬디 허버트(Wendy Hubbert)에게 진심으로 고마움을 전한다.

  그리고 무엇보다도 지칠 줄 모르는 후원과 무조건적인 사랑, 그리고 어머니와 가정주부의 역할까지 묵묵히 해주어 언제나 맑은 정신을 갖게 해준 나의 피터(Peter)에게 감사한다.

N.E. 가인즈

머리말

꾸준한 시청률 상승, 〈TV가이드(TV Guide)〉, 〈피플(People)〉, 〈엔터테인먼트 위클리(Entertainment Weekly)〉지에 이르기까지 지면을 장식하고 있으며, 팬들의 탄탄한 왕국이 적극적으로 활동하고 있는 것을 보면 X파일이 성공작인 것만은 분명하다. 그러나 처음 시작은 하나의 도박이었다. 아니, 처음부터 X파일은 일종의 계산된 위험을 갖고 시작한 것이다. X파일이 시청자들의 고정관념을 지속적으로 서서히 벗겨내면서, 시청자들의 초점 그룹이 만들어지기까지 했다.

『그거 액션물이지?』
『글쎄, 가끔은 그렇기도 해.』
『외계인도 등장한다며, 맞아?』
『음… 그래, 가끔은.』
『거, 남자 한 명과 여자 한 명이 극을 이끈다구?』
『맞아.』
『괜찮은 극이야. 가끔씩 남성 취향을 띠지 않기도 해.』
『오, 이런….』

『일종의 「황혼 지대(Twilight Zone)」와 「G맨(역주 G-Man : FBI수사관을 칭함)」의 속성이 혼합된 극이라던데?』

『그럴 수도 있겠군.』

X파일에는 신선한 충격을 불러일으킬 만한 요소를 즉시 발견할 수 있는 인물은 없다. 못난 턱의 남자 주인공, 그다지 미끈하지 않은 각선미의 금발 파트너…. 그녀는 항상 단정한 헤어스타일을 유지하고 있다. 원작자인 카터는 등장인물의 맵시에 신경을 쓰지 않는 듯하지만 오히려 카터는 주인공에 대한 구태의 공식에 영합하지도 않았고, 심지어는 공상과학이나 공포물이라는 표지가 붙은 것과도 싸웠다. X파일의 열렬한 팬들은 이러한 장르에서 절망감을 느낄 수도 있기 때문이다. 카터는 극의 첫머리에서 극 제작을 위한 자료 제공자들에 대해 치하하고 있지만 그는 프로그램에 대해 명확하고 역동적인 비전을 갖고 있었으며, 또한 이를 굳게 지키고 있다. 『제작진들이 그의 비전을 공유했는가, 그리고 거대한 기생충과 녹색 인간을 추적하는 명석한 두뇌의 여성과 직관적인 남성의 결합이 미국인들의 마음을 사로잡았는가?』하는 물음에 대한 답은 우리가 알고 있는 그대로다. 이는 X파일이 방영되는 금요일 밤에 미국인들이 집 안에 있는지 없는지를 살펴보면 안다.

일찍이 〈엔터테인먼트 위클리〉는 『이것은 또 하나의 실패작(goner)』이라고 했다. 「하이랜더, 영원한 기사(Highlander, Forever Knight)」같은 공상적 이야기와 새롭게 개편된 「스타 트렉(Star Trek)」이 이미 미국 가정에 공세를 펼치고 있음을 생각하면 말이다. 1차 방영분의 X파일은 반듯하게 잘린 파이를 찾고 있었다. 공상과학과 공포물의 팬들 중 얼마나 많은 사람들이 그 극을 볼까? 좀더 중대한 문제는, 그 시청자들이 얼마나 변덕스러울까다. 「스타 트렉 : 그 다음 세대(Star Trek : The Next Generation)」는 예외로 치더라도, 아무리 현대적인 공상극이라 해도 X파일의 3차 방영분의 장벽을 깨지는 못했다. 그리고 방송국이 원했던 것은 「탐정, 제시카 여사(Murder, She Wrote)」가 누렸던 인기에 버금가는 그 무엇이었다. 약간은 공상과학적이고, 약간은 공포물이고, 약간은 멜로물인 것만으로는 충분하지도 적절하지도 않다. 사실 X파일은 공상과학의 형태를 따르고 있다. 이 작품의 판매 기간은 마요네즈의 보존 기간보다 더 짧을 수도 있을 것이다.

갤럽 조사에 따르면 미국인 가운데 40%는 이 우주에서 인간이 유일한 「지적 생명체」는 아니라고 생각하고 있다 한다. X세대의 습성을 보면 여전히 미스터리다. 그리고 미국인들은 뉴에이지(New Age) 사상의 막연한 무엇인가에 마음이 끌리고 있다. 이는 아마도 한번 정도 해볼 만한 조류라고 생각하고 있는 것 같다.

시청률이 서서히 오르고 있는 가운데 X파일 1차 방영분이 종영되었다. 너무 일찍 종영되었다는 느낌이 없지 않다. X파일이 꾸준한 성장세를 보였지만 닐슨(Neilson)은 여전히 X파일을 「중급 수준의 쇼」라고 평가했다. X파일의 팬들은 이 극이 방영되는 시간을 고대하고 있다. 그런데 2차분의 방영을 마치고 나서도 그들이 여전히 그 위치에 있을까? 마법사로 불리는 마케팅 전문가들의 얘기에 따르면 그 대답은 『그렇다』였다. 몇 안 되는 시청자들이 인구통계학의 대상이 되어가면서, X파일과 이들 팬은 무엇인가 다른 것이 만들어지고 있다는 사실을 증명했다. 102~118 사이의 시청률 순위에 올라 있는 프로그램이 계속 방영되어야 하는 이유는 무엇이었을까?

사실 X파일은 「탐정, 제시카 여사」와 같은 고전을 쫓아내지는 못했다. 그러나 X파일에는 다소의 후원자들이 있었다. 이 지지자들은 방송 장사꾼(marketer)들이 무시할 수 없는, 매우 뛰어난 자질을 갖추고 있다. 또한 X파일의 팬들은 명민하고, 충분한 교육을 받은 백인 근로자늘이 주류를 이루고 있었다. 이들은 어떤 사소한 삶의 변화를 위해 돈을 쓸 만큼 젊은 사람들이다. 이들은 방송 제작진이 이해하기 힘든 만큼, 광고업자들이 사로잡기 어려운 연령집단이다. 그런데 더욱 중요한 것은 이러한 팬들이 X파일에 관해 서로 대화를 나누고 있다는 점이었다. 이들은 사무실 한 구석의 정수기 주변에서 마치 종교적인 모임을 갖는 듯 보였다. 어떤 부부들은 주말에 사교활동을 위한 외출 전에 이 극의 녹화를 떠놓는다고 한다. 그리고 주요 컴퓨터 통신망에는 이와 관련된 그룹이 속속 등장했다. 게다가 상점 주인들은 있지도 않은 X파일 관련 상품을 찾는 고객들로 곤혹을 치르기도 했었다. 지역 방송국은 이 극의 속편 방송 시기를 문의하는 전화가 쇄도해 엄청나게 시달려야 했다. 인기가 극에 달하면서 생기는 이러한 소동은, 광고에서는 성배(聖杯)다. 그리고 X파일은 이 성배의 소유자였다.

이러한 인기가 지속될 수 있을까? 수많은 추리물의 실패가 X파일에 관심을 돌리게 하는 원동력으로 작용했을 수도 있다.

여름철 방영분의 시청률은 미전향자(역주 아직 X파일을 보지 않는 사람들)에게 뭔가 심상치 않은 일이 벌어지고 있음을 확신시켰다. 이 X파일은 재방영되었고 더 많은 팬들을 확보했다. 더욱이 제작 기술과 일화의 문학적인 배경을 논할 만큼 능력 있고 자신의 목소리를 갖춘 팬들을 확보했다. 이처럼 자기 선언적인 X파일 팬 가운데에는 대학에 적을 두고 있는 사람, 변호사, 기술자, 과학자, 저명한 예술가는 물론 FBI요원도 포함되어 있다. 아마도 팬들은 TV 역사상 서로를 확인할 수 있는 기회를 최초로 가졌으리라. 이들은 TV를 보면서 여가를 지내는 TV광이 아니었기 때문이다.

2차 방영분이 나갈 즈음 방송진이나 제작진 모두에게 특별한 도전이 대두되었다. 이 말은 적어도 좀더 넓은 시청권을 갖고 있는 팬인 시청자들의 높은 기대값을 의미하는 것은 아니다. 자신의 영역을 개척하기 위해 X파일은 공상 세계적인 프로그램의 실제적인 파멸과 맞서 싸웠다. 황혼 지대(역주 이 극은 1950년대 말 157편이 제작되었고, 1980년대 말에도 다시 제작되었다)도 다시 제작되었고, 신참격인 스타 트렉 : 보이저(Star Trek : Voyager), 시퀘스트 DSV(SeaQuest DSV), 바빌론 5(Babylon 5), 그리고 어스 2(Earth 2)도 가세했다. 공상 과학극의 영역 싸움이 시작되고 있었던 것이다.

X파일이 이러한 경쟁을 잠재울 수 있는 특장점을 찾으려고 할 때 기이한 일이 일어났다. X파일은 유명 배우를 쓰거나 최첨단 특수효과를 써서 시청자를 끌어들이는 대신에 자신의 영역을 확보하기 시작했다. 작가들은 우리를 어떻게 하면 더욱 공포 속으로 몰아넣고 혼란스럽게 할 수 있는가에 대해 골머리를 싸매고 있다. 우리가 가장 미묘한 단서와 묘사에 매달린 밀실

공포증과 같은 이야기를 각본으로 만들어가면서 말이다. 「협잡(Humbug)」, 「승천(Ascension)」, 「불가항력(Irresistible)」과 같은 일화에서 데이비드 듀코브니(David Duchovny)와 질리언 앤더슨(Gillian Anderson)은 자신들이 창출한 등장인물의 이미지를 훼손하지 않으면서도 서로 일치하지 않는 재능 영역을 보여주었다. 감독이나 제작진은 카메라 뒤에서 시청자들의 마음 속에 이들의 이미지를 강하게 심어주는 새로운 방법을 찾았다. 규칙이 확립되었다. X파일은 자신의 자리를 찾을 것이다. 이들 주인공을 침실에 던져놓는다든가, 아니면 시청자들 중에서 논리적으로 취약한 일반인들에게 호소하는 방식을 채택하지 않고서….

시청자들은 「진리는 저 곳에(The Truth Is Out There)」 같은 주제와 「헤드라인에서 밝혀진(ripped from the headlines)」이라는 표현으로 실생활에서의 미스터리에 관한 발췌를 원하고 있는지도 모른다. 그러나 사실과 허구를 정교하게 혼합해 시청자들이 극이 어디에서 끝났고, 노련한 조사가 어디에서 시작되었는지 알 수 없게 준비된 TV극은 없다. 각본, 연기, 스타일적인 요소의 흠잡을 데 없는 통합은 완벽하고 내적으로도 현실적인 요소를 갖추고 있어 아무리 X파일 일화의 내용이 기이하다 해도 팬들을 잡아두었다. 「이렇게 하면 어떨까?」라는 생각을 갖게 하면서 말이다. X파일이 만개하기 시작할 때, 즉 2차 방영분이 나가는 동안 FBI의 워싱턴 본부에서 어느 관광 안내원이 한 방문 학생에게서 『X파일을 볼 수 있을까요?』라는 질문을 받았다. FBI의 각 지국은 우편물에 쌓였고, 기자들은 X파일의 명사들과 앞다투어 인터뷰를 시작했다.

2차 방영분이 종영되었을 때 골든 글러브(Golden Glove)는 X파일을 그 시즌의 최고 드라마로 지명했다. 물론 X파일 팬들은 예상하고 있었던 일이었다. 명석한 두뇌의 소유자인 스컬리와 결점투성이의 멀더가 팬들의 상상력 —— 다양한 돌연변이와 외계인들을 동반하면서 —— 을 사로잡았던 것이었다. 1주일의 48분 동안 X파일 팬들은 자리를 굳게 지켰다. 그리고 다음 주 방영 시간을 기다리는 1만 32분 동안 「～하면 어떨까?」 게임을 즐겼다. 곧 X파일 팬들은 X파일에 애정을 갖고 모여들었다. X파일은 순풍에 돛을 달았다. X파일 팬들은 호기심, 분별력, 그리고 생래의 지능을 얻기 시작했다. 이러한 것이 X파일 팬들의 왕국에서 그 성원임을 인정하는 기이한 자격증이 되어가고 있다.

등장인물과 배우 간의 차이점을 배우는 것만으로도 연기력을 고양시킬 수 있듯이, 총체적인 만족을 위해서는 전체가 되는 각 조각을 이해할 수 있어야 한다. 이러한 목적으로 다음 쪽부터는 여러분이 알고 싶어하는 배우들을 소개할 예정이다. 아울러 우리의 두 요원들이 쉽게 펼쳤던 이론을 해부하고, 퀴즈 게임으로 당신을 성가시게 하고자 한다. 그리고 최선을 다했지만 무엇인가 빠뜨린 것은 재능 있는 사람들의 몫이다. 자, 그럼 즐겨보십시오!

N.E. 가인즈

등장인물

윌리엄 빌 멀더(William Bill Mulder)
멀더의 아버지. 전 국무부 고위 관리. 암환자와 연관이 있다. 멀더에게 「비밀 프로젝트」에 대해 말하려는 순간 크라이첵에게 암살당한다.

사만다 T. 멀더(Samantha T. Mulder)
멀더의 여동생. 1964년 1월 22일 출생. 1973년 11월 27일 사라짐(X파일 X-42053). 멀더는 정부와 함께 일하는 외계인들에게 피랍되었다고 생각한다. 사만다는 1985년 10월 다시 나타나 가족과 재회한다. 그러나 이 사만다는 수많은 복제인간 중 하나로서, 지구에 식민지를 건설하려는 외계인의 창작품이었다.

캡틴 짐 스컬리(Captain Jim Scully)
스컬리의 아버지. 1961년 쿠바 미사일 위기 때 미국 해군 대위로 복무했다. 캡틴 스컬리는 1993년 자연사했다. 스컬리 요원이 혼수상태에 빠졌을 때 환영으로 나타났었다.

마가렛 매기 스컬리(Margaret Maggie Scully)
스컬리 요원의 어머니

멜리사 스컬리(Melissa Scully)
스컬리 요원의 언니. 「뉴에이지」 사상 신봉자. 1995년 크라이첵과 라틴계 남자
에게 살해당했다. 이들은 멜리사 스컬리를 대너 스컬리 요원으로 오인하고 죽였
다.

프로하이크(Frohike)
「고독한 총잡이」의 일원. 프로하이크의 전문은 사진이며, 그룹 내의 특수 작전
지도자 임무를 맡고 있다. 그는 또한 스컬리에게 애정을 품고 있다.

바이어스(Byers)
「고독한 총잡이」의 일원. 바이어스는 매우 정교한 정보 시스템 전문가다.

랭글리 (Langly)
「고독한 총잡이」의 일원으로서 통신 전문가다. 그는 비디오 링크를 통해 보이는
자신의 얼굴을 매우 싫어한다.

리처드 매더슨 (Richard Matheson)
미 상원의원, 정보 위원회 위원. 상원에서 멀더와 접촉을 했으며, 멀더의 강력한
지지자다.

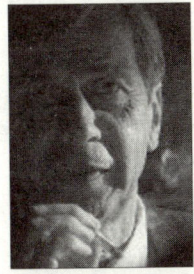

스모킹 맨(Smoking Man)
스모킹 맨은 스컬리가 X파일 부서에 배속받은 이후 그 부서의 일거수 일투족을
감시한다. 그는 정보조직과 비밀작전 부대와 접촉한다. 그는 또한 「매니큐어드
맨」이 속한 협회의 구성원이기도 하다. 스모킹 맨은 스키너 부국장의 의사결정
에 영향을 미치고 있으며, 1994년 X파일 부서를 폐쇄한 장본인이기도 하다. 그
리고 크라이첵의 상관이기도 하다. 스모킹 맨은 멀더의 부모와 매우 두터운 친분
이 있다. 특히 멀더의 아버지와는 전후 「페이퍼 클립 작전」에 함께 관여했다.

내부 밀고자(Deep Throat)
내부 밀고자는 스모킹 맨과 멀더의 아버지인 빌 멀더와 같은 프로젝트(페이퍼 클
립 작전)에 참여했다. 내부 밀고자는 멀더에게 외계인 태아가 담긴 병을 넘겨주
고 나서 「상고머리의 남자」에게 암살당한다.

미스터 X(Mr. X)

매니큐어드 맨(The Well-Manicured Man)
매니큐어드 맨은 「지구적 이익」을 위한 협회의 구성원이다. 그는 진실을 은폐하기 위해서는 거짓말과 살인도 불사한다. 그는 아마도 스모킹 맨보다 좀더 강력한 위치에 있으며, 자신이 상대하는 사람에게 공포심을 심어주는 능력이 있는 사람이다. 『도대체 무슨 일을 하는 조직이냐?』라는 질문을 받았을 때, 그는 『우리는 미래를 예언합니다. 미래를 예언하는 최선의 방법은 미래를 만들어내는 것이죠』라고 답한다.

알렉스 크라이첵(Alex Krycek)
크라이첵 요원은 1995년에 파트너가 되었다. X파일 부서가 폐쇄된 직후다. 상당히 단정한 자세를 유지하지만 수사관으로서의 경험은 없는 것 같다. 크라이첵은 스모킹 맨과 같은 조직의 사람이다. 크라이첵은, 멀더가 X파일 부서를 재개하는 것을 방해한다. 그리고 스컬리의 납치에 관여하고, 그 직후에 사라진다. 그리고 다시 나타나 빌 멀더를 죽인다. 그 직후 스컬리의 암살에 실패한다.

월터 S. 스키너(Walter S. Skinner)
멀더와 스컬리의 상관. FBI 부국장.

싱커(The Thinker)

폭스 윌리엄 멀더(Fox William Mulder)

대너 캐서린 스컬리(Dana Katherine Scully)

차 례

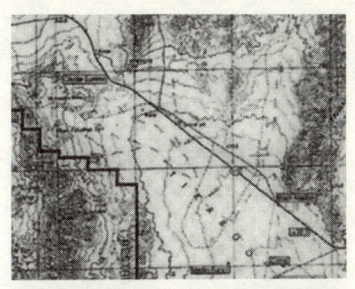

제 1·차 시리즈

내부 밀고자의 시대

초기 사건

사건번호 : X-1.01-091093

암호명 : X파일 — 첫 출항(The X-File : The pilot)

사건 개요

대너 스컬리(Dana Scully) 요원은, 이미 임무수행 중인 좀더 노련한 요원 폭스 멀더(Fox Mulder)의 업무가 FBI에 가치 있는 것인지를 평가하라는 암묵적인 지시를 받고 뜨거운 감자가 되어버린 새로운 부서로 배속받았다. 스컬리는 전에 요원 양성소에서 배웠던 것과는 전혀 다른 사건에 자신이 빠져들고 있음을 이내 깨달았다. 스컬리는 새로운 파트너 멀더의 주장에 따라 외계인 괴랍(alien abduction) 사건을 조사하기 위해 오리건 주로 향한나. 시체로 발견된 여고생이 어떻게 죽었는지는 알 수 없었다. 외계인 연관설에 대한 멀더의 주장을 내심 비웃고 있던 차에 스컬리는 먼젓번 희생자의 관을 열어보고 인간의 육신이 아닌 것을 발견하고, 무엇인가 색다른 생각을 하게 된다. 이 때 멀더는 어린 시절 자신의 여동생이 외계인에게 피랍되었다는 사실을 말한다. 스컬리는 비로소 진실을 찾고자 하는 멀더의 강박적 행동을 이해하게 된다. 의혹의 화재가 발생하고, 무덤에서 발굴된 시체가 사라지고, 비협조적인 검시관의 딸이 필사적으로 도움을 요청했을 때 스컬리는 이

지방의 법집행관들이 어떤 위험스러운 비밀을 숨기고 있다는 것을 확신한다. 멀더와 스컬리는 혼수상태에 있는 보안관의 아들이 이 비밀의 실체임을 믿는다. 이 사건은 이들 새로운 팀을 시험하게 될 최초의 사건이다.

심층적 배경

40초 간의 호기심

느닷없이 시작한다. 당신이 갖고 있는 제품이 텔레비전이든, 양모제(養毛劑)든, 아니면 최신 추리소설(suspense novel)이든 간에, 이것들을 팔 수 있으려면 당신은 우선 고객의 주의를 사로잡아야 한다. 대다수의 방송 프로그램보다 더 강력한 반향을 불러일으키며 방영되는 48분 간의 「X파일(The X-Files)」은 진심으로 조언을 받아들인다. 심지어 이 방송 프로그램을 위해 자료를 제공해준 사람들에 대한 감사의 문구도 설명이 필요한 듯 보이는 합성사진(montage of image)으로 당신을 끌어당기고 있다.

방영을 시작하면서 원작가, 극작가 및 제작자, 감독, 주연 배우 및 특별 출연자(guest star)들의 이름이 화면을 감싸듯 올라가는 약 40초 동안 X파일은 시청자들에게 10장의 영상을 슬라이드처럼 내보낸다. X파일을 이끄는 등장인물은 단지 몇몇 사람에 불과하다. 첫번째 영상이 망막에 맺히기도 전에 또 다른 영상이 주의를 끈다. 흉가를 연상시키는 으스스한 배경음악이 호기심을 자아내는 영상과 멋지게 조화를 이루면서 방송 프로그램 제공자들을 위해 적절한 배경을 제공한다. 동시에 이 극을 만든 사람들은 이 독창적인 프로그램이 개발한 주제를 다루고 있다.

만약 여러분이 어쩌다가 이 TV시리즈를 모두 보지 못했거나, 전혀 본 적이 없고, 그리고 X파일의 팬들을 포함하고 있지 않은 친구 집단들의 속성을

> **목격자 증언**
>
> 그런데 스컬리, 누구 때문에 이처럼 사소한 것에 얽매이고 있는 거예요?
> —멀더, 「X파일 : 첫출항」에서

띠는 통계수치를 무시하려 한다면——한 구석에 가려진 비행접시와 「FBI 사진 판독」이 압도하는——극의 시작을 알리는 영상(the opening image)은 여러분이 기괴한 무엇인가를 발견하게 될 것임을 말해주고 있다. 이것이 FBI에 관한 것이든 미확인 비행물체(UFO)에 관한 것이든 간에 말이다. 또는 둘 다일 수도 있지 않을까?

화면에 계속 뿌려질 나머지 영상이 무슨 뜻을 내포하고 있는지 알고 싶지 않다면 그다지 오래 생각하지 않는 편이 나을 것이다. 레이 라인(역주 lei lines, ley lines : 흙점을 칠 때 그 에너지로 인해 형성되는 선으로서 땅 위에서 소용돌이 형상을 한다. 자기장과 다를 바 없다. 그러나 자기

> 데이비드 듀코브니(David Duchovny)는 극중 등장인물인 멀더와는 달리 해바라기 씨를 좋아하지 않았다. 반면에 원작자인 크리스 카터(Chris Carter)는 이를 매우 즐겨 먹었다.

장은 좀더 실질적인 것이다)이나 집게 손가락에서 기이한 빛이 뿜어져 나오는 배경의 레이더망에 잡힌 빛이 있었나? 구멍이 숭숭 뚫려 그 곳에서 발광하는 공은 무엇이란 말인가? 대체 「정부가 부정하는 지식」은 무엇에 관한 것인가? 비록 시작될 때 나오는 자료 제공자들에 대한 찬사가 일종의 정보를 제공하기 위한 의도였다 할지라도(길드적인 체제를 만족시키면서), X파일의 합성사진은 오히려 대답보다는 좀더 많은 질문을 하는 듯하다.

가장 오랫동안 화면에 남아 있는 영상은 붉은색조의 뼈로 이루어진, 부드럽게 발광하는 푸른색 손일 것이다. 키얼리언 사진술(Kirlian photography)의 양식화된 사진 회상법은 한때 심령적인 오라(psychic aura) 가운데 하나의 증거물로서 환영을 받았었다. 이것은 분명 X파일이 신비스러운 UFO와 관련된 분야임을 밝히는 전형적인 극임을 나타내고 있기는 하지만, UFO와 관련된 주제보다는 상당히 인간적인 모습을 띠고 있다. 떨어지는 하얀 실루엣——여타의 고전적인 초자연적 분야에서는 임사체험(near death experience)을 암시하는——은 「저승의 문(One Breath)」, 「게임의 종말(End Game)」, 「죽음의 침묵(Død Kalm)」과 같은 사건 이래로 스컬리와 멀더가 결합되었을 때 기대했던 것보다도 더욱 잘 어울리는 것이 되었다.

정전 발전기(electrostatic gener-
ator) : 최근의 라바 램프(lava
lamp)

그리고 구멍이 뚫린 작은 공은 또 다른 충격적인 영상이다. 아이들만큼이나 어른들에게도 상당한 흥미를 불러일으키지만, 이것은 분명 과학적인 영역 안에서 전개된다. 이것은 멀더의 산발적인 이론에 버금가지는 않는다 할지라도, 스컬리로서는 전혀 포기할 생각이 없는 영역이다.

시청자들은 X파일의 사건을 좀더 재미있게 즐기려면 적극적으로 머리를 써야 한다. 우리로 하여금 자료 제공자들에 대한 찬사에 미더움을 갖게 하고, 뒤엉킨 연방정부의 정책에 우리를 끌어들이고, 우리를 위협하기도 하고 호기심을 자아내게 하려는 원작자들을 신뢰할 수는 있지만, 이들 자료 제공자에 대한 찬사에서 제기되는 유일한 의문이 하나 있다. 이는 아마도 우리가 절대 그 답을 찾을 수 없는 것일지도 모른다. 멀더와 스컬리의 서명이 너무 닮은 이유는 무엇인가?

> 스컬리는 커피를 마실 때 크림 한 스푼만 넣어 마신다.

X파일의 항해 일지

X파일에는 대부분의 연속극처럼 매주 작가가 생각해낸 등장인물의 이력이나 배경이 되는 줄거리 등을 유추할 수 있는, 일종의 준칙이 되는 권위 있는 서적이 없다. 이러한 서적은 작가들의 창작력을 마비시키고, 「X파일」이 어떤 틀과 관계되는 한 제작진은 그들의 기억에 의존하게 된다. 결국 매주 프로그램의 내부적인 구체성을 유지하기 위해 작가인 카터의 지도와 몇 안 되는 프리랜서 작가들에게 의존하게 된다.

어떻게 보면 그러한 것이 좋은 작품을 만들어낼 수 있는 듯싶지만 작가들은 숫자보다는 어구에 집착하는 경향을 보이기 때문에 얼토당토 않는 모순이 X파일의 내부적인 항해일지에 끼여드는 경우가 있는데, 이는 그리 놀랄 만한 일이 못 된다. 듀언 배리(Duane Barry) 손에 스컬리가 유괴된 후 그녀

> 이 일화에서 멀더는 스컬리에게 레이 소메스(Ray Soames) 양의 시신을 검시해줄 것을 요청한다. 소메스의 비석이 향후 전개될 일화 중 엉뚱한 시골마을에서 나타난다. 주의를 갖고 지켜보시오!

가 얼마나 오랫동안 실종되었는지 궁금하지 않은가? 아니면 한 사건을 종결하는 데 걸리는 시간은 어느 정도였나? 스컬리와 멀더라는 재미난 등장인물이 전혀 개인적인 생활을 하지 않는 듯이 보이는 이유는 무엇인지 의아하지 않은가? 열의를 갖고 다음의 항해일지를 따라가라. 이 항해일지는 아마도 하나의 준칙이 될 수도 있을 것이다.

시간	주요 사건
1960. 10. 11	멀더 출생
1964. 1. 22	여동생인 사만다 T. 멀더(Samantha T. Mulder) 출생
1964. 2. 23	스컬리 출생
1973. 11. 27	멀더의 여동생 사만다가 집에서 피랍됨. 멀더는 그 당시 자신의 나이가 12살이라고 주장하지만 그는 분명 13살이었다. 미안하군….
1988. 10~12	멀더는 콴티코(Quantico)를 졸업하자마자 곧바로 폭력범죄국(Violent Crimes Section : VCS)에 배속된다. 여기에서 그는 연쇄 살인범 몬티 프롭스(Monty Props)의 체포에 기여한 논문을 쓴다.
1989. 9. 16	존 어윈 바넷(John Irwin Barnett) 옥사(獄死). 그는 멀더가 맡은 맨 처음 사건의 피의자였다.
1992. 3. 7	특별 수사관 스컬리가 FBI의 X파일 부서에 배속되어 멀더와 합류함.
1992. 3. 22	스컬리와 멀더는 자신들에게 부여된 최초의 사건(사건 번호 X-1. 01-091093)을 15일 후에 종결함.
일시 모름	사건 번호 : X-1.02-091793, 「내부 밀고자(Deep Throat)」
1993. 7. 23	사건 번호 : X-1.03-092493, 「압착(Squeeze)」. 스컬리와 멀더는 툼스

쉬운 문제 : 각 1점

1. 동료들이 멀더에게 다소 경멸적인 별명을 지어주었다. 무엇인가?
2. FBI에 들어오기 전에 스컬리의 직업은?
3. 멀더가 가장 좋아하는 스낵은?
4. 멀더의 이름은?
5. 실종된 멀더의 여동생 이름은?

어려운 문제 : 각 2점

6. 스컬리 요원이 좋아하는 속옷은 면인가 실크인가?
7. 이 극이 시작할 때 독특한 메시지가 뜬다. 무엇인가?
8. 멀더는 1988년 연쇄 살인범 체포에 도움을 주었다. 그 살인범의 이름은?
9. X파일 부서 사무실에 붙어 있는 UFO포스터에는 어떤 문구가 쓰여져 있나?
10. 스컬리의 학위논문 제목은?

(Tooms)를 정신병자 수용시설에 유치한다.

1993. 8. 9	사건 번호 : X-1.05-100893인 「저지 공원의 악마(The Jersey Devil)」가 「교신」에 앞서 방영되었지만 X파일의 내부 방침에는 「교신」이 내정되어 있었다.
1993. 8.26	사건 번호 : X-1.04-100193, 「교신(Conduit)」
1993. 9.26	X파일 팀은 사건 번호 : X-1.06-102293으로 「어둠의 그림자 (Shadows)」를 할당했다.
1993.10. 5	「어둠의 그림자」 종결
1993.10.24	멀더와 스컬리는 「컴퓨터 유령(Ghost in the Machine)」에서 다른 유형의 외계인을 접한다. 사건 번호 : X-1.07-102993
1993.11. 7	사건 번호 : X-1.08-110593, 「빙하의 공포(Ice)」 수사 시작.
1993.11.11	「빙하의 공포」 종결. 멀더와 스컬리는 검역 격리기간 중이었다.
일시 모름	「우주 영혼(Space)」, 사건 번호 : X-1.09-111293
일시 모름	「추락 천사(Fallen Angel)」, 사건 번호 : X-1.10-111993
일시 모름	「이브(Eve)」, 사건 번호 : X-1.11-121093
일시 모름	「불의 사나이(Fire)」, 사건 번호 : X-1.12-121793-11214893
일시 모름	「바다 저편에(Beyond the Sea)」, 사건 번호 : X-1.13-010794
일시 모름	「성 바꾸기(GenderBender)」, 사건 번호 : X-1.14-012194

일시 모름	「나사로(Lazarus)」, 사건 번호 : X-1. 15-020494
일시 모름	「마음은 청춘(Young at Heart)」, 사건 번호 : X-1. 16-021194
일시 모름	「외계 지적 생명체(E. B. E)」, 사건 번호 : X-1. 17-021894
1994. 3. 7	스컬리 요원이 X파일 부서에 배속된 지 1년째 되는 날. 「기적의 사나이(Miracle Man)」, 사건 번호 X-1. 18-031894 수사 개시.
일시 모름	「늑대 인간(Shapes)」, 사건 번호 : X-1. 19-040194
일시 모름	「암흑의 유혹(Darkness Falls)」, 사건 번호 : X-1. 20-041594. 이 사건과 또 다른 네 개의 사건이 3월 7일~3월 27일 사이에 완성되었다는 것은 믿기 어렵다. 스컬리와 멀더가 부상당해 입원 중이었음을 고려하면….
일시 모름	「툼스(Tooms)」, 사건 번호 : X-1. 21-042294
1994. 3. 27	「환생(Born Again)」, 사건 번호 : X-1. 22-042994-40210 수사 개시.
1994. 4. 19	멀더는 「환생」 사건의 최종 결론을 자신의 현장 노트에 적어놓았다.
1994. 4. 25	「롤랜드(Roland)」, 사건 번호 : X-1. 23-050694
1994. 5. 8	「얼렌메이어 플라스크(The Erlenmeyer Flask)」, 사건 번호 : X-1. 24-051394
1994. 5. 11	X파일 부서 폐쇄.
1994. 8	X파일 부서 재개.
일시 모름	「녹색 인간(Little Green Man)」, 사건 번

해답

1. 겁쟁이(Spooky).
2. 의사.
3. 해바라기 씨. 그의 아버지와 나누어 먹던….
4. 폭스(Fox).
5. 사만다(Samantha).
6. 실크.
7. 「다음 이야기는 문서화된 실제 사건에 영감을 받았다.」 여기에서 『영감을 받았다』라는 표현이 핵심단어인데, 이는 에드거 후버 빌딩 지하에 X파일 부서가 있었음을 믿도록 의도한 것은 결코 아니다. X파일은 실제 FBI의 부서가 아니다. 실제 X파일은 없다. 그리고 각 일화의 사건은 현실에 기초를 두고 쓰여진 것이다. 이 극은 순수 오락 프로그램이다.
8. 몬티 프롭스.
9. 「I Want to Believe.」
10. 「아인슈타인의 쌍둥이 역설 : 새로운 해석」.

점 수 : _____

호 : X-2. 01-091694

일시 모름　「숙주(The Host)」, 사건 번호 : X-2. 02-092394

일시 모름　「유혈 살인(Blood)」, 사건 번호 : X-2. 03-093094

일시 모름　「수면 불능(Sleepless)」, 사건 번호 : X-2. 04-100794

일시 모름　「듀언 배리(Duane Barry)」, 사건 번호 : X-2. 05-101494

일시 모름　「승천(Ascension)」, 사건 번호 : X-2. 06-102194

일시 모름　「3」, 사건 번호 : X-2. 07-110494

일시 모름　「저승의 문(One Breath)」, 사건 번호 : X-2. 08-111194

1994. 11. 11　「화산 탐사 로봇(Firewalker)」, 사건 번호 : X-2. 09-111894 사건 발생.

1994. 11. 13　「화산 탐사 로봇」 사건 종결. 멀더와 스컬리는 30일 간 검역 격리수용됨. 멀더와 스컬리는 11월 14일 새로운 사건을 맡기 전에 어떻게 수많은 사건을 3일 안에 해결했는지….

일시 모름　「피의 신전(Red Museum)」, 사건 번호 : X-2. 10-120994

일시 모름　「악령의 요양원(Excelsis Dei)」, 사건 번호 : X-2. 11-121694

일시 모름　「오브리 마을(Aubrey)」, 사건 번호 : X-2. 12-010695

1994. 11. 14　「불가항력(Irresistible)」, 사건 번호 : X-2. 13-011395 발생, 그리고 해결. 「화산 탐사 로봇」 사건으로 인해 검역 격리기간 중에는 빠져나오지 못했을 두 요원이 해결함. 나머지 29일 실종.

일시 모름　「악마의 손(Die Hand Die Verletzt)」, 사건 번호 : X-2. 14-012795

일시 모름　「생사의 경계선(Fresh Bones)」, 사건 번호 : X-2. 15-020395

1995. 1. 16　「군체(Colony)」, 사건 번호 : X-2. 16-021095

1995. 2. 3　「게임의 종말(End Game)」, 사건 번호 : X-2. 17-021795

일시 모름　「공포의 대칭(Fearful Symmetry)」, 사건 번호 : X-2. 18-022495

일시 모름　「죽음의 침묵(Død Kalm)」, 사건 번호 : X-2. 19-031095

일시 모름　「협잡(Humbug)」, 사건 번호 : X-2. 20-033195

일시 모름　「칼루사리(The Calusari)」, 사건 번호 : X-2. 21-041459

일시 모름　「이매스큘래타(F. Emasculata)」, 사건 번호 : X-2. 22-042895

1995. 3. 17　「부드러운 빛(Soft Light)」, 사건 번호 : X-2. 23-050595. 멀더의 주장에 따르면 밴턴(Banton)의 첫번째 희생자는 3월 17일 사망한 것으로 알려짐. X파일 팀은 5주 후에 사건현장에 도착. 「부드러운 빛」은

공식적으로 「외계인 사건」 이후인 4월 21일 발생된 사건임.

1995. 3. 31   제3의 「부드러운 빛」의 희생자 사망.

일시 모름   「우리 마을(Our Town)」, 사건 번호 : X-2.24-051295

1995. 4. 10   「외계인 사건(Anasazi)」, 사건 번호 : X-2.25-051995

암호명 : 내부 밀고자(Deep Throat)

사건 개요

최고의 영예 훈장을 받은 비행사가 엘런스 공군기지(Ellens Air Force Base)에서 극비 시험비행을 한 후 실종되었다. 실종된 공군 비행사의 부인이 FBI에 전화를 걸었을 때 스컬리와 멀더는 비행금지지역에 위치한 공군기지의 막강한 저지공작에 부딪치게 된다. 내부 밀고자로 알려진 정보 제공자의 경고에도 불구하고 멀더는 공군기지 상공에서 유영(遊泳)하는 이상한 빛의 정체가 무엇이며, 누가 그러한 빛을 내고 있는지 알고 싶었다. 그리고 실종된 비행사가 어떻게 조종방법을 잊을 수 있는지도 알고 싶었다. 멀더가 기지 잠입에 실패해 체포된다. 그리고 멀더가 기지 안에서 본 기억이 누군가에 의해 지워진다. 멀더의 운명은 스컬리가 수사관으로서 지켜야 할 규약집(rule book)을 무시할 수 있는가에 좌우된다.

심층적 배경

51 지역 — 금지구역

정부가 발간하는 지도에서조차 그저 단순하게 「51 지역(Area 51)」이라고만 표기된, 이상하리만치 특징 없는 부분이 있다. 지도에는 모든 강의 지류가 이 지역 경계선에서 끊겨 있고, 지역 내부에는 도로가 전혀 표기되어 있지도 않다. 그 지역의 지세는 한결같이 평면이다. 조금 깊이 있게 알아보면 이 51 지역은 최고의 보안시설이 갖추어진 넬리스 공군기지(Nellis Air Force Base)의 관리 아래에 있는 실존 지역임을 알 수 있다.

이 일화에서 엘런스 공군기지라 불리는 가상의 연구시설처럼 51 지역은 섬뜩할 정도로 보안시설이 철저한, 아무 가치 없는 땅이다. 그러나 51 지역과 넬리스 공군기지는 실제 존재한다. 많은 사람들은 이 곳을 바로 뉴멕시코의 로스웰에서 추락한 비행접시 잔해를 발견할 수 있는 장소로서 믿고 있다.

> **목격자 증언**
>
> 충분히 많은 것을 알고 있는 지위에 있는 사람이라고 해두지.
> — 내부 밀고자, 「내부 밀고자」에서

51 지역은 지난 수십 년 간 최고로, 그리고 최악의 보안이 유지된 곳이다. 모든 사람들이 그 기지의 존재와 실질적인 위치를 알고 있다. 제한구역이라는 표지판에는 보인경고 문구와 빙문객의 출입을 금한다는 문구, 그리고 사진 및 비디오 촬영을 금한다는 내용이 쓰여져 있다. 끝이 보이지 않는 울타리로부터 멀찌감치 떨어져 있어야 한다는 경고판은, 분명 이 지역 안에 무엇인가가 있음을 부정하기 어렵게 한다.

드림랜드(Dreamland), 스컹크 워크스(Skunk Works), 더 랜치(The Ranch) 등으로 불리는 51 지역은 명칭이야 어떻든 간에, 그 광활한 경계선이 삼키지 않은 부분은 극히 적다. 4.8km의 활주로, 몇 채의 건물, 수많은 통신위성 안테나만이 보일 뿐이다. 그러나 51 지역은 바로 U-2기가 개발되고 시험 운항된 곳이며, 1960년 쿠바 상공을 비행했던 SR-71스파이기가 개발되고 시험 운항된 곳이기도 하다. 또한 이 곳은 스텔스(Stealth)라는 신형 비행기 사진이 공개된 후에도 정부가 열심히 부정했던 프로젝트인 스텔스 폭격기(Stealth bomber)의 본거지이기도 하다.

51 지역에서 일련의 우주항공 연구가 은밀히 추진되었고, 모든 사람들이 그 곳에 공군기지가 있다는 사실을 알고 있었다. 그러나 그 기지 상공에서 기괴한 불빛이 반짝이고 이상한 소음이 들린다는 보고를 검증하기란 매우 어렵다. 일부 사람들은 그 기지 상공에서 UFO가 정기적으로 비행하고 있다고 노골적으로 주장하기도 한다. 51 지역은 불규칙하게 펼쳐진 뉴멕시코 시험장의 아주 좁은 지역에 불과하다. 그러나 공개적인 접근은 불가능한 지역이기도 하다. 그룹 산맥은 천연의 방어물을 형성하고 있다. 다른 쪽으로 접근하려면 광활한 사막지역을 몇 시간이나 횡단해야 한다.

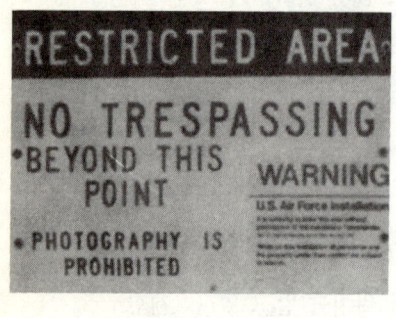

어떤 것이 공개적으로 은폐되었을 때 사람들은 호기심을 발동하게 마련이다. 1984년 사건처럼 머제스틱 12(Majestic 12, 일명 MJ-12)로 알려진 조직이 진행시킨 아콰리우스 프로젝트(Project Aquarius)가 1972년 초에 뉴멕시코 상공을 횡단하는 외계인 비행기술에 관해 작성한 문건을 누군가가 청구했을 때, 사람들은 대체 무슨 일이 일어나고 있는지 알아내겠다고 굳게 결심했었다. 그러나 이 51 지역에서 사건은 늘 있어왔지만, 그 누구도 말하려고 들지 않았다.

국가안전국(National Security Agency)이 재빠르게 아콰리우스 프로젝트의 존재를 인정했지만, 이내 그 프로젝트는 UFO와 연관된 것이 아니라고 부정했다. 아콰리우스 프로젝트가 정확히 어떤 것인지는 미스터리로 남아 있다. 그리고 이 곳과 관련된 수수께끼는 이미 이 지역 경계선의 확장을 국가적 횡령으로 여기고 있는 국민들 간의 갈등을 야기하는 수많은 문젯거리를 배태하고 있다.

수많은 국민들의 질문이 있었지만 공식적인 답변은 한 건도 없는 상황에
서 보브 라자(Bob Lazar)의 갑작스러운 출현은 이 드림랜드에서 무슨 일이
벌어지고 있는지 알아보고자 적극적인 조사활동을 벌이고 있는 수많은 사람
들에게 혼란을 가중시켰다. 라자는 이 비밀스러운 시설에서 일했었다고 주
장할 뿐만 아니라, 대중들에게 자신이 보고 들은 것과 기록을 열정적으로
묘사하려고 애쓴 인물이다. 라자는 뉴멕시코의 새로운 프로그램에 관해 51
지역에 인접한 S-4 지역에서 근무하면서 아홉 대 가량의 외계 우주선을 조

51 지역

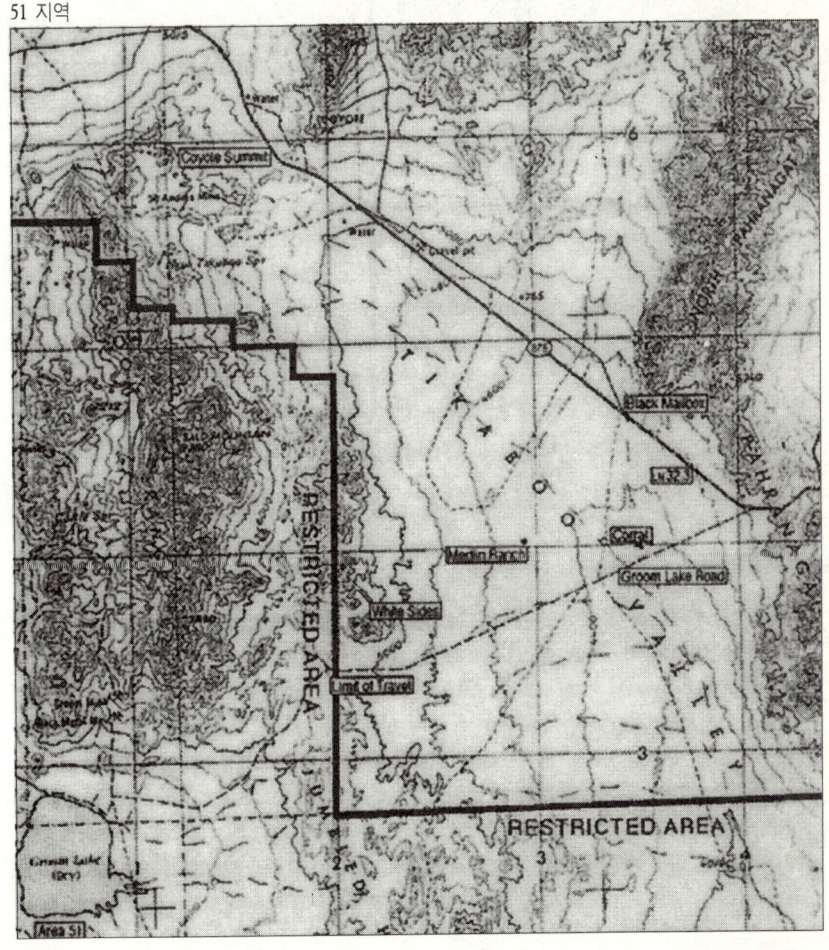

사한 적이 있다고 주장했다. 톱 햇(Top Hats), 표준 선상(船床) 모델(Standard Floor Model), 스포츠형 쿠페 모델(Sports Coupe)은 라자가 보았던 우주선에 붙인 이름이다.

독일과 아르헨티나 전역에 산재해 있는 관찰자들의 진술과 조화를 이루고 있는 그의 묘사는 회의론자들뿐만 아니라, UFO의 존재를 믿는 사람들 모두에게 큰 충격을 주었다. 회의론자들은 그가 우주선을 보았을 뿐 아니라 이를 만지기도 했다는 뻔뻔스러운 주장에 충격을 받았으며, UFO의 존재를 믿는 사람들은 51 지역 근처의 얼마 안 되는 망루에 모여들기 시작했다. 이들은 라자가 언명하는 모든 낱말에 매달렸다. 만약 그가 거짓말을 하지 않았다면 모든 추측, 사막을 횡단해 이 자유의 산마루(Freedom Ridge)에서 기지 안을 엿보려고 보낸 수많은 시간, 정보 자유법(Freedom of Information Act) 아래에서 수천 건의 문건을 통해 끊임없는 연구·조사에 쏟은 이 모든 노력은 「과대망상적 정신상태」 이상일 것이다.

라자의 말이 거짓이 아니라 해도, 몇 년이 지난 지금까지 여전히 의문이 남는다.

라자는 일부 대학에서 학위를 받았다고 주장한다. 대학 당국자들은 자신들의 대학에 그가 적을 둔 적도 없으며, 대학 당국이 시행한 어떤 교육 프로그램도 이수한 적이 없다고 한다. 라자는 로

> X파일은 60여 나라에서 각국의 언어로 더빙되어 방영되었다.
>
> 대만의 타이페이와 중국에서는 X-당안(X-Dang An)으로 방영되고 있다. 독일, 오스트리아, 스위스에서는 「FBI의 기피한 내용의 파일」이라는 의미인 「Akte X-Die Unheimlichen Faelle des FBI」라는 제목으로 방영되었다. 물론 스위스에서는 불어판도 방영되었는데, 그 명칭은 「Aux Frontières du Réel」이었다. 이는 「현실의 경계에서」라는 의미다. 스웨덴에서는 전역에 「Arkiv X」라는 제목으로 방영되고 있다. 브라운관 앞에 모인 핀란드 사람들은 「극비 파일(The Sercret Files)」이라는 뜻의 「Salaiset Kansiot」라는 제목의 X파일이 방영되기를 학수고대하고 있다.

> 이 일화에서 로버트 부다하스(Robert Budahas) 대령으로 분한 앤드류 존슨(Andrew Johnson)은 「군체(Colony)」에서 배리 와이스(Barry Weiss) 수사관으로 출연한다.

스앨러모스라는 고도의 보안이 유지되는 시설에서 근무했었다고 주장한다. 그 연구소 당국은 일언지하에 그의 말을 부정한다. 심지어 라자가 태어났다고 주장하는 병원에서조차 그의 출생을 증명할 수는 없을 것이다. 『이거 사기 아냐!』라고 고함치고 싶은 심정이 굴뚝같을 것이다. 그러나 이들은 라자가 그려냈던 영상을 각자의 마음 속에 충분히 안착시키지 못한 사람들일 것이다. 이것은 역시 또 다른 시작, 또 다른 연구·조사일 뿐이다. 진실을 위한….

조금만이라도 마음을 가다듬고 이 사건을 캐보면 라자는 거짓말쟁이라는 공식적인 선언을 부정할 수 있는 정보를 얻을 수 있다. 로스앨러모스 시험 시설의 1982년판 구내 전화번호부에는 라자가 주장하는 곳에 여러 과학자 및 기술자들과 함께 그의 이름이 등재되어 있다. 그러나 로스앨러모스 행정 당국은 자신들의 기관에 라자라는 인물이 적을 둔 적이 없다는 입장만 굳게 고수하고 있다. 1982년 로스앨러모스 신문의 한 인터뷰에는 그 지역의 거주자로서 라자의 이름이 분명이 실려 있다. 로스앨러모스의 물리학자, 열렬한 제트 자동차 애호가. 그리 충분한 자료는 아니지만, 연구자들이 그의 말을 경청하기에는 충분하지 않을까?

라자가 진실을 말하고 있다면, 그의 말은 지난 반 세기 동안의 침묵을 깨는 최초의 것이 된다. 아마도 자유의 산마루에 있는 관측자들은 그 산에 갈 필요가 없을 것이다. 아마도 그 곳에 무엇이 있다면, 그것은 이들에게 다가오게 될 것이다.

원래의 내부 밀고자

이 이야기를 통해 미국 역사의 실제 미해결 사건을 풀어가면서 X 파일은 또 하나의 중층화된 미묘한 현실을 용케도 가공의 세계에 접맥시켰다. UFO 목격이라든가 기이한 돌연변이로 장식된 선정적인 표지와는 달리, 실제 정부의 은폐와 위법행위에 관한 정규 보고서는 이 보고서를 완전히 무시해버리는 다소 경솔한 관찰자들에게는 꽤 까다로운 것이다. X파일이 익명의 관

퀴즈 게임 2

쉬운 문제 : 각 1점

1. 멀더와 스컬리는 제한구역에서 얼마나 많은 비행체를 보았는가?

2. 멀더는 부다하스 대령이 무엇인가 달랐다고 확신했는데 그것은?

3. 스컬리는 10대 남녀의 UFO 이야기를 믿지 않았는데 그 이유는?

4. 스컬리의 차유리를 깨는 데 모신저(Mossinger)가 이용한 것은?

5. 멀더는 내부 밀고자를 어디에서 처음 만났나?

어려운 문제 : 각 2점

6. 멀더가 숨어들어간 가상의 공군기지 이름은?

7. 식당에서 멀더는 UFO 사진값으로 얼마를 지불했나?

8. 부다하스 부인의 이름은?

9. 스컬리의 정부 지도에는 뭔가 이상한 점이 있었다. 무엇인가?

10. 부다하스가 응원하는 축구 팀 이름은?

계자에게 「내부 밀고자」라는 이름을 붙여주었을 때, 이것은 극 중 가상의 FBI와 워터게이트 스캔들과 교묘하게 연결되었다. 즉 부처 간의 경쟁, 창피할 정도의 충성과 「극단적인 편견(terminal prejudice)」에 관한 이야기를 들추어내었던 것이다. 일방적인 대화를 하지 않는 이 새로운 내부 밀고자는 어떤 신비함과 위험을 암시하고 있으며, 심지어는 비정상적인 권위를 스크린에서 전개되는 사건에서 보여주고 있다.

1972년의 사건을 기억할 만큼 나이 든 사람들에게는 이 가상의 내부 밀고자 정체를 발견할 수 있는 기회가 왔구나 하는 기대에 아주 강한 매력을 느꼈을 것이다. 스크린에 비치는 영상, 비밀스런 신호, 이상한 장소의 어두운 분위기 속에서 열리는 회의는, 적어도 그들이 보았던 것이 그러한 가능성이 있으리라는 감질나는 암시를 주고 있다. 국가의 자본을 외부로 유출시켰던 편집광을 잘 모르는 (사건 당시 나이가 너무 어려) 젊은이들을 위해, 그들은 미국을 가장 끈질기게 괴롭혔던 신비 가운데 하나를 막 밝히려는 순간이었다.

1972년 5월과 6월 어느 날, 전 FBI 요원인 고든 리디(G. Gordon Liddy)는 퇴직한 CIA 관리였던 제임스 매코드(James McCord)와 하워드 헌트(E. Howard Hunt)와 함께 당시 의장 로렌스 오브라이언(Lawrence O'Brien)과 당 간부 스펜스 올리버(Spence Oliver)가 있었던 민주당 전국위원회의 리처드 닉슨 반대편 워터게이트 사무실에 도청 장치를 했다.

멀더가 「녹색 인간(Little Green Men)」 일화에서 성적인 얘기로 가득 찬 논의를 엿들으며 앉아 있었던 것처럼, 실제의 FBI 요원인 알프레드 볼드윈 3세(Alfred C. Baldwin III)는 올리버의 전화선을 도청해 몇 시간 동안 엿듣고 있었다. 그 당시 볼드윈이라고 알려지지는 않았지만, 그는 아마도 민주당 전국위원회 사무실에서 벌어지고 있는 사무적인 전화를 엿듣고 있지는 않았을 것이다. 오히려 그가 조심스럽게 감시하고 있었던 통화 내용은 하원 및 상원 국회의원을 포함한 정치적 집단의 상부 계층에 제공되는 고급 창녀 작전인 듯했다. 오브라이언의 도청작전에는 확실한 장비가 제공되어야 했는데, 어떤 이유에선지 도청장치는 전혀 작동되지 않은 것 같았다.

같은 해 6월 16일 도청기 수리와 파일을 복사하는 과정에서 매코드와 그가 고용한 조력자들이 체포되었다. 당시 법무장관인 존 미첼(John Mitchell)의 사무실을 염두에 두었던 그들의 계획은 정치 기부금으로 자금을 확보하고, 닉슨 대통령의 요청으로 정부 수사관에 의해 수행되었지만 결국 실패해 톡톡히 망신당하게 되었다.

이 중간과정에서 내부 밀고자가 개입했다. 베일에 싸인 정보 제공자인 그는 신뢰성 있는 핵심 정보를 제공하고 〈워싱턴 포스트(Washington Post)〉지 기자인 보브 우드워드(Bob Woodward)와 칼 번스타인(Carl Bernstein)으로 하여금 워터게이트

해답

1. 두 대. 세번째 것은 이들을 쫓는 헬리콥터.
2. 연륜 있는 전투 비행사인 부다하스 대령은 고속에서 이멜만 작전(Immelmann maneuver)이 가능했었는지조차도 기억해내지 못했다.
3. 그들은 마약에 취해 있었다.
4. 소화기.
5. 워싱턴의 어느 술집 남자 화장실에서.
6. 엘런스 공군기지.
7. 20달러.
8. 아니타(Anita).
9. 그 공군기지가 지도에 없었다.
10. 그린 베이 패커스(Green Bay Packers).

점 수: _____

은폐를 파헤치도록 했던 것이다. 그러나 정보의 신뢰성에도 불구하고, 내부 밀고자의 익명성은 밀고자 자신이 연관되었다는 불길한 분위기를 형성했다. 결국은 앞으로 풀어야 할 문제가 공개된 채 남아 있게 된 셈이다.

워터게이트 사건을 다룬 수많은 서적에서는 내부 밀고자를 정보활동과 연관된 집단의 고위관리 가운데 한 명으로 묘사했다. 아마도 군사적 배경을 갖춘 사람, 정치적 전환에 관한 예술을 연구한 CIA 사람일 수도 있을 것이다. 이 내부 밀고자는 〈워싱턴 포스트〉와 우드워드의 「친구」라기보다는 해박한 실제 지식을 소유한 정치적 동물이다. 그는 닉슨 행정부에 대한 〈워싱턴 포스트〉의 공개적인 증오를 알고 있었기 때문에 일종의 복잡미묘한 정보 작전 가운데 하나일 수 있는 고급 창녀 조직에 CIA가 연관되어 있다는 세인의 관심과 주의를 백악관으로 전환시키려고 신문이라는 매개체를 이용한 사람이다. X파일 내에서의 내부 밀고자는 칭찬받을 만한 음모다. 물론 그가 옳은 일을 한다는 전제하에서 그렇다. 다시 말해 20여 년 간 세인들은 알지도 못하는 조사기관에 집중된 조사임무에 저항하는 사람으로서의 내부 밀고자라면 치하 받을 만하다.

실제와 가상 인물 간의 유사점은 세세한 내용까지 밝히는 구체성뿐만 아니라, 포괄적인 충격을 함께 포함하고 있는 것이다. 《대통령의 사람들(All The President's Men)》이라는 책에서 번스타인과 우드워드는 「자신의 의지와는 무관하게 결정되는 장소」에서 정보 제공자와 접촉하는 데 이용되는 복잡한 신호절차를 개관하고 있다. 그 절차는 어떤 X파일에 따르더라도 즉각적으로 알아볼 수 있다. 번스타인과 우드워드는 꽃병을 옮겨놓는다든가 비상구에 놓인 노란색 쓰레기통을 뒤집어놓는다든가 했다. 그리고 신호장치로서 커튼에 관한 개념을 생각했었다. 멀더는 자신의 창가에 푸른색 불빛을 비치거나, 창에다 X자 모양의 테이프를 붙이기도 했다. 실제 내부 밀고자처럼 멀더의 정보 제공자는 신문에 메시지를 남기길 좋아했다. 비록 우드워드가 전혀 알아채지 못한 수단이기는 했지만, 실제의 내부 밀고자는 우드워드에게 배달되는 〈뉴욕 타임스(New York Times)〉지를 가로채 그 안에다 접선 시간을 알렸다. 신문을 이용해 카세트 테이프나 간단한 메모를 받는 멀더에게는 다행한 일이었다. 이웃의 어느 누구도 그의 신문에 관심을 보이지 않았던 이유는 그들에게도 배달되는 신문이 있었기 때문이다.

X파일의 내부 밀고자가 죽은 후에도 이 등장인물은 계속 영향력을 발휘한다. X파일은 은폐된 세력의 영향력을 설정하는 데 좀더 복잡한 화면 구성이나 장황한 비난성 어구를 필요로 하지 않는다. 내부 밀고자의 죽음이 의심할 여지도 없이 그것을 증명했기 때문이다.

암호명 : 압착(Squeeze)

사건 개요

목격자 진술

내가 내 손가락을 잽싸게 없앨 수 있는 방법이 있을까? 나의 멋진 외모를 드러내지 않고…?

－멀더, 「압착」에서

자신의 몸을 배수관이나 굴뚝에 쑤셔 넣을 수 있는 비법을 갖고 있는 돌연변이 연쇄 살인범 유진 빅터 툼스(Eugene Victor Tooms)를 추적하는 동안, 스컬리는 두 명의 결연한 수사관 사이에서 팽팽한 직업적 입장에 놓이게 된다. 그 가운데 한 명은 톰 콜턴(Tom Colton)이다. 그는 FBI 요원 양성소의 동기생이자 지구상에서 일어나고 있는 현상에 대한 과학적 견해를 그녀와 함께 하고 있는 FBI 엘리트다. 다른 한 사람은 멀더다. 그는 있을 수 없는 증거에 매달리고 있으며, 지하에다가 자신의 사무실을 차린 경력의 소유자다. 이 사건에서 성공적인 결과를 얻기 위해 스컬리는 자신의 신념을 포기해야 할 필요가 있을까?

심층적 배경

지문 : 자연으로부터 부여받은 신분확인 코드

만약 연쇄 살인범 툼스가 자신의 둥지에서 자주 기어나왔거나 찢겨나가기 전의 신문을 읽었다면, 지문이 실제로 연구소에서 감식되었던 시절 이후 범죄학이 얼마나 진보했는지 깨달았을 것이다.

허구라기보다는 기이한…

지문은 최신 테크놀로지와 마찬가지로 법제도에서는 당연히 또는 열정적으로 수용되지 않았다. 판사, 법 집행관, 교도관은 지문의 형상(the swirls and ridges)이 각 개인에게 고유하다는 사실을 믿을 수 없었다. 다시 말해 모든 사람들은 자연으로부터 인식 코드를 부여받았다는 것을 믿지 않았다. 이는 너무 완전한 나머지 거짓처럼 보였던 것이다.

지문의 특이한 속성이 일단 검증된다면, 이 지문은 필연적인 증거로서 대중에게 다가섰을 것이다. 즉 자신의 익명성이 영원히 상실될 수 있을 것이며, 자신의 삶은 변경할 수 없는 몇 안 되는 잉크 얼룩에 묶여 있다고 불현듯 깨달았을 것이다. 지문을 증거로 채택하는 방법에 대한 제한이 있은 지 10여 년이 지난 후에야 법 집행관들과 시민 자유주의자들 모두를 만족시킬 수 있었다. 비록 툼스가 그 후에 체포되었다지만, 그가 남긴 10개의 지문은 경찰의 기록철이 아니라 몇몇 취미가의 수집적 차원에서 끝났을 공산이 크다. 지문 채취는 합법적이다. 그러나 그것을 올바르게 기록하는 방법을 아는 사람은 극히 드물었다. 그리고 일반인들에게는 여전히 의구심이 남아 있었다.

타인의 삶을 모방하는 경우 미국인의 상상력에 지문이라는 것을 대대적으로 심어준 최초의 계기는 마크 트웨인(Mark Twain)의 작품을 통해서였다. 《퍼든헤드 윌슨(Pudd'nhead Wilson)》은 1894년 쓰여졌다. 아마도 이는 북미 문학에서 범죄 과학자들의 지문이 영향력을 발휘하게 된 최초의 문학작품일 것이다. 표제의 등장인물 윌슨은 뛰어난 능력과 지력의 소유자는 아니지만, 고객의 지문이 찍혀 있는 유리 슬라이드를 갖고 있었다. 이는 단순히 호기심에서였다. 그의 기이한 수집품이 경찰 조사기간 중 주의를 끌게 되었을 때 누구보다도 윌슨이 가장 놀랐을 것이다. 널리 읽혀진 트웨인의 책은 일종의 홍보책자와 같은 것으로 여겨졌다. 이는 경찰이 상상하고 있는 것 이상이었다. 의심의 여지도 없이 모든 범법자들의 세대에게 장갑의 중요성을 인식시켜준 것이었다. 불행하게도 툼스는 그 당시 졸면서 시간을 보냈을 것이다.

1901년 대서양 건너편의 스코틀랜드 야드(Scotland Yard)에 최초의 지문연구소가 설립되었다. 갓 출범한 이 연구소는 악명 높은 범법자 검거에 지문감식이라는 도구를 제공함으로써 명성을 얻을 기회를 학수고대하고 있었다. 아쉽게도 그런 일은 발생하지 않았다. 툼스가 그의 위층 이웃을 살해하기 1년 전인 1902년 해리 잭슨(Harry Jackson)은 지문이라는 증거에 기초해 혐의를 받고 있었던 최초의 범법자 중 한 명으로서 15분 간 명성을 얻었다. 그가 저지른 범죄는 무엇이었을까? 그는 상아 당구공 한 벌을 훔쳤던 것이다.

결국 그 영광은 스코틀랜드 야드의 탐욕스러운 젊은 기술자에게 돌아갔을 것이다. 그는 법정에서뿐만 아니라 세인의 화젯거리가 되었으며 소설에도 등장했었다. 이 모든 것이 단지 손가락 하나의 얼룩으로 인해 벌어진 것이었다. 물론 만약 툼스가 실존 인물이라 해도, 이러한 지문을 주제로 한 책들이 미국으로 건너가기 전에 툼스는 엑세터 거리(Exeter Street)의 지하 하수구에서 코를 골면서 졸고 있었을 것이다.

FBI에 들어가다

법 집행 역사에서 두 개의 중요한 사건이 1911년 발생했다. 그 당시 그 사건을 아는 사람은 아무도 없었다 해도, 미국에서의 형사 소추(criminal prosecution)가 그 모습을 달리하기 시작했다. 1911년 9월 고등학교에 재학 중인 카뎃 존 후버(Cadet John E. Hoover)는 ROTC의 B중대에 들어갔다. 이 때 그는 절대로 성직자는 되지 않기로 결심했다. 같은 해 지문이 증거로서 미국 법정에서 최초로 거론되었다. 별개로 보이는 이 두 개의 사건은 1924년 발생했는데, 이 해는 카뎃 후버라는 젊은이가 새로 창설된 연방수사국(Federal Bureau Investigation : FBI)의 에드거 후버(Edgar Hoover) 국장으로 취임한 해였다.

범죄 해결을 위해 새로운 과학기술 기법이 간간이 수용되었지만, 모든 주의 경찰들이 모든 지문 기록에 접근해 사용할 수 있는 집중화된 기관이 없었기 때문에 이 정보는 아무 쓸모

> 툼스 사건은 멀더와 스컬리가 두 번 씩이나 난관에 부딪친 유일한 사건이다.

도 없었다. 후버가 어떤 경력의 소유자든 간에, 그는 정보의 가치를 이해하고 있었다. 그는 지문철이 포함된 거대한 범죄 정보망을 통제하기 위해 처절하게 싸웠다.

FBI 건물이 세워지기 전에 미국인의 지문 확보는 교도시설의 후원 아래 이루어졌다. 당연히 법과 질서를 어긴 입소자들은 그들에 대한 사회의 보복이라는 차원에서 강제적으로 지문 카드가 직성되어 보관되었다. 두밀 할 나위 없이 수많은 지문 카드가 분실되었다. 이들 기록철이 범법자의 체포나 신원확인에 헌신적인 사람들의 수중에 놓여 있다 해도 이를 이용하는 일이 그리 쉬운 것은 아니었다. 채취된 단 하나의 지문과 지문 기록철을 비교해 가며 동일한 것을 찾으려면 몇백 시간이나 소요되었다.

1933년은 툼스에게 불행한 해였다. 그가 허물을 벗고 기어나왔을 때, 전국적으로 지문을 수집할 수는 없었지만 야드 연구소 헨리 배틀리(Henry Battley) 덕택에 지문 기록철을 신속히 재구분할 수 있었다. 1930년 헨리는

매우 이상적인 파일 시스템을 만들었다. 이 지문 감식이 여전히 생경한 과학이었다 해도, 이는 일종의 새로운 유행과 같은 것이었다. 그리고 툼스의 지문은 의사(擬似) 종교적인 헌신에 힘입어 검색될 수 있었다.

툼스는 1963년까지 잠을 자고 있었음에 틀림없을 것이다. 그렇지 않았다면 그가 마틴 루터 킹(Martin Luther King)의 암살사건을 대대적으로 보도한 머리기사를 보지 못했을 리가 만무하다. 이 때까지도 여전히 FBI 국장 후버는 개혁가로서의 킹 목사를 신뢰하지는 않았지만, 암살자가 사용한 소총에 묻은 부분적인 지문을 확인하기 위해 FBI의 지문철을 열었다.

이 돌연변이가 동면하는 동안 FBI는 자동화된 신원확인 시스템(Automated Identification Division System) 부서를 설립했다. 이를 계기로 이와 관련된 시스템이 전국적으로 우후죽순처럼 생겨났으며, 이 모든 시스템을 하나로 통합한 중앙 시스템인 국가 범죄정보 컴퓨터(National Crime Information Computer : NCIC)가 출범하게 되었다. 1986년에는 1억 7,800만 명의 지문이 FBI의 파일에 등재되었다. 그리고 지문 부서는 이 지문 검색을 위한 전문화를 시작했다. 그 결과 혈액이나 먼지로 인해 형성된 가시적 지문 또는 연성 물질에 닿아 형성된 3차원 지문을 즉시 사진으로 출력할 수 있게 되었다. 일반적으로 보이지 않는 지문은 닿은 표면이 경성(硬性)이라면 분가루를 살포하는 기술을 이용해 채취하고, 표면이 다공성일 경우에는 화학적인 기법을 이용해 채취한다.

오늘날 지문은 중요한 특성의 수치가 일치하는 가에 따라 확인된다. 우리는 이것을 보통 「특징이 되는 점(points)」으로 알고 있다. 이것은 분기점, 융기선이 끝나는 곳, 그리고 지문 형태상의 점을 가리킨다. 여러 조건을 충족하는 이러한 특징적인 점을 다른 점 간의 공간적인 관계에 따라 찾게 되면 지문을 확인하기 위한 토대가 마련되는 것이다. 전에는 지문을 확인하려면 12개의 점이 필요하다고 생각했었다. 그러나 현재의 일반적인 관행은 훨씬 나은 채취과정으로 인해 그보다 적은 수의 점을 이용하고 있다. 심지어는 손바닥이나 발바닥, 그리고 부분적인 지문이 법정에 증거물로서 제시되고 있다.

지문은 인간의 피부에서도 채취할 수 있으며, 화학적으로 처리된 수영장 내부, 바위나 벽돌과 같은 곳에서도 가능하다. 미래의 지문채취 방법은

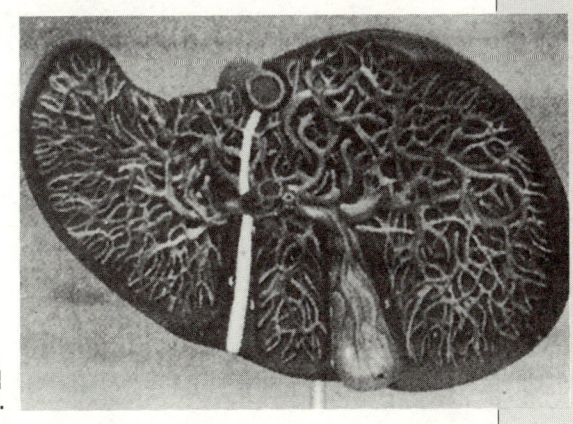

자,
한입
드시죠.

더욱 진보할 것이다. 지문이 존재하기라도 하면 절대 놓치지 않기 위해 휴대용 레이저나 자외선 장비가 동원될 것이다. 그리고 청소년 범죄가 증가함에 따라 원자료(raw data)의 광범위한 공동관리도 실시될 것이다. 만약 가공의 돌연변이 연쇄 살인범이 용케 멀더와 스컬리를 피해 달아날 수 있다 해도, 다시 출현하게 되는 2023년에는 그가 아무리 장갑을 끼고 범행을 저지른다 해도 반드시 검거할 수 있을 것이다.

암호명 : 교신(Conduit)*

사건 개요

가족끼리 캠핑 중에 루비 모리스 (Ruby Morris)가 사라졌을 때, 그녀의 어머니는 자신의 딸이 외계인에게 피랍되었다고 주장했다. 그러나 멀더를 제외하고는 누구도 그녀의 말에 귀 기울이려고 하지 않았다. 그녀의 어린 동생

목격자 진술

제가 목청껏 계속해서 고함을 치면 누군가가 들어주리라는 걸 알고 있었어요. 그러나 저는 그것이 FBI일 줄은 전혀 기대하지 않았어요.
─ 달렌 모리스(Darlene Morris), 「교신」에서

이 남긴 낙서로 인해 국가인진국 사람들이 들이닥치기 전까지는 모두 무관심으로 일관했다. 자신을 괴롭혀온 여동생의 실종에 생각이 미친 멀더는, 이 실종된 소녀를 되찾는 열쇠는 실종된 소녀의 어린 남동생인 캐빈 (Kavin)이 쥐고 있음을 확신했다. 멀더는 캐빈의 엄마를 자신과 진실 사이에 끌어들일 생각은 없었다.

---

* 이 말은 멀더가 모리스의 동생인 캐빈을 가리켜 한 말이다.

심층적 배경

피랍이다!

실질적인 증거가 없는 UFO와 관련된 피랍이나 외계인 방문과 같은 사건은 목격자들의 진실성과 정확한 진술에 크게 의존한다. 세계 도처에서 헌신적인 UFO 전문가들은 전화, 뉴스 속보를 학수고대하고 있다. 요즈음은 외계인 목격에 관한 보고가 주로 전자우편을 이용해 이루어지고 있다. 그들은 가이거 계수기(Geiger counter)와 녹음기를 늘 대기시켜놓고 있다. 그들의 자동차에는 언제나 연료가 가득 차 있다. 단 몇 초라도 아끼고자 하는 의도에서다. 그리고 수많은 UFO 전문가들은 그들의 침대 곁에 자신들의 의복을 꼼꼼하게 준비해놓는다. 마치 소방관들의 몸에 밴 습관처럼 말이다.

이렇듯 철저한 준비성은 도가 지나치는 것처럼 보이지만, UFO 관측자들에게는 전혀 선택의 여지가 없다. 이들은 자신들이 수집한, 더할 나위 없이 신뢰할 수 있는 자료와 자신들의 목격이 상당히 믿을 만한 것임에도 불구하고, 그러한 보고가 다소 신비감을 띠는 중요한 자료가 될 수 없다는 것을 인식하고 있다. 이미 입수해놓은 수천 건의 보고서가 신뢰성을 확보하고 있을지라도 말이다. 가장 유명한 UFO 사건이라도 보통 사람들은 이러한 환상을 증명할 수 있는 증거물을 전혀 확보할 수 없기 때문에 객관적인 자세를 견지하기란 매우 어렵다.

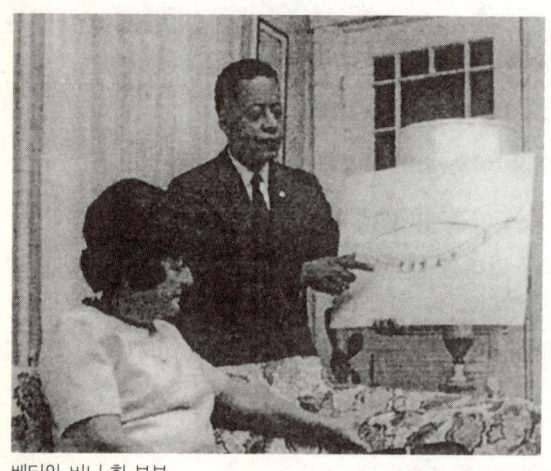

베티와 바니 힐 부부

베티와 바니 힐 부부

1961년 9월 아주 평범한 부부인 베티(Betty)와 바니 힐(Barney Hill)은 즐거운 주말을 보내고, 자신들의 자동차로 뉴햄프셔 주 화이트마운틴을 거쳐 귀가하는 중이었다. 이 때 머리 위를 엄청나게 빠른 속도로 움직이는 빛이 그들의 주의를 끌었다. 그들은 멈춰 서서 이 기이한 물체를 쌍안경으로 보았으나, 그 물체는 번개처럼 사라졌다. 섬광일 뿐이었다. 이들 부부는 이 사건을 무시해버리고 귀갓길을 재촉하기 시작했다.

그 빛이 다시 나타났을 때는 매우 근거리였다. 그들이 멈출 때까지 끈질기게 따라다니고 있었던 것이다. 원반 형태의 비행체가 이들 부부의 머리 위에 떠 있었다. 푸른빛을 띠는 비행체의 창을 통해 사람들이 움직이고 있었다. 호기심이 일어났다. 바니는 차에서 내려 좀더 가까이 조심성 있게 접근했다. 두려움은 없었다. 이 비행체의 양 날개가 갑작스럽게 날카로운 소리를 냈다. 비록 어떤 위협은 없었지만 그다지 높지 않은 윙윙거리는 소리가 이내 레이저 광풍을 일으킬 것 같았다. 그는 자신이 움직이고 있다고 깨닫기 직전에 공포에 질려 자동차 쪽으로 달려왔다. 그가 뒤를 돌아보았을 때 그 비행체는 사라지고 없었다.

그들은 귀가 중 거의 시간을 낭비하지 않았다. 멈췄던 시간은 단지 몇 분에 지나지 않았다. 그런데 힐 부부는 평소와는 달리 2시간 늦게 집에 도착했다.

며칠 지나서 베티는 꿈을 꿨는데, 이상한 피랍 장면의 이미지였다. 이 2시간의 상실된 시간(역주 missing hours : UFO에 피랍되었거나 근처에서 목격한 사람들이 생각하는 1분이라는 시간은 실제로는 1시간 또는 그 이상의 시간이 지난 것을 의미한다. 물론 당사자들은 이를 전혀 깨닫지 못한다. lost time 또는 missing time이라고도 한다)이 어렴풋이 나타나기 시작했다. 마침내 그녀는 절망과 공포에 떨면서 남편과 함께 이 잃어버린 시간을 되찾기 위해 최면술사의 도움을 받으러 갔다.

이 부부를 치료한 심리치료사는 멀더처럼 최면 퇴행요법의 가치를 인정하는 사람이었다. 그는 신속하게 그 불연속성을 찾아다녔다. 벤저민 사이먼(Benjamin Simon) 박사는 믿지 못할 힐 부부의 이야기를 받아 적었다. 일

퀴즈 게임 4

쉬운 문제 : 각 1점

1. 캐빈이 그림을 그리는 데 사용한 두 개의 숫자는?
2. 바텐더는 팔에 문신을 했는데 어떤 문양인가?
3. 모리스의 캠프 트레일러에서 어떤 점이 멀더의 주의를 끌었나?
4. 모리스의 실종된 딸 이름은?
5. 멀더는 캐빈의 그림을 수사국의 어떤 부서에 보냈나?

어려운 문제 : 각 2점

6. 사만다 멀더의 출생일은?
7. 사만다 멀더가 피랍되었을 당시 가족들이 살았던 곳의 주소는?
8. 멀더가 UFO 착륙지점이라고 설명한 호수의 이름은?
9. 모리스의 야영지 번호는?
10. 사만다 멀더의 중간이름의 이니셜은?

관성 있는 그들의 이야기는, 그들이 의식이 있는 상태에서 수용된 기억과는 다르다는 사실이 밝혀졌다.

힐 부부가 다시 그 UFO를 목격했을 때 그들은 차를 멈추지 않고 계속 달렸다. 그런데 차가 움직이지 않았다. 이들 부부의 머리 위에 떠 있었던 그 비행체가 착륙했다. 외계인이 나타났다. 외계인들은 길 맞은편 차 안에 있는 힐 부부를 안심시켰다. 그리고 UFO 안으로 낚아챘다.

이들 두 부부는 비행체 안에 피랍되어 따로따로 분리되었다. 이는 멀더가 스컬리의 피랍을 재현한 것 또는 배리가 자신의 기억을 더듬어낸 것을 지켜본 시청자에게는 매우 친숙한 장면 중 하나다. 마치 무엇인가를 「채취(sampling)」하는 것 같았다. 이들 부부가 풀려나기 전에 외계인들은 베티에게 희미하게 빛나는 3차원의 성좌지도(star map)를 보여주었다. 외계인들이 재촉하여 그녀는 그것을 세심하게 훑어보았다. 최면상태에서 그녀는 나중에 그것을 재현시킬 수 있었다. 힐 부부는 그 후 곧바로 풀려났다. 남편인 바니가 자신이 운전을 하고 있다는 것을 깨달았을 때 베티는 이미 자동차의 뒷자리에 앉아 있었다.

이 이야기는 매우 특이하게 들렸다. 이들 부부를 따로 분리시켜 이야기를 청취한 후 비교해보면 구체적인 사항에서는 상당히 일치하고 있다는 것을 알 수 있다.

외계인과의 조우에서 유일하게 「만질 수 있었

던」 그 지도는, 베티가 재현해낸 것과 인간들이 만든 것과 일치되는 점을 찾아낼 수 있으리라고 생각한 어느 아마추어 여성 천문학자에게 건네졌다. 그 후 5년, 그녀는 지도에 따르면 제타 레티큘리계(Zeta Reticuli system)의 원주민과 힐 부부가 조우했었다는 결론을 내렸다. 그리고 또한 그녀는 힐 부부가 ① 외계인들과 함께 그 제타 레티큘리에 갔었으며, ② 하루 만에 그 항성계에 갔던 유일한 인간이라는 결론을 내렸다.

이 이야기는 〈룩(Look)〉지가 이 사건을 연재 기사화하고, 존 풀러(John Fuller)의 《인터럽티드 저니(Interrupted Journey)》가 대중적인 인기를 끈 이후부터였다. 결국 몇 년이 지나서 대중들에게 알려졌던 것이다. 이 책은 마침내 「UFO 사건(The UFO Incident)」이라는 제목으로 영화화되었다. 그리고 1975년 이들 평범한 우체부 직원과 사회사업가인 그의 부인이 겪은 삶을 「사실에 토대를 두었지만 다소 극적인 효과를 위해 허구화한」 이 영화는 미국 전역의 가정에 방송되었다.

힐 부부의 이야기는 엄청난 시청률을 기록했다. 그러나 외계인 공동체의 존재를 얼마나 진지하게 받아들여야 하는가? 어떤 도덕적인 판단 기준도 없었고, 모든 과학적 조사를 위한 기준이 되는 준칙도 없었기 때문에 이들 부부의 사건은 미진한 점이 매우 많다. 간단히 말해 그 신뢰성은 다소 어설픈 가정에 근거하고 있었다.

해답

1. 0과 1, 이진수.
2. 비행접시.
3. 트레일러 지붕이 심하게 그을렸다.
4. 루비.
5. 암호해독 부서.
6. 1964년 1월 22일.
7. 2790 Vine Street, Chilmark, Massachusetts.
8. 오큐보기 호수.
9. 53.
10. T.

점수 : _____

▶가정 1 : 최면상태에 있는 사람들은 거짓말을 못한다.

그릇된 가정이다. 최면상태에 있는 사람들 가운데 대다수는 거짓말을 하지 않는다지만, 최면에 걸리지 않은 사람들 가운데 대다수도 거짓말을 하지 않는다. 최면의 영향을 받고 있는 사람들은 거짓말을 할 수 있다. 또한 그런 실제 사례도 있다. 어떤 사람들은 거짓말 탐지기를 속이기 위해 자신의 신발에 압정을 넣어두고 누르는 식으로 다소 섬뜩한 방법을 취하기도 한다. 이들은 원래의 사건에 기초하기보다는 기억을 조작해낼 수 있으며, 또한 그렇게 하고 있다. 그리고 이들은 검사자들이 해당 주제에 대해 올바른 응답을 알고 있는 제어항목(control items)에 대해서는 전혀 무슨 뜻인지 이해하지 못하는 듯한 태도로 일관한다. 만약 힐 부부가 이러한 사기극을 벌이려고 했었다면, 이들은 자신들의 이야기를 정리하는 데 엄청나게 많은 시간을 들였을 것이다. 힐 부부 중 한 사람만이 지도를 그렸다.

▶가정 2 : 심리 치료사는 자신이 들은 이야기를 믿는다.

잘못된 가정이다. 비록 직업윤리 때문에 그 사건이 공개되거나 자신의 명성에 오점을 남기게 될 때까지는 침묵을 지킨다 할지라도, 사이먼 박사는 두 부부의 경험에 관한 영화가 개봉된 후에 자신의 견해를 기록으로 남겼다. 베티는 사이먼 박사의 기록을 여동생이 읽어주었을 때 전율에 떨었으며, 뉴햄프셔 주에서 일어났던 과거의 「조우」로 인해 피랍 악몽에 시달렸다. 이 악몽에서 깨어났을 때, 그녀는 남편 쪽으로 몸을 돌려 그 무시무시한 꿈에 대한 영상을 얘기하기 시작했다. 사이먼 박사의 견해에 따르면 바니는 단지 입심 좋은 아내의 말을 아무 생각도 없이 그저 되뇌였다고 한다. 의사로서 상당한 명망을 쌓은 사이먼 박사는 자신의 견해를 발표하기 전까지 몇백 시간을 이들 부부와 함께 했다. 박사는 다른 수천 명의 사람들처럼 베티도 매우 안전한 환경 아래에서 하나의 섬뜩한 환영을 표현하고 있을 뿐이라는 결론을 내렸다.

▶ 가정 3 : 그 지도는 실제의 지도였다.

한 천문학자는 그 프로젝트에 몇 년 동안 헌신적인 시간을 보냈다. 사실 그녀도 천문학이 취미인 학교 선생이었는데, 그녀는 베티의 지도와 제타 레티큘리에 대한 그녀의 분석에서 일치점은 수많은 가능성 중에 하나임을 인정했다. 또 다른 천문학자인 도널드 멘젤(Donald Menzel)은 2차원 영상으로 축소된 어떤 원(circles) 및 선(lines)의 집합이 우주에서는 일치할 수 있다는 것을 통계적으로 증명했다.

힐 부부 사건으로 인해 UFO학(UFOlogy)이 존경받을 만한 과학으로 되지 않는다 해도, 이것은 대다수의 UFO 역사를 믿는 추종자들에게도 인정할 만한 일반적인 이야기의 맥락으로 보일 수 있다. 이러한 얘기는 힐 부부 사건이나 여러 X파일의 일화와 같은 허구적 이야기에서 커다란 효력을 발하게 되었다.

결국 대중문화 속으로 흡수되어 외계인 피랍 시나리오가 구체성을 띠게 되어 UFO학에 전혀 관심을 두고 있지 않는 사람들도 외계인의 존재를 인정하지 않을 수 없게 되었다. 섬광이 비치고, 배리와 사만다가 떠 있는 모습, 어린 멀더는 온몸이 마비되어 꼼짝도 할 수 없고, 멀더가 정서적으로 성인이 되어서도 이해할 수 없는 여러 가지 의사 기억(pseudo-memories), 모든 것이 고전적인 외계인 피랍 사건으로 되돌아간다. 힐 부부의 주의를 처음으로 끌었던 움직이는 불빛에는 일련의 섬광이 있었다. 이 부부는 자신들이 비행집시에 오르고 내릴 때 무중력 상태였다고 말했나. 이들의 근육은 마치 얼어붙은 듯이 보였다. 이것이 이들 힐 부부가 최면상태에서 보인 최초의 감각이었다.

작품에서 허구적인 특성을 솔직히 인정한 X파일은 이 이야기를 펼칠 수 있는 외계인 문학 장르의 구성요소가 무엇이든 간에 이미 충분히 구체화했다. 그러나 초자연적인 현상에 대해 진지하게 생각하는 학생들에게 힐 부부와

> 우리는 아직 정확한 주소를 알 수 없지만 스컬리가 살고 있는 아파트 호수는 402이고, 건물 번호는 1419다. 이 건물 번호는 초창기 IBM의 코드 판독기인 제브라(zebra)의 모델 명이다.

같은 사건은 닭이 먼저냐 달걀이 먼저냐 하는 딜레마가 되어버렸다. 대중매체의 과대선전이나 고전적인 이야기를 재활용한 공상문학의 영향으로 인해 모든 외계인 피랍 이야기가 비슷한 것인가? 아니면 피랍자의 주장처럼 외계인 피랍이라는 현실이 있기 때문에 공상문학과의 유사성이 존재하는 것인가?

인사철

#121-627-161

이 름 : 대너 캐서린 스컬리(Dana Katherine Scully)

직 위 : FBI 특별 수사관, DOJ

현재 임무 : X파일 부서

FBI 신분증 번호 : 2317-616

연락처 : 집) 202-555-6431　　　핸드폰) 202-555-3564

개인 신상정보

출생일 : 1964. 2. 23.

신 장 : 157cm　　머리색 : 붉은색　　눈 : 파란색/녹색/엷은 갈색

결혼 유무 : 독신, 결혼 경력 없음, 부양 가족 없음.

부 모 : 아버지—캡틴 짐 스컬리(Captain Jim Scully)

　　　　어머니—마가렛 스컬리(Margaret Scully)

형제 자매 : 오빠 한 명과 남동생 한 명. 둘 다 주목할 만한 특징 없음. 멜리사(Melissa)라는 언니 한 명, 「뉴에이지」 사상에 호의적인 생각을 갖고 있음.

위급할 때 : 마가렛 스컬리에게 알릴 것

종 교 : 로마 가톨릭

＊ 주 : 유언장은 파일에 첨부되어 있음.

교육정보

스컬리 수사관은 메릴랜드 대학에서 물리학을 전공하고 그 후 의학박사 학위를 땄다.

1992년 FBI 양성학교인 콴티코 졸업.

＊ 주 : 교육기간 중 잭 윌리스 교관과 공개적인 관계를 유지했음.

업무경력(시간순)

레지던트 과정 수료.

FBI 콴티코 양성소 배속, 교관

X파일 부서 배속, 현장 수사관(1992년 3월 6일)

FBI 콴티코 양성소 재배속, 교관

X파일 부서 재배속, 현장 수사관

관리기록(시간순)

1. 좀더 헌신적이고 「전통적인」 과학적 접근방법으로 무장한 스컬리는 멀더의 일반적인 품행과 심리상태를 관찰하면서, 그의 임무를 정량적인 값으로 적절히 평가하는 일을 하는 이 부서의 기대주다.

2. 최근 면담 중에 한 요원의 보고에 따르면 스컬리 요원에게 X파일 임무를 부여하는 것은 초기의 생각처럼 그리 권고할 만하지 않다고 한다. 스컬리는 통상 수사국이 최적으로 요약한 범죄조사 기술을 고수하고 있지만, 「편견 없는 심적」 경향이 관찰된다.

3. 업무와 관련되어 배리(공범이 있다고 여겨지는 유명한 정신병자)에게 피랍된 이후에, 스컬리 요원은 자신의 상처를 치료받고 수사국 내의 정신과 스태프와 그 사건에 관해 논의하라는 충고를 받았다. 그러한 약속은 의사와 환자 간의 비밀보장에 따라 덮여졌기 때문에, 이 활동기간 중 수집된 정보는 없다. 스컬리에 대한 현장능력 보고는 그녀의 결정을 지지해 이전의 임무인 요원양성소의 교관으로 재임명되었지만, 그녀는 X파일 사건을 당분간 계속 검토할 것이다.

＊ 주 : 스컬리가 자신의 피랍 사건을 정리할 수 있을 때까지 X파일 ＃73317은 공개되어 있어야 한다.

점성술에 따르면…
스컬리는 물고기좌 태생이다.
이 물고기좌는 공상적이고, 꿈을 꾸고,
모든 초자연적인 사상(事象)의
존재를 믿는 경향이 있다.
얼마나 아이러니한가!

물고기좌

- 성격 : 변덕스럽다
- 요소 : 물
- 중심어구 : 나는 믿는다
- 해설 : 물고기좌의 사람들은 정말로 열린 마음을 갖고 있으며, 인간 경험의 모든 영역을 믿고 이해할 수 있는 능력의 소유자다
- 긍정적인 성격 : 정열적이고, 동정심 많고, 감정이 풍부하고, 희생적이며, 직관적이고, 내성적이며, 음악적·예술적 자질이 있다
- 부정적인 성격 : 만사 태연하고, 수다스러우며, 우울증에 빠지기 쉽고, 염세적이고, 감정을 겉으로 드러내지 않고, 수줍음이 많으며, 비실용적이고, 게으르다

암호명 : 저지 공원의 악마(The Jersey Devil)

사건 개요

신체 일부가 찢겨진 시체가 애틀랜틱 시 외곽 뉴저지 공원의 숲에서 발견되었을 때, 멀더와 스컬리는 18세기부터 전설에 등장한 원인[역주] Bigfoot : 미국 북서부 산 속에 있다고 전해지는 원인(猿人)인 새스쿼치(Sasquatch)]을 「저지 공원의 괴물」과 연결시킨다. 멀더는 최근 일부 부랑자들의 죽음이 이 「괴물」의 짓이라고 생각한다. 그러나 스컬리는 이들 부랑자의 죽음을 야생동물의 짓이라고 믿고 있다. 이 지역의 경찰들은 여행객들에게 안 좋은 이미지를 심어줄까 봐 진실을 은폐한다. 심지어 멀디가 디 이싱의 수사를 못 하도록 감옥에 가두기까지 한다. 멀더는 스컬리에게 먹을 것을 찾기 위해 뒷골목을 헤매다니는 유령같이 생긴 인간을 보았다고 말한다. 스컬리는 전 인류학 교수에게 자문을 구한다. 교수는 스컬리에게 그러한 생명체는 먹이사슬에서 인간보다 우위에 있다고 경고한다. 숲에서 인간 같은 금수를 발견한 후 멀더는 자신들이 쫓고 있는 「괴물」이 여성이라는 사실을 알게 된다. 멀더와 스컬리, 그리고 교수는 애틀랜틱 시의 한 창고 지역에서 그 생명체를 추적한다. 지방 경찰이 한 발 앞서 현장에 도착해 그 괴물을 죽이려 한다.

멀더에게 행운을….

심층적 배경

저지 악마의 수많은 화신들

카터는 이 일화를 위해 아무런 근거도 없이 「저지 공원의 악마」를 창작하지 않았을 뿐만 아니라, 그저 단순히 새스쿼치에 관한 전설을 다루고 있지도 않다. 저지 악마는 적어도 1780년 이후 뉴저지 주를 휩쓸었고, 그보다 50년 전의 민속학에 뿌리를 두고 있는 것 같다. 그리고 연구자들은 출현과 동기를 통해 그 현시(顯示)의 역사를 연구하고 있지만, 매우 다양하기 때문에 그 이름만을 열거할 수 있을 따름이다.

이러한 민속으로 가장 먼저 출현한 것은 리즈 악마(Leeds Devil)다. 어떤 지역에서는 이 이름을 아직도 사용하고 있다. 1935년 어느날 리즈 부인이 자신의 13번째 아이를 출산할 때, 그녀는 「악마의 아이」가 자신에게서 빠져 날아가 굴뚝을 통해 올라가는 것을 공포에

> **목격자 증언**
>
> 아니, 이건 팔이 물러 잘려나간 거잖아! 습격당한 게 분명해요!
>
> ─스컬리, 「저지 공원의 악마」에서

휩싸여 바라볼 뿐이었다. 그것에 관한 향토 기록을 연구하면서 지루한 시간을 보냈지만, 그 이야기를 부정하거나 뒷받침할 만한 특별한 단서를 밝혀낼 수는 없었다. 리즈 가족들은 단지 「리즈의」 누구누구(So-and-So)라는 식으로 불렸다. 분명히 그 당시에는 대가족이 인기가 있었다. 그러나 리즈라는 성을 갖고 태어난 13번째 아이가 사라졌다는 사실을 입증할 만큼 직접적인 동시대의 기록은 거의 없다.

그러나 완벽한 전설이 되기 위해 반드시 증거가 있어야 하는 것은 아니다. 사실이든 허구든 간에, 리즈 악마는 신화로서의 생명력을 유지하는 데 몇 가지 특징을 지니고 있다. 「악마」라는 이미지는 거의 모든 것을 포괄할

만큼 애매모호한 점을 제공한다. 그러나 최근에는 특정의 지리적인 위치와 연관되어 있었기 때문에 네스 호수의 괴물(Loch Ness)과 같은 악마는 지방에서도 받아들여질 수 있었다. 한 피조물에 대한 감정의 투자로, 일종의 미묘한 압력으로 작용하여 악마의 존재를 유지시킨다.

그 후 지금까지 수많은 목격자들이 그 최초의 설화에 살을 붙여 나타났다. 그 가공의 생명체는 나이를 먹었으며, 굴뚝을 통해 사라질 만큼 작은 것에서 성인 크기의 괴물로 성장했

내셔널 하키 리그 팀인 뉴저지 데블스(New Jersey Devils)는 이 신화의 가상 동물 이름을 따서 붙여진 이름이다.

다. 대부분의 목격자는 그 괴물이 날개 달린 놈이었다고 묘사한다. 그 괴물은 보통 인간의 머리가 아니라 종종 어떤 동물의 머리로 나타나는「뿔 달린 악마」시대의 악마 이미지와 일관성을 유지시켜주는 숫양이나 황소의 머리를 하고 있다.

그 후 200년 가까이 진행됐던 변화는 이 이야기를 확장하고 개작하는 데 놀라운 전설의 역량을 반영하고 있다는 점이다. 1830~40년 사이에 아무 이유도 없이 가축들이 무자비하게 죽는 사건이 그 지역에서 일어났을 때, 저지 악마는 철저한 경계를 해도 가축에게 몰래 접근할 수 있는 투명 능력을 개발했다 한다.

그러고 나서 30년 후에 이 전설은 더욱 굳건한 지위를 차지하게 되었다. 이 설화가 그 당시에서부터 지금까지 엄청난 물리적 변화를 경험했다지만, 그 변화는 여전히 등장인물을 변화시키는 X파일의 능력을 무색게 하는 것이었다. 저지 악마는 거세하지 않은 숫양의 머리에 날개를 양쪽에 단 새의 몸체로서 하나의 기괴한 동물이 되었다. 그러나 이것은 눈 위에 이상한 발자국만 남겼을 뿐이다. 하늘을 나는 사자에서, 일정한 형태도 없지만 매우 민첩하고, 네 개의 다리에 날개 달린 짐승에 이르기까지 다양하다. 게다가 1928년경에는 그저 막연하게「괴물」이었고, 1932년경에는 전형적인 악마의 모습인 뾰족한 귀와 꼬리를 갖춘「반인반수」였다.

지금까지 남아 있는 설화의 능력에 대한 예로서 1948년판 저지 악마를 생

각해보자. 이 때는 로스웰 사건으로 UFO 열기가 전국을 휩쓸고 지나간 이 듬해였다. 그 때까지의 「악마」나 「짐승」의 모습이, 이 때부터는 「녹색이 고, 분명 남성이며, 직립의 괴물」로 묘사되기 시작했다. 멀더조차 공상과학 소설의 표지나 영화 포스터에 단골로 등장하는 요정 같은 외계인의 모습에 전혀 이견을 내세우고 있지 않다.

그런데 저지 악마가 다시 등장했을 때에는 원래의 동물적인 모습으로 되돌아갔다. 이는 아마도 새스쿼치 설화의 영향인 듯하다. 이 저지 악마는 호주 원주민의 태즈메이니아 괴물(Tasmania devil)과 인간 간의 교배로 이루어진 것으로 서서히 진화되었다.

저지 악마의 카터 판(版)이 굴뚝으로 사라져 간 어린아이와는 유사점이 전혀 없다지만 여전히 그 가상 동물의 역사적 범주에 놓여 있다 하겠다. 그리고 아주 현실적인 측면에서, 아마도 카터의 악마를 연기한 클레어 스탠스필드(Claire Stansfield)의 모습을 영화화하는 게 더욱 쉬웠을 것이다. 날개달린 사자에 양 머리를 한 타조를 만들어내기보다는 말이다.

빅터 : 프랑스 늑대 소년

작가인 카터에 따르면 X파일의 일화를 만들어내기 위한 영감은 작가의 상상력을 자극하는 뉴스 기사, 전기 스위치를 더듬어 찾을 정도의 악몽, 폭스 스튜디오의 한쪽 구석에 자리잡은 특별한 방갈로에 서서히 쌓여가는 수많은 참고서적에서 얻는다 한다.

「저지 공원의 악마」에서 멀더와 스컬리는 뉴저지 공원 관리인과 스컬리 모교 인류학자의 도움을 받아, 인간을 양식으로 삼는다는 용의점을 갖고 있는 야생녀를 필사적으로 찾아다닌다. 이 극의 등장인물도 인정하고 있듯이 새스쿼치 이야기나 다른 짐승 같은 인간에 관한 이야기는, 우리가 모닥불을 지피고 둘러앉으면 으레 나오는 얘기였다.

또한 이들 이야기 중 하나는 실제 있었던 것이었다. 1800년대 초 프랑스 아비뇽 근처의 늑대 동굴에서 나온 한 소년이 파리에 있는 국립 청각 및 언어장애 연구소로 인도되었다. 12세로 추정되는 그 아이는 물만 핥을 뿐 생육을 제외한 모든 음식을 거부했다(갓 잡은 따끈한 고기를 더욱 좋아했다). 그리고 자신에게 접근하거나 마음놓고 그에게 등을 돌리는 사람이면 누구든지 물었다. 저녁에는 으르렁거렸고, 낮에는 알아들을 수 없는 소리로 끙끙거리거나 울부짖는 소리를 냈다. 평생 교사가 된 장 마크 이타드(Jean Marc Itard)가 그 소년을 데리고 갔다. 거의 한 달 간에 걸친 면밀한 검사 끝에 그 소년의 후두 위 목구멍에 넓이 7.5cm, 깊이 15cm 가량의 상처가 발견되었다.

이 특별한 환자를 위해 기준이 될 만한 치료방법은 없었지만, 다소 유명세를 탄 그 소년은 꽤 괜찮은 치료를 받았다. 이타드는 으르렁거리는 그 소년의 야수적 속성과 상처투성이의 얼굴 어딘가에 인간적인 면이 존재하고 있다고 확신하여 그에게 빅터(Victor)라는 이름을 붙여주고, 그 소년이 사회에 돌아왔으면 하는 바람으로 학습 프로그램을 개발했다.

그의 학습과정은 매우 더뎠지만 몇 차례의 좌절과 실패를 겪으면서 흥미로운 행동을 유발했다. 빅터가 정원에 굴을 파기 시작한 날, 몇 개월 동안 그가 누렸던 바깥 세상에서의 특권에 종지부를 찍었다. 빅터가 자신에게서 3m도 안 떨어진 거리에서 총이 발사되었는데도 아무렇지도 않은 듯 꿈쩍도 하지 않고 앉아서 쳐다볼 수밖에 없었다는 것이 말이 된단 말인가? 어떨 때는 자신의 뒤에 놓인 호두를 깨는 등 즉각적이고 폭력적인 반응을 보이는 이유는 무엇인가? 빅터의 감각은 원전하다. 그러나 빅터가 「사회적으로 무딘」 것으로 확신한 이타드는 일상적인 소년의 일거수 일투족에 교정을 가하기 시작했다. 그러한 행동교정이 빅터의 감각을 자극했고, 빅터와 마음이 통할 수 있는 가교역할을 했다.

10년 동안 거의 하루도 빠뜨리지 않고 빅터를 간질이고, 찬물과 더운물에 번갈아가며 목욕을 시켰다. 이타드조차 이러한 상황에 대해 묘사하는 일을 힘겨워했지만, 더디긴 해도 몇 가지 의사소통 방법이 개발되었다.

빅터는 화가 났을 때도 더 이상 물지 않는다. 그 대신 자신의 새로운 입맛에 자신의 환경이 바뀔 때까지 자신의 손을 물어뜯을 것이다. 그는 행복할 때면 자신의 두 팔로 나를 감싸안는다. 그가 내 얼굴과 목을 무는 행위는 꼬집는 것과 같았다. 빅터가 편안함을 느꼈을 때 그가 할 수 있는 유일한 애정표현 방법이라고 나는 생각했다. 나는 빅터의 눈을 쳐다볼 때마다 그 곳에서 인간의 무엇인가를 본다.

정상적인 환경에 위임되기까지는 5년이라는 세월이 더 흘러야 했다. 마침내 빅터는 자신의 손보다는 다른 도구를 이용해 일상적인 식사를 하고, 자력으로 옷을 입고, 폭력적인 대부분의 감정 표현을 제어할 수 있게 되어 이 연구소의 정식 직원으로 인정받게 되었다. 그러나 이타드의 바람은 그를 새로운 환경, 새로운 사람들에게 노출시키는 것이었다. 그리고 이 새로운 자유로 인해 빅터가 더 많은 인간성을 획득할 수 있었으면 하는 것이었다. 빅터는 어린 시절처럼 폭력적인 행동을 다시는 보이지 않았다 해도, 30세가 되어서도 자신의 선생과 떨어져 있을 때는 칭얼대거나 울었다. 그의 보잘것 없는 언어표현 능력도 서서히 줄어들었으며, 혼자 방 안에 처박혀 벽만 응시한 채 엉덩이만 앞뒤 좌우로 흔들고, 눈을 맞추려 하지도 않았다. 이러한 증세는 자신의 다락방 아파트에 돌아와서도 전혀 호전되지 않았다.

이타드는 혼란스러웠다. 아니, 모든 것을 포기하고 싶었다. 그는 처음에 빅터가 이 연구소에 왔

을 때 시행했던 감각 프로그램의 호전적인 방법에
도움을 청했다. 간지럼은 새로 개발된 충격요법으
로 대체되었고, 냉온욕은 증기 치료법과 얼음에
담그는 식으로 대체되었다. 그러나 그다지 도움이
되는 것 같지 않았다.

나는 여러 면에서 내 자신을 되돌아보았다. …그
에게서 일말의 인간을 보았던 것, 그를 이 곳에 데려
오지 않을 수 없었던 것, 내가 행했던 이 모든 일이 그
에게는 커다란 은혜라고 생각했던 것! 나는 그에게
초기의 야수성을 바라고 있었다. 최소한 이런 야수성
이라는 면에서 나는 그와 같은 존재일 수 있었다.

빅터가 연구소에 있었던 기간 동안 그는 인간
여성들에 대해 전혀 관심을 보이지 않았다. 그리
고 그는 사회화된 인간이 애완동물을 대하듯이 어
린아이 취급을 받았다. 또한 단 한번도 연구소를
탈출하려고 하지도 않았다. 그는 40세에 죽었다.
여전히 사람들과는 거리를 둔 채, 그와 거의 30년
간을 같이 보낸 사람에게 미스터리를 남겨준 채
죽었다. 돌이켜보면 이타드의 수많은 동료들은 빅
터를 한 명의 어린아이로서가 아니라, 한 마리의
강아지로서 불렀다. 이타드 또한 빅터를 어린아이
로 대우하지 않았다. 그리고 동료들은 이타드
를, 루소가 이미 거의 부정한 「고귀한 야만인
(Noble Savage)」 이론을 반박하면서 평생을 지냈
던 사람이라 했다. 『그 소년은 숲속에 버려져 있
는 동안 천치가 된 것은 아니었다. 아니, 오히려

그 소년이 천치였기 때문에 숲속에 버려졌다』는 것을 이타드는 처음부터 인식했어야 했다고 동료들은 믿고 있다.

그러나 이타드는 그의 동료들이 생각했던 것처럼 그리 순진한 사람이 아니었다. 그는 소년의 목에 난 상처를 발견한 이후부터 한 명의「천치」를 후원하기를 꺼려하는 사람들에 의한 살해와 이 소년이 생존할 가능성 사이의 고리를 오랫동안 유지했던 것이다. 빅터가 죽은 후 몇 년 지나서 이타드는 『나는 그와 같이 보낸 시간을 절대로 후회해본 적이 없다. 만약에 후회할 게 있다면, 그것은 바로 내 개인적인 소견으로는 빅터가 발견된 곳에서 살았었더라면 힘겨운 삶을 지냈으리라고 확신할 수 없었다는 점이다. 고의는 아니지만 그의 고통을 가중시키지 않았으면 하는 바람이다』라고 표명한 바 있다.

현대의 의학계가 야만적이라고 정의한 기술을 사용한 데 대해 이타드가 책임을 져야 할지 여부는 여전히 논의가 필요한 문제다. 분명한 것은 빅터와 함께 한 이타드의 연구는 접촉을 통한 치료기법의 토대를 이루었다는 점이다(이것은 자폐성 증상을 보이는 아이나 성인에게 적용될 수 있는, 아주 드문 치료기법 중 하나다). 이타드의 보살핌은 곡마단의 눈요깃감으로 팔려가게 될 빅터의 운명을 방지한 셈이다. 그리고 이타드는 아마도 정신적으로 손상을 입은 환자들의 치료에 관한 방법적인 면까지 구체적으로 기록하여, 이를 외부의 에이전트에게 검토하게 한 최초의 인물이었을 것이다. 만약 이타드의 행동이 오늘날 비난받을 소지를 제공하고 있다면, 이는 대체로 그의 여가시간에 비난받을 그의 의지에 원인이 있을 것이다.

아마도 이타드는, 냉혹하고 무자비한 손길로부터 야수녀를 지키기 위해 기울이는 멀더의 필사적인 노력과 진실을 찾기 위해「굴욕이라는 무거운 짐」을 참아내는 그의 의지를 이해할 수 있는 극소수의 인물 가운데 한 사람일 것이다.

새스쿼치(Bigfoot)로 잘못 불리고 있는 웬디고(wendigo)는 X파일이 전개되고 있는 밴쿠버에서는 너무나 잘 알려진, 캐나다에서 실제로 전해 내려오는 전설이다. 반은 귀신 같고, 반은 짐승 같은 이것은 숲속에 살면서 인간을 잡아먹는다. 특히 어린아이를 잡아먹는다 한다. 이 전율을 느끼게 하는 믿음은 오래 전의 인디언 전설에서 비롯됐다. 이 전설에서 웬디고는 제물로 바쳐진 신선한 육신을 먹는다고 했다. 「초자연적인 현상을 찾아서(Exploring the Supernatural)」에서 램버트(R. S. Lambert)에 따르면 『웬디고들(여성일 수도 남성일 수도 있는)은 악령과 계약을 맺고 있다고 한다. 이 악령들은 숲에 숨어 있다가 그들의 제물을 죽이는 일을 돕는다고 사람들은 믿는다.』 콕스(W. T. Cox)는 「깊은 숲속 공포의 생명체(Fearsome Creatures of the Lumber Woods(1951)」에서 수많은 캐나다식 「숲속 공포(wood horrors)」를 열거하고 있다. 호댁스(hodags), 윔피스(whimpis), 훕 스네이크스(hoop-snakes), 셀로페이스(celofays), 그리고 필라말루스(filamaloos) 등….

암호명 : 어둠의 그림자(Shadows)

사건 개요

두 명의 도둑이 의문사를 당했을 당시 현금자동지급기(ATM)에 찍힌 사진이 로렌 키트(Lauren Kyte)라는 비서와 신원이 확인되지 않은 유령 같은 사내를 연관시키는 단서가 되었을 때, 멀더와 스컬리는 키트가 용의자인지 아니면 희생자인지 결정을 내릴 수 없었다. 한 대의 자동차가 떠나고 나서 세 명의 죽음이 더 있었다. 음모에 휘말린 키트 회사와의 관련성은 유령 사건과 비교한다면 시시해보였다. 이 사건의 원인인지, 아니면 목표인지는 불분명하지만 키트는 유일한 열쇠를 쥐고 있다.

심층적 배경

잊혀지지 않는 경험

민속이나 설화를 교묘하게 새로운 형태로 변형시키는 X파일의 솜씨는 고정적이고 열광적인 시청자들을 확보했다. 사실 「저지 공원의 악마」나 「화산 탐사 로봇(Firewalker)」과 같은 X파일의 일화는 옛날 이야기를 현대에 맞게

각색한 것임에도 불구하고 폭넓은 시청자를 확보했다. 결국 이 극이 전통적인 귀신 이야기에까지 손을 댄 것은 그리 놀랄 일이 아니다. 「어둠의 그림자」에서 제작진은 아마도 가장 오래 됐을 법한 옛날 이야기에 대해 간단한 역사를 전개시켰다. 엄청나게 많은 분량을 정해진 시간대에 맞추어 전개시키기 위해 이야기체 형식을 빌려 전반부를 시작하는 것은 실제적으로도 하나의 장점으로 부각되었다. 모든 사람들이 유령 이야기의 기본적인 사항은 알고 있기 때문에 작가들은 시청자들을 염두에 두지 않고 이야기의 중간부터 극을 전개하는 데에도 상당한 자신감을 지닐 수 있었다. 시청자들과 일단 연결되면 극은 어디에서부터든 전개될 수 있었다.

전통적인 유령

도덕성과는 전혀 무관하게 귀신이란 일반적으로 죽음의 영역에 속하는 것이다. 귀신은 대체로 죽음에 대한 불안과 연관된다. 모든 전통적인 유령 이야기는 안정을 방해하는, 충족되지 않은 충동적인 목적에 따라 불안한 정신상태에서 시작된다. 가끔 저승세계와 실세계와의 연결은 그들의 삶에서 중대하고 특별한 사람 또는 특별한 장소가 된다고 할 수 있다. 귀신은 살이 있는 생명체의 도움 없이는 자신들의 임무를 완수할 수 없다.

유혈의 역사로 유명한 런던 탑은 이러한 불만에 가득 찬 정신들의 천혜의 납골당이라고 할 수 있다. 몇 세기 동안 음습한 공간을 배회하는 수많은 영혼들은 모두가 고전적 형태의 귀신 이야기에

> **목격자 증언**
>
> 거짓말을 하고 싶지 않아요. 저는 자진해서 그릇된 정보에 대항하는 운동에 참여했었소.
> —멀더, 「어둠의 그림자」에서

> 앤더슨은 CBS 「미드데이(Midday)」 프로그램 인터뷰에서 밴쿠버에 있는 그녀의 새 집에서 기이한 영적 존재를 느꼈었다고 밝혔다. 그녀는 친구의 조언을 받아들여 미국 원주민 무당(shaman)에게 부탁해 그 집에서 한 판 굿을 벌였다. 그 후 그 이상한 느낌이 사라졌다.

일조하고 있는 셈이다. 1483년 살해된 두 명의 왕자가 비상계단 통로와 벽 사이를 오가며 방황하고 있었다 한다. 그들이 죽은 지 200년이 지난 1674년 그들의 유골이 발견되었는데, 적절한 장례식을 거쳐 매장되었다. 그 후 그들은 다시는 모습을 드러내지 않았다 한다.

이 런던 탑과 관련된 가장 유명한 귀신은 앤 볼레인(Anne Boleyn)이다. 앤은 1536년 헨리 8세(Henry Ⅷ)가 그녀의 목을 베기 전까지 그의 아내였다. 그저 정처 없이 배회하는 어린 두 왕자들과는 달리 앤은 불성실한 남편을 감시하기까지 했었다 한다. 한밤중에 날카로운 소리가 진동했고, 방문객의 얼굴과 목 부위에 차가운 감촉이 느껴졌다 한다. 심지어는 계단에서 헛발을 디뎌 넘어지는 자도 그 잘못을 앤의 탓으로 돌렸다. 이 귀신의 이상한 장난은 1992년까지 매우 자주 일어났다. 런던 탑의 방문객들은 『앤이 당신을 슬쩍 밀치지 않도록 하려면 위층으로 올라가는 난간을 조심하라』는 말을 자주 들었다. 헨리가 죽은 지 이미 오래 됐다 해도 그녀는 복수를 갈구하여 영원히 그 탑에 출몰할지도 모른다.

폴터가이스트와 현대 도시 설화

최근에 사람들은 귀신은 귀신일 뿐이라는 것을 믿지 않으려는 경향이 있다. 일반적인 유령 목격뿐만 아니라, 현시적인 징후도 없이 발생하는 기이한 현상을 설명해야 할 필요성이 제기되었다.

일찍이 1950년경 독일의 폴터가이스트(역주
Poltergeist : 시끄러운 소리를 내는 독일의 장난꾸러기
요정)라는 사상이 미국에 들어왔다. 이는 기존에
존재하는 것과 새로운 이야기를 통합한 것이었
다. 보통은 자유롭게 떠다니고, 에너지로 충만
한, 순수 의지의 형체 없는 매듭으로 알려진 폴터
가이스트가 구시대의 유령을 대체해버렸다. 중립
적이지만 시간과 공간 조직에 스며드는 강력한 힘
을 지니고 있는 「뉴에이지」 이론의 발흥으로 이
새로운 폴터가이스트 현상은 몇십 년 간 우리의
주위를 맴돌았다.

이 시기에 도시 전설 —— 초자연적이거나 영적
인 존재의 영향을 받지 않는 도시 사람들의 공포
에 대한 설화 —— 이 나돌기 시작했다. 이러한 이
야기는 어느 수의사가 한 여성이 기르는 개의 식
도에서 도둑의 손가락을 발견한 후에, 그녀의 집
안에서 강도의 시체를 발견했다는 이야기처럼 가
장 기본적인 인간의 다양성에 대한 순수 공포에
토대를 두고 있다.

과학으로 설명할 수 없는 재앙

1980년대 초 유령 이야기는 다음 세대의 화신을
구현하기 시작했다. 염력이나 텔레파시와 같은 것
에 대한 관심이 고조되었다는 사실은 사람들이 서
로 부대끼면서 희노애락을 느끼며 살아가고 있으
며, 게다가 물리적 세계를 초월한 실체가 있음을
믿고, 그 효과를 시각적으로 보여주려고 한다는

것을 간접적으로 암시하고 있다 하겠다. 어떤 종류든 간에, 이는 초심리학이라는 것에 둘러싸여 있다. 사실 수많은 원리를 동원해도 이를 속시원하게 설명할 수 있는 것은 전혀 없다.

X파일의 일화에 이러한 유령 이야기를 도입했을 때, 이 극에서는 적어도 세 가지 다른 결과를 이끌어낼 수 있었다. 로렌의 상사 그레이브스는 자신의 살해에 대한 복수로 그녀에게 나타난 것이었을까? 정신이 혼미해진 로렌은 엔진이 꺼진 후에도 오랫동안 전조등을 켜둘 수 있는 폴터가이스트와 같은 에너지의 힘에 노출된 것인가? 아니면 그녀 자신이 이 신비스러운 사건의 장본인이었나? 아마도 그녀의 사무실에서 벌어졌던 사건에 대한 로렌의 잠재의식적인 지식과 FBI에 대한 두려움이 그러한 비행물체를 만들어냈을 것이다.

E. T.와 법, 그리고 당신

뜻하지 않은 모든 사고에 대비하려는 시도로, 그리고 관제 용공의 시대인 매카시 시대의 편집증 가운데 한 반응으로 미국은 한때 미국 시민 중 그 어떤 사람도 「외계 시민에게 접근하거나 서로 통신을 나누거나 어떤 협정을 맺는 행위」는 불법이라는 법률을 제정했었다. 이 법률을 어기면 「최고 5,000달러 벌금 또는 투옥, 아니면 둘 다」를 합친 처벌을 받을 수도 있었다.

암호명 : 컴퓨터 유령(Ghost in the Machine) ·

사건 개요

새로운 유형의 외계 지능—— 어떤 희생을 치르고서라도 생존하려고 발버둥치는 인공지능—— 이 유리스코(EURISKO) 빌딩의 깊은 잠을 깨우고 있었다. 멀더의 옛 파트너인 라마나(Lamana)가 그 건물의 두번째 희생자가 되었을 때 멀더와 스컬리는 감전사 사건, 차고문에 목이 달아난 시체 사건, 2차 환기팬에 갈갈이 찢긴 사건의 희생자들을 발견했다. 그리고 미국 정부는 이 괴물을 이용하고 싶어했다. 멀더는 이 건물 시스템의 설계자로부터 도움을 받고 이 괴물과 일대 결전을 벌인다.

심층적 배경

인공지능 : 두뇌의 확장

멀더에게 이 「컴퓨터 유령」은 일종의 악몽 같은 사건임에 틀림없을 것이다. 멀더는 황색의 패션지철에 메모하기를 더 좋아해 그의 신형 컴퓨터는 먼지로 두껍게 덮여 있다. 전화를 도청하고, 당신의 파트너를 환기통로로 빨아들이고, 살인을 하는 인공지능 컴퓨터는 그 자체만의 음모는 아니었다.

그러나 컴퓨터 기술은 언제나 기묘하고 예견치 못한 전기를 마련했다. 이 일화에서 지각 있는 컴퓨터를 만들었을 때 X파일은 우리가 완전히 이해할 수 없는 전지전능의 기묘한 장치에다 우리의 사랑과 미움이라는 관계를 담아 얘기를 전개시킨 것이다.

과학은 컴퓨터 기술의 유아기 때 현세의 단조로운 일을 맡기고, 우리들의 힘겨운 노동을 대신해주는 로봇과 기술의 진보가 당연한 일로 여겨지는 광대한 데이터베이스를 우리에게 약속했었다. 이러한 약속은 많든 적든 간에, 어느 정도 수행되었다. 그러나 우리가 직접적으로 인식할 수 있는 방식으로는 발전하지 않은 것 같다.

예를 들어, 『우리 집에 가정부용 로봇이 있어요』라고 말하는 사람은 거의 없다. 제트슨(Jetsons) 유형의 로봇이 청소하는 대신에 과학은 우리에게 식기를 세척하고, 바닥에 깔린 융단의 보풀을 뜯어내고, 옷의 먼지를 씻어내는 정교한 기계를 제공해주었다. 이러한 기기는 우리에게 매우 유용한 것이다. 그러나 연속극 스타 트렉의 데이터(역주 Data : 등장인물로서 인조인간임)와는 달리, 이러한 가정용 기기를 우리는 로봇이라고 여기지는 않는다. 이들에게는 성격이 없다. 다른 것과 구분할 수 있는 특징이 없다.

전국에 걸쳐 전자 상점에서 가정으로 수많은 컴퓨터가 유입되고 있다. 이것들이 파이(pi)와 n차 방정식을 계산해낼 수 있다 해도 여전히 지능적이라고 불리는 PC는 없다. (여러 면에서 상당히 대조적이지 않은가!) 그러나 인간이 가꾸어온 최초의 꿈은 인간의 사고 유형, 창조력, 심지

목격자 증언

이상하군요, 스컬리. 저와 같이 초라한 정신의 소유자는 수수께끼를 좋아합니다. 우리는 전혀 예상할 수 없는 사고(思考)의 가로수 길을 걷거나 생경한 모퉁이를 돌기를 좋아합니다. 그러나 일반적으로 궁상맞은 정신의 소유자들은 살인하지는 않지요.

ㅡ 브래드 윌첵(Brad Wilczek),
「컴퓨터 유령」에서

X파일의 일화를 필름화하는 데 드는 평균 비용은 120만 달러다.

어 개성까지도 반영하는 기계를 만드는 것이었다. 즉 지렛대가 우리의 신체 능력을 확장했듯이, 우리의 정신 작용이 확장된 기계를 창조하는 것이었다. 우리의 문학을 대충 훑어보기만 해도 이러한 생각은 오랫동안 우리와 함께 했음을 알 수 있다. 게페토(역주 Gepetto : 나무를 깎아 피노키오 인형을 만든 장인 이름)가 지금 시대에 살고 있다면 그는 인공지능 전문가였을 것이다.

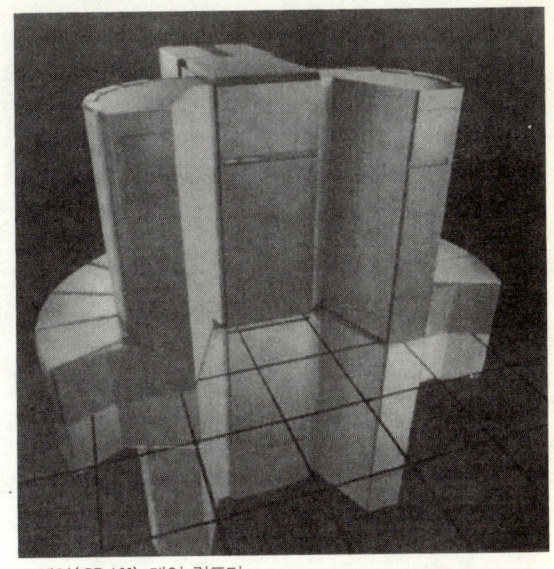

크레이(CRAY) 메인 컴퓨터

가장 간단한 형태의 인공지능이란 인간의 사고를 모방하는 시스템을 일컫는다. 「컴퓨터 유령」에서 내부 밀고자는 대가(大家)를 이길 수 있는 체스 프로그램에 대해 언급한다. 소프트웨어 시장에 나가보면 이와 유사한 프로그램이 수백 종이나 있다는 사실을 알게 될 것이다. 백개먼(역주 backgammon : 서양 쌍륙), 오셀로(Othello), 캐내스타(canasta), 포커(poker), 게다가 체스(chess) 프로그램 등은 모두 인간을 상대로 경쟁할 수 있는 프로그램이다. 레스터(LESTER)를 독특한 존재로 만든 것은 바로 이 프로그램의 속임수였지 않았는가!

대부분의 게임 프로그램은 일련의 규칙을 따른다. 체스 게임의 경우만 보더라도 이 프로그램은 상상할 수 있는, 내장되어 있는 모든 수를 생각하고 나서 그 중 가장 유용한 것을 선택한다. 레스터는 이들보다 한 수 위였다. 시합할 때 레스터는 내장된 수가 아니더라도 한번도 경험하지 않은 수라면 시합을 통해 학습했다. 이 프로그램의 논리구조를 한줄 한줄 평가·검토하고 나서 프로그래머들은 컴퓨터가 스스로 그러한 수의 가능성을 계산해낼 수 있음을 알게 되었다. 그 적수인 인간처럼 그 프로그램은 모든 수가 아니라, 관련된 수에만 집중하기 시작했다. 시합이 반복됨에 따라 이 프로그램은, 사람이 시합할 때 하는 행동유형과 거의 구별할 수 없는 시합 패턴을 사용하기 시작했다.

더욱 믿기지 않는 사실은 상대편 선수를 인식하면서 학습했던 것이다. 그리고 상대편에 따라서 그에 맞는 시합 스타일을 적용시키며 학습했던 것이다. 어떤 상대자들은 반복적으로 같은 상황이 주어지면 일관된 수를 이용하고, 어떤 상대자들은 공격적이고, 어떤 사람들은 방어할 때 특히 허점을 드러낸다는 사실을 학습했던 것이다. 상대자의 이름이 입력되면 그 프로그램은 즉각적으로 우선 순위를 조정하고, 환경에 반응해 자신의 행동유형을 변화시킨다.

물론 궁극적으로 도전해볼 만한 것은 그 프로그램이 규칙을 벗어나서도 작동하고, 독립적으로 사고할 수 있는 상황을 만들어내는 일이다. 연구 팀은 그러한 시나리오를 창작하기 위해 아직 확정되지 않은 일부 시안의 검토를 거쳐, 인간들이 변칙 수를 구사

> 이 일화의 배경 도시인 버지니아의 크리스털 시는 실존하지는 않는다. 이 도시는 실리콘 밸리를 암시한다.

하면 이를 경고했던 서브루틴(subroutine)이 제거되었을 때 완벽한 설정을 하게 되었다. 대다수의 인간 상대자들은 어리석은 실수를 저지르지 않는 고수였다. 그리고 더 이상의 프로그램 코딩은 불필요한 것으로 여겨졌다. 1주일이 지나자 한 고수가 투덜대고 있었다. 프로그램의 핵심 부분을 프로그래머들이 엉망으로 만들었다며 불평했다. 그것은 레스터가 제멋대로 변칙 수를 구사하고 있었기 때문이었다.

프로그래머들은 사고로 자신들의 데이터를 날려버렸다. 그 때까지 레스터와 시합을 통해 축적시킨 게임은 아무 쓸모없게 된 것이다. 프로그래머들은 자신들의 코드를 검토할 시간이 없었다. 정밀한 조사를 해보니 레스터는 오작동을 한 것이 아니었다. 프로그래머들의 바람 대로 정확히 작동했던 것이다. 레스터 자체의 변수를 확장해가면서 말이다. 서브루틴이 제거된 직후에

그 고수는 진정한 변칙 수를 구사했다. 고수가 변칙 수를 통해 승리를 거머쥘 상황에 직면하자 레스터는 정확한 변칙 수를 동일하게 구사했다. 진정한 개성은 아니지만, 레스터에는 분명 여느 게임 코드와는 다른 무엇인가가 있었다. 그리고 이것은 그 서설에 불과할 뿐이다.

기억, 의사결정, 우선 순위화, 사고유형은 해부할 수 없다. 이는 직접적으로 관찰할 수 있을 뿐이다. 그러나 이는, 사람이 된다는 의미에 대한 본질적인 요소다. 과학자들은 전통적인 인공지능 시스템에서 조건적인 성공을 통해 한 개가 아닌, 수천 개의 신호가 상호 결합되어 작동하는 「실리콘 두뇌(silicon brain)」의 창조가 이론적으로 가능함을 입증했다. 유리스코 빌딩을 움직이는 중앙처리 시스템(Central Operating System : COS)과 같이 이 복잡한 시스템은 차세대 인공지능이다.

「컴퓨터 유령」 각본의 초기판에는 최종 검열을 통과하지 못한 장면이 몇 개 더 포함되어 있었다. 그 중 멀더가 한때 라마나를 위해 준비한, 독신남 파티를 회고하는 라마나의 술집 회상 장면이 있었다. 여기에는 피치스(Peaches)라는 소녀와 함께 탁자 위에서 춤을 추는 장면도 있었다.

이러한 COS가 현실로 나타난 것은 아니지만 「컴퓨터 유령」에서 야기된 문제는 컴퓨터 과학자, 신경생물학자, 심리학자, 물리학자, 철학자, 심지어는 신학자들의 직접적인 관심사다. 분자생물학의 이 동료들은 유전공학을 통해 새로운 생명체를 만들어내는 데 도덕적인 문제에 부딪치고 있다. 인공지능 분야에 종사하는 모든 사람들은 생명체를 어떻게 정의해야 하는가에 대해 아직 명확한 결론을 내리지 못하고 있다. 이 COS가 생명체로서의 자격이 있는가? 우리가 내리고 있는 생명에 대한 모든 정의에 따르면 —— 물론 합법적 죽음에 대한 선언에 사용되는 정의도 포함해서 —— 이 COS는 살아 있었던 것이다. 그렇다면 이것을 파괴하려는 시도는 살인죄에 해당하는가?

컴퓨터 묘지

X파일에서 컴퓨터라는 존재는 위험스러운 종족이다. 첫번째 일화에서는

스컬리가 묵고 있는 모텔 방과 그녀가 소중히 여기는 노트북 컴퓨터가 화염에 싸였었다. 「컴퓨터 유령」에서 스컬리의 데스크탑 컴퓨터는 다행히도 전자적으로 저장된 자료를 좀더 고성능 프로세스를 갖춘 컴퓨터에 넘겼다. 그 이후로 수십 가지 다른 종류의 기계가 이들 두 요원의 손을 거쳐갔다. 멀더와 스컬리의 책상 위에는 여러 종류의 컴퓨터가 놓였는데, 거의 매주 바뀌었다.

팬들에게 이러한 기술 흐름은 하나의 우스운 순간 이상의 무엇인가를 제공한다. 그리고 매우 기이한 운명이 이 일화에서 일어난다. 외계인 피랍이나 늑대 인간의 가능성에 노출된 시청자들은, 정교하고 복잡한 기계가 테이프 저장장치에서 스컬리의 이름을 뽑아낼 수 있었다는 것을 쉽게 믿어버린다. 시청자들은 어떤 데이터베이스상의 전화번호와 그 이름을 일치시킬 수 있다는 데 모두 동의하고 있다. 그러나 이 시청자들을 포복절도하게 하고, 섬뜩하게 하며, 눈물짓게 하는 것은 실제로 전원이 켜 있지 않은 상태의 컴퓨터에서도 COS가 무엇인가를 얻었다는 사실이다. 커피메이커를 갖고 있는 사람은 누구든 이렇게 말할 것이다. 『아무리 정교한 커피메이커라 해도 전원을 빼버리면 커피를 달일 수 없다.』

컴퓨팅의 규칙을 무시하는 다소 불충실한 상황 설정은 예리한 통찰력을 갖춘 팬들로 하여금 웃음을 자아내게 한다. 만약 당신이 IBM 호환 기종 컴퓨터에서 DOS를 운용해왔다면, 여러분은 컴퓨터가 당신에게 던져주는 모든 오류 메시지와 신호음을 알고 있다. 한 컴퓨터에서 수행되는 운영체제는 다른 컴퓨터에서 사용할 수 없다. 그런데 X파일은 수많은 컴퓨터 사용자들이 현실 세계에서 해보고 싶어하는 일을 했다. 가장 대중적인 운영체계의 기괴한 변종을 창조했던 것이다. 모니터의 화면에서 매킨토시 기종의 bin이나 hex의 확장자를 갖는 파일은 다행스럽게도 autoexec.bat과 config.sys와 같은 도스 기반의 규약 옆에 나란히 위치한다. 그리고 호환성 문제가 혼합된 운영체제에서 야기되는 문제를 해결할 수 없는 경우에 제작진은 새로운 운영체제를 만들어 그들만의 고유한 파일을 띄운다. AUTOEXEC.BAT.SYS와 같이 말이다.

마지막으로 X파일의 세계에서 당신은 필요한 답을 얻기 위해 자신의 컴퓨터를 사용할 수도 없다. 예컨대, 「게임의 종말」에서 스컬리는 멀더의 컴퓨터로부터 전자우편을 받았다. 인터넷상의 수많은 네티즌들은 그러한 기교를 매우 좋아한다.

외견상으로는 이처럼 신비스런 컴퓨터가 달성할 수 있는 것에 대한 논리적인 제한은 없다. X파일 부서가, 자신들이 할 수 있는 모든 일을 해내는 것은 그리 놀랄 일이 아니다.

외부 전문가들

멀더와 스컬리 주변의 지인 중 전문가들의 질병률과 이를 신뢰할 수 있는 정보의 빈약성에 대해

해답

1. COS(Central Operating System), 중앙 처리 시스템.
2. 스컬리에 따르면 「철의 여인(Iron Maiden)」.
3. 중요한 증거물을 잃었다.
4. 스컬리를 거대한 환기 시스템의 팬 속으로 빨아들이려 했다.
5. 심리철.
6. 「나는 무언가를 발견한다(I discover things).」
7. 202-555-6431
8. 220.
9. 그가 탄 엘리베이터가 30층에서 추락하여 사망했다.
10. 2317-616.

점수 : _____

생각하면, 멀더와 스컬리가 수사국 내의 엄격한 명령체계와 정보를 교묘히 피해나가는 사적인 정보망을 확보하지 못했다는 사실은 놀라운 일이다. 예컨대, 스컬리가 「칼루사리(The Calusari)」에서 대리에 의한 뮌하우젠 증후군(Munchausen Syndrome by Proxy) 사건을 알았을 때, 그녀가 「불가항력(Irresistible)」에서 매우 주의 깊게 그녀의 이야기를 경청해준 사회사업가와 같은 사람을 선택했다는 것이 단적으로 이를 증명하고 있는 셈이다. 만약 우리가 멀더와 스컬리의 개인 메모철을 볼 수 있었다면, 그 정보망 목록은 다음과 같을 것이다.

Berube, Terrence Allen (Dr.)
사건 번호 : X-1.01-091093
유전공학자, 살해됨

Braun, Sheila (Dr.)
사건 번호 : X-1.22-042994-40210
아동 심리학자.
도움을 주는 것과는 달리 가능성을 제시한다.

Briggs, Frank (Det.)
사건 번호 : X-1.03-092493-
　　　　　　 X-1.21-042294
퇴직 형사.
주 : 툼스에 대해 특별한 지식을 갖고 있음. 그리고 이 사건을 해결하는 데 일조하겠다는 의지를 표명함.

Carpenter, Anne (Dr.)
사건 번호 : X-1.24-051394
병리학자.
수사를 돕다가 기이한 상황에서 사망함.

DaSilva, Nancy (Dr.)
사건 번호 : X-1.08-110593
독물학자(toxicologist)
어려운 현장상황에서 멋지게 임무를 수행한다. 아마도 장차 도움을 받게 될 것 같다.

Diamond (Dr.)
사건 번호 : X-1.05-100893
인류학 교수
주 : 다이아몬드 박사는 이 분야에서 자신이 전문가임을 증명하고 현장에 꾸준히 나타난다. 아마도 장차 더 많은 도움을 주게 될 것 같다.

Generoo, Michelle
사건 번호 : X-1.09-111293
NASA의 통신 전문가.
주 : NASA의 프로그램과 결합되어 제너루 부인의 전문지식은 장차 정부의 미제(未濟) 관측에 대한 해명으로

「기상 풍선」과 「인공 위성」이라고 발표한 사건에 대한 오정보에서 정보를 이끌어내는 유용한 것으로 판명될 수 있다.

Gerrardi, Francis (Dr.)
사건 번호 : X-2.04-100794
수면 전문가.
기꺼이 도움을 주겠다는 관대함과 의지는 이 사건으로는 알 수 없음.

Green, Phoebe (Inspector)
사건 번호 : X-1.12-121793-11214893
연락처 : 스코틀랜드 야드
그린 부인은 런던 지역에서 벌어지는 작전에 대해 해박한 정보를 갖고 있음.

Grissom, Saul (Dr.)
사건 번호 : X-2.04-100794
수면 전문가, 사망.

Hakkie, Del (Dr.)
사건 번호 : X-2.05-101494
정신병 의사.
배리의 주치의로서 우연히 인질 상황에 연루된다. 자발적으로 도움을 줄 것 같지 않음.

Hodge (Dr.)
사건 번호 : X-1.08-110593
의사.
그 자신의 프로젝트와는 무관하게 질문에 답할 것 같지 않음.

Keats (Dr.)
사건 번호 : X-1.23-050694
항공 추진 공학자.
도움을 줄 것 같지 않음.

Kendrick, Sally (Dr.)
사건 번호 : X-1.11-121093
유전공학자.
켄드릭 박사에 관해서는 알려진 바 없음. 아마도 사망한 듯함.

Lone Gunmen
은밀한 접촉자.
믿을 만한 사람이자 향후 도움을 받게 됨〔알려진 구성원 : 프로하이크, 랭글리, 바이어스, 싱커(The Thinker)〕.

Murphy, Denny (Dr.)
사건 번호 : X-1.08-110593
지질학자, 유빙(流氷)에 관한 전문가.
주 : 사망.

Nemman, Jay (Dr.)
사건 번호 : X-1.01-091093
검시관, 오리건 주의 일반의.
주 : 검시 보고서를 거짓으로 작성한 후에 지역 자원으로서 네먼 박사의 가치에 의구심이 든다.

Nollette, Frank (Dr.)
사건 번호 : X-1. 23-050694
항공 추진 공학자.

Pierce, Adam (Dr.)
사건 번호 : X-2. 09-111894
화산학자.
주 : 사망.

Ridley, Joe (Dr.)
사건 번호 : X-1. 16-021194
유전자 교환학의 원로 학자.
주 : 리들리 박사의 도덕성을 보면
　　신뢰할 만한 자원은 아님.

Secare, William (Dr.)
사건 번호 : X-1. 24-051394
전문 분야 알 수 없음.
사망한 듯함. 살해됨.

Spitz (Dr.)
사건 번호 : X-1. 22-042994-40210
심리학자, 역행 최면 전문가.

과거의 사건에도 관여했고 앞으로도 계
속 관여하겠다는 의지를 표명.

Surnow, Ronald (Dr.)
사건 번호 : X-1. 23-050694
항공 추진 공학자.

Trepkos, Daniel (Dr.)
사건 번호 : X-2. 09-111894
화산학자.
「화산 탐사 로봇」 프로젝트의 팀 리더.
화산학 분야의 확실한 전문가.
그러나 모르는 부분이 더 많음.

Wilczek, Brad
사건 번호 : X-1. 07-102993
컴퓨터 과학자, 개발자, 프로그래머.
주 : 인공지능과 신경망 분야에서 윌첵의
　　전문지식이 확실히 가치있는 자원이
　　기는 하지만, 그에 대해 아는 바는
　　거의 없다.

불편한 파트너십

사건번호 X-1.08-110593

암호명 : 빙하의 공포(Ice)

사건 개요

북극 기지에서 행복하기만 했던 과학자 그룹이 서로 살해하는 일이 벌어지기 시작했을 때 멀더와 스컬리는 조사 팀과 함께 북극 기지로 갔다. 그들은 모두가 죽었다고 믿었었다. 살인 광기를 유도하는 병원체가 과학자들에게 노출되어 모든 요원들은 서로 의존해야만 했다. 다만, 이들 동료가 자신들이 생각하는 동료라면 말이다.

심층적 배경

실제 북극의 빙하핵 프로젝트 : 얼어붙은 과거 파헤치기

빙하를 뚫는 실제 프로젝트에 인간의 아드레날린을 좋아하는 기생충은 없지만, 이 빙하의 땅에는 우리가 상상할 수

> **목격자 증언**
>
> 판단을 내리기 전에, 당신을 일깨우고 싶소. 우리는 북극에 있어요.
>
> ─멀더, 「빙하의 공포」, 한 시신을 검사하면서

없는 생명체가 있다. 산소가 결핍된 남극의 빙관〔內陸氷〕호수에서는 미생물이 번식하고 있다. 얼음을 통해 성장하는 조류(藻類 : algae)는 양 극지방의 갈라진 틈에 침투해 번식한다. 녹색과 갈색의 얼룩이 있다는 것은 조류 성분이 몇 마일 퍼져 있다는 증거다. 그리고 그 얼음 속에서 고농도의 산소가 존재하는 환경을 만들 수 있다는 증거이기도 하다.

생명이란 극미세의 세계에만 제한되는 것은 아니다. 대부분의 경우에 얼음을 뚫는 생명체(ice-borer)는 위협적일 수 있다. 이러한 것은 로스 해(Ross Sea)를 따라서 펭귄을 관찰하던 에이프릴 패조(Aprile Pazzo)가 처음으로 발견했다. 그녀가 기지로 돌아왔을 때 펭귄들이 갑자기 소리를 지르면서 그녀를 지나쳐 달아나는 것이었다. 분명 위협적인 무언가에 쫓기는 듯했다. 주변을 둘러보았지만 아무것도 찾을 수 없었던 패조 부인은 날지 못하는 펭귄 떼를 찾아 나서기 시작했다. 그 펭귄 떼를 발견했을 때 그녀는 단지 놀랐다는 것으로 형용할 수 없었다. 펭귄들은 눈이 녹아 질퍽해진 구덩이 속에 모두 빠졌던 것이다. 그 해 남극에는 그러한 진창이 존재하지 않았다. 그러나 버둥거리는 새들의 주변에서 실제로 열이 발생하고 있었다.

패조는 더 이상 빠지기 전에 펭귄들을 끌어올렸다. 그녀는 그 진창에 빠진 펭귄을 모두 구출했다. 거기에서 새로운 동물 하나를 발견했다. 그것은 펭귄의 몸 속 깊숙이 이빨을 박고 있는, 털 없는 수십 마리의 생명체였다. 펭귄들이 빙판 위에 던져지자마자 이상한 생명체는 물고 있던 것을 놓았다. 패조 부인은 징그럽게 생긴 15cm 길이의 잔인한 생명체 하나를 붙잡았는데, 나머지 생명체는 진창 속에 구멍을 뚫고는 도망가버렸다.

그 놀라운 최초의 조우가 있은 후부터 패조 부인은 이를 「고열의 머리를 갖고 있는 털 없는 얼음 천공생명체」라 부르고, 이 생명체 관찰을 그녀의 주된 일로 삼았다. 이는 성숙한 표본이라도 길이가 15cm 내외이고, 가장 큰 놈이라 해도 무게는 100g 내외인 것 같다. 크기로만 보아서는 더러운 쥐보다 더 위험스러워보이지 않는다. 그러나 설치류와 관련해서 이들은 남극 빙하에 자신들의 편안한 은신처를 만드는, 매우 특이한 적응을 해왔다.

믿을 수 없을 만큼 매우 높은 신진대사율을 통해 이 생명체는 정상적인 체온인 섭씨 43.3°를 유지하고 있었다. 대부분의 열은 밝은 적색 빛을 내는, 수많은 혈관으로 뒤덮인 앞이마를 통해 방출된다. 이 천혜의 열판은, 펭귄들이 급작스럽게 빠진 진창 구덩이를 설명해줄뿐더러 이 해빙 생명체의 속도도 가늠해볼 수 있는 단서다. 몇 개월 후 패조 여사는 이 두더지 같은 생명체가 펭귄이 뒤뚱거리며 걷는 속도보다 더 빨리 터널을 팔 수 있고, 추운 날씨에서도 인간들의 조깅 속도와 맞먹는 속도를 낸다는 사실을 알 수 있었다.

펭귄의 서식지 밑에 있던 이 생명체들이 단 한 마리의 먹이를 향해 몰려들었고, 얼음과 눈을 뚫고 치솟아 올라온 것이었다. 이 웅덩이를 발견하고 펭귄들은 하나둘씩 뛰어들기 시작한 것이다. 몸의 90%가 이빨로 이루어진 듯이 보이는 이 생명체는 한 순간에 이 불쌍한 새를 조각내버렸다. 패조 부인은 이 생명체가 펭귄의 물갈퀴와 부리를 제외하고 모두 먹어치운 것을 보았다. 그리고 이들은 120cm 크기의 펭귄 대장에게까지 공격한다고 한다.

이 얼음 천공생명체와 같은 생명체들은 탐험가인 필리프 푸아송(Philippe Poisson)의 실종과 관계된 것으로 추측된다. 그리고 이러한 생명체는, 진리는 허구보다도 더욱 이상할 수 있으며 위협적이기까지 하다는 것을 우리에게 상기시켜주고 있다. 그린랜드 빙관 프로젝트(Greenland Ice Sheet Project : GISP)와 같은 프로젝트를 위해 북극에서 생활하고 일하는 사람들에게는 다행스러운 일로, 이 얼음 천공생명체는 남반구에 한정되어 있는 듯하다. 이들은 세계에서 가장 높은 곳에서 빙하에 묻힌 우리들의 역사에 관해 무언가 놀라운 것을 발견하고 있다.

GISP는 국립과학재단(National Science Foundation)의 기금으로 최근 그린랜드의 암반을 깨기 시작했다. 북쪽에서 보충될 연속적인 최장의 빙핵(ice core)을 만들면서 말이다.

그린랜드의 빙관「집적(저장소)」은 매년 눈이 내리면서 만들어졌다. 주변에서 가스와 화학약품, 그리고 먼지가 뭉쳐지고 결국에는 얼음으로 응축된다. 유럽 그린랜드 빙핵 프로젝트(European Greenland Ice Core Project : GRIP)가 뚫은 보조 핵인 GISP2의 빙핵은 10만 년의 역사를 담고 있다.

이 빙핵 연구는 농학이나 천문학 등 다양한 분야를 포괄하고 있다. 그 중 호기심을 자극하는 이상한 이론은 운석 족문 이론(Meteorite Footprint Theory)이다. 1908년 하나의 소행성이 대기권을 뚫고 시베리아 탕구스카 강 유역에 떨어졌다. 이 폭발로 인해 약 15메가톤의 에너지가 방출되었는데, 수백 평방마일의 숲을 평지로 만들 정도로 위력적이었다. 루트거 대학의 로버트 셰럴(Robert Sherrel), MIT 대학의 에드워드 보일(Edward Boyle), 그리고 프랑스의 방사능연구센터 로베르 로치아(Robert Rocchia)가 엷은 빙핵 두 개를 사전 연구해보니 1908년 이후 그린랜드 빙하의 이리듐 농도가 4배 에서 20배로 경층 뭔 것을 알 수 있었다. 이리듐의 침적은 운석의 충돌을 암시하는 증거일 수 있다. 왜냐하면 외계 물질은 지구의 물질보다 더 풍부 한 성분을 함유하고 있기 때문이다. 만약 이것이 확인된다면 빙하에 기록된 최초 운석 충돌의 예가 될 것이다. X파일 제작진이 만든 「빙하의 공포」의 배경은 바로 이 사건이었다.

그린랜드 연구 그룹의 과제는 화산 폭발에서 운석의 징후를 분리해내는 것이었다. 연구자들은 아이슬랜드 래키가이거(Lakigigar)의 1783년 화산 폭발로 발생된 황산염의 급격한 증가와 유사하게 그린랜드 빙하에서 기존량보다 18배 가량 이리듐이 증가한 것을 발견했다. 그러나 그들은 1908년 빙하에서 탕구스카 자원가설(source hypothesis)을 지지하는 화산의 지문을 보았다.

운석이론이 자리를 굳히면서 팀들은 충돌의 장기적인 영향을 연구할 수 있었다. 단기적으로 그 결과는 보잘것 없었으나 시간이 지남에 따라 운석에 함유된 광물질은 새로운 식물 성장을 가능케 하는 요소로 그 지역에 실제적으로 뿌려질 수도 있었다. 몇 가지를 고려해보니 충돌시 엄청난 에너지가 방출되었다. 그 에너지는 흔적도 없이 흩어진 것이 아니었다. 시베

> 어떤 박테리아는 섭씨 80°에 달하는 고온의 물에서도 생존한다. 어떤 종류는 섭씨 영하 20°의 차가운 물을 좋아하는 것도 있다.
>
> 「빙하의 공포」에 등장한 개는 듀코브니의 개[犬] 블루(Blue)의 실제 살아 있는 아비다.

리아 전 지역은 녹색의 초목들이 성장하는 좁은 지역이다. 과학자들은 빙관을 강하게 친 암반의 힘으로 인해 이러한 환경이 발생한 것으로 여기고 있다. 아마도 이 동토에서 살아가고 있는 새로운 생명체에 관한 개념은 결코 억지 춘향이는 아닐 것이다.

암호명 : 우주 영혼(Space)

사건 개요

NASA의 한 통신 전문가가 우주 비행사들을 죽음으로 몰 수 있는 태업(怠業)이 있었다는 사실을 지적했을 때, 멀더는 미션 컨트롤(Mission Control)을 방문한다는 사실에 소년시절의 꿈이 실현된다는 기대에 부풀었다. 불행히도 그 프로그램에 애정을 쏟는 사람은 전혀 없었다. 신중하게 행동하는 스컬리와 함께 이들 두 사람은 현장에 도착했다. 세속적으로는 전혀 이해할 수 없는 우주공간에서의 해결방법을 택한 전 우주 비행사 오렐리우스 볼트(Aurelius Bolt)에 대한 멀더의 영웅 숭배는 전과 같지 않다.

심층적 배경

암스트롱의 천사들, 그리고 또 다른 조우

카터는 NASA의 역사, 우주 비행사, 외계인, 그리고 이 일화를 위한 화성인의 특징(Martian feature)을 결합할 때 UFO 학자들이 가장 좋아하는 이론 가운데 일부와 여러 면에서 공상과학 소설의 초기판을 함께 그려냈다.

해를 거듭함에 따라 각계 각층의 단체들은, NASA가 이미 발표한 것보다 UFO에 관해 더 많은 것을 알고 있으며, 또한 이를 은폐하고 있다는 증거를 확보하고 있다고 주장했다. NASA의 우주 비행사들은 UFO를 가까운 거리에서 직접 목격했고, NASA가 자발적으로 이러한 사실을 절대 공개하지 않을 UFO의 존재를 지지하는 사진 물증이 있다고 주장한다.

사실 우주 비행사들도 개인적으로는 이 우주에 우리 지구인들만이 유일한 지적 생명체라고는 생각지 않으며, 자신들의 개인적 견해가 NASA의 공식적인 성명으로 받아들여졌을 때는 UFO와 관련된 기록이 다소 엉망이 될 것이라고 생각한다. 이러한 이야기를 폄하하기는 어려운 일이다. 우주 비행사들도 UFO 목격에 관한 자신들의 진술을 공개적으로 여러 차례 해왔기 때문이다.

> **목격자 증언**
>
> 그 밸브는 탄소철 티타늄으로 만들어졌습니다. 이 물질은 우주선이 발사될 때 발사대가 받는 온도를 견뎌낼 만큼 내열성이 강하다는 평가를 받고 있습니다. NASA의 어떤 사람이 밸브 고장이라는 분석 내용을 보게 되면, 누군가가 그처럼 발견되지 않는 손상을 입히는 일은 불가능하다고 말하고 싶을 것입니다.
> ―미첼 제너류, 「우주 영혼」에서

고든 쿠퍼 소령

수성 프로젝트 우주 비행사이자 혼자서 우주를 탐험한 마지막 미국인 고든 쿠퍼(Gordon Cooper)는 1963년 5월 15일 지구 궤도를 22바퀴째 돌고 있었다. 혹자에 따르면 이 마지막 궤도에서 그는 오스트레일리아 퍼스 근처의 문치아 트래킹 정거장(Munchea tractking station)과 접촉했었다. 이 때 그는 녹색빛을 발하는 비행물체가 자신의 캡슐로 접근하고 있다고 보고했다. 이 비행물체는 문치아 레이더 시스템에도 잡혔었다. 보고에 따르면 쿠퍼 소령은 또한 1951년 서독 상공에서 F-86 사브레제트(Sabrejet)를 조종하는 동안 접시 모양의 UFO를 보았었다고 한다.

녹음된 쿠퍼 소령의 인터뷰 내용을 들어보자. 『나는 매우 오랫동안 비밀을 간직한 채 살아왔다. 이것은 우주항공학의 모든 전문가들이 짊어지고 있

는 비밀이다. 미국에서 우리의 레이더 관제 시스
템에는, 우리로서는 알 수 없는 형태의 물체가 매
일 포착되고 있음을 이제는 밝힐 수 있다. 그리고
이것을 증명할 수 있는 수천 건의 목격자 보고와
엄청난 분량의 문건이 있지만, 그 누구도 이러한
자료가 공개되기를 원치 않는다. 어째서인가? 정
부 당국자들은, 사람들이 이 공포의 침입자들에
대한 정체는 신만이 안다고 생각하게 될까 두려워
하고 있기 때문이다. 따라서 모든 수단을 강구해
비밀을 여전히 유지함으로써 그러한 공포를 피해
야 한다.』

에드 화이트와 제임스 맥디빗

1965년 6월 우주 비행사로서 최초로 우주를 유
영한 미국인 에드 화이트(Ed White)와 제임스 맥
디빗(James McDivitt)은 제미니(Gemini) 우주선
을 타고 하와이 상공을 지나고 있을 때 사방으로
「팔 같은 것」이 뻗어나온 기묘한 모양의 금속성
물체를 보았다. 혹자들은 맥디빗이 이 때 무비 카
메라로 이 장면을 찍었으나 공개되지 않았다고 주
장한다.

제임스 러벨과 프랭크 보먼

1965년 12월 제미니 우주 비행사인 제임스 러벨
(James Lovell)과 프랭크 보먼(Frank Borman)은
14일째의 두번째 궤도 비행을 하고 있는 동안
UFO를 보았다고 보고했다. 케이프 케네디에 있는

제미니 통제부는 그들에게 타이탄 보조추진 로켓의 최종 단계를 보았을 뿐이라고 말했다. 보먼은 바로 그 때 보조추진 로켓을 보고 있었다. 그가 본 것은 완전히 다른 물체였음이 확인됐다. 제미니 7호와 지구와의 통신내용을 중계한 TV 화면은 무엇에 긁힌 듯 고르지 않았고 소리는 전혀 알아들을 수 없었다. 일부 시청자들은 러벨이 『우리는 실제로 몇 대의 UFO를 목격하고 있다』고 하는 말을 들었다 한다.

로버트 화이트 소령

1962년 7월 17일 로버트 화이트(Robert White) 소령은 X-15기로 930km 상공을 비행하고 있을 때 한 대의 UFO 목격 사실을 보고했다. 화이트 소령은 보고에서 『무슨 일이 벌어질지 모르겠다. 회색 빛을 띤 물체가 30~40피트 떨어진 곳에 있다』고 말했다. 그 당시 〈타임(Time)〉지에 따르면 화이트 소령은 무전 교신 중 『밖에 있어! 정말 있어』라고 소리쳤다 한다.

유진 커낸 사령관

아폴로 17호 사령관인 유진 커낸(Eugene Cernan)은 1973년 UFO에 관한 〈로스앤젤레스 타임스(Los Angeles Times)〉지 기사에서 말하기를 『나는 UFO에 관해 많은 질문을 받았었다. 그리고 나는 그 때마다 공개적으로 그 UFO는 또 다른 생명체 또는 다른 문명이라고 생각한다고 말해왔다.』

해답
1. 멀다.
2. 그녀는 낮게 깔린 안개에서 나온 유령 같은 이미지에 놀랐다.
3. 앨버커키(Albuquerque), N. M.
4. 약혼자 관계.
5. 보조동력장치(Auxiliary Power Unit).
6. 오렐리우스(Aurelius).
7. 디스커버리(Discovery).
8. 미션 컨트롤 통신 사령관.
9. 제미니 8호.
10. 재진입 각도를 바꾼다.

점수 : ＿＿＿＿

물론 원작자인 카터의 의도대로라면 우주 비행사들이 외계인과 접촉을 했든 안 했든, NASA가 그러한 사실과 지식을 숨겼든 안 숨겼든 간에, 우주 비행사들을 UFO 현상에 연관시키려는 모든 시도가 NASA의 치솟는 명성, 또는 NASA만이 UFO학 연구의 주류를 형성할 수 있다는 명성에 대한 인지도만을 높여주고 있다는 것은 전혀 문제가 되지 않는다. 전혀 모순점이 발견되지 않는 이야기가 회자되고 있다. 이것은 닐 암스트롱(Neil Armstrong)과 연관된 것이다. 아마도 미국에서 이 사람을 모르는 사람은 없을 것이다. 초창기 임무 중에 암스트롱은 상당히 광범위한 지역에 걸쳐 일시적으로 펼쳐진 무지개와 같은 현상을 보고 놀랐었다. 줄곧 「암스트롱의 천사들(Armstrong's Angels)」로 불린 이것들은 정말 캡슐에서 배출된 쓰레기였을까?

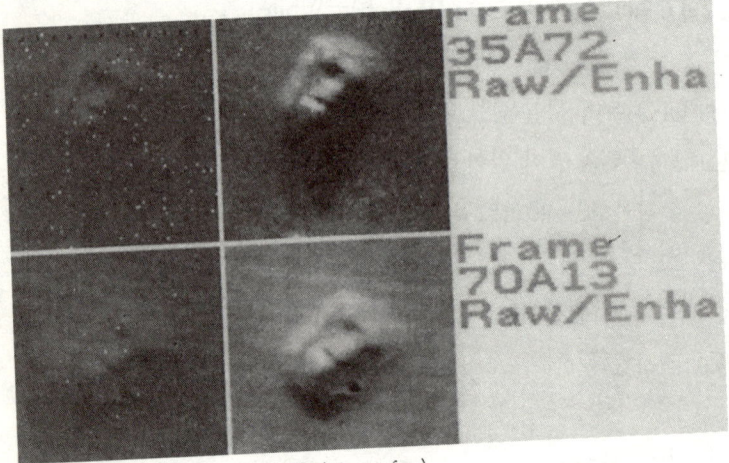

볼트 대령의 악몽에 나타난 화성인 면암(Martian face)

암호명 : 추락 천사(Fallen Angel)

사건 개요

멀더가 UFO 추락장소로 알 려진 보안지역에 잠입하려다 붙 잡혔을 때, 스컬리는 그를 데려 오라는 명령을 받고서 자신이 곤란한 상황에 놓였다는 것을 직감했다. 현장의 출입 금지는 공식적인 제기로도 해제되지 않았다. 멀더는 추락 전에 이

미 와 있었던 UFO 추적자 맥스 페닝(Max Fening)에게로 관심을 전환했 다. 군부, FBI, 페닝, 그리고 알려지지 않은 위험한 실체가 최종적으로 만 났을 때 누가 누구를 추적하는지는 분명치 않았다.

심층적 배경

발광체를 쫓아서

수많은 단체에서는 매년 보고되는 1,200회 이상의 UFO 목격 사실 보고서를 수집하고, 비교·검토하며, 분류하고, 분석하기 위해 많은 노력을 기울이고 있다. 문자 그대로 전국에 퍼져 있는 추적자들은 하늘을 샅샅이 훑거나 다음 번 우주의 부름을 기다리고 있다. 데니스에서 엘비스 프레슬리(Elvis Presley)를 보았다며 한밤중에 토크쇼에 전화를 거는 이상한 사람과는 전혀 다른 이들 단체의 구성원은 주로 공학자, 군인, 법률가, 의사, 그리고 회계사 등으로 이루어져 있다. 이들의 개인적인 경험은 다양하다. 그러나 이「정상적인」사람들은 시간과 노력을 낭비한다는 소리까지 들어가면서 명성을 담보로 수집된 자료에서 무엇인가를 찾아내고 있다.

> **목격자 진술**
>
> 그래요, 운석이 동부 위스콘신 주의 작은 마을 위에서 떠다니고 있는 것 같군요.
> ─ 코레츠(Koretz), 프로젝트 팔콘(Project Falcon), 「추락 천사」에서

▶ 보덜랜드 과학연구재단(Borderland Sciences Research Foundation : BSRF)

Garbervill, 캘리포니아 주

1945년 설립됨. BSRF는 비영리 단체다. UFO에 관한 정보, 출현 장소를 찾아다니고, 최면이나 포티언 현상(Fortean phenomena)과 연관된 자료를 비교·검토한다.

▶ UFO연구를 위한 기금협회(The Fund for UFO Research, Inc.)

Mt. Rainier, 메릴랜드 주

세금감면을 받는 비영리 단체로서 워싱턴 D.C.에 본부를 두고 있다. 이들이 주로 하는 일은 UFO 현상을 다루는 과학적 연구 및 공개적인 교육 프로젝트에 보조금을 제공하는 것이다.

1. 이 단어는 찰스 포트(Charles Fort)의 업적과 연구를 이어받아, 포트의 철학과 방법론에 입각해 연구 및 조사를 하는 일단의 사람들을 칭하는 단어다(예 : 케인지언이나 프로이디언과 같은 형식으로 사용된 단어).

2. 포트는「기이한 현상 및 경험, 경이적인 사건이나 불길한 징조」등에 관해 연구한 인물이다. 그는 과학적인 설명에 대해 회의적인 견해를 갖고 있었다. 왜냐하면 그는, 과학자들이 명백한 증거의 법칙에 의거해 현상을 설명하기보다는 다소 개인적인 차원의 신념에 의거해 의사를 개진하는 자세에 대해 불만을 갖고 있었기 때문이다. 분석 또는 처리하기 불편한 자료는 불신하거나 무시하는 과학자들의 행태에 대해 문제를 제기한 사람이다.

3. 포트는 우주를 하나의 유기체로 생각했으며, 드러나는 모든 현상은 일시적인 것으로 생각했다. 그리고「염력(念力, teleportation)」이라는 신조어를 만들어 낸 사람이기도 하다.

▶ 국제 포티언 현상 연구조직(International Fortean Organization : INFO)
Arlington, 버지니아 주

포티언 현상의 교육적 및 과학적 연구를 위해 설립된 비영리 법인. INFO는 UFO 사건, 잃어버린 문명, 물리법칙의 예외적인 현상, 아틀란티스, 새스쿼치 원인, 사라진 문명 등을 비롯해 기이하고 이성적으로 설명할 수 없는 사건을 조사한다.

▶ 아일랜드 우주관측센터(Island Skywatch)
Queens, 뉴욕 주

세제 혜택을 받는 단체. 목적은 UFO 현상에 대한 과학적 · 객관적 연구다. 분과로서 UFO 피랍자 지원 그룹이 있다.

▶ UFO연구를 위한 앨런 하이네크 연구소(J. Allen Hynek Center for UFO Studies : CUFOS)
Chicago, 일리노이 주

비영리 민간단체. 목적은 과학자, 연구자, 자원봉사자 등 국제적인 단체

쉬운 문제 : 각 1점

1. 「추락 천사」라 불리는 암호명은 무엇인가?

2. 페닝은 어떤 조직을 위해 일하는가?

3. 스컬리가 페닝을 처음 만났을 때 그는 창 밖 중간에 있었다. 어느 창이었나?

4. 멀더는 필명으로 걸프 브리즈(Gulf Breeze) UFO 목격담에 관한 기사를 썼다. 실제의 그 권위 있는 잡지는?

5. 멀더의 주의를 끈 페닝의 상처는 신체 어느 부위에 있었는가?

어려운 문제 : 각 2점

6. 「회복작전」을 달리 무엇이라고 불렀는가?

7. 멀더가 기사를 썼을 때 사용한 필명은?

8. 페닝이 고통받고 있는 두 가지 병명은 무엇인가?

9. 이 사건을 「해결」하는 데 걸린 시간은?

10. 현장을 깨끗이 치우는 데 대한 「공식적인」해명은 무엇이었나?

의 전문지식을 통해 UFO 현상을 진지하게 연구하는 데 있다. CUFOS는 UFO 현상에 관한 자료를 가장 많이 보유하고 있다(그 다음이 미국 정부다).

▶ 우주현상에 대한 국제공동조사위원회
   (Multinational Investigations Cooperative on Aerial Phenomena : MICAP)
   Wheat Ridge, 코네티컷 주

   MICAP는 국제적인 단체다. UFO 현상에 관한 과학적인 탐구를 목적으로 한다.

▶ UFO정보망(Mutual UFO Network. Inc. : MUFON)
   Seguin, 텍사스 주

   MUFON은 비영리 단체로 국제적인 과학조직이다. 주로 UFO 현상에 관한 조사 · 연구를 한다. MUFON의 성원들은 헌신적인 조사 · 연구자들의 과학적 연구가 집적되면, 결국에는 UFO 수수께끼에 대한 해답을 찾을 수 있을 것으로 믿고 있다.

▶ 전미UFO목격연구소(The National Sighting Research Center : NSRC)
   Emerson, 뉴저지 주

   비영리 단체. 주로 엄청난 양의 정보수집을 하고 이를 분류 · 정리하여 전문적인 UFO 조사 · 연구자들에게 제공하고 있다. 이들은 미국 내의 이상 공중현상에 관해 보고된 목격담을 전산화하고, 이를 고도의 그래픽 자료로 데이터베이스화하여 제공하고 있다.

▶ 미제현상조사협회(The Society for the Investigation of the Unexplained : SITU)

Little Silver, 뉴저지 주

세제 혜택을 받는 비영리조직. 설명할 수 없는 사건에 관한 자료를 비교·검토하고, 개인적 보고 및 일반적 주제에 관해 적절한 조사를 수행한다. 그리고 주요한 자료를 회원들에게 보고한다.

▶ UFO정보검색센터(UFO Information Retrieval Center : UFOIRC)

Phoenix, 애리조나 주

비회원제 조직. UFO에 관한 정보를 수집·비교하고, 출간하고, 홍보하는 단체.

▶ UFO학 조사연맹(UFOlogy Investigators League)

New Brunswick, 뉴저지 주

자신들이 사는 지역의 UFO 사건을 문서화하고 싶어하는 조사원들의 국제적인 네트워크로 확장되고 있는 새로운 조직.

▶ 마니토바 UFO연구소(UFOlogy Research of Manitoba : UFOROM)

Winnipeg, Manitoba, 캐나다

UFOROM은 개인적이고 비영리적인 단체로서 자원봉사자들로 구성된 조직이다. 주된 일은 UFO와 이와 관련된 현상에 관해 합리적인 강연과 조사·연구를 한다. 비행접시 추락 추적, 피랍 사건 및 가금들의 의문의 수족 절단 사건 등도 다룬다.

▶ 빅토리아UFO 연구협회(Victorian UFO Research Society Inc. : VUFORS)

Moorabbin, Victoria, 호주

이 단체는 남반구에서 가장 큰 UFO 협회로서 1950년대에 설립되었다.

이 우주에는 우리뿐인가

『이 우주에서 우리만이 유일한 지적 생명체인가？』라는 질문에 대해 SETI프로젝트 의장인 미국인 천문학자 프랭크 드레이크(Frank Drake) 박사와 웨스트버지니아 주 그린 뱅크에 소재하는 국립방사능 천문관측소 직원들은 『이 우주는 상상할 수 없을 정도로 커요』라는 상투적인 대답에 분명히 식상해하고 있다.

오히려 1961년 드레이크 박사는 이 우주에 별이 얼마나 많이 있는가에 따라 그 답도 비례하는 방정식을 만들었다. 사실 이 우주에 있는 별의 총 수는 그의 방정식 인수 중 하나다.

$$N = N^* f_p n_e f_1 f_i f_c f_L$$

우주에 존재하는 선진 문명의 총 수(N)를 아려면 단순히 곱하기만 하면 된다.

N^* 은하계 내의 항성의 총 수.

f_p 행성이 갖고 있는 항성의 수.

n_e 생명체가 살 수 있는 조건을 갖춘 행성의 총 수.

f_1 생명체가 실제로 살 수 있는 조건을 갖춘 행성 수.

f_i 지적 생명체가 진화한 행성의 수.

f_c 기술적으로 진보된 문명을 발전시키고 있는, 지적 생명체를 갖춘 행성 수.

f_L 기술적인 문명이 지속된 시간.

과거 회상 : 조지프 맥그라드

직무감사국(Office of Professional Responsibility)의 부서장 조지프 맥그라드 (Joseph McGrath)는 아마도 멀더와 스컬리가 만나게 될 사람 중 가장 위험스러운 인물이다.

맥그라드는 멀더와 스컬리에게 총격을 가하고, 외계인 DNA를 이들에게 주입하고, 이들을 보호 마스크도 없이 전염병 지역으로 보내지는 않을 것이다. 맥그라드는 스모킹 맨(Smoking Man)과 미스터 X(Mr. X)가 좋아하는, 흑막이 있는 영역에서 작전을 벌이지는 않는다. 그러나 내부 밀고자의 죽음으로 인해 그는 가장 광기에 찬 범죄보다 더욱 잠재적인 위험 인물이다.

경찰청의 내사 부서와 같은 기능을 담당하는 직무감사국은 FBI 현장요원으로서의 자질을 검증하는 유일한 중재부서다. 그의 앞길을 막고 가끔은 수사국의 규칙을 어겨야 할 때가 있는 「비공식적인」 장애물이 되긴 하지만, 대부분의 시청자들은 멀더가 지향하는 목적의 타당성을 상당히 인정하고 있다. 그러나 맥그라드는 어떤 물증을 보지도 못했으며, 그는 단지 지나치게 호기심이 많은 요원을 제거하려는 세력으로부터 그를 보호하려는 내부 밀고자의 개입을 통해서만 알고 있을 뿐이다.

맥그라드의 목적과 동기는 때로 분명치 않다. 그러나 실제 세계에서 멀더와 스컬리는 이미 그에게 자신들을 해고시킬 수 있는 상당한 빌미를 제공해왔었다. 일례로 푸에르토리코 출장에서 멀더는 대여섯 가지 범죄수사규약을 어겼다(무단 침입 및 파손, 절도죄, 살인사건 미보고). 직업적 차원에서 개인적인 일정에 수사국을 이용하지 못하도록 하는 금지규약은 후버 국장 이래로 불문율처럼 되어 있다. 스컬리가 그에게 입버릇처럼 얘기했듯이 멀더에게는 자기 자신이 최악의 적이었다. 그는 수사국 임무에 앞서 개인적인 차원의 일을 지속적으로 보았다. 멀더는 수사국 규칙을 위반하고, 비권위적인 조사를 조장하고, FBI의 권위를 업신여기고, 자신의 직위를 남용해 수사국 장비를 이용하고, 보안사항이나 지역을 침입하고, 자신의 불법적인 행동에 다른 요원들을 끌어들임으로써 조만간 FBI에서 가장 자유주의적인 성향의 인물로 낙인 찍혀 스스로 함정을 파게 될 것이다.

이 방정식은 종종 「물 한 컵(glass of water)」 방정식으로 불린다. 이 계산식에 따른 결과는, 수학자들이 얼마나 낙관적 품성의 소유자인가, 아니면 염세적 성격의 소유자인가에 따라 크게 달라진다. 누구도 이 변수의 정확한 값에 동의할 것 같지 않다. 그러나 대충 계산

이 일화를 자세히 살펴보면 당신은 페닝을 볼 수 있을 것이다. 그의 모자에는 NICAP라는 글자가 수놓아져 있다. 앞으로 전개될 일화의 웃걸이에서 그것을 찾아라.

한다 해도 우리는 이 우주에서 유일한 생명체도 지적인 존재도 아닌 것만은 확실하다.

그러나 생명체로 충만한 행성이 있다고 해도, 우리가 우주여행을 통해 만날 수 있는 거리에 있을 것 같지는 않다. 우리의 태양계 밖에 있는, 지구에서 가장 가까운 항성은 3중 항성계인 알파 센타우리(Alpha Centauri)로서 지구로부터 불과 4.3광년의 거리에 있다. 이것을 마일로 환산하려면 4.3에다 5조 8,700억을 곱한다. 광년이든 마일이든 천문단위(역주 astronomical unit : AU, 태양과 지구와의 평균 거리)든, 아니면 파섹(역주 parsec : 1파섹은 3.26광년)이든 간에, 이 알파 센타우리까지 방문한다는 것은 상상하기도 어렵다.

암호명 : 이브(Eve)

사건 개요

서로 미국의 반대편 나라에 살고 있는 두 소녀가 동일한 유형의 살인범죄로 그들의 아버지를 잃었을 때, 멀더와 스컬리는 이 두 사건이 어떤 연관성이 있는지 의심스러웠다. 수사를 하면 할수록 의문만 늘어갔다. 전혀 관계없는 이 아이들이 유전적으로 어떻게 같을 수 있을까? 그리고 이 아이들의 아버지가 살해된 이유는 무엇이었을까?

심층적 배경

유전학적인 범죄 — XXX/Y

한 아버지가 귀가해 보모가 없는 것을 보고, 자신의 두 아이들을 부엌으로 몰아, 이들을 19개로 토막내어 살해한다. 이런 유혈학살의 와중에 그는 피를 닦아내고 자신이 좋아하는 컵을 꺼내들고는 차를 마시기 시작한다. 한 달도 안 돼 그의 변호사는 뉴욕 법정에 들어설 것이다. 그리고 그는 자신의 고객이 폭력에 「유전적으로 프로그램」되어 있다고 주장할 것이다. 그의 유전자에 폭력이 프로그램되었다면 사람 이상의, 다른 무엇이 된다는 것은 불가능한 일이다. 그 날 저녁 뉴스를 본 사람들은 경악을 금치 못했다. 『어떻게 그럴 수가… 나도 그럴 수 있을까? 그런 일이 나에게도 일어날까?』

그러한 비극은 발생한다. 그것도 하얀 울타리가 곱게 쳐진 이웃에서, 그리고 가장 사랑하는 가족 중에서 일어난다. 그러한 범죄의 야만성과 범죄에 대한 우리의 몰이해로 인해 우리는 이에 대적하기도 하지만, 또한 우리를 호리는 묘한 것이 있기도 하다. 즉 이는 금주의 영화, 우리를 곤혹스럽게 하는 형사재판에 대한 보도 및 방송, 그리고 「유전적 살인자(genetic killer)」에 대한 수많은 과학적 연구로서, 우리는 이러한 것에 노출되어 있다.

그러한 살인자의 눈 뒤에 감춰진 음울한 부분이 X파일의 작가인 케네스 빌러(Kenneth Biller)와 크리스 브랭캐토(Chris Brancato)의 주의를 끌었다는 것은 전혀 놀랄 일이 아니다. 『거기에 무엇이 숨겨져 있는가?』라는 단순한 질문은 아무 의미가 없다. 이플 작가는 「시청자들에게 각본의 충격적인 부분을 다소 경감하도록 허락했으면 좋았을 텐데」라는 고정관념에 도전장을 내고 있다. 그렇게 하려면 이 작가들은 「유전적 살인자」에 대해 속속들이 알고 있어야 했다. 이는 그리 쉬운 일은 아니다. 우리가 천성적으로 무엇을 할 수 있고, 무엇을 할 수 없는지를 이해하기 위해 그 가닥을 서서히 짚어가고 있는 동안, 생물학자나 심리학자들은 여전히 천성과 교육문제에 관한 탁상공론에 빠져 있다.

한편 자연주의자들은 불리한 처지의 아이들을 지적하고 있다. 이 아이들은 비록 후원적인 환경을 거부하기는 하지만 여전히 뛰어난 개인의 예로서, 자신들이 선택한 분야의 정상에 서 있다. 자연주의자들은 『우량 유전자는 언제나 문제해결의 핵심이 될 것이다』라고 말한다. 다른 한편 교육주의

> ## 목격자 진술
>
> 아뇨, 그는 이 아이를 기억하고 있어요. 그는 그에게 수영장의 디노플리겔리트를 제거하려면 염소를 써야 한다고 말했어요. 당신이 알고 있는 누군가가 하는 얘기 같지 않아요?
>
> —멀더, 「이브」에서

자들은 이러한 개별체들이 가장 원시적인 자원
과 충분한 여가 시간의 도움으로 무엇을 달성
할 수 있는가에 대해 의문을 제기하고 있다.

　과학이 발전했다고 해서 한 개인이 자신의
인생을 두 번 살 수는 없다. 따라서 우리 내부
에 생래(生來)의 킬러가 꿈틀거리고 있는가에
대한 문제는 여전히 가볍게 볼 수 없는 쟁점

> exsanguination 명사. 「라틴어인 ex-
> sanguinatus는 혈액의 방출을 의미하
> 고, 프랑스어로는 ex-+sanguin-,
> sanguis blood다(1909년 캐나다에서 쓰
> 이기 시작했다).」 그 뜻은 혈액을 뽑
> 거나 잃는 과정 또는 행동을 말한다.

사항이다. 심지어 일란성 쌍둥이도 태어날 때 구별된다. 이것은 양쪽의 주
장을 모두 뒷받침해준다고 볼 수 있다. 짐 루이스(Jim Lewis)와 짐 스프링거
(Jim Springer)인 짐 쌍둥이는 베티(Betty)라는 여성들과 결혼하기 위해 린
다(Linda)라는 여성들과 이혼했다. 한쪽은 제임스 앨랜(Alan)이라는 아들을
두었고, 다른 한쪽은 제임스 앨린(James Allen)이라는 아들을 두었다. 둘
다 토이(Toy)라는 개를 길렀고, 끽연가였으며, 보안관으로 봉직했고, 시보
레(Chevrolet)를 몰고 다녔고, 자동차 수집 경쟁을 했으며, 지하실에 작업
실을 두고 있다. 두 남자 다 정원수 둘레에 하얀색 벤치를 만들어놓았다.
이들은 광적으로 손톱을 뜯는 버릇이 있으며, 턱수염보다는 스포츠식 콧수
염을 좋아한다.

　그들의 병력 또한 놀라울 정도로 유사했다. 같은 나이에 체중이 불기도
하고 줄기도 했으며, 오진으로 심장병에 걸렸다는 강박관념에 시달리기도
했고, 18세쯤에는 둘 다 오후가 되면 두통을 겪었다. 20여 년의 경력을 갖
춘 네 명의 심리학자는 일련의 인성 테스트를 거친 후 테스트 결과 중 어떤
것이 어느 형제에게 속하는지 구분해서 말할 수 없었다. 쌍둥이인 짐 형제
가 다른 쌍둥이 형제의 전형을 제공하는 것이라면, 천성론자들은 인성이라
는 것이 불변적이고 생래적이라는 중대한 증거를 갖게 되는 셈이다.

　그러나 이들 짐 형제가 모든 면에서 상당히 높은 수준의 상관관계를 보이
고 있다지만, 이들은 이러한 상관관계를 보이는 수백 쌍 중 단지 한 쌍일 뿐
이다. 통계적으로 짐 형제는 이례적이고 흥미로운 관심의 대상일 뿐이었

다. 물론 다른 호기심을 불러일으키는 통계가 발표되기 전까지는 말이다.

유전공학이 1950년대 들어서면서 자신의 모습을 서서히 드러냈을 때 이 양대 부류는 「이것은 결국 식지 않는 뜨거운 감자가 될 것」이라고 생각했다. 교육론자들은 『우리에게 범죄자 유전자를 보여달라』고 말한다. 그런데 과학이라는 놈은 영화나 텔레비전에서 그려지는 모습처럼 그렇게 빨리 진보하지는 않는다. 생득론자들은 수십만 개의 유전자 중 자신들이 찾고 있는 게 바로 그것일 수 있다는 일말의 지표를 갖고, 범죄자와 유전자와의 연관성이라는 다소 단순한 조사로 연구를 시작했다. 가장 쉽게 관찰되는 특성 중 하나는 염색체(유전자 그룹)의 총 개수였다.

우리 대다수는 성을 결정하는 X 또는 Y로 이루어진 23쌍의 염색체를 갖고 있다. 두 개의 X염색체(XX)를 갖고 있는 사람은 여성이고, X와 Y로 이루어진 쌍을 갖고 있는 사람은 남성이다. 가끔씩 별도의 염색체가 발견되는 기이성도 있다. 인간이 지니고 있는 X염색체의 개수와는 무관하게 한 개의 Y염색체만 있으면 이것은 남성이다. 예를 들면 XXY로 조합되었다 해도 남성이고, XXXY라 해도 남성, XYY도 역시 남성이다.

범죄를 저질러 수감된 행형자들에 대한 초창기 연구에서는 수천 명의 수감자들에게서 XYY 조합이 쉽게 관찰되었다. 이들 개개인은 전형적으로 키가 크고, 거대한 몸집에 다소 공격적이다. 그리고 이들은 이내 「강한 남성(supermale)」이라는 칭호를 부여받지만 이러한 것이 범죄 유전자를 담고 있는지는 여전히 의문이다. 이 모집단 중에서 이러한 여분의 염색체를 갖고 있는 사람들은 얼마나 될까? 결국 연구대상은 교도소 수감자들이었다. 그런데 범죄를 저지르고도 안 잡힌 사람들은 얼마나 될까?

1976년 덴마크에서는 1944~47년 사이에 코펜하겐에서 태어난 남자 아이를 대상으로 좀더 광범위한 연구를 실시했었다. 3만 명 이상 되는 이들 중

XYY의 조합을 갖고 있는 사람은 12명이었다. 이 12명 중 5명이 한두 가지의 범법행위로 형을 살았다. 2% 미만의 범죄율을 갖는 이 모집단 중에서 XYY의 조합을 보유한 사람이 50%나 되었다. 이 결과를 통해 「범죄 유전자」가 진짜로 존재하는 것처럼 보였다. 또한 여성 수감자의 모집단에서 XXX 또는 XXXX가 발견되어 이 이론을 뒷받침해주는 듯했다.

그러나 이러한 자료를 좀더 분류·분석해보니 또 다른 측면의 분석 자료가 발견되었다. 그러나 이들 5명은 범죄자였지만 폭력전과는 없었다. 이들의 전과는 대다수가 단순 절도였다. 한 사람은 이웃의 잔디깎는 기계를 훔쳤다. 살인전과와 비교해보면 거의 범죄라고 하기도 어려운 것이었다.

생득론자들이 다룬 사건 가운데 이들은 XYY집단에서 낮은 IQ를 거의 일관되게 발견했다고 말하고 있다. 여분의 염색체가 원인이 되어 일어나는 또 다른 상태인 다운증후군(역주 Down's Syndrome : 염색체 이상으로 생기는 선천성 질환)으로서 「강한 남성」과 「강한 여성(superfemale)」이라는 수감 모집단은 평균 IQ 이하를 기록했다. 수감 중인 XYY 남성들은 너무 어리석어 완전 범죄를 위한 계획은 고사하고 작전을 짠다든지, 심사숙고한다든지 하는 것은 아예 엄두도 내지 못했는가? 정녕 두려운 살인자는 정상적인 유전자 조합을 갖는 사람이었나? 살인 유전자 모델을 지지하는 어떤 성과도 없이 연구기금은 바닥 났고, 이 논쟁은 세인의 기억 속에서 잊혀졌다.

작가인 빌러와 브랭캐토는 이것을 극의 소재로 삼았다. 이들은 악한으로 여성을 선택했다. 여성 범죄자들이 급속히 증가하고 있다는 것은 오늘날 생각해도 매우 놀라운 일이다. 이 작가들은 고정관념적인 연쇄 살인자에게서 또 다른 꺼풀을 벗겨내어 이 살인자를 어린아이로 만들어버렸다. 작가가 견지했던 요소는 —— 아직도 미해결된 것이지만 —— 살인자들에게 유전적 프로그램 설정이 가능한지의 여부였다. 정상인의 염색체보다 거의 두 배의 염색체 구조를 지닌 이브는 저능이 아니라 오히려 높은 IQ의 소유자이고, 강한 체력에 좋은 이력의 소유자이자 천박한 도덕성의 소유자다. 범죄자들을 우리가 좋아하는 수사관들과 동급의 수준에 놓는다면, 그 이야기는 아마도 막을 내려야 할지도 모른다.

반면에 실제 FBI연구소에서는 사실과 허구가 짝을 이루었다. 동시에 작가인 빌러와 브랭캐토는 이 일화를 우리가 좋아하는 하나의 오락으로 전개시켰다. FBI는 수사국 연구소의 한켠에 제쳐놓은 수천 개의 혈액 샘플을 목록화하려는 진지한 시도를 했다. FBI는 DNA 지문 파일을 지난 50년 간 유지해왔던 손지문처럼 광범위하고 효율적으로 영상자료화하면서 「이브」에서 제기된 것과 같은 질문에 답할 수 있기를 바랐다.

두뇌 전쟁 : 최후의 전장

내부 밀고자는 이 일화에서 우생학을 통해 완벽한 병사를 만드려는 리치필드(Litchfield) 실험에 관해 조심스럽게 윤곽을 밝히면서 이브의 체력과 지능에 관해 언급했다. 그러나 이브가 각기 독립적으로 동일 유형의 살인범죄를 저지른 방법을 어떻게 알았는지에 관해서는 한 마디도 언급하지 않았다. 이것을 알아내려면 시청자들은 냉전시대로 눈을 돌려 두 대륙을 휩쓸었던 편집광들을 상기해야 한다. 미국에서는 매카시즘(McCarthyism)과 구소련에서는 정치범으로 가득 찬 강제노동 수용소(gulags)를 염두에 두어야 할 것이다. 냉전기간 중 이들 초강대국은 상대편과 똑같은 것을 그저 단순히 만들어내는 것만으로는 우위를 확보할 수 없었던 무기류 및 일부 우위를 필사적으로 차지하려고 했다.

소련이 먼저인가 미국이 먼저인가는 향후 반 세기가 지나서도 결정하기 힘들겠지만, 분명한 것은 이들 두 나라 모두 방위비 중 일부를 정신무기(psychogenic weapon)와 같은 장기적인 무기계발에 전환했다는 사실이다. 이러한 프로젝트를 표현할 때, 이들은 「심령적」이나 「초현상적」과 같은 용어를 회피하고, 「새로운 생물학적 정보전달 시스템(novel biological information transfer system)」이라는 용어를 즐겨 사용했다. 1978년 CIA는 소련과 같은 수준으로 끌어올리려는 시도로 여기에 10만 달러를 사용했다. 해군은 1976~78년 사이에 잠수함을 찾으려고 심령연구를 실시했다는 사실을 극구 부인했지만, 「자각의 비인식 단계에서 멀리 떨어져 있는 전자기적인 자극을 감지하는 사람들의 능력을 조사」한 사실에 대해서는 기꺼이 인정했다. 마이모니데스(Maimonides)의 스탠리 크리프너(Stanley Krippner) 국장은 마이모니데스의 원격 시각실험(한번도 본 적이 없는 지역을 심령이 얼마나 정확하게 시각화할 수 있는가에 관한 연구)이 있은 후 7년이 지나서야, 실험을 할 수 있도록 자금을 지원해준 「개인 후원가들」이 다름 아닌 바로 CIA였다는 사실을 알았다.

그러는 동안 소련은 미국보다 더욱 은밀하게 그러한 프로젝트를 진행시키고 있었다. 그 당시 소련의 여러 센터에서 수행된 실험적 작업의 책임자로 임명된 러스케 크로이케(Russke Kroyke)는 다음과 같이 진술하고 있다.

해답

1. 아담(Adam).
2. 전화로. 일종의 암호를 형성하는 일련의 등 점멸.
3. 강한 체력(힘), 높은 지능, 유전적으로 동일함, 신체적으로도 동일함, 정신 이상.
4. 강심제(digitalis)를 과용하도록 했다.
5. 소의 수족 절단.
6. 방혈(放血)로.
7. 토끼.
8. 리치필드 실험(Litchfield experiment) 또는 리치필드 프로젝트.
9. 그녀는 경비의 눈알을 물었다.
10. 총 56쌍. 4, 5, 12, 16, 22번째에 여분의 염색체가 있다.

점 수 : _____

- 모스크바의 컴퓨터 수업에서는 휴대용 계산기와 같은 데 필요한, 정교한 전자 펄스를 방해하는 것이 인간의 의지만으로 가능한지 알아보기 위한 과제가 할당되었다.
- 일부 소련 지방자치단체의 노동자들은 식물에게 감정이입 반응이 가능한지에 대한 이론을 정립하기 위해 농작물을 수확하는 동안 『발아하는 씨앗에 관해 생각하라』는 지시를 받았다.
- 염력이나 텔레파시와 같은 초심리학을 동양적 전통과 결합하기 위해 레닌그라드 지역의 병사들은 「첨단의」 백병전 과정을 이수해야 했다. 여기에는 적을 응시하는 것만으로도 기선을 제압할 수 있는 과정도 실제로 포함되어 있다.

이렇듯 수많은 노력이 현 시점에서도 어리석은 것처럼 보이지만, 구소련과 미국 연구 팀들은 정신 전쟁의 가능성을 믿고 이러한 연구에 필사적이고 진지하게 임했다. 단 한 번의 생각만으로 무선 미사일의 유도 시스템을 「일탈」시킬 수 있다는 개념은 전면적인 핵전쟁이 가져다 주는 두려움에 못지않은 것이다. 단기적으로는 허무맹랑한 듯 보이지만, 장기적으로는 상당히 치명적인 무기가 되리라는 것이 일반적인 여론이다. 특히 이러한 실험에 양국가 예산 중 아주 적은 액수만 투입된다 할지라도 말이다.

인사철

#J-27061965-0105-2

본명 : 모름

별명 : 내부 밀고자

생년월일 : 모름   국적 : 미국

주소 : 모름   연락처 : 모름

관리자 유의 사항(시간순)

1. 내부 밀고자로 알려진 이 사람은, 미국이 베트남과 갈등 관계에 있는 동안

베트남에서 수행된 첩보작전의 책임자였다. 최근 몇 달 동안 이 사람은 법무부 내의 여러 파벌을 조정하는 임무를 맡았다. 특히 FBI의 소분과 간 알력을 조정했었다. 이 인물은 이전에는 CIA의 요원이었다.

2. 그 당시 이 인물의 보안등급은 알 수 없다. 그러나 감시 팀의 보고서에 따르면 최고 보안지역의 한 요원으로서 보안지역의 출입이 매우 자유로웠다 한다. 상당히 높은 보안등급을 보유한 요원이라는 것만 알 뿐, 실제적으로 출입한 기관에 대해서는 알려진 바 없다.

3. 이 인물은 국제 외계생명체 지령(International Extraterrestrial Biologicaly Entity Directive)을 알고 있으며, 두 번에 걸쳐 이 단체의 행사에 참여했다. 이 인물이 접한 극소수 사람 가운데 한 명이 국제 외계생명체 지령 단체의 활동을 적극적으로 저지한 것으로 관찰되었을 때에도, 내부 밀고자의 여러 활동은——최소한 부분적으로—— 그의 접촉자에게 알려져 있지 않았다.

4. 이 인물과 그의 「공작원들」과의 접촉은 은밀히 이루어진다. 직접적인 감시 보고서에 따르면 이 내부 밀고자는 매우 간단하고 편리한 방법, 즉 창가에 푸른색 전구를 비쳐 접촉한다. 이 인물의 반응은 언제나 전구를 켜다가 끄는 단순한 신호로 이루어진다. 지속적인 감시를 했지만 점멸과 만날 장소와의 상관관계를 알 수는 없다. 이 신호는 복잡한 순환신호 시스템으로 이루어져 있다 한다.

5. 내부 밀고자로 알려진 이 인물이 관련된 조직을 알기란 「검은 예산(black budget)」의 존재를 밝히는 것보다 더욱 어렵다. 검은 예산이란 계상되지 않은 자금으로서 CIA의 급료명세서에서 그의 존재를 쉽게 은폐시킬 수 있다. 또는 여러 집단 부서장들의 재량 아래 있는 돈으로서 자유롭게 사용할 수 있다

6. 내부 밀고자와 접촉할 때 사용하는 여러 가옥을 면밀히 조사해본 결과 이 인물은 적어도 지각 있는 외부 요원에게 두 가지 문건을 건네주었다고 하는데, 이를 확인하려면 좀더 면밀한 관찰이 필요할 것이다.

7. 이 인물의 공식적인 연관조직과는 무관하게, 그의 접근유형을 보건대 여러 군조직과 지속적으로 친분을 맺고 있는 것으로 보인다. 이것은 앞으로 전개될 침투에 문제를 제시하고 있는 듯하다.

8. 이 인물의 영향력이 미치지 않는 영역이 있는 듯하다. 이 가운데 주목할 만한 것은 어떤 극저온 상태에서 보존되는 물질이 현재 저장되어 있는 극비 보

안시설(High Security Facility)이다. 이 곳은 훗날 그릇된 정보를 유포할 수 있는 기회를 제공하게 될지도 모르는 지역이다.

9. 이 자료는 극히 편향되어 있다. 파일 종결.

(주 : 이 문건은 일관되게 기본적인 정보작전을 누락시키고 있다. 따라서 이번에는 정보저장을 위한 표준적인 구성을 따를 수 없다. 이 파일에 접근해야 할 타당한 이유가 있는 사람은 직선적인 조사방법보다는 연관법을 이용하라.)

암호명 : 불의 사나이(Fire)

사건 개요

멀더의 옛 애인이 방화광으로부터 위협을 받고 있는 영국 외교관을 보호하기 위해 경호요원으로 미국 땅을 밟았을 때 처음부터 큰 소동을 일으켰다. 멀더가 쾌활한 옛 애인인 피브 그린(Phoebe Green)과 어린 시절부터 불에 대한 두려움 간의 모진 관계를 모두 해결하려 할 때, 다소 생기 없는 수사를 펼치는 스컬리가 이들 사이에 위험이 존재하고 있음을 밝혀낸다.

심층적 배경

금연! — 자연발화 인간

불에 대한 멀더의 공포는 우리도 공감하는 바이지만, 더욱더 두려운 것은 자연발화 인간(Spontaneous Human Combustion : SHC)과의 일대 결전이었다. 이 현상은 어떤 명백한 이유도 없이 화염에 휩싸일 수 있다는 것을 밝히고 있다.

SHC 사건을 알고 있는 사람은 거의 없지만 조심스럽게 기록되어 있다.

인간이 갖고 있는 무시무시한 속성에 대한 내용은 차치하고라도, 그러한 사건을 이해하거나 막고자 하는 것은 인지상정이다. 만약에 아무 원인도 없이 어떤 사람이 갑자기 화염에 휩싸인다면 어째서 다른 사람은 안 그런가? 어째서 당신이나 내게는 그런 일이 발생하지 않는가?

이러한 사건과 관련된 기록은 많지 않지만, 그 정황으로 사건의 내용을 파악할 수 있다. 이 SHC가 지닌 가장 주목할 만한 특징은 연소원(fire source)의 결핍이다. 팔다리에는 아무런 손상도 입히지 않은 채 거의 모든 육신을 태운다. 희생자들에게는 부분적인 연소가 일어난다. 전혀 의복에 손상을 입히지 않는 경우도 가끔 발생한다. 자연발화는 주로 실내나 자동차 안에서 집중적으로 발생되는데, 어떤 점에서 보면 「이 현상이 밀폐된 공간과 관련이 있는 것이 아닌가」라는 생각이 들지만 야외에서도 일어난다.

목격자 증언

이 쪽은 일류 수사관인 그린인데, 보기 드문 게임 플레이어죠. 그린을 못 본 지 10년이 지났지요. 그린은 꼭 이와 같은 식으로 제 앞에 나타난다니까요!

― 멀더, 「불의 사나이」에서

사건 내용

가장 유명한 사건이 있는데 이것은 최상의 SHC 표본이었기 때문이 아니라, 언론매체가 관심을 보여 유명해졌다. 연구자들에게는 매우 불행한 일이 아닐 수 없다.

플로리다에 거주하고 있는 메리 리즈(Mary Reese) 부인은 잠자리에 들기 전인 저녁 9시경까지 살아 있었다고 한다. 평상복 차림에 안락의자에 앉아 취침 전 담배를 즐기고 있었는데, 이 때까지 그녀의 집주인도 있었다.

다음 날 아침 11시가 넘어 집주인이 전보를 전해주려고 왔다. 아마 차를 함께 마시려고 왔었을지도 모른다. 여하튼 그 집주인은 문 손잡이가 무척 뜨거워 깜짝 놀랐다. 그녀는 옆집에 살고 있는 화가 두 명을 불러 그들과 함

방화증

무엇인가에 불을 놓고 싶은 병적인 충동. 방화광은 자신의 인생에서 어떤 면을 통제하기 위한 수단으로 불을 이용한다. 방화증(pyromania)은 희귀한 정신질환의 일종이다. 이 증상은 성인보다는 어린아이에게서 주로 나타난다. 아이들은 불에 강한 호기심을 갖고 있다. 불을 지핀다는 것은 어린아이들에게 잠재적 파괴요소를 부여한다. 이와 동시에 자신들의 부모가 설정해놓은 금기사항을 어기는 데 대해 희열을 느낀다.

게 리즈 부인의 방으로 들어갔다. 목재 대들보에 불이 붙어 있었지만 리즈 부인은 보이질 않았다.

소방관들이 와서 그 대들보를 처리하는 과정 중 슬리퍼가 놓인 자리에 한 줌의 재와 척추에 붙어 있는 새까맣게 그을린 간, 야구공만한 크기의 함몰된 두개골을 발견했다. 지름 120cm 원을 경계로 그 안에 있던 리즈 부인의 안락의자와 가재도구 모두가 사라졌다. 근처의 플라스틱 제품은 모두 녹아 있었다. 그러나 거의 그 경계에 붙어 있던 직물은 타지 않은 채 남아 있었다. 그리고 그 경계 안에 쌓아둔 신문은 표면만 조금 그을렸을 뿐이었다.

그 아파트에 들어섰을 때 노련한 소방관조차 타버린 육신의 조각마저 수거할 수 없었다. 밖에서도 악취가 코를 찔렀다. 하물며 그 아파트 안에서는 오죽했겠는가. 점화성 화학물질의 흔적조차 찾을 수 없었다. 그리고 조사관들은 단 한 내의 남뱃불도 그렇게 엄청난 화재가 일어날 수 있다는 사실을 믿기 어려웠다. 대중매체들도 —— 이것을 믿을 것인가 말 것인가로 —— 고민 끝에 결국은 가장 최근의 SHC에 관한 이야기를 방송으로 내보냈다.

그러나 방송매체는 절대 진실의 최후 중재자일 수는 없었다. 두 명의 법의학 검시관들이 계속 이 사건을 조사했던 것이다. 이들은 사소한 점에서는 의견의 일치를 보지 못했지만, 리즈의 죽음은 설명이 가능하다고 주장했다. 이들은 리즈 부인이 야간에 진정제를 복용한 후 조는 순간, 담배가 인조 견사제의 나이트 가운 위에 떨어져 인화되었다고 결론을 내렸다. 그녀가 이를 깨닫고 빠져나오기 전에 화염에 휩싸였다는 것이다. 불이 번짐에 따라 그녀의 체지방은 마치 촛불 효과와 같이 기름 역할을 했는데, 이것은 얼마 남지 않은 사체 주변 마룻바닥에 기름막이 형성된 것으로 판단할 수 있다고 한다.

만약 이것이 SHC에 관한 사건 또는 특히 불운한 일련의 사건이라는 생각이 든다면, 해결해야 할 중요한 점은 인조 견사와 체지방이 촉매 역할을 했다 할지라도 거의 숯처럼 타버린 시신을 하나의 담뱃불로 설명할 수 있을까 하는 문제다. 섭씨 1,100° 이상의 온도를 내는 화장터에서 수많은 시체들을 보아왔던 한 의사는 8시간 동안 화장한 후에도 뼈는 남는다고 한다. 그리고 그 후 11시간 동안 정상온도로 돌아온 뼈를 확인한 다른 의사들은 정말로 재로 변할 수 있다고 말한다. 리즈 부인의 사건은 「불운하지만, 있을 수 있는」 사건으로 분류되었다.

그러나 이것은 SHC에 대해 대중에게 경각심을 불러일으켜, 그 결과 이미 보고되어 조사되었던 다른 기이한 사건들이 재검토되었다. 정말 기이한 사건은 빌리 토머스 피터슨(Billy Thomas Peterson) 사건인데, 그는 몸에 불이 붙어 사망했었다. 피터슨은 자신의 차고로 가서 차고 문을 닫고 시동을 걸었다. 조용히 자살할 생각이었다. 피터슨이 발견되었을 때 시신은 까맣게 타 있었다. 자동차 계기판에 붙어 있는 조각상은 녹아 있었으나, 그 밖의 것은 전혀 손상을 입지 않았다. 그의 옷, 심지어는 속옷까지도 전혀 손상을 입지 않았다. 그의 체모도 그을리지 않았으며, 오히려 새까맣게 타버린 피부를 뚫고 뻗어나와 있었다. 그리고 그의 앞머리카락은 손상된 앞이마에 매달려 있었다.

이것을 자연발화로서 인정해 SHC와 연관된 사건의 범주에서 조사했다고 말하고는 있지만, 이 소름끼치는 사건에 대해 우리가 내리는 귀착점은, 이러한 것과 관련된 사건은 방송매체나 우리와 같은 보통 사람들의 마음에 자리잡은 SHC를 대체할 수 있을 것 같지 않다는 점이다.

국제적 공조라는 이름으로 : 스코틀랜드야드

스코틀랜드 야드의 실제 명칭은 뉴스코틀랜드 야드지만 이 곳의 직원들은 앞의 뉴(new) 자를 빼고 말한다. 스코틀랜드 야드는 지방 경찰력인 런던 메트로폴리탄 경찰서에서 매우 핵심적인 역할을 하는 본부다. 간결성 때문인지, 아니면 지방 관습에 관한 지식과 자료를 축적하고 있기 때문인지, 또는 이 스코틀랜드 야드가 사실과 허구적인 면에서 상당한 명성을 얻고 있기 때문인지는 정확히 가늠할 수 없지만, 런던 메트로폴리탄 경찰서는 1829년 이래로 「야드(the Yard)」라고 불렸다.

이 야드는 로버트 필(Robert Peel) 경이 창설한 것으로서, 정식으로 고용된 경찰력을 현대와 같이 계약직 경찰로 상당히 대체하려는 의도였다. 야드의 최초 본부이기도 한 바우 스트리트 경찰서(Bow Street Police)는 런던의 관청이 몰려 있는 제4구역에 거점을 두었다. 이

> 앤더슨의 긴 금발 머리를 금갈색의 단발로 변화시킨 헤어 스타일리스트의 이름은 극중 영국 헌병 이름으로 붙여져 방송을 탔다. 그의 이름은 맬컴 마스든(Malcolm Marsden)이다.

곳은 그레이트 스코틀랜드 야드(Great Scotland Yard)에 세워졌는데, 이 곳은 2륜 마차도 회전할 수 있을 정도로 넓은 공간을 차지하고 있었다. 원래 이 장소는 스코틀랜드 왕족 시찰단의 「타운 캐슬(town castle)」이라는 이름을 따서 붙여졌다.

전에 바우 스트리트에 살았던 선조들로서는 거의 꿈도 꾸지 못할 호화스러운 이웃이 살았던 곳이었음에노 불구하고, 스코틀랜드 야드는 대체 프로젝트를 수행하면서 난관에 부딪치게 되었다. 민간인이 경찰 공무원의 임무를 맡는다 해도 경찰에 대한 이미지는 변하지 않았다. 처음에 이 스코틀랜드 야드의 직원들은 아마도 시민들에게서 최악의 대우를 받았던 게 분명하다. 제복이 아닌 사복을 입는 최초의 기관인 스코틀랜드 야드는 1842년에 국내 작전을 펴는 스파이 조직과 같다고 여겨졌었다. FBI도 후에 깨달았듯이 국민들은 자신들에 대한 염탐이나 스파이 활동을 원치 않는다. 야드 직원들에 대한 야유로 인해 스코틀랜드 야드는 이들을 위해 엄격한 지침을 세

우리의 수사관인 멀더와 스컬리, 그리고 셜록 홈스(Sherlock Holmes)와 웟슨(Watson) 팀 간의 유사점을 알고 있는 팬들을 위해 「세 개의 도관 문제(three-pipe problem)」는 실제로 다루어진 것이었다. 「빨간 머리 단체(The Red-Headed League)」라는 제목이 붙은 《셜록 홈스의 모험(The Adventures of Sherlock Holmes)》을 참고로 하면, 여기에서는 홈스 나름대로 시간을 측정하는 방법이 있었다. 문제가 어려울수록 문제를 풀려고 전념하는 동안 더 많은 담배가 필요하다.

웠다. 야드 직원들은 고통받는 시대의 다른 힘으로 인해 야기되는 고통을 막으려 했다. 1878년 야드는 범죄수사국(Criminal Investigation Department : CID)을 설립했다. 이 기관은 시민들에게서 상당한 후원을 받았다.

처음에는 그다지 큰 힘을 발휘할 수 없는 작은 조직이었다. CID는 범죄 활동과 관련된 정보수집이 주임무였다. 일선 수사관들의 활동에 즉각적인 되먹임이 이루어지는 이 정보는 단순히 범죄 발생 후에 반응하기보다는 범죄를 예방하려는 매우 진지한 최초의 시도였다. CID는 일련의 사건에 대한 엄청난 기록에 힘입어 부서가 성장하는 데 필요한 인적 및 재정적 지원을 받게 되었다. 기술적으로 진보한 현재에는 1,000명 이상의 수사관을 고용하고 있으며, 시민들의 습격으로부터 자신들의 가정을 지키기 위해 오랫동안 혼신의 노력을 기울여왔던 바우 스트리트 경찰서를 황당하게 할 만큼 시민의 존경을 한몸에 받고 있다.

세기적 전환기에 스코틀랜드 야드에 자리잡은 런던 경시청은 엄청나게 많은 사람들로 붐볐다. 1890년 경시청 신축 건물이 템스 엠뱅크먼트(Thames Embankment)에 건립되어 뉴스코틀랜드 야드라고 명명되었다. 야드는 또한 급속한 성장을 하여 1967년 지금의 본부가 세워졌는데, 이것은 브로드웨이의 기막힌 신축 건물 사이에 세워졌다. 그 명칭은 여전히 뉴스코틀랜드 야드였다.

요즈음 야드는 경찰청장의 지시로 원래의 임무와는 다소 다른 일을 위임받아 수행하고 있다. 그 목적 중 가장 중요한 것은 범죄활동 조기 발견 및 방지, 공공질서 유지, 그리고 긴급사태 때에는 시민보호임을 천명했다. 이러한 의무 외에도 경찰관들은 자동차 등록이 제대로 되어 있는지, 어린 학생들이 건너는 교차로가 이들에게 안전한지 확실히 점검하는 임무도 수행하고 있다. 야드의 명성이 국제적이기는 하지만, 여전히 일개 지방자치단체의 경찰력이자 경찰청의 하위 부서 중 하나에 다름 아니다. 야드는 네 명의 부청장들로부터 감독을 받고 있다. 그 네 개 부서는 관리부, 교통 및 수송송부, CID, 경찰력 모집 및 훈련 부서다.

CID는 범죄 기록과, 지문 및 사진 부서, 기업 사기 전담부서, 비행단이라는 별명이 붙은 기동경찰, 메트로폴리탄 경찰연구소, 그리고 수사관 요원 양성소 등을 포함해 범죄와 관련된 것을 전반적으로 다루고 있다. 어떤 점에서 보면 영국의 CID와 미국의 FBI 기능 및 활동 간에는 매우 비슷한 점이 있다. 사실 1967년 청사를 이전하는 동안 스코틀랜드 야드는 세간의 농담으로 「후버주의자들의 조직」이라고 불렸다. 왜냐하면 엄청난 분량의 서류가 템스에서 브로드웨이로 운송되었기 때문이었다.

그러나 FBI가 다루고 있지 않는 것을 야드가 수행하는 중요 활동이 하나 있다. 미국에서 내부 정치인이나 미국을 방문한 귀빈의 경호를 주로 책임지는 부서는 재무부의 비밀검찰국(Secret Service)이다. 그러나 이 일화에서 마스든 가족과 동반한 수사관 그린의 출현에서도 명백히 알 수 있듯이 야드는 해외에서도 그 임무를 수행한다. 야드는 또한 영국 법집행 기관과 인터폴 간의 연결

퀴즈 게임 12

쉬운 문제 : 각 1점
1. 세실 엘블리(Cecil L'lvely)는 그의 희생자를 어떻게 죽였나?
2. 피브는 멀더의 차 안에 남아 무엇을 했나?
3. 엘블리가 희생자의 부인에게 보낸 것은 무엇인가?
4. 호텔에 불이 났을 때 마스든의 아이들을 구한 사람은 누구인가?
5. 마스든 가족이 휴가를 보내기 위해 빌린 집은?

어려운 문제 : 각 2점
6. 엘블리는 운전사를 어떻게 살해했는가?
7. 미국에 도착했을 때 엘블리가 얻은 별명은 무엇인가?
8. 마스든의 자녀 이름은?
9. 멀더와 피브가 「젊은 시절 한 때의 몰지각한 행동」을 한 곳은 어디인가?
10. 엘블리는 자신이 일으킨 피해를 높이려고 어떤 화학물질을 사용했나?

→ 해답은 p.122

고리 역할도 하고 있기 때문에, 그린의 활동범위는 미국 지방당국 간의 교섭을 통해 편안히 이루어졌을 것이다.

비록 야드의 임무는 런던 시에 국한되었지만, 야드의 「성향」은 분명 국제적이다. FBI와 같이 야드도 세계 각지의 경찰들과 공조체제를 유지한다. 물론 영국 내의 기이하고 어려운 사건도 국제적인 도움을 받아 처리하고 있다.

질리언 앤더슨

출생일 : 1968년 8월 9일

출생지 : 일리노이 주 시카고

신 장 : 157cm   머리색 : 원래는 금발, 적갈색으로 물들임.

눈동자색 : 엷은 갈색

혼인 유무 : 1994년 1월 1일 에롤 클라이드 클로츠(Errol Clyde Klotz)와 결혼

부양 가족 : 딸 파이퍼(Piper), B형, 1994년 9월 25일 출생

　　　　　(X파일 제작 기간 내내 앤더슨의 임신 기간은 포함되지 않았다. 앤
　　　　　더슨은 제왕절개 수술 이틀 전까지 일했다. 그리고 단 한 회의 일
　　　　　화만 놓치고 제작에 참여했다.)

부　모 : 어머니 로즈메리(Rosemary)와 아버지 에드워드(Edward)

형제 자매 : 2명

다른 주거지 : 젊은 여성으로서 앤더슨은 역시 배우인 아버지를 따라 프에르토
　　　　　리코에서 런던, 그랜드래피즈와 시카고에 이르기까지 여러 곳을
　　　　　두루 여행했다. 뉴욕 시와 로스앤젤레스에서도 살았고, 지금은
　　　　　캐나다 브리티시 컬럼비아의 북부 밴쿠버에 살고 있다.

교육 정보

미시간 주 그랜드래피즈의 파운틴 초등학교.

1986년 그랜드래피즈의 시티 고등학교 졸업.

드폴 대학의 명문 굿맨 시어터 스쿨(Goodman Theater School)을 다녔음. 미술
학사(美術學士).

뉴욕 이타카 코넬 대학의 대영 국립극장에서 수학했음.

경력 정보

　앤더슨이 배우의 꿈을 키운 것은 그랜드래피즈 시절부터였다. 이 곳은 그녀
가 극단에 소속되었던 장소이기도 하다. 드폴 대학 시절 그녀는 「전향(The
Turning)」에서 배역을 받았다. 그러나 졸업 때에는 동부로 이사했다. 영화보다
는 연극에서 경력을 쌓으려고 했던 것이다. 3년 후 그녀는 롱 워프(Long Wharf)
극단의 「박애주의자(The Philanthropist)」에 출연했다. 그리고 앨런 에이크번
(Alan Ayckbourne)의 「친구의 부재(Absent Friends)」에서 연기력을 인정받아

시어터 월드상(Theater World Award)을 수상했다.

「에덴으로의 탈출(Exit to Eden)」의 오디오북 판인 「화재(Home Fires Burning)」와 그 후 「수업 1996년(Class of '96)」의 일화로 텔레비전에 흠뻑 빠졌다. 그녀는 단역도 기꺼이 맡았다. 요구되는 경력에서 자신의 여성다움 가운데 그 무엇도 희생하지 않은, 명석한 여성역의 스컬리는 사람을 녹이는 매력이 있다.

카터는 이미 앤더슨이 이 역을 훌륭히 해낼 것이라고 생각했다(오디션을 받기 위해 배우들이 몰려들었던 방송국에서는 약간의 「문제점」을 제기하고 있었지만). 앤더슨은 스컬리로 배정되었다. 이 후는 X파일의 역사와 궤를 같이한다.

앤더슨은 하와이의 골프 코스 17번 홀에서 클로츠와 결혼했다. 이 때 불교 승려가 주례를 섰다. 앤더슨은 X파일 세트의 시각 아티스트로서 일하던 그와 만나자마자 결혼했다.

암호명 : 바다 저편에(Beyond the Sea)

사건 개요

예기치 않은 아버지의 죽음을 맞이하고 이내 업무로 복귀했을 때 스컬리는 정신적으로 상처받기 쉬운 상태였다. 특히 연쇄 살인범 루터 리 보그스(Luther Lee Boggs)가 저승 세계에서 환영으로 간간이 나타났을 때는 더욱 그랬다. 멀더가 저격당하고, 스컬리 혼자 사건을 해결해야 했다. 이 때 스컬리는 자신의 마음에서 보그스를 끄집어내고, 순진한 두 명의 10대를 구출하기 전에 아버지의 죽음으로 인한 슬픔을 감내해야 한다.

심층적 배경

강신회에서 교령까지

「바다 저편에」의 일화는 팬들에게 가장 인기 있는 것이긴 하지만 —— 특히 스컬리가 중심이 되어 방영되는 일화를 기다리는 사람들에게는 —— 또한 가장 당혹스러운 일화 중 하나이기도 하다. X파일의 팬들은 인공지능 컴퓨터가 미칠(mad) 가능성과 심지어는 스컬리와 보그스 가운데 누가 이 일화

내내 직관과 예감의 최종 원천인지를 논의할 수 있는 것보다도 더욱 강한 힘을 갖고 우리의 태양계를 방문하는 외계인의 가능성을 논할 수 있다.

일부 사람들은 스컬리가 며칠 더 떠나 있어야 된다고 확신하고 있긴 하지만, 다른 사람들은 이 일화에서는 뭔가 기이한 것이 일어나지 않았다고 확신하지는 않고 있다. 결국 사람들은 오랫동안 죽음 저편에 무엇이 있는가를 엿보기 위해 노력해왔었다. 그리스 부흥 전에 죽은 사람의 영혼과 의사소통하면서 치는 점(necromancy)이 조직적인 종교적 점의 일부가 되었을 때, 초기 예언자나 영매는 뼈를 던지거나 동물들의 내장을 응시함으로써 이러한 것을 하나의 도구로 이용했었다. 수정 구슬을 들여다보거나 차[茶]의 잎을 읽는 행위는 죽은 자와의 연결을 상실하는 것이라지만, 제도종교의 성직자들도 한때는 죽은 자를 살아 있는 자와 연결하는 수단으로 이런 것을 사용했었다.

1700년대 중반 죽은 자와의 교신 중 한 가지 형태로서 강신회(降神會: séance)가 발생했다. 이것은 현대에 이르러서도 그리스 혁신의 의식적이고 사려 깊은 형태였던 것이다. 어떤 이는 교령(交靈: channeling)을 한 사람만을 위한 강신회로서 묘사하고 있는데, 이는 재능 있는 보그스가 주장하는 것이며 뉴에이지적인 함의를 내포하고 있기는 해도 실제로는 영매의 초기 유형 중 하나로의 복귀였던 것이다. 강신회나 교령 모두 부흥기를 누리고 있다.

교령을 하는 동안 영매는 실제로 자신이 찾은 영혼이 된다. 목소리, 자세, 말투, 심지어는 영매의 얼굴 표정이 그 영혼에 맞춰져 변한다. 그러나 강신회를 하는 동안에는 영매의 역할이 다소 배제된다. 집단 내에서 대다수의 영매들은 다른 영혼들과 영매들 간의 전령 또는 안내자로서 역할을 하는

목격자 증언

여섯 살 때 보그스는 그가 살고 있는 서민 아파트의 모든 애완 동물을 살해했어요. 서른 살 때에는 추수감사절 저녁 식사를 하고 있는 다섯 명의 가족을 살해하고 나서 디트로이트와 그린베이 간의 경기를 느긋하게 앉아 4쿼터까지 시청했어요.

— 멀더, 「바다 저편에」에서

허물 없는 영혼과 접촉한다. 접촉은 영매들과 직접적으로 이루어지지 않는다. 목소리가 증거로 될 수 있다지만 그 모습은 볼 수 없다. 그리고 음악 소리가 들리면 일종의 중계를 담당하는 영혼이 아니라 죽은 자의 영혼을 볼 수 있다. 실제로 영혼의 외양을 취하지 않고, 영매의 몸에서 나오는 가상의 심령체(ectoplasm)라고 불리는 신비의 물질로 구성된 귀신 같은 유형이 영매의 주변에 나타나는 듯하다.

자동 기술(automatic writing) 또한 영매가 영혼과 접촉했음을 보여주는 또 다른 수단이다. 아마도 강신회에 있는 사람들에게 손을 사용하라고 요구하기 때문에 또는 영매는 자신의 영혼과는 분리될 수 없는 것이라고 여기기 때문에 자동 기술은 보통 교령자에게 국한된다. 영혼의 영향을 받는 동안 교령자는 손으로 종이 위에 글을 쓴다. 이 목적은 올바른 영혼과 연결되었는가를 단순히 확인하기 위한 경우도 있다. 또 다른 경우에는 영혼을 위한 수단으로 이승의 사람들에게 메시지를 전한다든가 질문에 답한다든가 하는 데 이용된다.

> 프랑스어인 SÉANCE는 영어의 「sitting」이란 뜻이다.

자동 기술은 1800년대에 수십 년 동안 대중들로부터 폭발적인 인기를 얻었었다. 그러다가 세기가 바뀌어 심리학적인 문학이 대중들에게 퍼지면서 실현가능한 것이라는 이론적인 근거를 확보했다. 심리학자들은 『상당 부분의 자동 기술은, 영매들이 죽은 자와 접촉하는 데 정통하다기보다는 실제로 글을 쓰는 사람 자신의 무의식과 접촉하는 데 믿을 수 없을 정도로 능통하고, 환영적인 요소를 갖는 분절적인 사고의 모습을 띤다』고 주장한다.

최근 자신보다는 다른 사람의 인성을 취하는 교령자들의 능력은 심리학자들을 혼란에 빠뜨렸다. 일부 사람들은 우리 자신의 무의식 세계 —— 사후 세계만큼이나 신비스러운 세계 —— 의 문을 여는 교령자가 될 수 있다는 데 대해 의문을 제기하고 있다.

강신회의 왕국에서 자동 기술은 거의 사용되지 않는다. 오히려 영혼이 존재한다는 또 다른 표현인 자동 현상(automatism)이 집단으로 하여금 영매로서 행동하게 만든다. 자동 현상의 가장 일반적인 도구 가운데 하나인 점판(Ouija board)도 강신회에서 서로 손을 잡아 원을 만드는 전통을 고수하고 있다. 강신술사들은 『점판과 같은 장치는 조작될 수 있다』는 비난에 대한 응수로서, 강신회 그 자체는 어떤 잠재의식이나 메시지로 받아들여질 수 있다고 대답한다. 이들이 점판을 통해 표현되었다는 의미는, 이 강신술사들이 전혀 관계하지 않았다는 것은 아니다. 영매의 역할은 보통 사람들이 영혼의 세계와 접촉할 수 있도록 환경을 조성하는 것이다. 보통 사람들은 접촉되는 순간을 의식할 수도 있지만 그렇지 못할 수도 있다.

수많은 교령자들은, 개별체로서의 행동인 교령이 실제로는 강신회의 진화된 형태라고 믿는다. 이들은 우리의 억압된 심리 기체(基體)를 깨뜨리면 누구든지 다른 세계와 접촉할 수 있다고 주장한다.

이세상 어딘가에? 브리티시 컬럼비아!

비록 X파일의 사건이 멀더와 스컬리에게 국내 전역은 물론 푸에르토리코에서 노르웨이까지 위임됐다 해도, 실제로 극 제작자들은 캐나다의 브리티시 컬럼비아와 그 주변 지역에서 이러한 이국적인 정취의 배경을 모두 찾아냈다. 이 극은 북부 밴쿠버에서 주로 촬영했다. 이 극의 첫회분은 바로 이 브리티시 컬럼비아에서 만들어졌다. 로스앤젤레스 부근에서는 극에 자주 등장하는 숲을 발견할 수 없어, X파일 제작진은 여러 배경의 숲을 주로 캐나다에서 찾았다.

그러한 배경 숲은 다음과 같다.

- 「툼스」는 엑세터가 66번지와 볼티모어 근처에서 촬영하지 않았다. 오히려 간을 먹는 돌연변이는 밴쿠버 시 스퀘어 몰(Square Mall)의 에스컬레이터에서 자신의 보금자리를 마련하고자 했다.
- 트레일러 야영장의 한 여성이 심한 화상을 입고, 그의 딸이 피랍되었던 장소인 오코보기 호수의 촬영은 포트 코퀴틀란에 있는 분첸 호수에서 이루어졌다.
- 시청자들은 아마도 플루크먼이 뉴어크 하수 시스템의 파이프와 탱크를 헤집고 다녔다고 생각할지 모르지만, 사실 그에게는 아이오나 아일랜드 하수 처리장이 더 적합했다.
- 제작진은 유명한 J. 에드거 후버 빌딩의 필름 저장소 촬영 장면을 버너비에 있는 사이먼 프레이저 대학 장면과 혼합함으로써, 멀더와 스컬리가 자신의 최근 사건을 연구하기 위해 언제든지 이 곳에 갈 수 있다는 착각을 연출해 냈다. 사이먼 프레이저 대학의 가장 몰골 사나운 건물에 J. 에드거 후버 빌딩이라는 표지를 붙여 그 효과를 더욱 증진시킬 수 있었다.
- 서부 밴쿠버의 라이트하우스 공원은 「암흑의

위자(ouija)라는 이름은 프랑스어의 「oui」와 독일어의 「ja」에 그 어원을 두고 있다. 이는 모두 「yes」라는 의미를 담고 있다.

유혹(Darkness Falls)」 일화의 주요 배경이 된 곳이었다. 워싱턴 주의 경계를 가로질러 —— 추측건대, 이 곳이 이 일화가 설정된 장소일 것이다—— 올림픽 국립공원을 흉내 내는 데 필요한 배경은 찾기 힘들었을 것이다.

- 제작진이 외계인을 거주시킬 제한 시설을 필요로 했을 때 서리(Surrey)의 파워텍 랩사(Powertech Labs, Inc.)가 극중 워싱턴의 매타와사(Mattawa Inc.)가 되었다. 이 곳은, 멀더가 외계인을 볼 수 있었던 최대의 기회를 놓쳐버린 장소다.

- 어떤 곳은 몇 차례나 방문하고 싶을 정도로 훌륭했다. 정확히 말하자면 리치먼드의 스티븐슨 마을이 바로 그 곳이다. 처음에는 메인 주의 스티브스턴이었다. 그 당시 미러클 미니스트리의 여행 텐트쇼에서 한 가정을 필요로 했는데, 그것은 테네시 주의 켄우드로 선정되었다.

- 시케어(Secare) 박사는 「얼렌메이어 플라스크」 일화에서 익명의 메릴랜드 항구의 부두를 출발선으로 하지 않고, 북부 밴쿠버의 범선을 만드는 조선소를 선정했다.

- 래드너에 있는 바운더리 베이 공항은 경비행기와 글라이더 전용 공항이다. 그러나 「내부 밀고자」 일화에서 이 작은 시골마을의 활주로가 아이다호의 엔런스 공군 기지로 변모했다.

- 「듀언 배리」 일화에서 듀코브니가 케이블카에 매달리는 장면은 그라우스 산과 세이무어 산의 스키장에서 촬영했다.

- 「유혈 살인(Blood)」에서 제작진은 브리티시 컬럼비아 대학의 멋진 타워를 활용했다. 공포증에 걸린 저격병은 이 곳을 자신의 거점으로 활용할 수 있었다.

- 밴쿠버의 캐눅 페이블 버라는 고장은 뱀파이어 물신주의자들의 거주지다. 하키 선수가 이 곳을 구입해 자신의 보금자리로 만들기 직전에 「3」의 일화를 촬영한 곳이다.

- 완벽한 현장 촬영을 요하는 기이한 장면을 위해서는 당신이 배우가 될 필요성이 있으며, 상호간의 근접 지역에서 촬영하는 방법이 있다. 케네디 센터의 오페라 극장을 떠나는 미스터 X 장면을 찍어야 했을 때 보조 제작팀은 현지 촬영을 위해 현장에 갔었다. 그 센터를 나서는 신사는, 미스터 X역으로 분한 스티븐 윌리엄스(Steven Williams)가 아니었다. 그런데 컬럼비아 영화사의 한 임원이 때마침 그 곳을 나왔는데, 그 윤곽이 안성맞춤이었다고 한다.

X파일에 등장하는 이들 콤비를 충분히 볼 수 없었던 밴쿠버의 X파일 팬들을 위해 검은색과 오렌지색 스프레이로 「X파일」 표시를 만들어 실물처럼 보이게 할 수 있었다. 비록 매우 중요한 장면을 촬영할 때는 제작진이 사람들을 막았고, 어디에서도 배우를 볼 수 없었지만 말이다.

> 스컬리 부친의 재가 뿌려졌을 때 연주되어 이 일화의 제목에 고무적인 역할을 한 노래는 바비 다린(Bobby Darin)의 「바다 저편에」였다.

암호명 : 성 바꾸기(GenderBender)

사건 개요

연쇄 살인범의 희생자에 남성과 여성이 모두 포함되었을 때, 스컬리는 이 연쇄 살인범이 양성 성교를 하는 자인지 이성의 옷을 즐겨 입는 변태 성욕자인지 궁금했다. 이에 대해 멀더가 살인자의 다양한 성적 관행에는 옷이나 파트너를 갈아치우는 단순한 취향과는 전혀 다른 무엇인가가 있다고 말했는데, 스컬리에게는 그의 말이 황당하게 들렸다. 이 때 멀더와 스컬리는 외부인들에게 이상한 매력을 갖게 하는 소규모 사이비 종교집단을 발견한다.

심층적 배경

페로몬

부드럽고 예리한 자신의 파트너가 아무런 용의점도 없는 브러더 앤드류(Brother Andrew) 신부의 관련 서류철을 구겨버리는 것을 보고 멀더가 이상하다고 생각했었다면, 그가 「행동이나 복장으로 상대의 성을 흉내내기(GenderBender)」 시작했던 일련의 죽음에 대해 그럴 듯한 설명을 처음 제시했을 때 그는 페로몬(pheromone)에 관해 그리 많은 내용을 알고 있지 않았을 것이다.

페로몬은 아마도 자연계에 존재하는 가장 흔한 화학제일 것이다. 이는 조류(鳥類)를 제외하고는 거의 모든 동물에게 영향을 끼치는 듯하다. 특히 이 페로몬은 상호간에 영향을 미치는 한 기관에 숨겨진 어떤 화학제다. 이것은 어떤 특별한 조직 또는 땀, 소변, 호흡, 심지어는 머리나 피부의 기름을 통해 표출된다. 페로몬은 일반적인 감각기관을 통해 방출되어 공기중에 부유하다가 신체에 접촉된다. 또는 선택된 목표 지점을 정확히 찾아가는 데 이용되기도 한다. 이는 비단 동물들에게만 국한되는 것은 아니다. 일부 버섯류들도 고약한 냄새가 나는 끈적끈적한 점액을 방출하고, 조류(藻類)도 서로 군집을 형성하고 성장을 촉진하는 페로몬을 방출한다.

조류(藻類)에게 페로몬의 역할은 군집성을 촉진하는 것이다. 이는 개체가 서로 모여 특정한 행동을 하기 위해 단일 개체처럼 행동하도록 유발하는 것이다. 음식물을 찾는 개미들은 자신이 지나간 길에 냄새 자국을 남긴다. 이것은 개미가 자신의 보금자리로 돌아오는 등 대역할을 한다. 놀랄 만한 일은 아니지만 군집화를 촉진하는 어떤 깃은 신속하게 개제를 번식시킬 수 있나. 집단 생활을 하는 어류에서 상처 입은 물고기는 다른 물고기들에게 경고라도 하듯 특별한 냄새를 방출한다.

당연한 일이지만 초미의 관심을 불러일으키는 성적 결합을 과학자나 문외한의 독자들에게 관련시키는 것도 바로 이 페로몬이다. 경고성 페로몬을 방출하면서 여러 차례 성적 페로몬을 방출하는 능력은 페로몬 생산자에게도 매우 중요한 것임을 증명하고 있다. 나방의 경고성 냄새는 5km까지 날아간다. 그러나 교미 페로몬은 16km 이상 부유하는 것으로 알려져 있다. 일부

포유동물은 일정 지역에서 페로몬을 방출하는데, 이는 그 동물이 성적으로 성숙되어 있다면 필연적인 것이다. 집단에서 떨어져 나온 개체는 죽을 때까지 왜소한 성장 상태를 유지할지도 모른다. 어미와 자식은 다양한 냄새를 방출하는데, 자식이 방출하는 것에는 어미가 자신들을 보호하고 영양을 공급하도록 하는 욕구를 불러일으키는 것도 있다. 거의 모든 종류의 새끼들은 냄새만으로 자신의 부모를 인식하고 있음을 강하게 시사한다.

인간의 페로몬 방출가능성에 대한 관심이 고조되고 있다. 그러나 냄새를 맡을 수 있는 인간의 능력에 관한 오해가 횡행하고 있어 페로몬에 대한 인간의 관심이 느려지고 있는 것인지도 모른다. 다른 동물들과 비교해보면 인간들은 제한된 후각기관을 갖고 있다. 갓 태어난 토끼들도 피부세포만큼이나 많은 후각세포를 갖고 있다. 이에 비해 인간은 10만 개의 피부세포에 1개의 후각세포를 갖고 있는 셈이다. 상어와 비교해서도 전혀 상대가 되지 않는다. 상어의 후각세포는 피부세포와 50대 1의 비율을 보이는데, 몇 km 떨어진 곳에서도 냄새를 맡을 수 있다. 그런 거리라면 인간은 냄새를 감지하지 못할 것이 뻔하다.

그러나 세포의 수에서는 부족하지만, 우리는 최근 여러 면에서 납득할 만한 점을 밝혀냈다. 여러 동물들에게 부족한 것을 우리 인간이 갖고 있는데, 그것은 고통을 감지하는 수용기(receptors)다. 이 수용기는 다름 아닌 후각세포에 있다. 인간은 모든 냄새를 인식하지는 못한다. 우리에게는 어떻게 해서라도 피해야 할 것과 가능하면 피해야 할 것이 있다. 반면에 우리는 여전히 무언가를 열심히 찾고 있기도 하다. 연구자들의 연구 결과는 아직 걸음마 수준이지만, 우리가 개발하고 진화를 거듭하면 후각 세포의 고통 수용기가 어떤 냄새는 위험하다거나 불쾌하다고 인식하게 된다. 비록 우리를 깨무는 사람은 없다 할지라도 말이다. 냄새로 인한 고통의 한 가지 예를 들자면, 후각 신경과는 상반되는 것으로 상한 우유를 생각할 수 있다. 황금색 아치가 없다면 우리는 맥도널드를 찾을 수 없을 것이다. 그러나 개가 우리처럼 썩은 고기를 먹을 확률은 우리보다 10배나 더 높다.

고통을 느끼는 곳은 후각 수용기보다 비강(nasal cavity) 안에 더욱 널리 분포되어 있다. 코를 세게 얻어맞은 사람에게 물어보면 안다. 그리고 이러한 신경은 오렌지 기름의 자극을 싫어하는 사람에게 예민하게 반응할 수 있다. 암모니아처럼 강한 자극제는 정신을 잃을 정도로 격렬한 반응을 유발한다.

만약 인간이 감각에 매우 예민하다면, 우리는 어떻게 해야 지속적인 고통의 상태를 피할 수 있을까?

적응이라는 점에서 볼 때 우리 인간은 냄새에 대한 적응력이 높다. 기본적으로 모든 실질적인 냄새의 수준을 무시할 수 있을 정도다. 우리들이 그러한 적응력을 보이는 이유는 아직 풀지 못한 문제이지만, 도살장에 들어서는 순간 메스꺼워하는 인간일지라도 한 시간 이내에 그 냄새에 냉담해질 수 있다. 이상하게도 적응률은 냄새의 강도가 심할수록 높아진다. 스토브에서 무엇인가 타는 냄새는 도살장 냄새보다 20배는 더욱 강하게 남는다.

인간이 신맛, 단맛을 가려낸다는 사실은 새로운 일이 아니다. 대다수의 사람들이 레몬은 시큼하고, 설탕은 달며, 정향나무의 잎은 쓰다는 것을 알고 있다. 대다수의 사람들은 한 가지 항목으로 같은 맛의 반응을 이끌어낼 수 있다. 새로운 사실은 우리도 냄새에 같은 반응을 보인다는 것이다. 대부분의 사람들은 노루발풀과 상록나무 냄새가 같은 부류에 속한다고 느낀다. 따라서 노루발풀 냄새를 맡은 다음 상록나무 냄새를 맡으면 새로운 냄새를 전혀 느낄 수 없다.

인간의 냄새 감각에 대한 새로운 이해는 최근 페로몬에 대한 우리의 반응 연구에 촉진제가 되고 있다. 페로몬 냄새를 맡을 수 있는가? 그리고 이것을 만들어낼 수도 있는가?

대답은 『그렇다』다.

나중에 곰곰 생각해보니 페로몬이 인간에게도 존재한다는 증거는 있다. 향수에는 사향 냄새(페로몬 냄새)가 담겨 있다. 월경을 하는 몇몇 여성들이 함께 생활하고 있는 가정에서는 이들의 월경 주기가 서로 동일한 경향이 있다. 배란기 여성들은 이러한 사향 냄새에 매우 민감하게 반응한다는 사실은, 지금도 그렇지만 과거에도 남성들이 페로몬을 생산해내고 있음을 반증하는 것이다. 인간에게도 페로몬이 있으며 이를 생산해낸다는 사실을 지지하는 자료가 수집되어 인간의 페로몬을 찾으려는 연구가 시작되었다.

인간의 질 분비액을 검사해본 결과 어떤 지방산을 발견했는데, 이는 영장류 가운데 페로몬의 역할을 하는 것으로 알려진 것과 거의 동

> 나중에 멀더의 새로운 파트너, 크라이첵으로 분해 등장하게 될 니콜라스 리(Nicholas Lea)는 「성 바꾸기」에서 잠깐 모습을 드러낸다. 그리고 「악질회사(Bad Company)」에서 제이크(Jake)로, 「엑스트로 Ⅱ : 두번째 조우(Xtro Ⅱ : Second Encounter)」에서 베인스(Baines)로 출연한다.

일한 화학물이었다. 이 냄새를 실험해보니 남성들이 이 지방산에 매우 강하게 반응한다는 사실이 밝혀졌다. 이제 우리가 밝혀내야 하는 것은 남성 페로몬의 원천을 찾아낼 수 있는가다. 인류 역사의 초기에 남성들은 매우 공격적인 성향을 보였었지만, 오늘날에는 그렇지 않다. 따라서 현대 남성들에게는 이러한 화학물이 존재하지 않을 가능성도 있다. 그러나 대부분의 현대 종들(species)은 수컷과 암컷 모두 페로몬을 반영하고 있기 때문에 연구는 지속될 것이다. 인간에게도 페로몬이 존재한다는 증거는 아마도 첫눈에 사랑을 하게 된다는 사실로 설명할 수 있지 않을까?

소년이다! 앗, 소녀다! 아니…!?

「성 바꾸기」에서 성을 선택적으로 한다는 것은, 대다수 생물학자들에게는 전혀 생소한 얘깃거리가 아니다. 이 지구상에 존재하는 수많은 종들은 자신의 성과 자신의 선조의 성을 멋대로 조정할 수 있는 잠재력을 갖고 있다. 인간들조차 성이 결정되려면 두 개의 성이 적어도 부분적으로 표현되는 단계, 즉 태아(8주 이내)의 단계를 걸친 후 상당한 시간이 흘러야 한다. 그런데 성인이 되어 성을 완전히 바꾸는 능력은 우리의 재주로는 불가능하다.

멋대로 자신의 성을 바꿀 수 있는 종도 있다. 적어도 환경적 요소에 반응하면서 말이다. 이러한 것으로 구피(역주 guppy : 송사리과의 관상용 열대어)는 군집의 압력에 반응해 성을 변환한다. 어떤 개구리들은 한 가지 성으로 올챙이 생활을 하다가 끝날 즈음에는 갖고 있던 성의 반대로 변하기도 한다. 그리고 남아메리카의 어떤 양서류들은 두 개의 성을 갖고 있다가 가장 필요한 성에 스스로를 적응시킨다.

개미나 벌과 같이 집단생활을 하는 곤충은 특정 성이나 무성으로 자손을 낳는다. 개미는 특정 페로몬을 자신들의 환경에 유입시킴으로써, 벌은 로열 젤리와 같은 특정 음식을 먹음으로써 성을 바꾼다.

이들에게 정말로 기이한 것은 성을 바꾸는 능력뿐만 아니라, 성을 자유자재로 바꾸는 능력이다. 이 지구상의 단지 몇 종만이 일생에 한 번 이상 성을 바꾼다지만, 이들의 능력은 여전히 확인해야 할 연구과제다.

사건번호 : X-1. 15-020494

암호명 : 나사로(Lazarus)

사건 개요

　보니(Bonnie)와 클라이드(Clyde)(역주 서부 개척 시대의 부부 은행 강도) 스타일의 부부 은행 강도를 체포하기 위해 한 은행을 감시하는 동안, 스컬리의 전 애인이자 동료 요원 잭 윌리스(Jack Willis)가 남편 워런 듀프리(Warren Dupree)의 총에 맞아 쓰러졌다. 죽음의 문턱에 놓인 윌리스를 구출해내려는 스컬리의 필사적인 노력은 성공적인 듯이 보였다. 그러나 멀더는 그 윌리스가 진짜 윌리스인지 확신할 수 없었다.

심층적 배경

우리가 알고 있는 요원들

　회의적인 성격이든 마음이 넓은 사람이든, 또는 잘 속는 사람이든 간에 우리가 일화를 통해 만났던 FBI 요원들은 X파일에서 다양한 위치를 점하고 있었다. 멀더와 스컬리의 주변에는 크라이첵이나 미스터 X와 같이 문제의 인물도 있다. 우리의 사랑스러운 요원은 누구를 믿어야 할까?

▶특수요원 톰 콜턴(Tom Colton)

X-1.03-092493

콜턴 요원이 능력 있고 수사국 내에서 신뢰할 수 있는 사람이라지만, 전요원 양성소 동기생인 스컬리조차 주어진 증거를 제대로 평가하지 못하는 그의 무능력에 대해 불쾌감을 표시했다. 어떤 신뢰감도 보여주지 않은 채 정보를 캐내기 위해 멀더를 유도신문하려는 그의 시도는 묵과할 수 없는 일이었다.

▶특수요원 낸시 스필러(Nancy Spiller)

X-1.07-102993

이 요원과의 접촉은 제한되어 있다. 스컬리는 수사국 요원 양성소에서 그녀로부터 법의학에 관해 배웠었다. 그리고 「철의 여인」이라는 다소 우스꽝스러운 그녀의 별명에는 수사관으로서 그녀에

목격자 증언

너 잭 윌리스 아냐!

−스컬리, 「나사로」에서

대한 존경심이 배어 있다. 그녀의 색다른 이론에 대한 개방성은 아직 검증된 바 없다.

▶특수요원 제리 라마나(Jerry Lamana)

X-1.07-102993

멀더의 과거 파트너 중 한 사람으로서, 라마나 요원은 X파일 분과의 지원을 기대했었다. 그러나 그는 수사국 내에서 집행유예 상태였기 때문에 역효과가 발생했다. 컴퓨터가 지각을 갖고 있다는 멀더의 이론을 거부하면서, 라마나는 멀더가 당해 사건에 관해 작성한 보고서를 훔쳐 자신이 작성한 것인 양 발표했다. 앞으로 있을 라마나 요원의 지원은 당해 사건을 조사하던 중 그가 사망했을 때 논쟁거리가 되었다.

▶특수요원 윌리스

X-1.15-020494

윌리스 요원은 X파일을 직업적으로 다루지 않지만, 그와 스컬리는 콴티

코 요원 양성소에서 교관과 학생(스컬리)의 관계였다. 요원들이 사적인 관계에 있을 때 같은 사건을 맡게 되어 신뢰성 있는 현장 업무가 이루어졌다면, 이 때 그는 지원자가 되었을 것이다. 그러나 윌리스는 이 사건 수사 도중 사망했다.

▶ 특수요원 레기 퍼듀(Reggie Purdue)

X-1. 16-021194

퍼듀는 순진한 풋내기는 아니었지만, 이미 수사국 내에서 명석한 최고 수사관으로 인정받고 있는 요원의 이론을 무시할 수 있을 만큼 확고한 정신의 소유자는 아니다. 멀더의 해석을 그저 곧이곧대로 받아들이지 않는 퍼듀 요원은 상황이 조성된다면 전통적인 가능성을 초월해 사고할 수 있는 능력의 소유자다. 퍼듀는 존 바넷(John Barnett)에게 살해되었다.

▶ 특수요원 헨더슨(Henderson)

X-1. 16-021194

문서 검사 분야의 전문가. 헨더슨 요원은 멀더의 이론에 기꺼이 동의했다. 앞으로 이 요원과의 관계는 상호 존경의 기반을 두고 진행될 것이다.

▶ 특수요원 루시 캐진(Lucy Kazdin)

X-2. 05-101494

처음에는 멀더의 이론에 불신으로 일관했지만, 캐진 요원은 자신의 앞에 놓인 증거를 무시할 만큼 폐쇄적인 마음의 소유자는 아니다. 그녀는 또한 배리의 상황을 오판하고 있을지도 모른다고 생각했다. 멀더와 스컬리를 만나게 될 사건에서 공조가 이루어질 수도 있다.

▶ 특수요원 복스(Bocks)

X-2. 13-011395

대다수의 수사국 인물과는 달리 복스 요원은 설득력 없는 이론을 손쉽게 공식화한다. 심지어는 지구상에서 초현상적인 사건을 적용하는 데 자신의 기술을 멀더에게 스스럼없이 표현했다. 스컬리 요원이 범죄 장면을 객관적으로 평가할 수 있는 그의 능력에 의문을 제기했다지만, X파일 요원들에게 끊임없는 후원을 아끼지 않은 것만은 분명하다.

▶ 특수요원 배리 와이스(Barry Weiss)

X-2. 16-021095

멀더와 스컬리와의 관계는, 그가 살해당해 그리 오래 가지 않았지만 자신이 맡은 분야에서 지원을 아끼지 않았었다.

이 일화에서는 스컬리의 핸드폰에서 나오는 신호를 통해 그녀를 찾을 수 없었다. 그러나 X파일의 2차 방영분이 끝날 즈음 스모킹 맨은 사막 한 가운데 있는 스컬리를 그녀의 핸드폰에서 나오는 신호로 찾아내는 데 큰 어려움을 겪지 않았다.

해답

1. 「35번째 생일을 축하하며(Happy 35th)」라는 문구가 뒤에 각인된 손목 시계.

2. 결혼식 때 두르는 폭 넓은 칼라.

3. 팔뚝에 새겨진 문신.

4. 당뇨병.

5. 폭풍설이 내리는 산 속에서.

6. 2월 23일.

7. 은행 강도.

8. 필체가 윌리스의 것이 아니라는 사실과 그 날은 스컬리의 생일이 아니라는 점.

9. 난로 안에.

10. 콴티코에서.

점 수 : _____

암호명 : 마음은 청춘(Young at Heart)

사건 개요

멀더와 죽어가는 그의 친구에게 협박 편지가 배달되기 시작하면서, 종결된 지 5년이나 지난 것으로 여겨졌던 사건이 다시 수사선상에 올랐을 때는 정말로 고통스러웠다. 스컬리의 의학적 소견에 힘입어 멀더가 용의자로 지목하고 있는 바넷과 현대판 프랑켄슈타인 박사 간의 연결성이 밝혀졌을 때 모든 정황이 들어맞았다. 문제는 바넷이 스컬리를 찾기 전에, 멀더가 바넷을 찾을 수 있을 것인가다.

심층적 배경

행간의 뜻을 읽어라

「마음은 청춘」에서 필체 분석가는, 바넷에 관해 무엇인가 기이한 점이 있음을 알고 있다고 주장하면서 자랑했다는 얘기를 들었다. 아마도 그 필체분석가는 그랬을 수도 있고, 안 그랬을 수도 있다. 1933년으로 거슬러 올라가면 전문 분석가 한 주류 밀수업자에게 유죄를 언도했는데, 그는 오른손

엄지의 중간 관절이 붙은 밀수업자의 필체 하나만으로 그런 결정을 내린 것이다.

「의심이 가는 문서를 분석하는 조사관」들의 작업은 필체에만 국한되지 않는다. 타이프라이팅, 잉크, 종이, 활판인쇄도 포함하고 있으며, 필체와 타이프라이팅을 확인하는 문제도 다루고 있다. 또한 문서를 다루거나 준비하는 작업을 비롯해 문서 변조, 문서작성 시기 등 일련의 사안을 다룬다.

다른 증거물과 같이 필체도 개인에게 고유한 것이다. 아이들은 글씨 쓰는 방법을 배우기는 하지만, 이내 자신의 개성이 배어 있는 자기만의 필체를 만들어간다. 이것이 완성될 즈음에는 성인이 되는데, 이들의 필체는 그 필체의 주인공이 누구인지를 밝힐 수 있을 만큼 특징적이다.

필체 전문가들은 어떤 사람이 다른 사람의 필체를 완벽하게 흉내낸다는 것은 불가능하다고 생각한다. 글씨를 쓸 때 몸의 자세, 숙련도, 펜의 각도, 그리고 기타 다른 요인 등 평생 동안 습득된 특징은 위조자의 기술과는 상관없이 한 순간 또는 며칠 사이에 익힐 수 있는

것이 아니다. 전문가들은 자신의 혜안을 발휘해 내리긋는 경사도, 곡선부의 압력, i나 j의 점 등 개인마다 각기 다른 특징을 구별해낸다.

필체 자체만으로 불충분할 경우 문서 조사관들은 실제적인 물증을 고려해 해당 문서를 작성한 인물의 여러 가지 특징을 덧붙일 수 있다. 예컨대, 필체의 주인공을 확인하는 것과는 별도로 타자기를 사용하면 조사관들의 작업은 더욱 쉬워진다. 문서를 작성할 때 사용된 타자기도 식별가능하다. 이는 활자체를 검사하고, 다시 참고 파일과 차별화된 도표가 포함된 정보를 비교·검토하여 알아내는 것이다. 다시 말해 특정 타자기로 작업을 했고 현저한 개성이 담겨 있다면, 즉 활자체가 깨졌다든가 활자체의 기울기, 정렬 상태, 다른 한쪽이 강하게 찍히는 상태, 그리고 반동성 등을 토대로 타자기의

퀴즈게임 16

쉬운 문제 : 각 1점

1. 멀더가 맡은 최초 사건의 대상자는 누구였나?
2. 멀더는 FBI에 몇 살 때 입문했나?
3. 첫번째 메모는 무슨 내용인가?
4. 바렛의 예상 형량은?
5. 사망진단서에 적힌 사망 원인은?

어려운 문제 : 각 2점

6. 소각된 재는 어디에 뿌려졌는가?
7. 바렛은 어느 주 출신인가?
8. 리들리(Ridley)가 국립건강연구소에서 취급했던 질병은?
9. 음악당에 접근하기 위해 바렛은 어떤 계략을 썼나?
10. 바렛이 연구자료를 숨긴 로커 번호는?

종류를 알아내는 것이다.

활자의 바스킷이나 문자 이동장치에 영향을 미치는 기계적 조건도 매우 유용한 요소일 것이다. 전과 동일한 위치에 문서를 재삽입하는 것은 불가능하기 때문에, 문서가 단번에 준비되거나 재삽입되었다면 기준자를 이용해 판정할 수 있다.

잉크 비교는 매우 설득력 있고 가치 있는 증거를 제시하지만, 이 잉크에 개개인의 특성을 결부시키는 것은 불가능하다. 화학분석을 이용해 다양한 잉크 성분을 비교하거나 잉크 성분에 기초해 가능성을 하나씩 소거해나가는 것은 가능하다.

종이도 재질, 첨가된 혼합물, 구성 성분에 기초해 차별화할 수 있다. 섬유 재질은 결정체이기 때문에 X선 회절로 확인할 수 있다. 화학실험은 종이의 구성성분을 확인하는 데 사용한다. 이것을 통해 사용된 특수 종이의 재질과 출처를 확인할 수 있다.

필체와 관련된 문제, 예를 들어 서명에 사용된 잉크가 문서에 찍힌 글씨의 밑에 배어 있는지 위에 배어 있는지에 관한 문제는 문서의 확실한 출처를 증명하는 데 매우 중요한 단서가 될 수 있다. 이와 관련된 문제, 즉 감추어진 내용을 해독하거나 지워진 내용을 복구하는 것과 같은 문제는 입체 현미경, 적외선 및 자외선 기술 또는 화학실험 등을 이용해 검사한다.

전문가들이 이런 문제에 접근하는 방식은 대체로 대동소이하지만, 이들이 강조하는 점은 각기 다르다. 대다수는 단어의 끝에 초점을 맞춘다. 그 끝이 올라갔는지 내려갔는지 수평인지에 관심을 두고 있으며, 이를 통해 문자 간의 연결고리를 찾는다. 이것이 가장 쉬운 비교 방법이다. 정교하고 복잡한 연구를 하고 있는 오늘날의 전문가들은 모든 필법을 검사하기 위해 현미경을 사용한다.

드문 경우이긴 하지만 전문가들은 우유, 레몬, 주스 또는 타액과 같은 것을 이용하는 관행으로 인해 퀴즈 문제를 푸는 듯한 상황에 직면하기도 한다. 그러나 이런 것은 적절한 과학적 처리를 하면 필적을 쉽게 읽을 수 있다. 또 다른 예를 들자면 위조자들은 다른 종이에 사인을 연습할 것이다. 그리고 잉크 지우개, 고무, 칼 등을 이용해 잘못된 부분을 지우려고 할 것이다. 그러나 일단 종이의 상태가 바뀌면 큰 어려움 없이 지워진 부분을 찾을 수 있다. 보통은 자외선 빛을 이용한다.

앞으로 문서 감정가들에게 제기되는 진정한 도전은 인간의 손이 아니라, 첨단기술로 만들어지는 문서일 것이다. 오늘날에는 사진복사 기술 발달로 지폐도 만들어낼 수 있다. 전자출판의 등장으로 누구든지 이러한 것에 쉽게 접근할 수 있게 되었으며, 실제와 구분이 불가능한 수표도 만들어낼 수 있다. 레이저 프린터는 위조물을 출력할 때 어떤 접촉도 없다. 따라서 타자기의 키와 같은 물리적인 증거가 적용될 수 없다. 과거에는 일단 사건이 발생한 후에 그 위조 사실을 발견하는 것이 목적이었지만, 오늘날에는 이러한 위조 행위를 사전

해답

1. 존 어빈 바넷(John Irvin Barnett).
2. 28세.
3. 「멀더는 닭장도 못 지켜.」
4. 340년.
5. 심장마비.
6. 델라웨어의 감독.
7. 뉴햄프셔.
8. 선천성 조로증.
9. 피아노 조율사로 위장해서.
10. 935번 로커.

점수 : _____

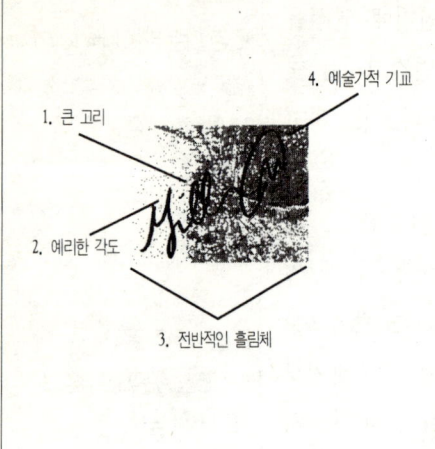

그저 재미로 자신의 필체를 살펴보자. 그리고 다음과 같은 특징이 어디에서 나타나는지를 알아보자.

4. 예술가적 기교
1. 큰 고리
2. 예리한 각도
3. 전반적인 흘림체

- 큰 고리는 적극적이고 자신감에 가득찬 성격의 소유자임을 나타낸다.
- 예리한 각도는 의사 결정자의 특징이다.
- i 자에 점을 찍지 않고 원을 그려 넣은 사람은 장난을 좋아하는 성격의 소유자다.
- 끝을 올리기보다(d자처럼)는 길게 끌어내리는 것(y자처럼)은 심령적인 잠재성을 갖고 있는 사람에게서 많이 발견된다. 반대라면 인간적 속성 중 논리적인 측면의 소유자일 가능성이 크다.
- 전체적으로 작은 글씨체는 조직화 기술이 매우 뛰어난 사람일 가능성이 크다.
- 전체적으로 큰 글씨체의 소유자들은 예술가적 기질이 있다.
- 알아보기 힘든 글씨체의 소유자들은 앞으로 의료관계의 직업을 갖게 되거나, 현재 그러한 직업을 갖고 있을 것이다.

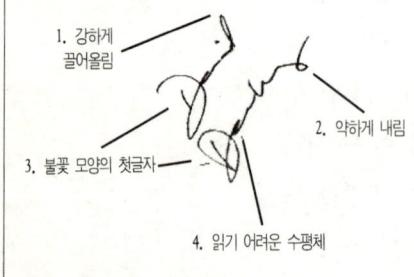

1. 강하게 끌어올림
2. 약하게 내림
3. 불꽃 모양의 첫글자
4. 읽기 어려운 수평체

에 방지하기 위해 재생 불가능한 이미지를 만드는 방법이 중심 연구과제다. 이 분야의 무용론이 제기되고 있다는 사실은 차치하고라도, 필적 감정이나 문서 감정은 혁신을 위한 시대의 요청에 처하게 되었다.

▶ 듀코브니가 출연한 영화
- Working Girl(1988)
- New Year's Day(1989)
- Twin Peaks(1990)

- Bad Influence(1990)
- Julia Has Two Lovers(1991)
- Denial(1991)
- Don't Tell Mom the Babysitter's Dead(1991)
- The Rapture(1991)
- Beethoven(1992)
- Baby Snatcher(TV, 1992)
- Ruby(1992)
- Chaplin(1992)
- Red Shoe Diaries(TV, 1992~)
- Venice/Venice(1992)
- Kalifornia(1993)

「심령(Spiritual)」에서 러시아인으로 분한 듀코브니

그는 또한 로젠브라우 맥주(1987), AT&T(1993), 나이넥스(NYNEX, 1995) 등 세 개의 광고에도 출연했다.

선천성 조로증

선천성 조로증(progeria)이 리들리 박사의 전공이다. 이 질병은 급속하게 나이를 먹는 것으로, 10세의 아동이 90세의 노인과 같이 되는 병이다. 그리고 그 나이에 의학적으로 복합된 모든 것을 경험한다. 다시 말해 외형뿐만 아니라 행동도 노인처럼 되는 병이다. 이 병에 걸린 사람은 거의 10세를 넘기지 못한다. 드문 경우이긴 하지만 이 질병을 퇴치하기 위해 많은 기금을 마련하고 있다. 왜냐하면 많은 과학자들이 선천성 조로증을 위한 치료가 불로장생으로 가는 궁극적인 열쇠가 된다고 믿고 있기 때문이다.

데이비드 윌리엄 듀코브니

출생일 : 1960년 8월 7일

고　향 : 뉴욕 시

신　장 : 180cm　　머리색 : 갈색　　눈동자색 : 엷은 갈색

신체상 특징 : 오른쪽 뺨에 사마귀가 있음.

혼인 유무 : 독신, 결혼한 경험도 없다. 그러나 지금 동거 중이다.

부양 가족 : 블루(Blue), 잡종 강아지, 암컷.

부　모 : 아버지 암램(Amram)과 어머니 마가렛(Margaret)

형제 자매 : 형 다니엘(Daniel), 로스앤젤레스 거주.
　　　　　　여동생 로리(Laurie), 뉴욕 시 거주.

관심 분야 : 개인 종목이든 단체 종목이든 관계 없이 스포츠를 좋아한다(조깅,
　　　　　　수영, 요가, 농구 및 야구). 시, 작사, 희곡 등 글쓰기를 좋아함.

교육 정보

맨해튼의 진학준비 학교.

프린스턴 대학 학사.

예일 대학 영문학 석사. 박사과정 이수 중.

논　문 : 「동시대 시와 산문의 매력 및 기술(Magic and Technology in Con-
　　　　temporary Poetry and Prose)」

연기 학교(The Actor's Studio).

암호명 : 외계 지적 생명체(E. B. E)

사건 개요

출처가 분명치 않으면서도 UFO 목격이 급격히 증가하고 있다는 막연한 귀띔으로, 멀더는 자신이 외계 생명체(Extraterrestrial Biological Entity : E. B. E)를 추적할 수 있을 것으로 생각했다. 그것도 살아 있는 생명체를 말이다. 내부 밀고자의 계략이라고 걱정하는 스컬리는 이것을 믿지 않았다. 멀더와 같은 편집증적인 조직인 고독한 총잡이(The Lone Gunmen)가 연루되어 있어 스컬리의 마음은 편치 않았다.

심층적 배경

고독한 총잡이

고독한 총잡이(역주 원래는 멀더와 스컬리에게 여러 가지 상담을 해주는 기인들이 발간하는 잡지 이름)는 삶에서 편집증적인 현상을 구체적으로 표현한다. 이들은 X파일 1, 2차 방영분을 통해 다섯 편밖에 등장하지 않지만, 이들은 케네디 대통령 암살에 관한 「고독한 총잡이 이론」에서 각자의 이름으로 소식지를 발간해 멀더와 같은 편집증적인 그룹에게 그럴 듯한 이야기를 제공한다.

이들이 초목이 우거진 언덕에 숨어사는 부류든 자중할 만큼 충분히 지각 있는 사람이든 간에, 멀더가 최근의 UFO 목격에 관한 정보를 얻기 위해 이들 3인조에게 접근했던「외계 지적 생명체」에서 고독한 총잡이가 처음으로 모습을 드러냈을 때 이미 열여섯 편에 등장시킬 계획이 서 있었다. 서로의 문장을 해득할 수 있는 이들의 능력, 공동의 지식창고, 그리고 이들의 냉소주의를 각자 따로따로 떼어 생각하는 것은 어려웠다.

고독한 총잡이는 또한「유혈 살인」과「저승의 문」에서도 잠깐 출현한다. 이 때 시청자들이 이들을 따로 떼어 생각할 수 있도록 만들었다. 세 명의 고독한 총잡이 가운데 다른 두 사람과 가장 분리시키기 쉬운 인물은 프로하이크였다. 그는 줄곧 상냥한 반농담조로『그녀는 내 취향이야』라고 말하며, 스컬리에게 관심을 두고 있다. 그리고 그녀에 대한 관심을 꽃, 머리빗, 그리고 옷으로 좀더 확장한다. 전화번호를 얻기 위해 야간 안경을 파는 사람에게 머리빗과 브릴로(Brillo)는 진정한 사랑의 표시인 셈이다.

「저승의 문」에서 우리는, 이 기이한 집단에서 가장 신비스런 인물을 소개받게 된다. 그는「사색가(The Thinker)」로 알려진 해커다. 비록 우리는 컴퓨터 스크린을 통해 고함치는 그의 얼굴을 볼 수 없었지만, 최근의 이 구성원은 좀더 많은 신비감을 조장해왔는지도 모른다. 그리고「공포의 대칭(Fearful Symmetry)」은 이들의 이름과 얼굴을 대조할 수 있는 유일한 기회였다. 랭글리(Langly)는 이 막강 3인조 중에서 빠졌었다. 바이어스(Byers)는 검은색 머리에 IBM 스타일의 복장을 한 사람이다. 설정에 따르면 금발이 랭글리였다.

아나사지 역주 Anasazi : 인디언 원주민인 나바호 족의 언어로 그 의미는「고대

목격자 증언

내가 당신을 좋아하는 이유가 그거야, 멀더. 당신의 발상은 우리보다 더 이상하거든.
― 고독한 총잡이,「외계 지적 생명체」에서

외계인 이웃」을 뜻한다. 백인이 이들의 땅에 발을 디뎠을 때 아무 이유 없이 이 말은 사라졌다)는 여러 면에서 우리들을 애태운다. 그러나 이것은 고독한 총잡이, 즉 사색가의 관심사가 되어 수수께끼의 실마리가 잡힌 듯했다. 처음에 우리는, 멀더가 이들에게 가는 것이 아니라 이 총잡이들이 멀더에게 오는 것을 보았었다. 이들 구성원 중 한 사람은 약간의 문제점을 안고 있었다. 오로지 멀더에게만 얘기를 하려는 것이었다. 결국 우리는 이 사람의 이름을 알게 된다. 그의 이름은 케네스 수나(Kenneth Soona)다. 그러나 추측건대, 이 이름도 가명인 것으로 밝혀졌다. 멀더가 수나를 만난다. 우리는 그 얼굴을 본다. 이게 전부다. 미스터리는 계속된다.

U.S. ARMY TO EXAMINE A "FLYING DISK"

FROM OUR CORRESPONDENT
WASHINGTON, JULY 8

After an Army announcement from Roswell, New Mexico, that an object resembling a "flying disk" had been found there, the commander of the Eighth Air Force said here to-night that the object was being sent to the research centre at Wright Field, Ohio, for examination.

처음에는 E. B. E 추락 사건이 제대로 보도되었다.

특수효과

특수효과(sfX)는 영화와 TV 제작에서 가장 빨리 성장했을 뿐만 아니라, 가장 신속하게 변하는 분야다. 점점 더 야박해지는 시청자들은 TV뿐만 아니라 영화에서도 좀더 많은 것을 요구하고 있다.

컴퓨터 기술의 덕택으로 당연히 이 분야는 진보를 거듭했다. 바빌론 5(Babylon 5)와 같은 TV 극에서는 김퓨터 시스템 밖에서는 전혀 존재하지 않는 장면들이 일상적으로 나온다. 그러나 컴퓨터 기술이 발전하여 「부드러운 빛(Soft Light)」에서 사람을 삼키는 듯한 유령과 「군체(Colony)」에서 매끄러운 변형과 같은 멋진 시각효과를 창조해내는 것이 가능하다 해도, 이러한 것은 특수효과라는 분야의 요술 가방에 들어 있는 수많은 트릭 중 하나에 불과할 따름이다.

특수효과는 사진술, 기계 조작, 불꽃 및 방화술, 모형 제작술, 그리고 화장술 및 의상에서부터 기술자에 이르기까지 상당히 광범위한 분야를 포함하고 있다. 약 200명 정도의 제작진이 X파일의 효과에 기여하고 있다. 시각적·물리적 효과는 함께 사용될 수도 있고 단독으로 사용될 수도 있다. 이것은 어떻게 하면 바람직한 영상을 창조할 수 있는가에 달려 있다. 또한 첫번째 일화에 등장하는 회오리 바람 장면처럼 전적으로 외주 제작을 의뢰할 수 있다는 의미도 된다.

매트, 청색 스크린, 저속 촬영, 그리고 어떤 사람이나 사물을 사라지게 하는 시각효과에서 가장 중요한 장비는 조작자가 사진 속의 사진을 찍을 수 있도록 하는, 카메라와 영사기의 기능이 결합된 시각 프린터일 것이다. 화면을 저속 처리하거나 영상을 정지시키기 위해 프레임(frame)을 한 번 이상 프린트할 수 있다. 이것은 사만다의 몸을 띄우는 장면같이 비용이 많이 드는 효과에서도 사용된다. 프레임을 건너뛰지만 시청자들은 연속된 장면으로 인식한다.

한 장면의 프레임을 다음 프레임의 시작 프레임과 연결시킴으로써 화면을 쉽게 오버랩시킨다. 좀 더 복잡한 조작으로서 정교한 눈속임, 실제 연기와 화면의 조합, 생동감을 주기 위해 일련의 영상을 덧붙이기도 한다(또는 그 반대). 「불의 사나이」에서는 화염과 실제 배우와의 영상을 결합했다. 하늘이나 우주 영상 시각 프린터를 이용해——이것은 밑에서부터 영사된 이미지를 잡아줄 수 있는 젖빛 유리를 틀로 하여 초점을 맞춘다——아티스트들이 제작한 삽화와 실제 연기를 매우 정교하게 결합해 이 두 개의 이미지가 하나의 영상으로 촬영될 수 있도록 한다. 이렇게 함으로써 제작진은 시간을 상당히 절약했던 것이다.

두 개의 필름 트랙을 결합해 제3의 필름을 만들어내는 시각 프린팅 능력은 다양한 영상을 많이 만들어내기 위해 다른 기술과 결합해 이용될 수도 있다. 예를 들면 푸른색 스크린을 이용하는 촬영기법의 시각 프린터는 사람이 비행한다든가 배리처럼 부양한다든가 하는 등장인물의 영상을 이음새 없이 만들어낼 수 있다. 여기에다가 등골이 오싹한 빛과 음향도 덧붙일 수 있으며, 이 때 움직이는 등장인물에게는 어떤 영향도 미치지 않는다(역주 이러한 촬영기법을 「크로마키」라 한다).

이러한 블루 스크린을 이용한 촬영기법은 푸른 빛에 대한 필름의 감도를 이용하는 것이다. 그림자 발생을 방지하기 위해 뒤에서 빛을 비추고 배우가 이 화면 앞을 걸어가게 하고, 온통 푸른색을 띠는 것 위에 농밀한 검은 은색을 띠도록 이스트먼(Eastman) 5247번 필름 위에 동작을 녹화함으로써 다른 영상이 명확하게 드러난다. 이 때 배우와 배경의 영상은 단일 필름으로 합성된다. 배우들이 직접 가보지 못한 곳도 이러한 합성으로 대리 경험할 수 있다. 가옥의 화재나 산불과 같이 다소 규모가 큰 효과에 대해 블루 스크린은 배우나 특수효과 제작진 모두가 선호하고 있는 기법이다.

좀더 세세한 효과를 위해 시각효과가 진행되는 동안 재능 있는 실제 효과 팀이 이를 더욱 멋지게

해답 •

1. 전기 코드 구멍.
2. 걸프전쟁 증후군.
3. 외계지적 생명체(Extraterrestrial Biological Entity).
4. 금속 박편. 고독한 총잡이들은 미국민을 추적하기 위한 장치라고 주장하고, 스컬리는 위조를 방지하기 위한 방편이라고 주장한다.
5. 프로하이크, 랭글리, 바이어스.
6. 멀더가 그의 창가에 파란색 전구를 비춘다. 내부 밀고자는 전화 수화기를 딸깍거린다.
7. 벌레.
8. 반달과 초승달이 동시에 보인 것.
9. CIA.
10. 6단계.

점 수 : _____

완성한다. 혹을 터트리거나 나이를 먹게 하거나 피부 밑에 사는 기생충을 묘사하는 것은 특수효과 팀과 분장 팀의 공동작업으로 이루어진다. 배우는 보철술(prosthetics : 말 그대로 몸의 일부분을 대신하는 것이지만 효과 팀에게는 좀더 광범위한 의미로 사용된다)을 사용하기 전에 상세한 설명을 받아야 한다. 아무리 사소한 보철 도구라도 배우에게 맞지 않아 자꾸 신경에 거슬린다면 매우 고통스러운 애물단지가 되기 때문이다. 그럴 경우 제대로 된 연기가 나올 수 있겠는가? 몸 전체를 보철 도구로 감쌀 경우에는 더욱 복잡하고 정교한 과정을 거쳐야 한다. 「숙주(The Host)」에서의 플루크먼 (Flukeman)과 같이 말이다. 기술자가 만들어준 보철도구를 매우 갑갑해하는 플루크먼의 모습이 종종 화면에 잡혔다.

보철술은 「빙하의 공포」에 등장하는 검은 점과 같이 비교적 간단한 것도 있고, 운동성을 부여하기 위해 만들어지는 수구(water bulb)나 기계부품을 감추어 넣는 장치처럼 복잡한 것도 있다. 또한 분출하거나 거품이 이는 주머니가 보철 장치로 이용되기도 한다. 어떤 면에서 보철술은 매우 복잡하다. 이것은 배우의 수족에 맞게 주조되거나 다시 제작되어야 한다. 다시 말해 모형을 다시 만들어야 한다. 생동감 있는 연기와 시각적인 연기가 필름상에서 어색하지 않도록 하려면 이는 필수적인 것이다. 배우 다린 모건 (Darin Morgan)은 플루크먼을 반으로 동강낸 쇠창살에 매달리는 연기를 정말 하고 싶지 않았다.

가장 일반적인 것은 축척 모형이다. 이는 대형 실물을 촬영하기 편하게 소형으로 만드는 것으로서, 이 작은 모형은 언제든지 실물 크기로 재창조할 수 있기 때문이다. 스크린상에서는 실제처럼 보이는 이 축척 모형을 만드는 데는 두 가지 문제점이 있다. 이 가운데 하나는 주지하다시피 원본에 가깝게 만드는 것인데, 재능 있는 모형 제작자들은 모형을 제작하기 전에 엄청난 시간을 대상에 대한 관찰과 개략적인 스케치와 조각하는 데 투자함으로써 이 문제를 해결한다.

진짜 문제는 이것을 필름화하는 기술이다. 움직이는 모형을 만들기 위해, 그것도 매끄러운 움직임을 유지하려면 어느 정도의 축척으로 대상 모형과 배경을 만들 것인가가 어려운 점이다. 섬세한 주의를 기울이지 않으면 축소 모형은 끊어지거나 이내 부서지는 경향이 있다. 이러한 문제의 대책으로는 두 가지가 있다. 그 중 하나는 고속으로 촬영한 장면을 속도를 줄여 필름화함으로써 저속의 움직임과 매끈한 움직임을 만들어내는 것이다. 모형에 카메라를 맞추고 일정 간격을 유지한다. 모형이 고정되어 있는 상태에서 카메라가 이동하면 생동감 있는 연출이 가능하다. 오히려 실제보다 더욱 긴박감 있고 현실적이며, 자연스럽기까지 하다.

X파일은 시청자들에게 스크린 밖에서 일어나는 듯한 착각을 불러일으키는 수많은 효과를 제공함으로써 시청자들의 상상력을 풍부하게 해주었다. 이것은 시작에 불과하다. 편지 개봉 기계를 떠다니게 하는 것에서부터 외계인의 반면(半面) 영상을 비롯해 화농(化膿)이 맥동질하고, 어린아이를 공중에 띄우는 장면에 이르기까지 X파일이 시도하지 않은 것이 없다.

암호명 : 기적의 사나이(Miracle Man)

사건 개요

환자를 치유하고 죽은 자를 되살린다는 목사가 있다는 정보를 입수한 지는 오래 되었다. 모두들 그를 비난하고 나섰다. 이 기적을 일으키는 목사의 텐트에서 잔혹한 죽음이 없었다면, 멀더와 스컬리는 파견되지 않았을 것이다. 당연히 살인사건의 수사 대상이 되어야 할 멀더의 실종된 여동생이 나타나고, 죽은 자가 정말로 일어났을 때 사건은 묘하게 꼬여만 갔다.

심층적 배경

치유의 손

심령치료, 신앙치료, 또는 기적이든 그 명칭이야 어떻든 간에, 현대의 과학으로는 풀 수 없는 즉각적인 치유가 가능하다는 주장은 인간의 사고와 질병의 역사만큼이나 오래 된 것이다. 시대를 초월해 언제나 그러한 기적을 일으키는 사람이 무시되는 것이 의문이다. 『정말로 치유되었다고?』

기적이 방송되는 시대에는 그러한 의문에 답하는 것이 전보다는 수월해져

야만 한다. TV전도사의 설교를 VCR로 녹화해 그가 집회인 가운데 한 사람을 기적적으로 치유했다는 장면을 면밀히 검토해보면 그 답을 얻을 수 있다. 세상에 쉬운 일이란 없다. 사실 이러한 것은 수많은 수사관들이 수사를 벌여왔던 사건이었고, 멀더와 스컬리도 이 목사의 재능을 실증하기 위해 「기적의 사나이」를 이용하려 했던 것이다.

이전의 수많은 수사관들처럼 의학(과학)은 동료의 비판을 기꺼이 받아들이지만, 신앙 치료사들(faith healers)은 종종 자신들의 치료방법은 위대한 힘의 대리인으로서 치료자와 치료받는 사람 상호간의 강한 믿음에 기초한다고 주장하고 있다는 사실을 멀더와 스컬리도 이내 깨달았다. 명백히 확인해야 할 필요성을 함축하고 있는 의심으로 인해 자기에게 주어진 혜택을 부정하게 될

> **목격자 증언**
>
> 저는 환자에게 건강을 되찾아주려고 그들의 신체 위에 손을 얹어놓습니다. 저는 그들의 병을 치료해주었소. 죽어가는 사람과 접촉만 해도 생명을 불어넣어 줄 수 있어요. 신께서 제게 특별한 재능을 주셨답니다.
>
> -새뮤얼 하틀리(Samuel Hartley),
> 「기적의 사나이」에서

수도 있다. 수사관은 치료자와 치료받는 자에게서 협조를 기대하기 전에, 과학적 방법을 정신적인 경험에 적용하는 온갖 노력을 기울이면서 신앙치료를 밝혀내야 한다. 그리고 사적이고 총체적인 전망에 토대를 두고 접근해야 한다.

현대의 순회 선교

텐트를 쳐놓고 실시하는 선교는 한때 미국에서 크게 유행했다. 이는 박람회나 서커스를 따라다니는 경향이 있으며, 전도사들은 카리스마적인 힘을 지니고 있었다. 그리고 모자를 돌리는 측근자가 분위기를 띄움으로써 축제적인 분위기가 고조된다. 만약 순회 선교사가 천벌을 무서워한다면 이러한 두려움은 클수록 좋다. 토요일 오후에 방영되는 공포물과 같은 수준의 두려움을 이끌어낸 후에 참석자들은 원죄에 대한 카타르시스적인 해방감을 느끼

게 된다. 신앙 치료사와 이 전도사의 측근자들은 서커스 쇼와 같은 자연스러운 분위기를 연출한다.

1950년경 신앙 치료사들이 쇼를 연출했는데, 사람들은 이 때 하얀 텐트 안에서 위험스러운 일이 벌어지지나 않을까 걱정했다. 다시 말해 이 치료사가 거짓말을 하고 있고, 이 거짓말은 생명을 담보로 하고 있지 않나 하는 걱정이었다.

이러한 주제를 매우 진지하게 언급한 연주자가 있었다. 그의 이름은 피터 메이(Peter May)였다. 그는 TV 중계를 통해 이 쇼를 본 게 아니라, 직접 참석해 심층적인 관찰을 했다. 그는 사람들이 약과 목발, 유리 컵, 그리고 자신의 자녀들이 착용하고 있는 보청기를 집어 던지는 것을 보았고, 암을 치료해달라고 절규하는 사람, 의사에게서 자유를 찾을 수 있도록 애원하는 사람들을 보았다. 만약 이러한 것이 모두 진실이었다면 멋진 일이다. 그렇지 않다면 이들은 결국 절망이라는 늪에 또다시 빠지는 꼴이 될 것이다.

메이가 런던의 어느 특별한 목사를 연구한 사건에서, 그는 몇 년 간 상담 전단을 돌리거나 광고하는 일을 했다. 이 전단은 적어도 처음에는 신앙 치료사들에 대한 요구와 협조의 문구로 가득 차 있었다. 이는 매우 순조로운 출발이었다. 그러나 그가 직면한 어려움은 이 기적의 목사와 멀더와 스컬리 간의 대결구도를 위한 교본을 만들어냈다. 몇 주 지나지 않아 메이는 혼란스러운 진단과 예지, 증명되지 않은 치료방법, 의사와 환자 간에 일치하지 않는 진단 내용, 가장 중요한 문제인 두려움에 자신도 깊게 빠져 있음을 깨달았다. 이것이 질병에 대한 두려움이었는지, 아니면 자신의 몸을 그들에게 허락하면 어떤 일이 벌어질까 하는 두려움이든지 간에, 이러한 두려움은 어두운 그림자만 드리웠던 것이다. 자신의 손에는 모든 자격증이 들려 있었지만, 그래도 진실을 밝힌다는 것은 어려운 일이다.

메이는 자신의 연구자료를 제쳐두고, 신앙 치료사에게 다음과 같은 질문을 했다. 목사에게 메이 자신이 최고라고 느꼈던 것이 무엇인지 알 수 있겠느냐고 물었다. 메이는 대답을 기다리다가, 모든 사람들이 치료되었다는 목사의 주장은 거짓임을 알았다. 한 모임에서는 참석자 450명 모두가 치료되었다고 했다. 메이는 이 때 신앙 치료사가 자신에게 건네준, 치료받은 다섯 명의 인명부를 받아들고 하나하나 조사에 착수하기 시작했다.

셰일러 L. (Sheila L.)은 45세의 여성으로 척추 디스크로 15년 동안 고생했었다. 그녀는 직장도 잃었고, 외출할 때는 휠체어에 의지해야 했으며, 집 안에서는 조심스럽게 걸어다녔다. 그녀는 진통제, 물리치료, 침요법, 코르셋에 전적으로 의존해왔다. 한 회합에서 신앙 치료사는 그녀의 몸에 손을 얹어놓고 회복을 기원했다. 그 목사의 선전에 따르면 고통은 이내 사라졌고, 그녀는 그 후 건강하게 지내고 있다고 한다. 이 모든 것이 심령치료의 트레이드 마크였던 것이다.

메이는 그녀의 병력기록을 검토한 끝에 X선 사진에 L5/S1 추간 연골공간 (disk space)에 협착이 있음을 밝혀냈다. 그리고 이미 척수염으로 진행되었던 것이다. 그녀의 정형외과 의사는 그 변형 정도가 매우 심각한 상태이며, 이런 상태는 엄청난 통증을 동반한다고 말했다. 그 외과의사는 경험이 풍부하고 능력 있는 의사였기에 셰일러와 같은 사례는 수도 없이 다루었다. 그런데 그녀가 휠체어에 의지하는 유일한 중증환자였던 것이다. 그녀는 또한 심한 우울증에 빠져 있었다. 그녀는 몇 차례 자살을 기도했다. 그녀의 통증은 팔과 목으로 확장되었는데, 이는 L5/S1의 문제와는 하등 관계 없는 것이었다.

메이는 신앙치료 후 찍은 X선에 전혀 변화기 없음을 알았다. 셰일리의 진단서에는 그 치료를 받은 후 그녀가 더욱 심한 통증에 시달린 것으로 나타나 있다. 결국 그녀는 약에 의존하게 되었다. 셰일러 자신이 치유되었다고 확신했는지는 알 수 없다. 그러나 그녀의 병상과 진단서가 다르다는 사실이 그 목사의 광고에 이용되었던 것이다.

시각장애를 치료받은 아이들은 모두 안경을 벗었지만, 단 한 아이의 부모만이 자신의 아들을 다시 검사해주기를 원했다. 그 소년의 이름은 아잠 (Azam)으로서 세 살이었다. 기록으로 남겨진 진단서가 있었다. 그 전도회

퀴즈게임 18

쉬운 문제 : 각 1점

1. 히틀리가 법정에 소환된 날 그 법정의 환기구에서는 무엇이 나왔나?

2. 레너드 밴스(Leonard Vance)는 무엇으로 유명해졌나?

3. 순회선교의 목사 이름은?

4. 히틀리가 죽은 사람을 일으켰다는데, 그 사람 이름은?

5. 히틀리는 어떻게 죽었나?

어려운 문제 : 각 2점

6. 히틀리는 성경의 모세(Moses)와 어떤 공통점이 있다고 생각하는가?

7. 히틀리의 시동의 전도서에는 무엇이 적혀 있었나?

8. 스컬리의 종교는?

9. 희생자들은 실제로 어떻게 죽었나?

10. 간호사인 샐린저(Salinger)는 히틀리의 몸에 어떤 일이 일어났다고 주장했는가?

에 참여하기 직전에 아잠을 집 안에서 돌보아온 간병인은, 이 소년이 사시라서 이를 교정할 필요가 있다고 생각하기 시작했다. 역시 아잠은 원시와 난시로 왼쪽 눈에 이상이 발견되었다.

이 전도회에 참석한 후 좀더 포괄적인 검사를 해보니 왼쪽 눈이 처음에 검안했을 때보다 다소 좋아졌다는 결과가 나왔다. 아잠의 어머니는 기적이 일어났다고 믿고 있었지만, 안과의사는 단지 검사조건이 변했을 뿐이라고 말했다. 다시 말해 오전중에 검안이 이루어졌고, 첫번째 방문 때처럼 아잠은 피곤해 있지도 않았다. 가장 중요한 문제인 한쪽 눈의 원시와 난시에는 전혀 변화가 없었다.

이 눈을 사용하지 않으면 아잠은 그나마 있는 시력을 잃게 될 것이라는 의사의 경고에 따라, 이들 부모는 아들에게 다시 안경을 씌웠다. 비록 신앙 치료사가 아들을 의사에게 데리고 가는 것을 자제하라고 요구했지만, 『제 아들은 시력이 매우 약했어요. 또한 왼쪽 눈으로는 거의 볼 수 없었지요. …그러나 의사의 치료를 받고 난 후 아이는 치료됐고 지금은 양쪽 눈의 시력을 회복해 아주 선명하게 사물을 볼 수 있게 되었어요』라고 그 소년의 부모는 말했다.

조지나 M. (Georgina M.)은 46세의 여성으로 유섬유종(fibroid tumor)으로 고생하고 있었다. 그녀의 병상은 신앙 치료사가 제시한 목록에서 1순위를 차지하고 있었다. 그러나 그녀의 의사는 이에 동의하지 않았다. 「심령치료」를 받기에 앞서 조지나는 심한 월경 기간이었던 1992년 4월 진찰을 받았었고, 그녀의 호르몬을 조사해본 결과 중년의 가장 일반적인 증상인 폐경기를 겪고 있었던 것이다. 의사는 이러한 섬유성 종양이 있을 경우 이를 제거하기 위해 초음파 검사를 시행했다. 그런데 그런 유섬유종은 발견되지 않았다. 다른 의사가 다시 검사를 했지만 그 또한 그러한 것은 발견하지 못했다. 황당하지 않은가? 메이의 견해에 따르면 그가 보았던 것은 잘못된 상황하에서 치명적일 수 있는 행동과 신념의 한 형태라고 한다.

다소 의아스러운 것은 X파일 제작진도 한 텐트 목사에게서 공포물의 실마리를 찾았다는 사실이다. 그러나 고정관념을 받아들이려 하지 않는다면 이러한 신앙 치료사나, 심지어는 다이아몬드로 장식한 목사를 수용하지도 않았을 것이고 그 목사는 악인이 되었을 것이다. TV목사들이 추문에 추문의 꼬리를 물고 있다는 것이 더욱 놀라운 일이 되어버린 요즘에, 하틀리에 대한 멀더의 믿음은 상당히 제 사리를 찾고 있는 것일 수도 있다.

사만다의 어두운 영향

모든 것을 시각적으로 보여주는 TV의 시대에 「보이지 않는 등장인물」을 만난다는 것은 드문 일이다. 이 등장인물은 다른 등장인물에게 동기를 부여하고 향후의 극 구성과 연출을 움직이는 요인이 된다. 사만다 멀더는 바로 그러한 등장인물이

해답

1. 메뚜기.
2. 히틀러가 이미 죽은 자신을 되살려서 유명해졌다.
3. 기적의 목사.
4. 레너드 밴스.
5. 그는 감방 안에서 맞아 죽었다.
6. 둘 다 강변에서 유아로 발견되었다. 모세는 나일 강, 히틀러는 미시시피 강.
7. BHEALD.
8. 기독교.
9. 독살.
10. 그녀는 그가 그냥 걸어나갔다고 말했다.

점 수 : _____

다(시청자들이 한두 번 정도 사만다를 보았다고 생각하는 것과는 상관 없다).

첫번째 일화에서부터 우리는 멀더의 열정을 보았었다. 자신의 여동생과 관련된 진실을 찾으려는 열정, 진실을 밝히고자 하는 그의 필사적인 노력…. 우리는 의심스러운 괴상한 논리에 후원을 아끼지 않았다. 우리가 그러한 사건의 대상이 되지 않았다는 것만으로도 행복해하고, 그의 논리에 대한 타당성을 인식하면서 말이다. 그의 생존 증후군, 자신의 피부와 의복 어딘가에 담겨 있는 죄책감은 우리의 동정심을 자아낸다. 이 집요한 인물의 이력을 알면 우리는 대화나 행동이 필요 없으리라는 기대를 갖게 된다.

카터가 자신의 동료들보다 좀더 앞서 내다보고, 조롱과 비웃음을 감내할 수 있을 정도의 비전을 갖고 있고, 거대하고 비인간적인 조직에 맞서 싸울 수 있는 이 사람을 시청자들에게 보여주었을 때, 카터는 이 등장인물의 유약함이 오히려 힘과 같다는 사실을 깨달았다. 여러 면에서 카터는 신화적 영웅을 만들어내었고, 사만다를 성배로서 설정했다. 그녀가 없었다면 이 이상한 영웅은 평범한 미국인들과 하등 다를 바 없게 되고, 결국 관심의 대상도 못 되었을 것이다. 자신의 공무원이 하루종일 맥없이 걷는 꼴을 누가 지켜보겠는가?

드물기는 하지만 사만다는 멀더의 인생에서 직접적인 영향을 미치는 역할을 한다. 「기적의 사나이」에서도 사만다의 이미지를 투사하고, 멀더의 마음에서 그녀를 이끌어내는 하틀리의 능력으로 인해 멀더는 하나의 흥미로운 사건일 수도 있었던 것에서 그 대답을 추구하게 되었다. 그의 실제 생활과

는 거의 관계 없는 것을 말이다. 옛날의 스트래티고(Stratego) 조각을 찾으려고 어른이 되어 나타난 사만다는 실제의 여성을 찾으려는 멀더의 노력에 힘이 되어주지 못했을

뿐 아니라, 또 다른 미스터리와 멀더를 강하게 연결시켰다. 다시 말해 이 녹색 피가 흐르는 복제인간이 멀더의 관심을 강하게 끌 만한 가치를 갖고 있는 이유는 무엇인가?

매회 이 부재자 등장인물의 영향은 그녀의 오빠 일에 상당한 영향을 끼쳤다. 그리고 이처럼 미묘한 접근방법은 X파일이 나아가는 방향이기도 하다.

암호명 : 늑대 인간(Shapes)

사건 개요

한 목장주가 동물을 쏘았다고 주장했는데, 사실은 젊은 인디언 원주민이 총에 맞아 죽은 사건이 발생했다. 멀더는 늑대인간이라고 주장했지만 스컬리는 이내 이를 반박했다. 이러한 늑대인간 사건은 멀더가 X파일 분과를 맡기 전에는 없었다. 이 사건을 계기로 멀더는 스컬리에게 인간은 자신의 생리학적인 한계를 거부할 수 있음을 확신시켰다. 적어도 만질 수 있는 실제 증거가 있었기 때문이었다. 이상한 족적, 벗겨진 피부, 그리고 보호구역 내의 담배 자욱한 선술집에서 들은 이야기는 그녀의 마음 속에 담아두고 있던 것은 아니었다.

심층적 배경

달 아래에서 : 우리들의 늑대인간

늑대인간이 어둠 속에서 희생자의 목 깊숙이 날카로운 이빨을 박기를 고대하면서 숲속을 배회하고 있다면, 우리에게 다소 친숙한 흡혈귀(vampire)

와 늑대인간을 구분하기는 어려울 것이다. 아마도 이 늑대인간(werewolf 또는 lycanthrope)을 털이 난 흡혈귀라고 생각할지 모르지만 그래도 흡혈귀는 아니다. 토요일에 아이들에게 즐거움과 공포를 동시에 안겨주는 「드라큘라와 늑대인간(Dracula and the Werewolf)」, 그리고 이런 유의 영화에서 늑대인간은 종종 흡혈귀를 따라다니며 그 주인의 향연을 공유하는 애완동물로 묘사되어왔다.

그러나 오래 전부터 루마니아, 중국, 심지어는 파리에서 소름끼치는 검시보고서와 같은 보도와 방송은 이에 대해 호들갑을 떨었다. 어쩌면 이에 대한 증거는 풍부한 셈이다. 흡혈귀는 생존에 필요한 피를 갈망한다. 피를 먹지 못하면 인간이 며칠 간 음식을 못 먹어

느끼는 고통스러운 허기처럼, 드라큘라 또한 고통스러워한다. 사냥에 실패하면 이는 곧 죽음으로 이어진다. 흡혈귀는 영원히 흡혈귀로 남는다. 이승의 세계에 갈 수 없다. 죽음은 흡혈귀의 관심사가 아니며, 무덤도 필요 없다. 여러 신화에서 계획적인 살인자를 제외하고, 흡혈귀는 굶주린 사냥개가 사냥거리에만 관심을 갖고 있는 것과 같다.

파리에서 발생한 베트랑(Bertrand)이라는 이름의 고전적인 늑대인간 사건과 이것을 비교해보자. 그는 다양한 경력으로 유명했는데, 죽은 지 1주일밖에 안 된 40세 여인의 무덤을 파헤쳤다. 그는 뼈를 맨손으로 조각낼 수 없었기에, 이 때만 삽을 사용하면서 그녀를 갈갈이 찢어 시신 조각을 다시 무덤에 되돌려놓았다. 그리고 그에게 피로가 엄습해왔을 때 빠뜨린 손가락 하나를 갉아먹었다. 이에 앞서 그는 갈갈이 찢어 놓은 시신 위를 기어다녔다. 경찰은 함정을 파놓은 묘지를 급습해 그를 체포했다. 베트랑은 경찰에게 자신의 얘기를 모두 진술했다. 7세 어린이의 무덤 훼손을 포함해 그가 저지른 일련의 소행이 확인되었다. 그 어린이의 시체는 말 그대로 반등분되

늑대 인간 **165**

1792년경의 목판화

어 있었다. 충족되지 않는 그의 갈망은, 그와 그의 친구들이 한 장례식장을 지나쳐 걸어갈 때 생겼던 것이다.

늑대인간과 흡혈귀는 모두 밤에 활동하는 피조물이지만, 이 둘 사이에는 민속적인 유사점과 차이점이 엄연히 있다. 아마도 가장 결정적인 차이점은 이러한 민속이 생기게 된 기원이 아닌가 싶다. 이것은, 늑대인간이 서구 문학과 영화에서 사라져 가고 있는 동안, 흡혈귀가 여러 면에서 인간의 진화를 상징하고 있는 이유를 설명하고 있는지도 모른다. 흡혈귀는 자신의 운명을 결정할 수 없다. 일단 정상적인 죽음이 발생하면 흡혈귀의 가공할 만한 유혹, 지배 능력은 힘을 발휘한다. 흡혈귀는 그들의 희생자를 새로운 흡혈귀로 재탄생시킨다. 흡혈귀는 자신의 능력, 기민함, 그리고 카리스마적인 자세와 마법의 능력으로 선택된 대상을 간단히 압도한다. 늑대인간은 그렇지 않다. 거의 대부분의 전설에서 늑대인간은 자신의 운명을 선택한다. 전설은 희생된 흡혈귀를 낭만적으로 만들 수도 있고, 새로운 삶에 대한 존엄을 찾기 위해 투쟁하는 모습으로 영웅주의를 창조할 수도 있지만 동족의 썩은 시신을 갉아먹는 데서 커다란 즐거움을 느끼는 피조물에게서 고상함을 찾기란 어렵다. 흡혈귀와 늑대인간 둘 다 식인의 기이한 형태로서 인간을 먹이로 하고 있지만, 흡혈귀의 욕구가 더 합리적일 수 있다. 늑대인간의 동기는 우리들을 탈피하려는 것이다. 따라서 우리는 이것에 대해 일말의 동정심도 갖고 있지 않다. 파크 다이츠(Park Deitz) 박사는 악명 높은 제프리 다머(Jeffrey Dahmer) 사건을 다루었고, FBI 요원 양성소의 교수직을 맡았던 법의학 정신병 의사다. 그는 인간의 야수적 충동에 대한 몰이해와 이를 받아들이려는 무능력이 늑대인간의 신화를 가져왔다고 조심스럽게 말하고 있다. 다이츠 박사는 자신의 연구를 통해 그러한 야수적 성향을 갖지 않는 인간은 거의 없을 것이라는 결론을 내렸다. 그러나 우리의 행동 중 일부는 매우 야수적이고 야만적이기까지 하지만, 인간 행동의 전 영역에서 그러한 성향이 있다고 말할 수는 없을 것이다. 비록 신화에 등장하는 인물이긴 하지만, 야수인이나 늑대인간은 인간에게 그러한 책임을 받아들이도록 강요하지 않아도 그러한 범죄의 외피를 쓸 수 있다.

인간사에서는 엄청나게 많고 다양한 늑대인간들에 대한 이론이 하나의 믿음으로 자리잡아가고 있다. 오늘날 「외상 후 스트레스로 인한 장애(Post-Traumatic Stress Disorder : PTSD)」는 분명한 증후군을 나타내는 심리적인 질병으로 인식되고 있다. 이것은 다소 쉽게 알 수 있는 증후군이다. PTSD는 전쟁에 끌려나갈 수밖에 없는 노르웨이 사람들의 사회적 요구가 있은 지 몇 세기가 지나서 발생한 것이다. 전투 중에 늑대 가죽을 입었다 해서 울프헤드(Wolfhead)로 알려진 이 사람들은 전쟁으로 인한 정신적·정서적 상처를 극복할 수 있는 다양한 방법을 알아냈다.

노르웨이의 담시와 노래에는 광포한 상태 또는 광포한 격노로 알려진 마음가짐이 세세히 묘사되어 있다. 프랑스인 베트랑처럼 울프헤드들은 희생자들의 시체 위에 쓰러지고자 했다. 종종 자신들의 손과 이빨 같은 것으로 시체와 살아 있는 적들을 훼손하거나 죽여가면서 말이다. 시간이 흐름에 따라 이러한 사실은 왜곡되었고, 그들의 관심은 직접적인 임무에만 국한되었다. 어떤 면에서 변용상태(altered state)는 기억상실을 초래했는데, 이것이 너무 완벽해서 울프헤드들은 그 당시 자신이 저지른 행동을 전혀 기억해내지 못했으며, 이들의 의식은 전투를 벌이고 나서 몇 시간 또는 며칠 후에 되돌아 왔던 것이다. 이들은 며칠 간의 힘든 노동 후에 정상을 되찾기보다는 오히려 더욱 심한 피로에 빠져들었다.

엄격한 의미에서 동물 가죽으로 자신들을 감쌈으로써 노르웨이 전사들은 전장에 나섰을 때 자신들의 인간성을 제거하려 했던 것이다. 가죽을 감쪽같이 뒤집어씀으로써 상징적으로 보여주는「선택」이라는 주제는 에티오피아의 하이에나 인간과 같은 전설에 반영되었다. 이 하이에나 인간은 이웃 부족의 묘지를 파헤치기 위해 하이에나 가죽을 뒤집어쓰고 사바나를 횡단한 것으로 전해지는 전사들이다.

비록 가죽으로 자신들을 감싸지 않았던 이들은 인간 상태에서 변용하기 위해 공들인 의식을 거행했다. 즉 늑대인간의 모피는 자신들의 피부 속에서 찾을 수 있다는 관념을 심기 위한 것처럼 보이는 가죽을 쓰지 않고 행한 의식이었다. 그저 용기가 생겨나기를 기다리면서 말이다. 러시아의 늑대인간 오르보로트(orborot)는 노르웨이 전사처럼 모든 면에서 이리 상태가 된다. 늑대인간이 되려는 사람은 깊은 숲에 홀로 들어가 주문을 외우면서 동으로 만든 칼로 쓰러진 나무를 찌른다. 그가 나무 주위를 돌면 그의 의식은 변해 간다. 얼마 안 걸려 그는 늑대의 정신적 포로가 되어버린다. 그 후 그가 상세한 내용을 기억해내지는 못한다 해도, 일단 늑대의 정신에 싸이게 되면 늑대 가죽이 자연히 생겨나게 된다는 것이다.

강제적으로 자신을 어떤 존재로 만드는 방법이 그렇게 많지는 않지만, 늑대인간이 되었든 그 밖의 어떤 인간이 되었든 간에, 변용된 이들 인간이 자신의 놀이에 다른 사람들을 끌어들이려고 유혹하는 사례는 얼마든지 있다. 아마도 가장 유명하고 매우 구체적인 사례로는 장 그르니에(Jean Grenier)의 입을 통해 흘러나온 이야기일 것이다. 그르니에는 유혈이 낭자한 살인극을 고백한 프랑스 10대다. 그 소년은 피에르 라부랑(Pierre Labourant)이라는 한 남자가 자신의 영혼과 늑대처럼 울부짖을 수 있는 능력을 교환하자고 소년에게 제안했었다 한다. 라부랑은 늑대인간의 어긋나 있는 턱으로 자신의 철 칼라를 끊임없이 갉았고, 시뻘건 석탄 한 가운데 놓인 철제의자 위에 앉아 수많은 그의 동료들이 있는 곳을 지배하고 있었다고 그 소년은 말했다. 가난하고 미래를 보장할 수 없는 그르니에는 이에 동의했다. 그르니에가 M. 드 라 포리스트(M. de la Forest) 라고 부른 라부랑은 그에게 늑대 가죽을 주었고, 그 사용방법과 함께 마법의 연고도 주었다. 그르니에는 며칠 안에 그 변용을 완전히 습득했으며, 사냥을 나가 다섯 명의 어린아이로 배를 채웠다고 주장했다.

청소년이 그러한 이야기를 만들어냈다는 사실이 이해가 안 간다. 더욱 혼란스러운 것은 그 소년이 말한 사건의 횟수와 사실로서 알려진 것과 소년의 묘사가 섬뜩할 정도로 일치했다는 사실이다. 소년의 주장이 비록 새빨간 거짓말이라 해도 살해당한 아이들의 옷 색상을 생각해낼 수 있는 능력과 아이들의 상흔에 대해 정확한 증거를 제시했고, 그에게서 도망친 한 희생자의 목격자 증언을 확증하는 능력은 몇 건의 살인 혐의로 법정에 세울 만큼의 확신을 갖게 했다. 그러나 그 기괴한 재판의 최종 판결은 아직도 개정되지 않았다.

양치기의 지팡이로 그를 몰아낸 마르그리트 푸아리에(Marguerite Poirier)라는 목격자는 증언을 통해 그 소년의 모습이 놀랍게도 변했다고 말했다. 특히 주의를 끌 만한 것은 아니지만 그 소년은 팔다리를 모두 내리고 있었고, 그의 이빨은 입술 앞으로 튀어나왔고 예리하고 길쭉했으며, 얼굴은 길어졌다고 말했다. 푸아리에는 그르니에를 평균적인 늑대보다 컸었다고 묘사했다. 이것은 자신들의 아이들을 늑대가 잡아갔다고 한결같이 말한 희생자들 부모의 진술과도 일치하는 주장이었다. 그러나 이웃의 소에게서 이상한 꼬투리를 찾아 당신을 화형시켰던 시대에, 상당히 진보적인 판사는 이 모든 정황을 고려해 분명 살인죄를 지기는 했지만 늑대인간이라기보다는 미쳤다는 평결을 내렸다.

대부분 사람들의 기대와는 달리 그는 교수형에 처해지지 않았으며, 도망칠 수 없는 조건에서 나머지 삶의 기간 동안 수도원에서 생활하도록 했다.

물론 수도사는 그르니에로 하여금 미몽에서 깨어나도록 시도했지만 회복의 기미는 전혀 보이지 않았다. 수도원 관구에 강제적으로 수용시켰을 때 그는 잠시 광란을 부렸다. 팔다리로 질주하고, 울부짖었으며, 수도원 내의 도살장 근처에서 발견한 고기 부스러기를 게걸스럽게 먹어치웠다.

7년이 지나서 판사는 그르니에가 아직도 수도원에 있다는 사실을 알았다. 그러나 그르니에는 거의 알아볼 수 없을 정도로 변해 있었다. 키가 5cm나 자랐고, 어두운 구석에 몸을 숨기고 있었으며, 수줍은 듯 이방인에게서 얼굴을 돌리고 있었다. 불안한 눈빛 뒤에 있는 그의 마음은 텅 비어 있었다. 그의 입술은 축 처져 있었지만 길게 늘어진 송곳니를 덮을 수는 없었다. 계속 폈다 쥐었다 하는 그의 손에는 자연스레 자란 날카로운 손톱이 있었다. 그 소년은 판사가 방문하고 돌아간 지 얼마 안 되어 사망했다.

은 총알과 철봉 : 늑대인간을 죽이는 방법

늑대인간을 불러내는 방법은 수도 없이 많다. 그리고 이를 죽이는 방법도 꽤 많다. 주변 숲속에서 으르렁거리는 소리를 들었다면 어떻게 해야 될까? 다음 중 한 가지를 시도해보자.

1. 총알, 십자가, 간단한 보석류, 은 등은 늑대인간이 매우 싫어하는 것이다. 죽이지는 못하겠지만 쫓아버릴 수는 일을 것이다.

2. 마법사처럼 늑대인간은 차가운 철에 약하다. 이것으로 늑대인간의 이마를 단 한 번만 치면 능히 퇴치할 수 있을 것이다.

3. 소금, 소금물, 또는 소금에 절인 음식을 늑대인간에게 먹이면 그는 매우 큰 상처를 입을 것이다.

4. 늑대인간이 크리스천이 되는 일이 발생한다면 성수를 뿌리거나 성체를 그의 입에 강제로라도 부어라. 두 가지 다 늑대인간에게는 치명적이다.

5. 아시아적인 늑대인간은 소금물 구덩이나 소금물이 뿌려진 얼음 위로 유인하여 빠뜨리는 것이 최상이다. 이 때 그 얼음은 늑대인간의 무게로 인해 깨져야 한다.

해답

1. 스컬리의 손만큼 긴 발톱.

2. 화장.

3. 알공퀸(Algonquin)의 이름으로, 매니토(Manitou).

4. 산악 사자.

5. 박제 곰.

6. 흩어진 피부 조각 또는 모피술(tufts of fur), 인간에서 동물로 변형한 데서 보이는 흔적.

7. 송곳니.

8. 피커의 신체기관에서 그의 아버지의 혈액형 흔적이 발견되었다. 소화(消化)의 결과로 추정됨.

9. J. 에드거 후버.

10. 1947년.

점 수 : _____

어둠의 나날

사건 번호 : X-1.20-041594

암호명 : 암흑의 유혹(Darkness Falls)

사건 개요

워싱턴 주 숲에서 사람들이 사라지고 있다. 하이킹을 즐기는 사람과 보통 등반가들뿐만 아니라, 전문 산악인과 산림 경비원들이 이 실종된 사람들을 찾으려고 나섰다. 한 지방 벌목 회사가 그 지역의 적극적인 환경 테러리스트를 범인으로 지목했지만, 멀더와 스컬리는 벌목을 방해하는 것과 살인 간에는 엄청난 간극이 존재한다고 생각했다. 스컬리는 이 지방 벌채업자의 의견에 큰 비중을 두지 않았다. 이 벌채업자의 이론은 지능을 갖춘, 떼지어 다니면서 살인을 하는 개똥벌레의 짓이라는 것이다.

심층적 배경

반짝이는 모든 것들
이상한 일이 숲속에서 벌어지고 있다.
우리가 어린 시절 잡았던, 매우 흔한 곤충인 개똥벌레가 뭔가 이상한 짓을 하고 있다. 뒤뜰의 나뭇가지를 조금이라도 자세히 관찰해본 사람이라면 개똥벌레가 독특한 리듬과 박자를 갖고 있다는 것을 알 것이다. 반짝. 반짝. 반짝. 또는 반반짝. 반짝. 반반짝. 만약 두 마리가 조화를 이루어 반짝거리면 더욱 재미있을 것이다. 반짝이는 별을 지켜보는 것처럼, 개똥벌레가 어떻게 빛을 발할지는 아무도 예견할 수 없다.

두세 종의 개똥벌레뿐만 아니라 몇 에이커 규모의 개똥벌레에 관한 테네시발 보도가 있었을 때 곤충학자들은 귀를 솔깃했다. 그레이트 스모키 깊은 산 속에서 이것들의 향연이 있었다. 이 기이한 장면은 이 율동적인 곤충의 한 가운데 자리잡은 파우스트 가족에게는 매우 친근한 것이었다. 이들은 규칙적인 발광뿐만 아니라 빛의 물결을 이루고 산 아래턱으로 옮겨가기까지 했다.

그리고 이들 곤충은 단순히 빛을 발하는 것 이상의 행동을 한다. 이 곤충들은 일시에 빛을 멈추기도 한다. 연속적인 패턴의 발광뿐 아니라, 신호 이상의 언어처럼 유형의 의사소통에 가까운 매우 복잡한 응답을 하기도 한다. 물론 이 곤충들이 상호 교호적인 자동응답의 성격을 띠고 있지는 않다.

이 개똥벌레는 파우스트 가족만의 것이 아니다. 지구 다른 곳, 동남아시아에서 이 개똥벌레의 번식기 내내 나무들은 크리스마스 장식처럼 줄곧 반짝거린다. 아시아 곤충에 관한 기사를 읽은 후에 린 파우스트(Lynn Faust)는 편지를 써 인종학자인 그랜트 코플랜드(Grant Copeland)의 주의를 끌었다. 코플랜드는 비디오 카메라로 활동 기록을 남기는 학자다.

아직 그는 지구의 서로 다른 쪽에 있는 이 곤충들이 발광 오케스트라를 형성한 이유를 찾지 못했지만 최소한 그 단서는 확보했다. 상식적으로 생각하면 야구장 군중들이 일시에 박수를 보내는 것처럼, 이 곤충도 여러 면에서 동시성을 이루고 있다. 사람이 혼자 박수를 칠 때에는 자신의 템포로 박수를 친다. 그러나 다른 사람들과 함께 박수를 칠 때에는 자신의 박수 간격

쉬운 문제 : 각 1점

1. 벌목 지역을 올라간 이유를 덕 스피니(Doug Spinney)는 어떻게 설명했나?

2. 멍키 렌처(monkey-wrencher)란 무엇인가?

3. 곤충 퇴치방법으로 스피니가 제안한 것은?

4. 벌목 노동자 중 한 사람이 이상한 것에 쌓여 발견되었다. 무엇인가?

5. 미름쇠(caltrop)란 무엇인가?

어려운 문제 : 각 2점

6. 연방산림국의 래리 무어(Larry Moore)가 발광 곤충의 둥지를 찾은 곳은 어디인가?

7. 프레디(Freddie)란 무엇인가?

8. 환경론자들이 떠나지 못한 이유는 무엇인가?

9. 벌목회사의 운송차량은 어떻게 망가졌나?

10. 스피니를 캠프로 돌려보내라고 결정한 사람은 누구인가?

을 그들에게 맞추게 된다. 따라서 그들과 동기성(同期性)을 확보하게 될 것이다.

이러한 동기성을 갖는 개똥벌레는 자기 혼자만 있을 경우 율동적으로 빛을 발한다. 학자들은 그 리듬을 비자발적인 반응으로 믿고 있다. 다시 말해 감각회로 완성을 위한 생물학적인 수단이라고 생각한다. 만약 당신이 이 곤충에게 빛을 비추어 다른 개똥벌레인 양 흉내를 낸다면, 그 리듬은 당신의 불빛과 동일해질 때까지 서서히 조정된다. 이들 개똥벌레의 두 집단은 사전에 프로그램된 박자를 갖고 태어난다는 사실을 설명하고 있단 말인가?

학자들은 아시아와 테네시에서 동시에 빛을 발하는 것은 수컷이라는 사실을 알았다. 종류나 신호방법과는 상관 없이 발광하는 개똥벌레가 모두 같은 성을 갖고 있다면, 이것은 아마도 상대의 성을 유인하기 위한 수단일 가능성이 크다. 개똥벌레 간의 정상적인 신호가 교미 의식으로 알려졌을 때 의문이 생긴다. 이 곤충의 수컷이 자신들의 개별적인 발광 패턴을 희생하면서까지 군집에 들어가려 하는 이유는 무엇인가?

코플랜드와 이 분야의 동료들은, 이들의 공동 발광이 다른 종류의 개똥벌레와 혼동할 가능성이 있는 암컷을 끌어들이기 위한 수단이라고 믿고 있다. 암컷들이 지나쳐버릴지도 모르는 위험을 선택하기보다는 공동의 노력으로 더 큰 빛 신호를 만들어낸다. 일단 이들이 암컷의 주의를 끌면 이 때부터는 모든 곤충이 자신을 위한 것이 된다.

생래의 매력적인 수수께끼와 같은 이 곤충들의 동기성 발광이 야기하는 의문은, 집단으로서 이 곤충들에게 어떤 능력이 있는가에 관한 것이다. 벌, 흰개미나 개미는 자주 연구의 대상이 되어왔다. 그러나 이제 과학자들은 개똥벌레를 포함해 모든 발광 곤충을 연구기금에 포함시켜야 한다고 생각하기 시작했다.

상이라니 !

X파일이 성공 가도를 달리고 있다. 그러나 이는 누군가가 이 극을 위해 혁신적인 노력을 기울이고 있음을 암시하는 것이기도 하다.

카터가 한때 「비밀병기」라고 부르기까지 한 존 바틀리(John Bartley)는 매주 우리 가정에 내보내는 영상에 꾸준히 영향을 끼쳐왔다. 필름의 질, 공간과 카메라의 복합적인 이용, 그리고 세세한 배려 등은 이 극을 독특하고 유일한 것으로 만들었다. 이 모든 것이 그의 예리한 혜안에서 만들어졌다. 1994년 그의 작품이 「뛰어난 업적을 세운 미국 촬영기사들의 모임상(American Society of Cinematographers Outstanding Achievement Award)」에서 「듀언 배리」로 지명받음으로써 그는 실력을 인정받았다.

기술진은 극이 방영된 첫해에 각 화면에 최고의 음악을 만들어 에미(Emmy)상에 지명되었다. 그리고 최고의 주제곡으로 상을 받았다. 같은 해

해답

1. 캠핑 중이었다고….
2. 단순히 피켓을 들고 시위하는 것 이상의 행동을 하는 환경론자. 벌목한 나무에 대못을 박거나 체인을 감고, 장비를 고장낸 것은 이들의 짓이다.
3. 불을 켜놓는다.
4. 고치.
5. 철조각을 꼰 것으로서, 타이어를 펑크내기 위해 고안되었다. 군대에서 주로 사용됨.
6. 벌목업자가 500~600년 된 전나무의 그루터기를 자른 곳에서.
7. 환경론자인 연방산림국 직원들에게 붙여진 경멸적인 별명.
8. 자동차 배터리가 완전히 방전되었기 때문에.
9. 라디에이터에 쌀을 넣거나, 크랭크실에 설탕이나 모래를 넣는다.
10. 멀더. 무어와 스컬리에게는 일언 반구도 없이…

점 수 : _____

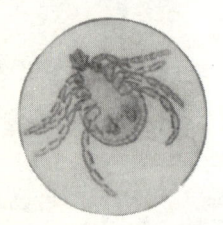

벌목꾼들이 나무에서 이들 곤충의 다발을 들어냈다는 것을 상상이나 할 수 있겠는가?

「양질의 TV를 위한 시청자들의 모임」은 X파일을 그해의 최고 극으로 선정해 공상과학 공포 드라마라는 작위를 수여했다.

이 일화로 X파일은 최고의 연속극으로 선정되어 환경매체상(Environmental Media Awards)을 수상했다. 상을 수상할 때 카터는, 이 일화의 취지가 시청자들에게 무서움을 안겨주는 것이었지 반드시 교육적인 면을 강조한 것은 아니었음을 인정했다. 이 일화는 오히려 설교조가 아니었기에 더욱 교육적인 효과를 본 것일 수도 있다. 대부분의 X파일이 담고 있는 측면과 같이 미묘한 접근이 최상의 효과를 거둘 수 있다. 「얼렌메이어 플라스크」는 등장인물이나 제작진 모두가 가장 좋아하는 일화다. 이는 TV극 가운데 최고의 일화로서 미국 미스터리 작가들에 의해 에드거상(Edgar Awards)에 지명되었다.

방영을 시작한 이듬해 X파일은 비정상적인 주제로 인해 많은 힐난을 받았지만, 인기는 계속 높아지는 것 같았다. 이 극이 방영된 지 한 달 만에 〈엔터테인먼트 위클리(Entertainment Weekly)〉지는 이 극을 「가망 없는 극」으로 선언했다. 그런데 1994년에는 최고의 극이라는 찬사를 아끼지 않았다.

마지막으로 골든 글러브(Golden Glove)는 X파일에 상을 수여할 때, 의사나 법률가 극에 주로 수여했던 전통을 깼다. 이 상은 최고의 TV극에 수여하는 것으로서 누구나 탐내는 상이다. 「응급실(emergency room : ER)」이나「시카고 호프[역주]Chicago Hope : 우리나라에서도 현재 「시카고 메디컬」이라는 제목으로 방영되고 있다)」 같은 극이 인기를 끌고 있기는 하지만, 이러한 프로그램은 단지 생각해볼 만한 가치가 있는

이 일화에서 산림감시원 무어 역을 맡은 제이슨 베게(Jason Beghe)는 배우가 되려는 듀코브니의 결정에 많은 도움을 주었다. 이들은 뉴욕의 한 술집에서 만나 함께 배우수업을 받았다.

극이라고 생각한다.

이렇게 놀라운 곤충들이 있을까

하찮은 진드기가 어떻게 건장한 벌목꾼(멀더에 따르면 남성다운 기질이 그대로 배어 있는 남성들)을 처리할 수 있었는가? 그것도 나무 위에서 말이다.

설득력 있는 것은 아니지만 언제나 가능성을 찾아다니면 수많은 이론이 즐비하게 늘어서게 마련이다. 물론 그 건장한 벌목꾼이 곤충 떼에 몰려 나무로 쫓겨 올라갔다는 생각도 포함해서 말이다. 믿기지 않는 얘기는 아니지만 진정한 답은 아마도 그것보다 더욱 현실적이리라.

스컬리가 지적했듯이 그 불운의 벌목꾼을 풀어헤쳤을 때 그의 몸은 철저하게 건조되어 있었다. 시청자들이 깨닫지 못한 것은, 인간의 몸에서 물기가 빠지면 얼마나 가벼워지는가의 문제다. 만약 이들 진드기가 그들의 사촌인 거미처럼 효과적이었다면 그 벌목꾼의 체중 가운데 80%를 뽑아냈을 것이다. 심지어 100kg의 거구도 철저하게 건조시켜 껍질만 남기면 25kg도 안 된다.

쌀 낱알보다 가벼운 곤충에게 25kg은 여전히 산과 같은 무게다. 그러나 이 작은 곤충들이 발광하는 것이라면 전혀 다른 시나리오를 전개시킬 수 있다. 왜냐하면 생체적인 발광을 통해 개체들이 모여 공동작업을 할 수 있기 때문이다. 그러한 생각에서 우리는, 단 한 마리의 곤충이 그 건장한 벌목꾼을 나무 위로 밀어붙였다고는 생각지 않는다. 아마도 수천 마리가 함께 달라붙었을 것이다.

미스터리를 푸는 최종 열쇠는 진드기 활동과 관련되어 가장 분명하고 섬뜩한 것이다. 즉 희생자를 고치로 만드는 방법이다. 만약 이 벌목꾼의 몸에서 대부분의 수분이 빠져나간 다음에 수많은 곤충들이 달라붙어 벌목꾼을——거미가 하듯이——고치로 만들어 나무 위로 끌어올렸다고 가정한다면, 이 때는 모든 것이 분명해진다.

그리고 우리는 건장한 성인이 작은 곤충들에 의해 올려지는 이미지를 떠올리지는 않을 것이다.

진드기는 지상의 희생자에게서 좀더 수월하게 수분을 빼낼 수 있다. 이를 고치로 말아 건조시킨 후에 들어올리는 것이다. 나무 위로 쫓겨 올라갔다는 설명처럼 이상하지는 않지만, 아마도 더욱 설득력 있는 얘기일 듯싶다.

암호명 : 툼스(Tooms)

사건 개요

가석방을 위해 조직된 정신감정위원회가 돌연변이 연쇄 살인범 툼스를 석방했을 때 멀더와 스컬리는 그를 다시 철창에 가두기 위해 철저한 증거를 찾아 동분서주한다. 스컬리가 툼스의 과거 희생자들 중 한 사람을 찾아내는 동안, 멀더는 다음 희생자가 발생하지 않도록 혼신의 힘을 기울인다.

심층적 배경

장갑을 잊지 마라

「부드러운 빛」에서 멀더는 스컬리에게 「병을 예방하는 방법」에 관해 갑자기 질문을 한다. 그리고 스컬리는 자신이 항상 지니고 다니는 듯한 고무 장갑을 그에게 건네준다. 「숙주」 수사에서 멀더는 플라스틱에 싸인 그의 최근의 시체를 그녀에게 보냈다. 드문 경우이기는 하지만 스컬리가 검사할 시체를 멀더가 갖고 있지 않았을 때, CIA가 개입해 전문가의 의견을 듣기 위해 멀더와 스컬리를 불러들였다. 그런데 시체가 없어진 것이 아닌가!

비록 부검할 사체가 상당한 손상을 입었다 해도 이 사체를 검사하는 데는 거의 장애가 되지 않는다. 특히 이 일화에서 스컬리가 검사한, 60년 된 시체를 제공한 툼스와 같은 등장인물에 대해서는 말이다. 스컬리는 포름알데히드의 묘한 냄새를 맡으면서 2차 방영분 종반부쯤에 이르러 다음과 같은 것을 부검했다.

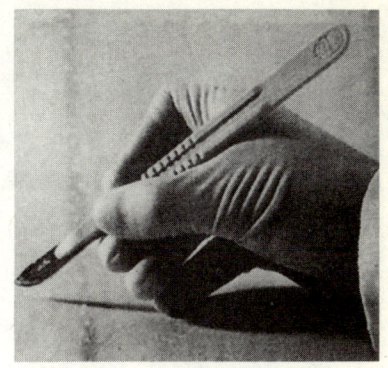

메스를 사용해야 할 곳은…

- 그녀가 오랑우탄이라고 믿었던 것.
- 위(胃)에 인간의 뼈가 들어 있는 「야수녀」.
- 후두 안쪽부터 뭉개져버린 시체들.
- 선사시대의 벌레를 몸에 지니고 있는 과학자들.
- 빛을 발하는 흡충에 감염된 공중위생원.
- 극도의 성적 자극으로 사망한 희생자들.
- 뇌가 갈갈이 찢긴 병사들.
- 이상하게도 폐에 모래가 가득 찬 과학자들. 이는 이들의 목으로 무엇인가 빼내기 직전에 발견되었다.
- 소금으로 변해 나타난 뱃사람들.
- 단지 안에 있는 수십 구의 시체들.
- 코끼리의 동굴 같은 내부.

> **목격자 증언**
>
> 나는, 당신이 당신의 몸을 압착시킬 수 있다고 확신하오.
>
> –호스피스 병원의 소유자, 「툼스」에서

만약 어떤 종교적인 금기가 없었다면 늑대인간의 내부마저 깊숙이 파헤치지 않았을는지 !

법의학 : 범죄 장면을 말해준다

과학적인 정확성은 차치하고라도 퀸시(Quin-cy)가 말했듯이 X파일은 정확한 용어, 적절한 기술, 그리고 명칭이야 어떻든 현존의 과학기술을 이용하려 했다. 만약 이따금씩 이들 과학의 영역을 과대 또는 과소평가했다면, 제작진은 아마도 과학이 너무 급속히 진보하기 때문에 전문가조차 그 첨단과학의 영역을 정확히 정의할 수 없어 용서받을 수 있는 실수를 저지르는 셈이 될 것이다. 법의학은 이전보다 더욱 빨리 진보하고 있을 뿐만 아니라, 더욱 세분화·정교화되어가고 있다.

사진 촬영술

모든 분야에서 사진술(photography)은 아마도 가장 신속하고 꾸준하게 진보한 기술일 것이다. 확실히 오늘날의 사진사들은 사진을 찍을 때 머리 위에서 화약을 터뜨리기 위해 방수 외투를 쓸 필요가 없다. 툼스의 이빨을 3차원으로 재창조하는 것과 같은 복잡한 렌더링(역주 rendering : 대상이 되는 사물의 기하학적 모델을 컴퓨터로 처리해, 이를 화면상에 표시하는 경우 어떻게 현실적으로 표현할 것인가에 대한 해석 및 표현을 일컫는 컴퓨터 그래픽 용어)은 이 점에서 가장 이론적인 것이다. 「오브리 마을(Aubrey)」에서 깊이 패인 희생자 가슴의 모델링처럼 믿을 수 없을 만큼 세세한 부분이 매일 우리들의 시선을 사로잡는다.

컬러 사진 촬영술이 흑백 영상에서 엄청난 기술적 진보에 기여했듯이, 컬러 영상도 적외선 또는 자외선의 기이한 스펙트럼으로 인해 그 입지가 좁아들고 있다. 훈련된 범죄학자들은 이러한 광파를 이용해 인간의 눈에는 보이지 않는 것, 즉 숨겨진 기록이나 오점, 그리고 화학적으로 변형된 것, 문서의 물리적인 조작, 심지어는 보이지 않는 잉크도 발견할 수 있다.

구체적인 증거를 확보하려면 볼펜의 잉크 자국을 분리해낼 수 있을 만큼 정교해야 한다. 범죄학자들은 연구소에서 과학적인 생활을 거친 후에야 비로소 이 법의학 분야에 입문하게 된다. 미세 사진술(photomicroscopy : 현미경을 통한 사진촬영 기법)은 총탄을 검사하는 데 매우 가치 있는 것으로 판명되었다. 그리고 방사선 사진술은 지문을 채취하기 힘든 표면에서 이를 재생시킬 수 있는 것으로 입증되었다.

머리카락과 섬유조직

법의학에서 기술적으로 가장 어려운 분야 중 하나는 범죄현장에서 찾은 머리카락과 섬유조직의 검사일 것이다. 법정 증거로 내세울 만큼 완벽한 일치점을 확인하는 일은 일종의 도전과 같다. 예를 들면 멀더가 배리의 반창고에 붙은 붉은색 머리카락 한 올을 발견했을 때, 이것에는 상상할 수 없을 만큼 엄청난 단서가 숨겨져 있다고 그는 생각했었다. 그러나 의심의 여지도 없이 이것은 스

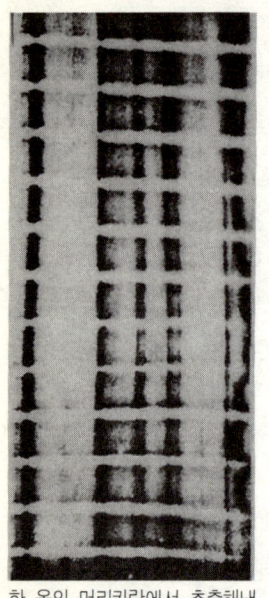

한 올의 머리카락에서 추출해낸 DNA도 : 법의학의 새로운 「지문」

컬리의 머리카락이었다. 머리카락 검사 자체만으로는 특정의 머리카락을 특정의 사람과 일치시킨다는 것은 불가능한 일이다. 그러나 만약 이 한 올의 머리카락에 DNA를 포함하고 있는 모근이 있다면 또는 분명한 정황 증거가 있다면, 이 머리카락은 희생자와 범인, 그리고 범죄 장면을 멋지게 연결시켜줄 수 있다.

완벽한 일치가 실제로는 불가능하다고 해서 이 분야가 무가치한 것은 아니다. 이러한 한 올의 조직에서 발견되는 내용은 매우 주목할 만하다. 50년 전에 연구자들은 동물과 인간의 털을 구분하는 방법을 발견했다. 이 털을 통해 특정 신체 부위뿐만 아니라, 그 소유자의 도덕적인 성향까지 밝혀낼 수 있는 방법을 발견한 것이다. 미국 원주민의 털의 횡단면은 둥글고 거친 반면에, 아프리가 원주민은 타원형이다.

현미경과 화학적 검사를 통해 우리는 좀더 많은 사실을 알 수 있다. 화학 실험을 통해 머리털이 염색되었는지, 탈색되었는지, 파마를 했는지, 곧은 머릿결인지를 즉시 알 수 있다. 노련한 전문가라면 좀더 면밀한 검사를 함으로써 이 머리털이 잘려나간 시점까지도 알 수 있다. 머리털의 줄기를 구성하는 미량 원소는 중성자 활성화로 구별할 수 있다. 머리카락에 남겨진 화학적인 실험 결과는 법정에서 증거로 채택되기도 한다. 오랜 시간이 흘러도 머리카락에는 독극물 성분이 남아 있기 때문이다.

예술적 총체성이라는 점에서, 허치슨은 최근 툼스가 둥지를 트고 나오는 장면을 위해 옷을 완전히 벗었다. 흐릿하게 처리된(담즙이 덮인) 그의 나체 장면은 불필요한 것이었다. 그가 바닥에 배를 대고 양철통을 기어올라갈 때는 오히려 다소 불편함이 느껴졌다.

수없이 세분화된 분과의 전문가들이 단 한 가닥의 머리카락에서 수많은 섬유조직을 밝혀내려면 상상할 수 있는 엄청나게 많은 점들을 비교해야 한다. 머리카락의 섬유조직 검사는 현미경으로 시작한다. 개략적인 관찰만으로도 이 미세한 조직이 인공물인지 유기물인지 파악할 수 있다. 여기에서 유기물은 식물·동물·광물 등으로 구분되고, 화학적 실험을 통해 합성물을 구별해낸다. 머리카락과 같은 섬유조직에서는 정확하게 일치하는 것을 찾아낼 수 없다. 따라서 용해도, 색깔, 미량 원소, 심지어는 세탁에 사용된 용제 등으로 힘겨운 결정을 내린다. 찢어진 형태, 심지어는 의복에서 채취한 세포의 DNA 연결고리도 기록된다. 이러한 것을 종합해서「개략적인 그림」을 그려낼 수 있다.

독물학

물질과 그 작용을 연구하는 독물학은 법의학자들에게는 매우 미묘하고 정교한 분야 중 하나다. 그리고 매우 광범위한 분야이기도 하다. 일부 독물학자들은 독극물에 대한 신비를 밝혀내면서 필사적으로 해독제를 만들고 있다. 물론 독극물과 해독제 간의 차이점은 그 복용방법에 불과하다.

법의학 분야의 독물학자들은 다양한 물질에서 알지도 못하는 물질을 찾아내려고 노력한다. 압수한 약물 증거물, 위 안의 소화물, 그리고 신체 조직을 매우 정밀하게 검사한다.

이들은 이것을 처리할 때 연구소의 첨단 장비를 이용한다. 특정 화학물질을 찾아내기 위한 실험실의 실험방법에는 색상반응을 비롯해 결정실험(crystal test), 색층분석(chromatography)과 적외선 분광검사도 포함된다. 독극물을 표시하기 위한 신체 조직검사에서는 독극물의 존재를 확인하거나 제거하는 일련의 실험과정을 동반하는, 복잡하고 지루한 적출과정이 필요하다. 엄청난 비용이 들지만(이는 기술의 진보속도와 비례한다), 실험 장비가 각 시료마다 할당된다. 법의학 분야의 모든 것이 다 그러하지만, 용의자에게는 검사 결과가 저주와 같을 수 있기 때문이다.

암호명 : 환생(Born Again)

사건 개요

어느 경찰관이 취조실 창문에서 뛰어내려 죽었을 때, 어린 소녀가 그 방 안에서 방금 죽은 경찰관을 보았다고 주장한다. 24시간도 채 지나지 않아서 또 다른 남자가 그녀 앞에서 죽는다. 멀더의 의견에 따르면 그 아이는 퇴행최면에 걸렸다고 한다. 멀더는, 그 소녀가 그녀가 보았다는 죽은 경찰관의 화신임을 믿게 되었다. 멀더가 또 다른 살인사건을 막으려면 그 소녀의 어머니와 스컬리를 확신시켜야 한다.

심층적 배경

퇴행최면 : 나를 과거로 보내주오

뉴에이지의 신비스런 의약이나 무대극의 매력은 무엇인가? 최면은 심리학과 연인 같은 관계를 지속해왔다. 그리고 그의 악마이기도 했다. 하루에 세 갑의 담배를 피운 사람이 하루 아침에 금연했다는 보도에 대해, 심리학자들이 그 의약적 가치를 반박하기란 불가능하다. 그러나 의학적 치료에서 가장 기본적 요구 조건인 반복성마저도 충족시키는 데 역부족인 최면은 확실히 과학적인 효능에 진정으로 의문을 제기했다. 다섯 명 중 한 명은 금연했지만, 실패한 네 명에 대해 납득할 만한 설명을 하지 못한다면 최면치료라는 것을 신뢰할 수 있을까?

「운전하기 위해 정비공이 될 필요가 없다는 이론」에 따르면 일부 의사들은 타인에게 그 과정의 포괄성을 남겨두고, 전혀 시도하지 않는 것보다는 다섯 명 중 한 사람에게라도 도움이 된다면 시술하겠다는 신념으로 그 치료방법을

목격자 증언

떨어지려고 마음 먹은 사람은 그 전에 창문을 열지.
—멀더, 「환생」에서

적용한다. 다른 사람들에게는 이러한 행동이 기사도인 듯이 보이지만, 이는 또한 밝혀지지 않은 부작용이 있는 약을 환자에게 복용시키는 것과 유사한 잠재적 위험을 내포하는 자세이기도 하다.

중용(中庸)이 없는 최면치료 분야는 「한계적이고」 또는 「부수적인」 의약품의 범주로 격하되게 마련이다.

퇴행최면을 포함하고 있는 하부 분과는 더더욱 그러한 경멸을 받았고, 서구 의료계에서는 이를 엉터리 치료라고 생각하고 있다. 그러나 20세기 중반 기술의 비약적인 발전으로 이 최면을 객관적으로 평가할 수 있게 되었다. 학자들은 퇴행요법을 연구하면서 명확한 두 개의 범주를 집중적으로 연구했다. 하나는 단일인생 퇴행(single life regression)으로 부모의 초기 삶에 대한 기억을 회상해내려는 것이고, 다른 하나는 과거인생 퇴행(past-life regression)으로 현재 의식과 초기 육아(肉芽) 발생(incarnation)과의 연결을 시도하는 것이다.

단일인생 퇴행은, 멀더가 일상적인 방법으로는 자신의 여동생 사만다의 실종 기억을 회상해낼 수 없는 것을 가능하게 하는 기술인데, 이는 오늘날 상당히 일반적으로 이용되고 있는 방법 중 하나다. 이는 연구자들이 더욱 관심을 갖고 연구한 분야로서 사건 목격자들이 최면의 영향 아래에서는 정

확한 차량번호라든가 좀더 구체적인 사항을 기억해낼 수 있어 그 가치를 인정받고 있다. 그리고 그 결과를 검증하는 것은 훨씬 쉬운 일이다. 만약 최면 치료사가 그 관련 정보를 알고 있다면, 잊혀진 지식을 퇴행요법을 통해 검색하는 일도 가능할 것이다.

1949년 로버트 트루(Robet True)라는 의사는 정확한 최면치료법에 대한 것을 자신의 연구과제로 삼아 간단한 평가기준을 만들었다. 그는 사람들을 모아놓고 이들이 겪은 다양한 삶의 사건으로 퇴행최면을 걸었다. 만약 의식이 깨어 있는 상태에서 답할 수 없는 것을 이들이 최면상태에서 답할 수 있다면, 이는 단일인생 퇴행론자들의 주장을 지지하는 것이라 할 수 있다. 트루 박사는 사람들에게 최면을 건 후에 이들을 10세 때, 7세 때, 4세 때 생일로 퇴행시켜, 그 날이 무슨 요일이었는지를 물었다. 쉽게 검증할 수 있는 질문이었다. 그 대답을 확인해보니 82%가 정확했다. 이들을 정상적인 상태로 되돌려놓고 똑같은 질문을 하자, 그들은 무슨 요일이었는지 기억해낼 수 없었다. 트루 박사의 연구 결과는 원천 자료의 형태로서 권위 있는 과학잡지인 〈사이언스(Science)〉에 실렸다.

과학적 방법으로 알려진 그의 실험을 검증하는 절차는 스컬리와 같이 이 분야에 회의적인 태도를 견지하고 있는 사람들도 만족시켰다. 그러나 불행히도 다른 사람들이 그의 결과값을 얻기 위해 노력했지만, 아무도 성공하지 못했다. 일부에서는 트루 박사가 자신의 결과를 날조했다고 주장한다. 당연히 트루 박사는 이를 극구 부정했다. 그러나 1982년까지 오류가능성에 대한 질문을 그에게 던진 사람은 실제로 아무도 없었다.

원래의 기사 사본을 소장하고 있는 마틴 오른(Martin Orne)이라는 과학자는 트루 박사 자신이 말해주기를 바랐다. 오른은 문제를 찾는 것은 어려운 일이 아니라고 생각했다. 〈사이언스〉는 『그 날이 무슨 요일이었습니까?』라고 편집했지만, 실제로 그 답을 알고 있는 트루 박사는 『그 날이 월요일인가? 화요일인가? 수요일인가? …』라는 식으로 질문했던 것이다. 그러면 실험 대상자들은 트루 박사가 요일을 열거할 때 생각나는 요일을 말했던 것이다. 트루 박사는「잠재의식적인 암시」를 확실히 깨닫고 있지 못했다. 그러나 오른은 30년 후에 이 모든 것을 이해하게 되었다. 트루 박사가 실시한 실험의 취약점을 좀더 예시하기 위해 오른은 10명의 실험 대상자에게 4세 때 생일이 정확히 무슨 요일이었는지 물었다. 아무도 몰랐다. 만약 최면으로 퇴행된 상태가 진정으로 기억이 고조된 상태라고 가정할 경우, 성인이라면 그 당시에 실제로 알고 있었던 정보만을 상기해야만 한다. 비록 그렇다 하더라도 4세 때 생일 당시의 요일을 아는 사람은 극소수에 지나지 않을 것이다.

이런 뜻하지 않은 곤란에서 벗어나기 위해 다른 연구자들은 새로운 실험을 설계했다. 그 후 몇 년 지나지 않아 성인들은 새롭고 반복된 자료로 어린 시절의 세세한 일까지 상기해낼 수 있다는 사실이 명백히 입증되었다. 최면 치료사들이 조심성을 갖고 유도적인 질문을 회피하기만 한다면 말이다(그러한 과거인생 퇴행최면의 실례에서 비난받았던 유도적인 질문은 실험하는 동안 자발성을 유발시켰다). 단일인생 퇴행요법에 대해서는 여러 이견이 있었다. 과거인생 퇴행요법은 한바탕 설전을 불러일으켰고, 열정적인 실험이 행해졌다.

엄격한 통제가 있었다지만 베스(Beth)라는 24세 여성은 기존의 설명을 논파한 업적을 세울 수 있었다. 베스는 진지한 과학자들이 과거의 삶을 잃어버리도록 한 환상적인 퇴행 요소 가운데 어떤 것도 예시하지 못했다. 그녀는 전생에서 유명인이었냐고 주상하지노 않았다[헨리 8세와 잔 다르크(Jeanne d'Arc)는 대표적인 과거인생 퇴행으로 매우 유명한 인물이다]. 그녀는 이상한 직업을 가졌다거나 유명한 역사적 사건을 목격했다거나 하지 않았다. 그녀가 일관되게 보인 행동은 1724년에 태어난 한 프랑스 주부의 일상사를 구체적으로 묘사했던 것이다. 그녀의 진술을 검증하기 위해 박물관 큐레이터까지 동원되어, 그녀에게 그 시대의 폭넓고 다양한 도구를 내보였다. 그녀는 거침없이 그 도구의 명칭과 용도를 확인시켜주었다. 최면 상태에서 베스는 그 시대의 말을 유창하게 구사했다. 물론 그녀는 불어 교육을 받은 적이 전혀 없었다.

베스와 같은 사례는 드문 경우다. 그러나 아무도 그녀가 그러한 행동을 하게 된 어떤 동기도 찾아내지 못했다. 베스는 실험에 앞서 이미 비밀리에 연구에 참여했었다는 비난을 받았다. 그러나 이를 증명할 수 있는 사람은 아무도 없었다.

베스의 예가 설명하기 어려운 것이라면, 스콧(Scott)은 더욱 어려운 문제다. 베스와는 달리 스콧은 대상자 가운데 무작위로 선택되지 않았다. 자신의 자식이 악몽에 시달리고 있는 것을 두려워한 그의 부모는 퇴행요법 연구자에게 상담하라는 제안을 해준 가정 주치의에게 스콧을 데려갔다. 8세의 백인 아이인 스콧은 제복 입은 사람, 머스킷 장총, 죽음의 꿈을 꾸었다. 퇴행요법을 받은 후 스콧은 자신이 미국 독립전쟁 당시 대수롭지 않은 전투에서 죽은 흑인 병사라고 했다. 베스같이 그도 섬뜩할 정도로 그 당시를 구체적으로 묘사했다. 스콧은 지금껏 보지도 못한 총기 청소 및 장전 기술을 이내 시현해보였다. 이를 믿지 못하는 사람들은 이 사건을 그가 기억력이 좋거나 창작적 기억, 텔레비전 프로그램으로 인한 문화의 집중 포화 또는 주도면밀한 지도의 결과 때문이라고 간주했다. 자신이 일본군 전투기 조종사라고 주장한 사람도 있었다. 그러나 그는 당시 일본 천황의 이름도 몰랐고, 아주 간단한 비행작전도 설명하지 못했으며, 이름도 대지 못했다. 당연히 협잡이었다. 그러나 베스나 스콧이 옳은 것으로 판

명된다면, 심리학은 앞으로 수십 년 동안 그 교과
서를 다시 써야 할 것이다.

옛 영혼에 젊은 육신이라…

화신, 윤회, 영혼의 재생, 이 모두는 인간의 본
질인 영혼의 종교적·철학적 재탄생을 말한다. 전
통에 따르면 이러한 삶은 동물이나 식물을 포함해
인간에게 제한적으로 발생한다.

보둔(vodun)이나 몇몇 캐리비(Caribe) 신앙을
포함해 일부 종교에서는 여러 신을 믿는 것이 보
편적이다. 그 철학에서는, 각 개체에는 각기 유일
한 영혼이 있으며, 이것은 좀더 나은 존재로 되돌
아온다고 한다. 그리고 좀더 큰 우주적 영혼을 소
유하는 두번째인 다음 세대에 재탄생하게 된다.
영혼은 일반적으로 입이나 콧구멍을 통해 육체와
분리될 수 있다고 보고 있다. 그리고 이 영혼들이
새나 나비로 재탄생한다는 얘기다.

남아프리카의 벤다(Venda)교는, 사람이 죽으면
그 영혼이 잠깐 동안 무덤에 머물다가 새로운 안
식처나 육신을 찾는다고 믿고 있다. 이 육신은 인
간이나 포유류 또는 파충류일 수도 있다. 일부 성
직자들은 자유로워진 영혼이 사람이나 생명체를
그 안식처로 이용하지 못하도록 하기 위해 육체를
감시하는 일을 한다.

고대 그리스에서 오르페우스교(Orphism)라 불
리는 신앙은 『이미 존재했던 영혼은, 육체는 죽
었지만 생존해 있으면 나중에 인간이나 포유동

해답

1. 종이접기 놀이.
2. 잠수함처럼 생긴 탱크형 살충기.
3. 그녀는 왼쪽 팔이 없고, 왼쪽 눈을
   다쳤다.
4. 14구역.
5. 27구역.
6. 밀가루.
7. 10년.
8. 기린.
9. 24세.
10. 흉부 진통제.

점 수 : _____

물의 육신으로 재탄생하고, 죽음과 탄생을 반복하며, 이전의 순수 상태를 다시 획득한다」는 신앙을 유지하고 있다. 플라톤(Platon : 기원전 428 ~348)은 자주 인간으로 태어나는 불멸의 영혼의 존재를 믿었다.

환생의 신앙을 갖고 있는 주류 종교는 주로 아시아 종교다. 특히 힌두교, 자이나교, 불교, 시크교, 그리고 인도에서 발생한 모든 종교는 업(業 : karma, 인과응보의 법칙)이라는 공통의 교리를 갖고 있다. 이는 현세에서 행한 것은 다음 세대에서 그 결과를 본다는 뜻이다. 힌두교에서 탄생과 환생의 과정—— 영혼의 윤회 ——은 해탈로 구원받기 전까지는 끝없이 지속된다. 개개의 영혼(atman)과 절대영혼(Brahman)은 같으며, 이는 윤회의 수레바퀴를 벗어날 수 있다.

자이나교(Jainism)는 절대영혼의 신앙을 반영한 것으로서, 업은 인간이 하는 행위의 밀도에 따라 영향 받는다는 교리를 갖고 있다. 따라서 구업(舊業)의 짐에 다음 세대를 사는 동안 얻게 되는 새로운 업을 더하게 된다. 이것은 종교적 교리에 따라—— 특히 해방된 영혼이 불살생(ahimsa)과 우주의 최고 위치에 오를 때까지 —— 그 영혼이 자유로워질 때까지 계속된다.

비록 불교는 변하지 않는 실체적 영혼의 존재를 부정하고 있지만, 이 종교도 영혼의 업에 의거한 윤회사상을 갖고 있다. 복잡한 정신 물리학적인 요소와 상태는 매순간 변한다. 죽은 후에 그 영혼은 더 이상 존재하지 않는다. 그러나 죽은 자의 업이 생존하거나 어머니의 자궁에서 의식의 근원(vi-jana)이 되기도 한다. 이 의식의 근원은 새로운 개체로 환생한 영혼을 일컫는다. 교리와 명상을 통해 완벽한 무아의 상태를 획득함으로써 생사 윤회의 수레바퀴에서 벗어날 수 있고, 욕망이 사라진 상태인 열반에 들 수 있다.

시크교는 힌두교의 견해에 기초해 윤회의 교리를 가르친다. 게다가 최후의 심판 후 몇 차례의 윤회를 거치면 신에게 거두어질 것이라는 사상도 빼놓지 않는다.

암호명 : 롤랜드(Roland)

사건 개요

　최고의 보안이 유지되는 제트 추진 팀 연구원들이 하나씩 살해된다. 유일하게 접근할 수 있는 사람은 롤랜드로서, 그는 정신적인 장애를 갖고 있는 정비공이다. 스컬리는 범죄 현장에서 고도의 이론적인 기호를 발견한 후에 그를 용의자로 지목했지만 멀더는 확신할 수 없다. 어딘가에 문제해결에 필요한 연결고리가 있어야 한다.

심층적 배경

수다의 고양이와 인간 냉동 보존술의 기초
　롤랜드 동생의 냉동된 머리가 예기치 않은 배우로서 등장하는 이 일화 종반부는, 과학 소설이나 공포 장르가 이 창발하는 과학에 수많은 그릇된 개념을 확산시켜 이를 교정하려는 극저온 공학자들을 당혹스럽게 했을 것이다. 초기의 이론이 극소수의 과학적 추상 이상이 되기 전에도 「황혼 지대」는 냉동된 등장인물을 나중에 정기적으로 녹여, 그 주말의 상황에 적절히 끼워넣었다. 「영원한 젊음(Forever Young)」에서도 인간 냉동 보존실험이 길을 잘못 들어 비정통적인 사랑 이야기를 다루게 되었다. 「데몰리션맨(Demolition Man)」에서는 소란스러운 냉동 보존술 장면을 보여주려고 2시간이나 할애하고 있다. 「엔시노 맨(Encino Man)」이 관객들을 배꼽쥐게 만든 반면에, 「아이스 맨(The Ice Man)」은 시청자들을 눈물짓게 만들었다. 1954~94년 사이에 제작된 수많은 영화와 TV극은 인간 냉동 보존술에서 많은 영감을 얻었다.

「황혼 지대」의 작가가 미공군 조종사를 급속 냉동시킨 이후 거의 반 세기가 지나서 크리스 루펜달(Chris Ruppenthal)이라는 X파일의 젊은 작가가 이 주제로 대본을 쓸 때 그는 한풀 꺾여 있었다. 결국 그는 X파일 팬들을 위해 글을 썼다. 모방은 팬들을 위한 선택 사항이

아니었다. 팬들은 느닷없이 참고서적을 들춰볼 수 있는 사람들이었다. 이제 냉동 보존술은 새롭거나 자극적인 주제는 아니다. 따라서 루펜달에게 냉동 보존술은 복잡한 구성 가운데 하나의 실마리에 불과할 뿐, 예외적인 줄거리가 필요했다. 그리고 이야기를 구성하는 탄탄한 토대가 필요했다.

1966년 일본의 고베 대학으로 가보자. 이 곳에서 이사무 수다(Isamu Suda)라는 과학자는, 영국의 오드레이 스미스(Audrey Smith)가 실시한 바로 그 새로운 연구를 숙고하고 있었다. 최초의 저온학(cryogenics) 연구자 가운데 한 사람인 스미스는 전에도 몇 번 성공을 거두었는데, 비단 털쥐의 냉동과 해동을 시도하고 있었다.

수다는 생명체가 어떤 손상도 입지 않고 소생할 수 있는 지점까지 자신의 연구를 도약시키는 것이 최상의 계획인지 확신할 수 없어, 다른 전략을 적용하기로 결정했다.

먼저 자신이 알아야 할 최우선의 사항은 포유동물의 뇌가 냉동된 후에도

기능할 수 있느냐에 관한 것이었다. 그는 만약 그렇지 않다면 나머지 연구 과정은 아무 쓸모없는 것이라고 생각하여, 그러한 방향에서 첫단계의 실험을 즉시 고안해냈다. 수다의 방법은 간단했다. 비록 오늘날에는 연구소에서 동물 연구를 통제하고 있어 불가능한 것이긴 하지만, 그는 고양이에게 일반 마취를 하여 서서히 체온을 내렸다. 그리고 세포가 손상받지 않도록 하기 위해 인공 혈액을 고양이의 체

수다 고양이의 제2의 집

내에 순환시켰다. 그런 다음 뇌 전체를 들어내고 이것을 글리세롤 용액에 담가 충분히 배어들게 했다. 가능한 한 이「냉동 보호자(cryoprotector)」가 정교한 세포에 많이 스며들게 하기 위해서였다. 작업을 마친 후에 그는 뇌의 온도를 섭씨 -17.8° 까지 서서히 낮췄다.

6주 후에 그는 이 과정을 반대로 반복했다. 온도를 서서히 높이고 피 대신에 투입했던 글리세롤을 배출했다. 그는 뇌가 완전히 녹아 원래에 가까운 상태가 되었다는 생각이 들었을 때 그 뇌에 뇌파도(EEG) 터미널을 붙였다.

뇌파도 단말기의 작은 바늘이 움직이기 시작했다.

수다는 뇌를 얼리기 전에 나중에 비교할 자료의 기준으로 삼기 위해 뇌파 검사를 몇 차례 실시했다. 이 두 가지 자료를 서로 비교해보니, 뇌파에는 별다른 변화가 없음을 알았다. 아니, 거의 똑같았다. 수다는 냉동된 뇌와 해동된 뇌를 대상으로 특정 형태의 뇌파를 검사했다.

이 결과에 어떤 변화나 일관되는 점이 있는가? 시간이라는 요소는 어떤 작용을 할까? 또는 무기한으로 세포조직들을 냉동시켜놓을 수 있을까? 수다는 최소한 이 과정을 수십 차례 반복했다. 시간을 늘리고 여러 가지 조건

을 다양하게 변화시켜가면서 말이다. 그런데 심지어 7개월 동안 냉동시킨 뇌가 해동된 다음에 뇌파를 발했던 것이다. 물론 일부 뇌파의 유형이 소실되기는 했다.

1966년 수다의 이 프로젝트에 관한 논문이 〈네이처(Nature)〉지에 실렸다. 이 학술잡지는 그럴 듯한 논리로 포장된 주장을 펴는 잡지와는 성격이 전혀 다르다. 이것은 순수하게 동료 학자들이 보는 잡지다. 학자들은 그의 실험에 적용된 화학에 대해 좀더 명확히 이해하고 좀더 나은 조건을 갖춘다면 냉동 기간을 늘릴 수 있으리라고 생각했다. 수다는 이론적인 개념을 연구하면서 냉동기에 섬유조직 일부를 남겨두었다. 7년 후 이 원래의 샘플을 해동시켜 관찰해보았다. 그런데 상당한 활동성을 보이고 있지 않은가! 전도율 실험을 해보니 소뇌 줄기에 깊숙이 자리한 세포도 여전히 높은 활동성을 보여주고 있었다.

이 연구는 여러 단계에서 어려움을 겪었다. 수다의 실험이 의미하는 것은 정확히 무엇인가? 뇌사란 생과 사를 구분하는 방법 중 하나다. 분리된 뇌를 살아 있다고 말할 수 있을까? 수다의 발견은 합리적인 의심을 넘어 죽음을 결정할 수 있는 요소가 무엇인지에 관한 의문을 던져준다. 냉동된 상태에서는 이 뇌를 『죽었다』고 말할 수 있다 해도, 해동시키면 무엇이라고 부르겠는가? 그저 단지 의식이라고? 뇌의 기능은 생각하고, 느끼고, 경험하는 것이다. 이 해동된 조직이 그러한 기능을 수행할 수 있을까?

아마도 우리는 아직도 이러한 질문에 답할 준비가 되어 있지 않은 듯하다. 수다는 지금 자신의 실험을 중지했다. 그러나 전세계의 수많은 연구소, 연구원들은 현격한 진척도를 보이고 있지는 않지만 이 연구를 계속하고 있다. 윤리위원회가 이와 관련된 프로젝트를 더 이상 허용하지 않거나 상당한 성과를 보이지 않고 있기 때문이 아니라, 이 분야 자체가 한 발짝 물러서 이 과학을 우리에게 소개할 위치와 시기를 평가해야 하기 때문이다. 한때는 터무니없고 허구로 과장된 이 이론은, 사실 주목할 만한 인간 존엄성에 대한 인식과 책임감, 그리고 우리의 과학을 뒤쫓는 윤리를 위해 기꺼이 기다려주는 의지를 갖고 있음을 보여주고 있다. 냉동되었던 그 유일한 실험 대상은 이미 죽은 지 오래다.

인간 냉동 보존술

이 시술은 미래의 의술이 ① 냉동을 이용해 손상을 치료하고, ② 환자의 건강을 회복시켜줄 수 있으리라는 기대 아래 말기 환자들을 냉동시키는 관행이다.

현재의 법체계는, 환자가 완전히 죽은 후가 아니면 인간을 냉동시킬 수 없도록 못박고 있다. 최적 상황 아래에서 환자의 법적 사망을 선언할 수 있고, 실제로 회생가능한 적절한 시점에 냉동 보존술을 시행할 수 있다는 것은 주목할 만한 가치가 있다. 예컨대, 영웅적인 치료를 거부했던 한 말기 암환자를 들 수 있을 것이다. 법제도의 변화, 즉 말기 환자를 해부해도 좋다는 조항이 삽입되면 향후의 냉동 보존술은 합법적인 죽음 직전에 시행될 수 있을 것이다. 그러나 어떤 상황이든 간에, 일단 냉동되면 오늘날 최고의 의사라도 냉동된 사람은 죽은 것으로 간주한다.

냉동 보존술의 합리적인 논리는, 현재의 법과 의료 수준에서 죽음을 결정하는 기준이 허점투성이라는 믿음과 미래의 의술은 현재의 의술보다 더욱 뛰어날 것이라는 기대에서 전개된다.

전통적인 의학 지혜의 합류점이라는 개념은 역사로써 검증받은 것은 아니다. 한 예를 생각해보자. 이근자 제멜바이스(Ignza Semmelweis)라는 의사는 1840년대에 손을 씻는 것은 매우 좋은 행동이라는 것을 임상학적으로 증명했다. 그의 노력은 도처에서 비웃음을 자아냈고, 그의 충고는 수십 년 간 무시되어왔다. 그리고 예방할 수 있었던 수백만 명의 죽음이 뒤이어 일어났다.

오늘날에는 냉동 보존술의 원리로서 매우 다양하고 유용한 방법이 적용되고 있다. 심장이식 수술과 매우 정교함을 요구하는 수술에서 저온 외과 수술은 필수적이다. 그리고 저온 수술은 성형외과 수술 중 출혈을 상당히 감소시킬 수 있다. 각막을 냉동함으로써 원시와 근시의 근본적인 치료가 가능해졌다. 냉동 보존술 과정은 제공자로부터 수혜자에게 조직이식 수술을 시행할 때의 안전성을 높였다. 이 냉동 보존술이 죽은 자를 산 자로 되돌리기까지는 다소 시간이 지나야 할 것이다. 이 절차 가운데 포함되어야 할 것은 해동시킬 때 적용되어야 할 기술의 개발이다. 또한 이 냉동 보존술은 기존의 공상과학 이미지를 흔들어놓는 데 일조해야 한다.

냉동 보존술에 드는 비용

냉동 보존술에 대한 비용 분석서를 제시한다. 신경 옵션은 뇌와 척수를 냉동시키는 데 드는 비용이다.

	몸 전체	신경군	(단위 : 달러)
수송비	14,050	14,050	
냉동 보존 관주액	13,400	11,500	
시설 이용비	950	950	
온도 강하비	8,350	1,750	
총 계	36,750	28,250	
연간 질소액 충당비	850	50	
저장 비용	1,700	150	

기본적인 비용을 지불하고 나서도 충분한 자금, 즉 매년 재주입해야 하는 질소 용액의 비용이 추가된다(2%의 인플레이션 비율로 조정된 비용으로 산출하는 것이 관례다). 현재의 비용은 대략 신경군이 4만 2,000달러이고, 몸 전체는 14만 달러 정도다. 표의 비용은 냉동 컨테이너의 예기치 않은 사고 발생을 감시하는 감시요원의 급료와 미래의 최적 시기를 맞아 해동할 때 드는 비용은 포함되어 있지 않다. 아마 상당히 비쌀 것이다.

사이비 과학

- 「빙하의 공포」에서 개는 그 벌레들을 지나쳤다. 벌레들이 뇌 깊숙한 곳에 박혀 있는데, 어떻게 이것들이 개의 소화관에서 발견되었는가?
- 「롤랜드」에서 풍동(wind-tunnel)에 빨려들어가 죽는 장면은 시각적으로 멋지고 창의적이었다. 그러나 엄청나게 빠른 풍속에서는 아무도 매달릴 수 없을 것이다. 숨쉬기조차 불가능한 상황이었을 것이다. 희생자가 바랄 수 있는 최선의 상황은 빨려들어가 팬에 닿는 순간 정신을 잃는 길밖에 없다. 이 일화에서 비명을 지르게 했다는 것은 괜찮은 아이디어이기는 하지만 과학은 아니다.
- 「얼렌메이어 플라스크」에서 현미경 상에 맺히는 총천연색 이미지가 섬뜩하게 보이기는 하지만, 주사 전자 현미경(scanning electron microscope : SEM)으로는 흑백만 보인다.
- 「얼렌메이어 플라스크」에서 스컬리는 멀더에게 엽록체가 식물세포라고 말했는

데, 사실 엽록체는 식물세포의 일부분이다.

- 「화산 탐사 로봇」에서 진균류로 확인된 유기체는, 사실은 엽총버섯으로 알려진 필로볼루스(Pilobolus)라는 버섯이다. 그러나 이 버섯은 화산이나 인간의 몸이 아니라 똥거름이 있는 곳에서 산다.

- 트렙코스(Trepkos)가 파이어워커(역주 기생 포자를 촬영하기 위해 화산 속으로 내려보낸, 카메라가 장착된 로봇)를 고장냈다고 생각하겠지만, 화산의 온도로 심각한 고장을 일으켰을 가능성이 크다. 아마도 캐나다의 섭씨 온도로 변환하는 데 오류가 있었을 것이다. 화씨 130°는 인간에게는 불쾌한 온도이지만 섭씨 130°에서 견디는 사람이 있을까?

- 또한 「화산 탐사 로봇」은 정기점검을 받지 않았다. 황화수소가 이산화규소로 전환되는 것은 불가능하다. 유황과 규소는 원자 활동이 약한 원소다. 따라서 한쪽이 다른 쪽으로 바뀔 수 없다. 원소가 그런 식으로 바뀐다면 납이 종종 황금으로 바뀔 것이다.

- 스컬리의 시험관 기술에 관해서 : ① 불 위에 있는 시험관을 곧바로 잡아서는 절대 안 된다. 오염될 수 있기 때문이다. ② 같은 이유에서 시험관은 불 위에 올려놓아서는 안 된다. 그리고 ③ 분젠 가스 버너 위의 시험관은 화산 내부를 시뮬레이션할 수 있을 만큼 절대로 뜨거워지지 않는다.

- 「악마의 손」에서 패독(Paddock) 부인이 능숙하게 해부하는 것처럼 보였지만 그녀는 자신의 돼지도 구분 못 한다. 그 돼지는 우제류(偶蹄類 : Artiodactyla)였다. 이 뜻은 「짝수의 발가락」이지 「고창증(역주 hoove : 가축의 위가 가스로 부풀어오르는 병)에 걸린 생명체」가 아니다. 이것은 말과 같이 「홀수의 발가락」을 가진 기제류(奇蹄類 : Perissodactyla)와 구별된다.

- 보관된 돼지를 먹는 아나콘다(역주 anaconda : 남미산 구렁이)는 없다. 오스베리(Ausbury)를 발부터 집어 삼키는 것 또한 어렵다. 특히 가랑이에 도달해서는 다른 한쪽의 다리를 처리해야 하기 때문이다.

아나콘다 이와 같이 먹이를 목졸라 죽이는 뱀들이 먹이를 먹을 때는 머리부터 먹는다.

암호명 : 얼렌메이어 플라스크(The Erlenmeyer Flask)

사건 개요

경찰의 추적을 받고 있는 한 도망자가 총을 쏘아대며 작은 만(灣)으로 뛰어든다. 그 도망자는 녹색의 핏자국을 남긴다. 멀더의 정보 제공자인 내부 밀고자는 그에게 전혀 아무렇지도 않은 사건을 조사하라고 귀띔해준다. 멀더와 스컬리는 그 도망자와 연관이 있는 한 과학자를 방문하고 나서, 그 도망자가 DNA 실험을 하고 있다는 사실을 알게 된다. 그 후 그 과학자는 살해된다. 그리고 멀더는 스컬리에게 그 연구용 플라스크에 담긴 내용물을 분석해달라고 부탁한다. 그 도망자가 다시 나타나고, 분석 결과 스컬리가 매우 기이한 바이러스를 밝혀냈을 때, 멀더와 스컬리는 지금까지 은폐되

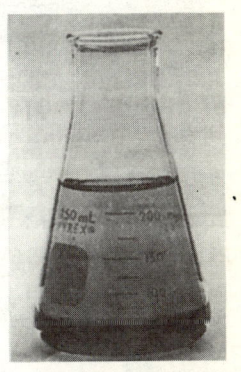

이것을 기울여 바닥에 「순도 제어(purity control)」라는 글씨를 보게 되면, 당신이 당신임을 알 수 있다.

어온 거대한 비밀에 근접하기 시작한다. 멀더는 죽음을 무릅쓰고 그 도망자를 보호한다. 왜냐하면 그의 혈액이 바로 외계생명체가 존재한다는 증거이기 때문이다. 스컬리는 자신의 신념을 뒤흔드는 증거에 직면하고, 내부 밀고자는 멀더를 구한 후 『아무도 믿지 마! (Trust No One!)』라는 말을 남

기고 죽는다.

심층적 배경

외계인의 무지개

외계인은 예전부터 우리와 함께 하고 있다고 생각하는 멀더에 대한 내부 밀고자의 확신은 다소 특별한 것일 수 있었다. 접촉자와 피랍자 보고서에 따르면 수많은 외계 「인종」들이 확인되었다. 일람표만을 만드려는 사람들에게는 성가신 것이긴 하지만, 이는 분명 X파일을 위한 은혜였다. 선별된 수많은 외계 인종들은 각기 다른 모습으로 나타났으며, 동기도 접촉방법도 달랐다. 제작진이 수월하게 이야기를 구성할 수 있을 것 같지는 않다.

우리는 이미 수많은 종류의 외계인 모습을 제시했었다. 「공포의 대칭」에서 동물원 동물〔그레고어스(Gregors)〕의 새끼를 훔친 외계인들, 악몽에 시달리고 있는 배리의 침대 주변에 있는 외계인들…. 이 외계인들의 모습과 지구에 온 동기는 각기 다르다. 이를 판별하는 데 도움이 되었으면 하는 바람에서 외계인들의 유형을 분류해보았다.

> **목격자 진술**
>
> 어제 우리가 만난 사람은 이 곳을 외견상 멋진 살림살이를 하는 사람들이 있는 곳처럼 보이도록 했어요. 저는 이 모든 것을 그 사람 혼자 했다고는 생각지 않아요. 아니면 저 창 밖의 그렉 루가니스(Greg Louganis)에게 시켰던지.
>
> ─멀더, 「얼렌메이어 플라스크」에서

외계인 제1유형

일반적으로 회색인(The Grays)이라고 불린다. 그리고 몇 가지 유형으로 세분된다. 물론 이 외계인들은 모두 회색빛을 띤다.

- A형 회색 외계인 : 가장 일반적인 형태다. 제타 레티큘라인(Zeta Reticulan)으로 알려진 유형이다. 접촉자에 따르면 이들은 우주 정복을 꿈꾸는 군대 사회라 한다. 140cm 정도의 신장에 큰 머리와 광각(廣角)의

눈, 찢어진 입, 그리고 코가 없다고 한다. 또한 접촉자들은, 이들이 재생산이나 소화기관이 필요 없는 상태로 진화되었다고 한다. 그리고 자신들과 인간 간의 「혼혈 인종」을 만들어내기 위해 수천 년 동안 인간의 유전자와 정교하게 교환을 해 왔다고 한다. 이 외계인 유형의 기지는 뉴멕시코와 네바다에 주로 있고 여러 나라에 산재해 있다.

내부 밀고자의 의문의 죽음

내부 밀고자의 살해는 멀더에게 정의의 실체에 대한 신념이 여지 없이 무너지는 충격을 주었다. 정치적인 동기가 전혀 없는 멀더에게 그의 선도자이며 정보의 출처이자 친구인 그의 죽음은 규칙을 지키려는 사람들의 운명을 증명이라도 하는 듯했다. 그러나 내부 밀고자의 죽음을 막으려는 팬들이 있었다. 이 수수께기의 등장인물이 방영 기간 내내 시청자들을 애태웠기 때문에 그의 급작스러운 죽음에 시청자들이 『반칙！』이라고 외쳤던 것은 전혀 놀라운 일이 아니다.

- B형 회색 외계인 : 약 210~240cm 정도의 키에 얼굴 모습은 A형 회색 외계인과 비슷하다. 다른 형보다는 다소 비군사적인 모습을 띤다. 그러나 매우 호전적이다. 알류샨 열도에 기지를 두고 있으며, 강대국 정부와의 정치적 통제 및 협정을 통해 지구 통제를 획책하고 있다.

- C형 회색 외계인 : 회색 외계인 중 키가 가장 작은데, 약 1m 정도다. 회색인 유형 중 인간에게 가장 위험한 존재다. 위협을 주어 복종시킬 수 없으면, 피랍자를 가차 없이 죽일 수도 있다.

외계인 제2유형

파충류형의 외계인. 유전적으로도 파충류와 같다. 제2유형의 외계인들은 인류 문화를 극히 열등한 문화라고 평가할 만큼 진보된 문화를 소유한 외계인이다. 이들은 우리를 가축 정도로 생각하며, 인간의 신체조직 중 일부는 매우 정교한 것으로 여기고 있다. 아마도 모든 것이 계획대로 진행되어 1990년대에 우리의 태양계에 도달한다면 강력한 소행성을 갖게 되지 않을까? 이들은 지구를 옛날 자신들의 전초기지였다고 여기고 있으며, 현재 죽

퀴즈 게임 24

쉬운 문제 : 각 1점

1. 버루브(Berube) 박사가 자신의 실험실에 보유하고 있는 동물은 어떤 종류인가?

2. 버루브 박사의 연구실에서 찾은 얼렌메이어 플라스크 바닥에는 무엇이 쓰여 있나?

3. 구급요원이 시케어 박사를 응급조치하려 했을 때 어떤 일이 발생했나?

4. 앤 카펜터(Ann Carpenter) 박사에게 무슨 일이 일어났나?

5. 스컬리는 메릴랜드 포트말렌에 있는 봉쇄된 시설에서 무엇을 찾으려고 했나?

어려운 문제 : 각 2점

6. 이 일화의 시작을 알리는 광고에서 독특한 점은?

7. 얼렌메이어 플라스크 안에 있는 「박테리아」의 DNA에서 이상한 점은?

8. 멀더는 실험 대상을 어디에서 찾았나?

9. 실험에 앞서 시케어 박사의 생명을 위협하는 상태는 무엇인가?

10. 포트말렌에서 스컬리가 찾은 포장 꾸러미는 어떻게 되었나?

어가는 자신들의 행성을 버리고 이 곳 지구에 와서 완벽한 통제를 계획하고 있다고 한다. 어떤 사람들은 A형 회색 외계인을 이 파충류형 외계인의 노예라고 믿기도 한다.

외계인 제3유형

인간 유형의 외계인. 우리는 이들 외계인을 전혀 인식할 수 없다.

- 인간 A형 외계인 : 인간처럼 적당한 키에 스칸디나비아 지역을 연상케 하는 인간의 모습을 갖고 있다. 이들은 「블론즈(Blonds)」로 알려져 있다. 회색 외계인이 이들 인간형 외계인을 납치해서 풀어주기 전에 행동을 통제하는 장치를 이들에게 부착시켰다고 한다.

- 인간 B형 외계인 : 외모는 A형과 유사하다. 이들은 플레이아데스 성단(역주 Pleiadean : 황소자리의 일곱 개 별)의 외계인이다. 이 유형은 블론즈와는 달리 정신적인 감각 면에서 매우 높은 진화를 한 외계인이다. 이들은 인간에 대해 자비심을 지니고 있으며, 우리가 믿을 수 있는 유일한 외계인이다. 한때 이들은 인간 정부에게 도움을 주겠다고 제안했지만 거절되었다 한다. 그래서 그 대신에 개인을 상대로 제의하고 있다고 한다. 이들은 자신들이 인류의 선조라고 주장한다. 그러나 자신들의 행성에 문제가 생겨 지구에는 오래 머물지 못했다고 한다.

- 인간 C형 외계인 : 알려진 바는 거의 없다. 그러나 또 다른 고등 생명체인 것만은 분명하다. 자비심과 정신적인 측면에서 상당히 높은 진화를 한 외계인이다. 이들도 인간에게 나타나는데 피부는 매우 창백하며, 접근하면 푸른색으로 변한다. 그리고 이들은 시리우스 (Sirius) 항성 출신이다.

헤드라인에서 : 녹색 피가 솟구치다

1994년 2월 19일 X파일만큼이나 신비스러운 일이 캘리포니아 리버사이드에서 시작된다. 이 곳은 글로리아 라미레스(Gloria Ramirez)가 입원한 병원이 소재한 지역이다. 31세의 라미레스는 죽어가고 있었다. 병명은 자궁 경부암으로 알려졌지만 그녀의 증상에는 병명과 맞지 않는 부분이 있었다. 즉 호흡 곤란, 저혈압, 그리고 치매도 앓고 있었다. 의료진은 이 여성이 갑자기 악화된 원인을 찾으면서 증상을 치료했다. 그들은 그녀의 상태가 안정되기를 바라면서 가장 기본적인 약을 투여하기 시작했다.

그러나 치료의 효과가 전혀 없었다. 의료진은 과감한 치료를 한 끝에 그녀의 병소를 찾아내었다. 라미레스의 심장박동이 멈추었을 때, 의료진이 옷을 찢고 전기 충격기를 갖다 대려는 순간 그녀의 몸 전체를 감싸고 있는 기름을 발견했다. 그녀의 입에 댄 산소 마스크를 제거하자 그녀의 숨결에서 야릇한 과일 냄새가 났다. 아니면 마늘 냄새이거나…. 그녀의 혈액을 채취해 용기에 담는 데 화학약품 냄새가 났다. 이와 유사한 냄새가 그녀의 몸에서도 났다. 간호사가 어디에서 냄새가 나는지, 무슨 냄새인지를 알아보려고 그녀의 가슴에 얼굴을 가까이 대는 순간 라미레스의 몸 안에서 발산되는 신비한 힘에 쓰러지고 말았다.

라미레스를 치료한 지 1시간이 지나서 세 명의 의료진이 쓰러졌다. 나머지 여덟 명은 경미하기는 했지만 같은 증상으로 힘겨워하고 있었다. 경련과 발작, 눈의 심한 염증, 그리고 부분적인 마비가 라미레스를 구하려는 그들을 급습했다. 한 시간 후 라미레스는 사망했다. 그러나 그녀를 데려왔을 때 의료진이 겪은 증상의 원인은 고사하고, 그녀의 사망 원인을 아는 사람은 아무도 없었다. 뭔가 신비스러운 것이 뛰어난 의료진에게 충격을 준 것이다.

그 의료진이 수사관들에게 수세적인 자세를 취했다면, 거기에는 합당한 이유가 있다. 왜냐하면 지금까지의 경과를 간단히 진술한다고 해서 이를 아무도 믿어주지 않을 것이기 때문이다. 의료진은 혈액에서 암모니아 냄새가 났다고 했지만, 하수구에서 나올 수 있는 습지 가스인 메탄일지도 모른다고 했다. 그 사건으로 몇 주 동안 입원해야 했던 의사 동료들은 집단 히스테리적 자극에서 자신을 보호하지 않을 수 없었다. 독성이 있는 혈액과 가스에 관한 이들의 이야기는 대중의 상상력을 사로잡았다. 그러나 이 사건은 그들의 명성에 오점을 남기게 되었다. 대중들은 커피를 생각하는 것만으로도 만족해하고, 제작진을 포함한 작가는 자신들의 이야기를 위한 도약점으로 이 사건을 이용했다지만, 오히려 병원 관계자들은 해답을 찾고 싶어했다.

원래 그러한 대답은 더디게 나온다. 우주인들이 입는 특수 옷을 입은 검시 팀이 라미레스의 사체를 거둬갔지만 보잘것 없는 논거가 개발되기 전까지 수많은 과학자들의 손을 탔다. 심지어는 지금도 한 국가의 정예 조사관들이 내놓은 최선의 가설을 지지할 필요가 있는 그 일련의 광란적 사건을 믿지 않는 사람이 있다. 『라미레스의 몸은 그 자체에서 신경 가스를 생산해 낸다.』

모든 것이 매우 유약한 피부로 덮여 있는 인간의 신체는 조직과 기관이 따로따로 존재하는 정교한 생태계다. 어디에서건 2~4의 범위를 유지하는 위의 수소이온 농도는 염산과 같다. 이 산은 문자 그대로 신체의 어떤 부분도 녹여버리는 물질이다. 그런데 라미레스의 예에서 산뜻하게 구분된 시스템이 깨져, 그녀의 신체는 코데인(codeine : 진통제), 타이레놀(Tylenol : 해열진통제), 리도케인(lidocaine), 티간(Tigan), 그리고 기타 화학요법에 사용된 독극물이 혼합되어 기이한 화학적 칵테일이 담긴 플라스크가 되어버렸던 것이다. 어떤 혼합의 경우에도 암모니아 파생물질, 니코틴아미드, 디멜틸 술폰(dimethyl sulfone : 마취제)의 세 가지가 첨가되지 않으면 그녀를 죽일 수 없다. 이것은, 결국 연구자들이 필요로 하는 실마리를 제공한 요소다.

라미레스의 치료에 관여한 모든 의료진에게도 책임이 있지만, 이 중병에 걸린 여성, 온갖 치료를 받은 여성도 책임을 면치 못할 것이다. 그녀도 민간요법에 의존해왔었다. 그녀는 디메틸 유황 성분이 담긴 젤을 피부에 문질렀던 것이다. 이것이 바로 의료진들이 발견한 기름성분이었다. 이 젤이 결국에는 그녀의 신체 기관을 떠다니는 다른 화학물질과 결합했을 것이다. 그녀에게 산소 마스크를 씌우지 않아 고농축의 산소가 첨가되지 않았다면, 그녀는 아직까지 살아 있을는지도 모른다. 이 때 디메틸 유황화물이 디메틸 술폰을 형성하고, 라미레스의 체온이 떨어짐에 따라 디메틸 황산염으로 변해 신경 가스를 생산해낸 것이다. 혈액을 채취한 병 안의 얼룩이 이를 증명하고 있다. 휘발성으로 열에 민감한 디메틸 횡신염 혼합물은 의료진이 라미레스의 높은 체온을 강하시켰을 때 냉각되어 주사 바늘 구멍을 통해 신체에 급속하게 흡수되었다. 주사기의 얼룩은 디메틸 술폰이 냉각되어 생긴 것이었다.

적어도 모든 사람이 관심을 갖고 노력하는 한 의문은 풀린다. 이 해답은 「얼렌메이어 플라스크」가 방영되고 나서 몇 개월이 지난 후 얻을 수 있었다. 그리고 「독성 연기(toxic fumes)」는 X파일 제작진의 고유한 지식 가운데 일부가 되었다.

▶ 미치 필레기(Mitch Pileggi : 월터 스키너(Walter Skinner) 역)가 출연한 극

Dangeruos Touch, 1994

Pointman, 1994

Trouble Shooters : Trapped Beneath the Earth, 1993

Basic Instinct, 1992

Night Visions, 1990

Brother in Arms, 1989

Shocker, 1989

Return of the Living Dead, Part II, 1988

Death Wish 4 : The Crackdown, 1987

Three O'Clock High, 1987

Three on a Match, 1987

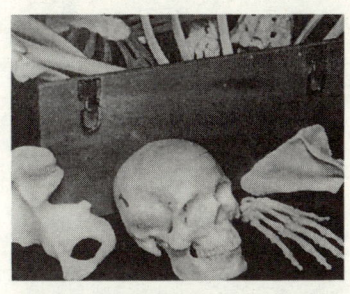

제 2 차 시리즈

내부 밀고자를 넘어서

개별 임무

암호명 : 녹색 인간(Little Green Men)

사건 개요

X파일은 종결되었다. 스컬리는 콴티코에 있다. 멀더는 풋내기 요원도 쉽게 처리할 수 있는 일을 하고 있다. 멀더가 프에르토리코로 달려갔을 때, 스컬리가 이내 그의 뒤를 쫓아간 것은 그리 놀랄 일이 아니다.

심층적 배경

보이저 호의 메시지

X파일을 줄곧 시청했던 사람들은 극이 시작할 때 나오는 영상과 배경음악을 잊기 힘들 것이다. 다소나마 시적인

> **목격자 진술**
>
> 믿고 싶었어요…. 그러나 그 도구는 이미 없어졌어요.
>
> —멀더, 「녹색 인간」에서

감각이 있는 사람은 이 일화의 처음에 나오는 풍자를 아마도 간파했을 것이다. X파일 부서가 폐쇄(멀더가 바라던 것이었는지도 모른다)된 후의 첫번째 일화에서는 이 행성(지구)에서 만들어진 것 중 가장 장대한 상징에 대한 독

백이 흘러나온다. 그것은 보이저(Voyager) 호의 메시지다.

1977년 보이저 1호와 보이저 2호가 발사되었을 때 금으로 코팅된 동판 레코드가 내구성 있는 알루미늄 재킷에 넣어져 함께 발사되었다. 거대한 대양에 던져진 작은 병이 된 셈이다. 상당한 조롱거리가 된 후에 이는 하나의 희망을 표현하는 것이 되었다. 즉 우리가 경외심과 호기심으로 바라보고 있는, 별들이 사는 이 우주에서 우리 인간만이 유일한 생명체가 아니었으면 하는 바람을 담고 있었던 것이다.

우리는 그 병 안에 무엇을 담아 보냈을까? 우리가 꾹꾹 채워넣을 수 있을 만큼 상당히 많은 지구의 역사와 문화를 담았던 것이다. 우주에 우리의 메시지를 전달해줄 최초의 멀티미디어판, 즉 12인치의 금속 조각은 칼 세이건(Carl Sagan) 박사와 그의 위원회가 설계했다. 불후의 작품을 만들 수 있는, 평생 단 한번뿐인 기회였다.

여기에는 우리 지구의 상세한 도로 지도뿐만 아니라, 우주에서도 이용할 수 있도록 완벽한 여행 안내서가 담겨 있는 100장 이상의 사진이 들어 있다. 분명 이 여행책자가 나그네를 사막에서 산맥으로 또는 타지마할에서 호주의 시드니 오페라 하우스 내지는 유엔 건물로 갑자기 옮겨놓거나, 터키의 노인을 미국 우주 비행사의 이웃으로 만들어 줄 수는 없다. 이들 영상은 한눈에 알 수 있도록 지구에서 가장 친근감을 느낄 수 있는 사진으로 구성되었다. 이들 사진은 맑은 밤하늘을 응시할 때 느끼는 현기증을 불러일으킨다.

이 특별한 레코드 판에서 느낄 수 있는 유일한 감각은 시각적인 것만은 아니다. 전 UN 사무총장인 쿠르트 발트하임(Kurt Waldheim)은 재직 기간 중 수천 번 연설했지만, 1977년 보이저에 실어보낸 것처럼 간결하고 함축적인 내용을 담고 있는 것은 없었다.

나는 우리 행성의 사람들을 위해 인사말을 대신한다. 우리는 우리의 태양계에서 우주에 발을 내디뎠다. 평화로운 접촉을 위해….

이 작은 병과 조우하게 될지도 모르는 사람들에게 인사말을 전하기 위해 전 세계에서 사용되는 54가지의 언어도 담았다. 55번째의 언어는 곱사등 모양을 한 고래의 울음 소리다. 이 소리는, 우리가 외계의 지적 생명체를 찾고 있다는 사실을 알리기 위해 수록된 것이다. 우리는 우리 행성에서 알려진 모든 것을 찾아내야만 한다.

이 소리들이 우주 공간으로 사라지면, 우리 환경에서는 매우 본질적인 소리가 우리가 들을 수 없는 소리로 바뀌어버린다. 눈을 지그시 감고 생각해보면 외계 문명이 이러한 소리를 무엇으로 이해할까 하는 의구심이 든다. 외계 문명이 모닥불 타는 소리, 지붕 위에 빗물 떨어지는 소리, 외로운 바람이 울부짖는 소리 등을 이해할 수 있을까? 아마도 아무 의미 없는 소음으로 여길 수도

해답

1. 멀더의 고기를 그녀가 먹어야만 한다고.
2. 매지션(The Magician).
3. 바흐의 브란덴부르크 협주곡 2번.
4. TRUSTNO1.
5. 멀더의 책상 위에 있는 시만다 사진의 얼굴에 포스트 잇을 붙이고, 그 사진을 엎어놓는다.
6. 워터게이트 호텔과 오피스 콤플렉스.
7. 앨링턴 국립묘지.
8. 스트래티고.
9. 리처드 닉슨(Richard Nixon).
10. Wiretap 5A21147.

점 수 : _____

있을 것이다. 그러나 음악은 우주의 언어라 하지 않았던가! 그래서 90분 간의 음악이 이 「보이저 호의 메시지」 맨 뒤쪽에 삽입되었다.

▶ 보이저 호에 담긴 곡

바흐의 브란덴부르크 협주곡 2번, 제1악장

「Kinds of Flowers」, 자바 섬 사람들의 가멜란 음악

세네갈 사람들의 타악기 음악

피그미족 소녀들의 전래 노래

호주의 호른과 토템 노래

「El Cascabel」, 로렌조 바르셀라타(Lorenzo Barcelata)

「Johnny B. Goode」, 척 베리(Chuck Berry)

뉴기니아 사람들의 영가

「Depicting the Cranes in Their Nest」

바흐의 바이올린을 위한 변주곡 제3번, Gavotte et Rondeaus.

모차르트의 마법의 플루트, Queen of the Night(아리아 제14번)

Chakrulo

페루인의 팬파이프(역주 pan pipe : 원시적 취주 악기의 일종) 음악

Melancholy Blues

아제르바이잔의 플루트 2중주

스트라빈스키, 봄의 의식 마지막 부분

바흐의 전주곡과 둔주곡 C장조의 1번, 「Well Tempered Clavier, Book Two」에서

베토벤의 제5 교향곡, 제1악장

불가리아 양치기 소녀의 노래. 「Izlel Delyo Hajdutin」

나바호 인디언의 저녁 영가

16, 17세기에 유행한 무도곡

멜라네시아인의 팬파이프 음악

페루 여성의 결혼식 노래

「Flowing Streams」, 중국 청대 음악

「Jaat Kahan Ho」, 인도 음악

「Dark Was the Night」

베토벤의 현악 4중주 13번, 「Cavatina」

▶ 보이저 호에 실린 언어

수메르어	미얀마어	이탈리아어	우크라이나어
아람어	네덜란드어	소도어	세르비아어
러시아어	힌디어	한국어	아모이 방언
불어	신할리즈어	중국어	텔루구어
케추아어	라틴어	스웨덴어	헝가리어
우르두어	펀잡어	히브루어	페르시아어
웨일스어	네탈리어	광둥어	루가나다어
엔구니어	니안자어	루마니아어	라자스탄어
우어	히타이트어	인도네시아어	오리야어
폴란드어	포르투갈어	벵갈어	체코어
구조라틸라어	아랍어	베트남어	마라디어
아카드어	스페인어	일어	
영어	독어	아르메니아어	
태국어	터키어	캐나다어	

▶ 보이저 호에 담긴 지구의 소리

고래	로켓	화산 활동	커피 단지	행성(음악)
파도	귀뚜라미	개구리	비	하이에나
코끼리	새	야생견	걸음걸이	심장 고동
침팬지	불	도구들	웃음	양 떼
철공소	애완견	못 치는 소리	트랙터	재봉틀
모스 부호	트럭	키스	자동 기어	선박
아기	생명신호(심전도,	새턴 5호 발사	2륜마차	제트기

4륜마차   뇌파도)   맥박   기차 경적

▶ 보이저 호에 담긴 사진

눈금 측정한 원	태양계 위상도
수학기호 정의	물리단위 정의
태양계 파라미터	태양
태양 스펙트럼	수성
화성	목성
지구	이집트, 홍해, 시나이 반도, 나일
화학 정의	DNA 구조
현미경으로 본 DNA 구조	세포와 세포분열
여덟 가지 동물의 해부 사진	인간 성(性) 기관
임신 과정	임신
수정란	태아 도해
태아	남성과 여성의 도해
수유하는 엄마	아버지와 딸(말레이시아)
어린이 집단	가족 도해
가족 사진	대륙 이동 도해
지구의 구조	헤론 섬(호주의 대형 암초 장벽)
해변	스네이크 강과 그랜드티턴
모래 무덤	모뉴먼트 밸리
버섯이 서식하는 숲	잎사귀
낙엽	세쿼이아 거목
눈발	수선목(daffodils)
꽃으로 날아드는 곤충	척추 동물문의 진화도
바다조개	돌고래
물고기 떼	청개구리
악어	독수리
물구멍	제인 구달과 침팬지
과테말라 사람들	부시맨
부시맨 스케치	발리 섬의 춤꾼

안데스 산지 소녀들

코끼리

개와 꽃을 안고 있는 노인

캐시 릭비

교실

목면 수확 장면

슈퍼마켓

그물을 친 고깃배

중국식 저녁 파티

만리장성

건설 장면(암만 지방)

가옥(뉴잉글랜드)

실내 인테리어

타지마할

보스턴

UN 건물, 밤

드릴을 들고 있는 장인

박물관

현미경을 들여다보는 여성

인도의 출퇴근 시간

금문교

비행 중인 비행기

님극 딤힘

우주 유영 중인 우주인

일몰 중 새가 날아가는 장면

타이탄 켄타우르 호 진수식

타일랜드의 장인

턱수염에 안경을 낀 노인(터키)

등반가

단거리 주자

야구 장갑을 낀 아이

포도를 따는 사람

다이버와 물고기들이 노니는 수중 장면

물고기 요리

핥고, 먹고, 마시는 시연 장면

집짓는 장면(아프리카)

가옥(아프리카)

현대 가옥(클라우드크로프트, 뉴멕시코)

악보와 바이올린(카바티나)

영국 도시(옥스퍼드)

UN 건물, 낮

시드니 오페라 하우스

공장 내부

손의 X레이 사진

아시아 거리 모습(파키스탄)

고속도로(이타카 지방)

기차

공황(토론토)

전파 망원경(웨스터보그, 네널란드)

전파 망원경(아레시보)

현악 4중주(이탈리아 4중주)

뉴턴의 저서 《System of the World》 표지

아레시보 관측소와 세티(seti)

「녹색 인간」에서 그려진, 황폐하고 이미 폐쇄된 관측소와는 달리 푸에르토리코의 아레시보 관측소는 매년 200명 이상의 과학자들을 맞이하는 곳이다. 이 곳에는 140명의 정규 직원들이 있다. 이 곳은 코넬 대학의 국립천문학 및 아이

오노스피어 센터의 주요 시설이다. 이 곳은 국립과학재단(NSF)이 운영하고 있는 국립연구센터 가운데 하나이며, 세계에서 가장 큰 전파탐지 망원경이 있는 곳이기도 하다. 그 크기는 지름이 30m에 달한다.

아레시보 관측소는 외계 지능체 탐사 프로젝트(Search for Extraterrestrial Intelligence Project : SETI)를 주관하고 있다. SETI는 1959년 시작됐는데 우주의 지능체를 찾는 데 극초단파 신호를 사용하기 위해 처음으로 조직되었다. SETI 추진 세력으로서 소비에트는 1960년대 내내 수십 개의 다중방향 안테나 초점을 우주의 별에 맞추고 극초단파를 발사하기 시작했다. 그러나 아무것도 찾지 못했다. 1988년 아레시보 관측소는 우주 주사(scanning)를 시작했다. 가장 야망적인 천문학 프로젝트의 서광이 비치기 시작했다. 총체적인 천체도를 그리고, 그 곳에 있을 누군가에게 전파를 발사했다.

1년 후 의회는 모든 기금을 중단했다.

오늘날 아레시보는 최고의 연구시설 역할을 해내고 있다.

SETI INSTITUTE

암호명 : 숙주(The Host)

사건 개요

X파일 부서의 폐쇄를 매우 유감스러워했던 멀더는 뉴저지 주에서 일어난 암흑가 형태의 살인 사건을 검토하기 시작한다. 운 좋게도 다소 전문적인 임무에 배속된 스컬리는, 방사능이 유출된 체르노빌에서 수입된——위협적인 돌연변이가 살인자를 만들어내는——기생충을 발견한다.

심층적 배경

체르노빌에서 무엇이 나왔는가

1986년 4월 전까지 「체르노빌」은 서구인들의 입에 오르내리는 지역은 아니었다. 소련에서도 이 지명은 프리피아트 강이 흐르는 우크라이나 지역과 그 농경 지역의 중심부에 건립된 레닌 핵 발전소로만 알려진 곳이었다. 1986년 4월 26일 오전 1시 21분까지 체르노빌에는 어떤 이상 징후도 없었다. 그 후 원자로가 터져 지옥의 문이 열린 것이었다.

체르노빌은 나쁜 쪽으로 유명해졌다. 폭발에 대한 구체적인 내용은 죽음의 방사능이 유럽을 가로질러 퍼지는 속도보다 더욱 더디게 알려졌다. 체르노빌의 원자로가 용해되어 발생한 방사능 양은 제2차 세계대전 당시 히로시마와 나가사키에 떨어진 원폭보다 30배 이상이었음에도 불구하고, 소련 정부는 일언반구 공식적인 발표조차 하지 않았다. 이러한 사실에 대해 스웨덴의 핵연구소가 전체적인 충격 상황을 파악하기 전까지 소련은 침묵으로 일관했다.

31명이 원자로 폭발로 인한 화염을 진화시키려다 그 날 아침 유명을 달리했다. 약 250명이 심각한 방사능 독성에 노출되었고, 그 이상의 사람이 서서히 죽음을 맞이했다. 농장에서는 수백 마리의 가축들이 1주일도 안 되어 죽었고, 수십만 명의 주민들이 「극도로 오염된 곳」에서 30km나 떨어진 지역으로 이주했지만, 방사능 재가 직접 떨어진 근접 지역에 살았던 200만 명의 주민들은 아직도 소비에트 정부가 진저리쳤던 오염 지역에서 살고 있다. 유럽 최북단 지역인 클라도니아의 순록과 이끼는 방사능 낙진 지역에 집중되어 있었다. 그리고 몇 년이 지나 그 지역 생명체의 중심을 이루었던 순록 떼는 하나둘씩 도살되었다.

어떻게 그런 일이 일어날 수 있었을까?

이 사건은 공장 운영에 관해 좀더 많은 것을 배우기 위해 기사들이 의도적으로 정교하게 안전 시스템을 피해가는, 허락받지 않은 실험을 실시하는 과정에서 발생했다. 누군가가 이것을 통제하기도 전에 4번 원자로가 과열되었으며, 원자로의 중수가 증기로 변했다. 산소와 수소가 분리되었을 때 가스 형태의 수소가 원자로의 흑연 감속제와 격렬하게 반응했다. 폭발로 원자로 뚜껑이 날아가 버리고, 방사능 파편이 대기를 뒤덮었다. 이를 막을 수 있는 봉쇄 건물은 전혀 없었다. 방사능 동위원소 세슘 137을 포함해 10%의 핵이 하늘을 떠다니고 있었다.

유럽 사람들은 이러한 사실을 며칠 지나서 알게
되었다. 거의 모든 대륙이 영향을 받고 있었던 것
이다. 북부 스칸디나비아에서 그리스의 남부 지역
까지, 러시아의 시베리아에서 영국에 이르기까지
죽음의 낙진은 바람을 타고 퍼져나갔다. 폭발지역
으로부터 2,000km 떨어진 지역에서도 엄청난 양
의 방사능 물질이 발견되었다.

설상가상으로 체르노빌에서 방출된 방사능 가운
데 5%만이 대기로 내려앉았다[1억 퀴리(역주)
curie : 방사성의 단위) 중 5,000만 퀴리만 가라앉은
것이다]. 따라서 최종적인 피해를 평가하는 것은
어렵다. 그러나 직접 관찰과 간접적인 추정에 근
거해 그 피해 상황을 최소한으로 평가한다면, 앞
으로 50년 이내에 원자로 폭발의 직접적인 영향으
로 인한 암과 유전자 결함으로 2만 8,000~10만
명의 사람들이 죽음을 맞이할 것이라고 한다.

X파일이 뉴저지 주 하수처리장과 포타 포티
(Porta Potti)에서 감염된 반인반흡충의 유액을 만
들어내기는 했지만, 실제로 이 돌연변이와 그 죽
음은 아직도 체르노빌의 주변에서 빌견된다. 오히
려 이는 더욱 정교하고 위협적이기까지 하다. 죽
음의 돌연변이 중 하나는 입이 없는 물고기다. 이
것들은 알이나 난황낭(yolk sac)에서 방출되자마자
떼죽음 당했고, 어미 새들은 품었던 알이 변형되
어 부화할 수 없게 되자 그 알 위에 앉아 굶어 죽
었다.

방사능에 노출될 수많은 생명체들에게 죽음이란

퀴즈 게임 26

쉬운 문제 : 각 1점
1. 공중위생원은 자신을 공격한 것이 무
   엇이라고 생각하는가?
2. 스컬리가 검시한 시체에서 발견한 것
   은?
3. 멀더를 이 사건에 배당한 사람은 누
   구인가?
4. X파일 부서가 폐쇄된 후 스컬리가 배
   속된 곳은?
5. 스컬리는 러시아 선박에서 일어난 사
   건과 존 도(John Doe)를 어떻게 연결
   시켰나?

어려운 문제 : 각 2점
6. 이 일화에서 멀더는 어떤 도청장치를
   작동시켰나?
7. 흡충의 유충은 신체의 어떤 부위에
   달라붙었는가?
8. 구급차에서 탈출한 후 플루크먼
   (Flukeman)은 어디에 숨었나?
9. 흡충은 프랭크의 몸에서 어떻게 빠져
   나왔나?
10. 플루크먼이 간단하게 육체로 탄생한
    곳은?

→ 해답은 p. 220

오히려 축복인 것처럼 보인다. 사고 후 봄이 되자, 죽지는 않았지만 고통스러운 상태가 되어버린 수백 종의 생명체를 볼 수 있었다. 한 연구 팀은 눈꺼풀이 없는 새끼 고양이가 애처롭게 울고 있는 것을 발견했다. 그 지역에서 떠나기를 거부한 어느 중년 부인은 악성 종양으로 죽었는데, 이는 4개월 전까지만 해도 그녀의 신체에서는 발견할 수 없던 것이었다. 최악의 사태는 갓 태어난 아이가 이 방사능에 직접 노출되어 불구가 되었다는 데 있다. 이 방사능 낙진이 떨어진 경로에는 1만 5,000명의 여성이 임신을 하고 있었다.

일부 팬들은 이 일화에 다소 멜로드라마적인 요소가 담겨 있음을 감지했을 것이다. 그렇지만 우리가 그간 쉽게 무시해왔던 위험을 생동감 있게 상기시키고 있는

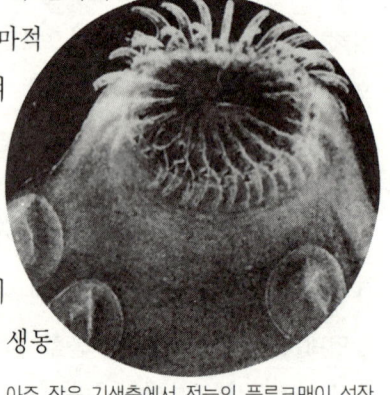

아주 작은 기생충에서 전능의 플루크맨이 성장한다.

각본에서 어떤 결점을 찾기가 그리 쉬운 일은 아닐 것이다. 그리고 이 일화는 우리에게 뭔가 깊이 생각해야 할 소재를 제공하고 있다.

방사능 역전 현상

은빛 내층을 띠지 않는 구름이 전혀 없다면, 체르노빌 사고로 인해 촉발된 괜찮은 현상은 아마도 핵 방사능에 노출된 희생자들을 치료할 수 있는 방법을 찾기 위한 연구가 가속화되었다는 것이다. 이러한 연구는 기적적으로 일부에서 진전을 보고 있다.

1. 체르노빌 희생자들에게 특별히 도움이 되는 것은 없지만, 원자력 발전소의 근로자들을 위해 방사선 조사(照射)를 사전에 관리하는 시스템과 방사능으로 인한 손상을 막을 수 있는 수많은 물질이 개발되어 있다. 분명히 이들 물질은 방사능을 발생시키는 뿌리를 제거함으로써 영양물과 산소를 위해 작용한다.

2. 쥐를 통한 실험 결과 갑상선 호르몬인 티록신은 방사능에 노출된 사람들의 치료과정에 도움을 줄 수 있다고 한다. 만약 그와 같이 자연적으로 생성되는 물질이 정말로 효과적이라면, 그 때는 더 이상 외부에서 합성된 물질을 투여하지 않고도 희생자들을 치료할 수 있을 것이다.

3. 방사능 감수성은 어느 정도 유전적 통제가 가능하다. 이러한 감수성은 동종의 쥐에서도 다르게 나타난다. 쥐들은 대체로 방사능에 내성을 띤다. 유전자 이식해법(즉 쥐의 세포를 사람에게 이식하는 것)은 윤리적 측면에서는 난제이지만, 아마도 유일한 희망일지도 모른다.

4. 방사능으로 인한 질병 치료가 모두 불가능한 것은 아니다. 골수이식은 초기에 실시할 경우 효과적이라고 한다. 수많은 체르노빌 희생자들에게는 이미 너무 늦었다지만, 그래도 이러한 방법을 사용함으로써 많은 성과를 보았다. 특히 젊은 이들에게서 말이다.

과거 회상 : 부국장 월터 스키너

월터 스키너(Walter Skinner) 부국장은 멀더에게 한때 자신도 멀더처럼 직업과 윤리라는 경계선에 서 있었노라고 말한 적이 있었다. 어떤 때에는 기회주의자라고 부를 수도 있고, 어떤 때에는 원칙을 고수하는 자라고 할 수도 있다. 스키너와 X파일 팀과의 관계는 어떤 식으로 표현하는 것이 적절할까?

당연히 일련의 명령은 이들 두 명의 완고한 X파일 팀 요원보다 한두 수 위에 자리한 스키너에게서 나온다. 그는 특별한 사건에서 스컬리와 멀더에게 공식적인 지원을 해줄 수 있지만, 이는 주어진 사건에 대해 FBI 권한의 정상적인 테두리 내에서 그들이 수행할 수 있는 최선의 노력을 손상시킬 수도 있다. 그의 지원이 있을지, 또는 없을지 예상하는 것은 불가능하다. 그는 「이매스큘래터(F. Emasculata)」에서 18명의 사람이 죽어가고 있는데, 이를 공식적으로 부인했다. 그러나 그는 「저승의 문」에서 비공식적인 조치를 취했다. 그의 동기야 어떻든 간에, 멀더와 스컬리는 법의 엄격한 문구에 구애받을 만큼 단순한 사람들은 아니다.

스키너의 직무 한계는 분명치 않다. X파일 부서가 일시적으로 폐쇄되었을 때 스키너는 명령은 상부에서 내려지고 있으며, 자신은 이것을 막을 방도가 없다는 사실을 멀더에게 밝혔다. 그러나 몇 달 내에 스키너가 그렇게 말한 것 이상의 일은 일어나지 않았고, 멀더와 스컬리는 원래의 임무로 복귀했다. 스키너는 멀더와 스컬리의 수사를 하루 아침에 날려버리는 것을 극구 반대했을까? 아니면 처음부터 X파일 부서를 폐쇄하려 했던 것인가? 그는 또한 멀더와 스컬리가 인식하고 있는 것보다 거대한 조직으로부터 이들을 보호하고 있는 것일까? 이것도 아니면, 그는 누구를 또는 무엇을 보호하고 있는 것일까?

그리고 수사국 외부에 있는 비밀의 인물들과는 어떤 관계를 맺고 있는가? 「저승의 문」에서 멀더는, 스키너가 아무 두려움없이 스모킹 맨의 소재를 찾을 수 있다고 생각하는 듯하다. 그러나 X파일 요원들에게 은밀한 영향을 미치고 있는 미스터 X는 스컬리에게처럼 스키너에게도 신비스럽게 나타나는 것 같다. 이 두 명의 강력한 인물의 배경에는 별개의 사람들이 있음을 강하게 함축하고 있는 듯하다.

일선에서 비밀리에 임무를 수행하는 멀더와 스컬리를 위해 어딘가에서 명령을 받은 사람들의 진술을 일소시키고 있는 스키너는 이 복잡한 고리에서 또 한 명의 불확실한 인물일 수 있었다. 동료, 상사, 심지어 외부 요원들이 그들보다도 더 많은 정보를 확보하고 있는 시나리오에서, 멀더와 스컬리는 내부 밀고자의 최종적인 조언과 아무도 믿지 말라는 충고를 받아들이지 않을 수 없었는지도 모른다. 심지어 멀더와 스컬리가 신뢰할 만한 사람들이라고 여기는 사람들까지도 말이다.

글렌 모건(Glen Morgan : X파일 작가)의 동생이자 「협잡」 일화의 작가인 다린 모건(Darin Morgan)은 실제로 이 일화의 플루크먼으로 데뷔했다. 그를 감쌌던, 특수효과를 위한 고무 옷은 신도 놀랄 만큼 정교하게 만들어진 창작물 중 하나였다고 전해진다.

암호명 : 유혈 살인(Blood)

사건 개요

자신들이 인위적으로 만들어낸 공포에 직면한 작은 마을의 주민들은 공포에서 탈출하기 위해 무슨 짓이든 벌일 것이다. 살인까지도 말이다. 서로 의견 —— 지방자치단체에서부터 연방 수준의 행정 당국을 포함해 —— 이 상충되는 멀더와 스컬리는 범인을 찾기 전에 가장 사소한 단서라도 걸러내야 한다. 이들 범인은 생경하기도 하겠지만, 우리에게 매우 친숙한 자일 수도 있다.

심층적 배경

병적인 공포 : 끝도 없는 두려움

자신들의 두려움을 완화하기 위해 사람까지 살해하는 공포증 환자는 없다지만 공포증은 분명 파괴적이다. 불행히도 너무 자기 파괴적이다. 1985년 마리아 콘수엘라 다블로스(Maria Consuella Dablos)는 자신의 아파트에서 죽은 채 발견되었다. 공식적인 사인은 아사(餓死)였다. 그러나 그녀는 델리에서 살고 있었다. 델리에는 어디를 가나 식품점이 있다. 그녀는 또한 가난하지도 않았다. 당시 그녀의 지갑에는 약 600달러나 들어 있었다. 신체적인 장애가 있는 것도 아니었다. 27세의 여성으로 완벽한 건강의 소유자였다. 검시를 하고 나서 검시관은 「그녀가 요절할 특별한 이유가 없음」을 알았다. 이 사건은 삭막한 도시에서 거의 잊혀져 갔다. 6년이 지나 행동심리학자인 마르샤 블레이크(Marcia Blake)가 다블로스 사건에 대해 자신의 의견을 표명했다. 『실질적인 사인은 굶주림이지만, 그 죽음에 책임이 있는 병리학적인 소견은 광장 공포증이다.』 다블로스는 자신의 아파트에 홀로 있을 때마다 느끼는 공포에 압도당하기보다는 굶어 죽기로 작심했다는 것이다.

거미를 무서워하는 사람들은 대개 노트나 파리채를 이용하거나 발로 밟아 죽이거나 화들짝 놀란다. 그러나 공포증 환자들의 애기는 좀 다르다. 어린 시절부터 거미에 대해 병적인 공포심을 지닌 찰스 베어스(Charles Vares)에게 학교 친구들이 축구 연습 전에 거미가 가득 담긴 양동이를 쏟아부어, 16세의 어린 하프백은 심장마비를 일으켜 더 이상 연습을 할 수 없었다. 결국 그는 축구 팀에서 탈락되었다.

기술적으로 말하자면, 공포증이란 특정 대상이나 상황에 대해 보이는 극도의 불합리한 두려움을 일컫는다. 공포증은 일종의 장애로서 삶에 방해가 되거나, 부정적인 방식으로 환자의 생활유형을 심각하게 변질시킨다. 공포증에 걸린 사람들이 모두 다 아사하는 것은 아니지만, 특정의 두려운 상황을 피하기 위해 극단적인 행동을 보일 수도 있다. 한 육군 대령은 지하 벙커에서 근무하는 것을 피하기 위해 세 번씩이나 진급을 거절했다.

대부분의 심리학자들은 공포증이 학습된 반응이라는 데 동의한다. 폐쇄된 공간을 두려워하는 사람은 그 공간을 하나의 함정으로 연상할 수도 있고, 하나의 작은 공간에서 발생했던 다양한 사고와 자신이 처한 공간을 완벽하게 동일한 것으로 연결시키기도 하고, 탄생에 대한 두려움을 경험할 수도 있다.

공포증은 두려움을 일으킨 원래의 대상이나 사건 그 자체가 잊혀진 후에도 전이적 과정으로서 오랫동안 계속 존재할 수 있다. 심리학자들은 물에 대해 두려워하는 클레어 볼트(Claire Bolt) 사건을 추적했는데, 그 원인은 뜨거운 물에 데인 사고였다. 볼트가 어린 시절 최초로 경험한 두려움은 뜨거운 물질이었다. 성장함에 따라 그녀는 주변의 화염, 스토브, 파마 기구, 기타 뜨거운 것에는 전혀 개의치 않았으나 샤워를 할 때마다 두려움이 깊어만 갔다. 샤워할 때 두려움을 느끼는 이유를 이해할 수 없었던 볼트에게는 더더욱 그 두려움이 증폭되었다. 어째서 한 컵의 물, 접시에 담긴 물, 바다의 풍경이 그녀를 두려움에 휩싸이게 했는가? 그녀는 여느 공포증 환자와 같이 이 문제를 해결하는 데 남의 도움을 원치 않았다. 불행히도 이 공포증에 대해 적절한 치료를 받지 못한 그녀는 더욱 악화되어갔다. 이런 환자 중 70%는 대개 적절한 치료를 받지 못한다.

처음에 볼트는 자기 의지대로 물을 다룰 수 있었다. 그녀는 나무랄 데 없이 깔끔했다. 분명 목욕을 거른다든지 설거지를 며칠씩이나 미룬다든지 하는 사람은 아니었다. 그러나 시간이 지남에 따라 두려움에 대한 실질적인 증상은 악화되어갔다. 그녀는 해변가를 운전하며 지나칠 때 호흡이 가빠짐을 느꼈다. 그리고 출근을 위해 꼭 건너야 할 다리도 건널 수 없었다. 그녀는 마침내 자신의 생리대가 떨어졌을 때, 수십 차례나 지가해 질책을 받았을 때, 그녀의 부엌이 건강상 위험수위에 도달했을 때, 그녀가 화창한 일요일에 구원받을 필요성을 느꼈을 때, 다리의 한 가운데서 오도가도 못했을 때 도움을 청했다. 볼트는 물만 두려워했던 것이 아니었다. 그녀는 자신의 두려움에 대해 자신이 처신하고 있는 실제적인 반응에 대해서도 두려워했다.

두려움에 대한 두려움이 병적 두려움에서 더 큰 부분을 차지했다. 행동치료는 이러한 공포증을 극복하는 데 매우 효과적이다. 행동치료에서 환자들

쉬운 문제 : 각 1점

1. 메시지를 보낸 것으로 여겨지는 기계 장치 두 가지를 거명하라.
2. 소년 시절 야구 팀에서 멀더가 맡은 위치는?
3. 우체국 직원은 어떤 공포증을 갖고 있나?
4. 우체국 직원의 이름은?
5. 이 일화에서는 몇 명의 「고독한 총잡이」가 등장하는가?

어려운 문제 : 각 2점

6. 고독한 총잡이가 파리의 등에 부착되었다고 말한 감시장치는 어떤 것인가?
7. 멀더는 〈고독한 총잡이〉 8월호를 어떤 잡지를 읽느라 못 보았는데, 그 잡지 이름은?
8. 멀더가 고독한 총잡이에게서 빌린 장비 목록은?
9. 멀더의 핸드폰에는 무엇이 표시되었나?
10. 우체국의 동료들은 얼마나 많은 돈을 모았나?

은 자신들이 두려워하는 항목에 단계적으로 노출된다. 자신들이 두려워하고 있다는 사실을 알고 있으면서도 의지로 버틴다. 이들은 「안전한」 방법으로 자신들의 두려움을 대한다. 두려움에 대한 두려움은 단계적으로 감소되고, 환자와 심리학자는 그 두려움의 대상과 사건을 직접적으로 다룰 수 있게 된다. 만약 그 두려움이 뭔가 다른 것으로 전이된다면, 볼트의 경우에서처럼 이러한 전이적 두려움도 치료를 받아야 한다. 이러한 방식으로 두려워하는 상황, 즉 두려움에 대한 경험과 그러한 상황을 회피하고자 하는 것 사이의 강한 연결고리가 깨지고 다소 잘못 적용된 반응이 대체된다.

동전의 다른 측면 : 병적 애호

자연은 진공을 혐오하지만 균형을 사랑한다는 개념은 병적인 애호증이 존재함으로써 나온 말이다. 공포증과 같이 이것은 어떤 품목이나 상황을 병적으로 좋아하는 것을 일컫는다. 그러나 이는 긍정적인 것이다. 예를 들어보면 바이오피리아(biophiliac)란 생명체에 대한 강렬한 사랑을 담고 있는 말이다. 이것이 심각하다거나 문제처럼 들리지 않을 수 있겠지만, 이러한 사람들은 엄청 많다.

캐리 베노이트(Carrie Benoit)는 8년 동안 직장을 다녔다. 그리고 그녀가 이상적인 직업을 찾기까지는 수십 차례의 해고를 겪었다. 그녀의 최종 직업은 수목 관리인이었다. 『저는, 제가 주변에 녹색의 푸르름 없이 지내왔다는 사실이 얼마나 불행한 인생이었는지 깨닫지 못했어요.』베노이트는 과거에 자신이 해고당했던 상황을 직시할 수 있게 되었다. 그녀는 지방 고용촉진국에서 더할 나위 없는 행복을 누리고 있다. 최근 이 곳에 있는 전형적인 공공시설의 단조로움은 「녹색」으로 멋지게 치장되었다.

해답

1. 다음 중 두 개를 고르시오. 우편번호 장치, 엘리베이터, 현금자동지급기, 엔진 진단 장치, 맥로버트(McRobert) 여사의 자동차 안에 부착된 디지털 시계, 극초단파 표시기, TV, 버스 미터기, 이동전화기. 멀더의 보고에 따르면 호출기, 핸드폰, 디지털 가스 펌프 표시기가 카메라가 잡히지 않은 곳에서 파괴되었다.

2. 우익수.

3. 피에 대한 두려움(hemophobia).

4. 에드워드 펀시(Edward Funsch).

5. 세 명.

6. 마이크로 비디오 카메라. 특히 CCDTH21-38 광섬유 렌즈 마이크로 비디오 카메라.

7. 〈셀러브리티 스킨(Celebrity Skin)〉.

8. 야시경.

9. 『상황 완료. 안녕.(All Done, Bye-bye.)』

10. 100달러.

점 수 : _____

사건번호 : X-2.04-100794

암호명 : 수면 불능(Sleepless)

사건 개요

요원들의 불면과 베트남에서의 사망률이 다른 특수부대를 합친 것보다 높았던 특수침투 분대를 조사하면서 멀더는 그 분대원 중 한 사람이 배반했음을 알았다. 새 파트너 크라이첵은 줄곧 멀더의 뒤를 쫓아다녔지만 그는 멀더의 이론을 방해한다. 멀더는, 그 살인범은 생각만으로도 사람들을 살해할 수 있는 인물이라는 이론을 전개한다. 멀더는 살인범을 잡기 전에 이 새로운 파트너에게 마음의 문을 열어야 할까?

심층적 배경

잠을 청하라

우리의 생체기관에 맡겨두면 인간은 평생의 3분의 1을 잠으로 보낸다. 만약 그럴 수 없다면 우리는 심술쟁이가 된다. 한 마디로 모든 일에 불평하고 짜증을 내게 된다. 그리고 하루 20시간 이상 잠을 자는 게으름뱅이들은 더더욱 빨리 수면부족의 고통을 호소한다. 수면을 제거하면 인간은 신체감각에서 수면을 갈망하기 시작한다. 그 욕망은 통제할 수 없을 정도로 강력하며, 우리는 이내 골아떨어진다. 대다수의 사람들은 정도의 차이는 있지만 일정량의 수면을 취한다. 당신은 어느 정도 잠을 자는가? 짧은 수면 시간에서 깨어나기 위해 자명종 시계를 맞춰놓는다, 오후에 졸고 있는 자신을 발견한다, 잠자리에 눕자마자 골아떨어진다, 또는 그다지 힘든 하루를 보내지 않았는데도 코를 곤다. 아마도 우리는 이러한 모습을 보이며 살고 있을 것이다. 대다수의 수면 연구에 따르면 성인은 8시간 이상, 9시간에 가까운 수면을 필요로 한다. 1주일 동안 부족한 수면을 일요일 늦게까지 보충하는 것은 그리 바람직한 방법은 아니라 한다.

우리가 그만큼의 수면을 취하는 데는 그에 합당한 이유가 있다. 그 이유를 찾기는 그리 어렵지 않다. 며칠 동안 잠을 자지 않으면 우리의 건강상태가 얼마나 저하되는지 점검해보면 알게 된다. 정신과 신체 상태의 변화를 모니터함으로써 우리의 총체적인 건강과 행복에서 수면의 효과를 분리해내는 것은 가능하다.

이것은 이미 행해지고 있는 방법이다.

수면 박탈이 신체적·정서적 변화를

> **목격자 증언**
>
> 검시보고서에는 43군데의 내부 출혈과 골격의 파손이 있는 걸로 나와 있습니다.
> 이것이 동시에 일어나지 않았다는 것이 놀랍군요! 외상은 전혀 발견된 바 없답니다.
> —크라이첵, 「수면 불능」에서

동반히는 것은 당연하다. 그러니 아직 해결되지 않은 좀더 큰 문제가 남는다. 수면이 부족하면 실질적으로도 인체에 해가 될까? 지적·정서적 손상을 입히는 지점까지 우리의 균형감각을 잃게 만들까? 우리의 생화학이 매우 불안정해져 신체를 해칠 수 있을까? 수면부족은 실제로 해로운 것인가?

수면 박탈로 인한 최초의 증상은 피로다. 이것은 지속적으로 조명이 비치는 환경에서 지속적으로 살고 있는 도시 주민들에게 자주 발견되는 증상으로, 지방에 거주하는 사람들보다 수면을 적게 취하기 때문에 나타난다. 또 다른 증상은 다소 미묘하고 위험스러운 것인데, 왜곡된 창의력과 집중력·면역력의 감퇴, 손떨림, 초조, 종종 업무수행시 그릇된 판단을 하는 것 등이다. 트럭 운전사나 항공 관제소 요원들에게는 이러한 증상이 파괴적인 영향을 미칠 수 있다. 엑슨(Exxon)사의 발데스 기름유출 사고, 스리 마일 섬 (Three Mile Island)의 핵방사능 사고 등 인재(人災) 가운데 약 70%는 야근을 하면서 기사들이 졸다가 일어난 것이다.

> X파일의 여러 일화에 등장하는 지명은 대개 실명이지만 이 일화는 그렇지 않다. 뉴저지 주 전역을 배회하다 보면 이스트오렌지, 웨스트오렌지 등 다양한 오렌지 지역을 발견할 수 있을 것이다. 그런데 노스오렌지는 눈을 씻고 찾아보아도 없다. 물론 뉴어크카운티(Newark County)도 없다.

그러나 상당히 높은 동기가 부여된 업무 중에는 수면 박탈이 있어도 거의 영향을 받지 않는 것도 있다. 17세의 랜디 가드너(Randy Gardner)는 11일 동안 잠을 자지 않아 이 분야의 기네스북에 올랐다. 그는 내내 움직여야 했다. 그럼에도 불구하고 마지막 날 가드너는 연구자들과의 핀볼 게임에서 100번이나 승리를 거두었다. 그 후 그는 15시간 동안 잠을 청하고 깨어났다.

드문 경우이긴 하지만 뇌에 질병이 있는 사람들은 수면능력을 상실한다. 그 결과 재앙이 발생한다. 52세의 한 남자는 점차 심각한 피로, 불안정, 방향감각 상실, 실금(失禁)을 경험했다. 그는 종종 꿈과 같은 황홀경에 빠지기도 했다. 그러나 이 때에도 수면상태의 뇌파가 감지되지는 않았다. 9개월 후 그는 수면을 취할 수 없었으며, 결국 사망했다.

왜 우리는 수면을 취해야 하는가? 우리는 거의 이 물음에 정확히 답변할 수 없다. 아마도 수면이 신체조직, 특히 일상활동에서 자주 손상을 입는 뇌조직을 회복시키리라는 추정만 할 뿐이다. 몸 전체 중에서 뇌만이 피로감과 고통을 느끼지 못한다. 그리고 뇌는 근육처럼 화학적인 피로만을 느낄 수 있다.

수면은 또한 성장과정에도 큰 역할을 한다. 숙면을 취하는 동안 뇌하수체는 성장 호르몬을 방출한다. 성인이 되면 이러한 호르몬은 적게 생성되고,

숙면을 취하는 시간이 그만큼 줄어든다. 게다가 수면 중 체온이 떨어지는 이유는 낮의 활동을 위해 에너지를 보전하기 위한 것이다.

정말로「수면 불능」에서처럼 섬뜩한 측면이라고 할 수 있는 것은 수면 부족에 대한 사전 지식을 갖추지 않고 군 요원들을 위험에 빠뜨렸던 방법을 상기하는 일이다. 에이전트 오렌지에서 걸프전 신드롬에까지 연구소의 생체실험 대상자로서 고용계약서에 서명할 때 느끼는 두려움은 극히 자연스러운 것이다.

> 약 10%의 인구에게 10일 중 5일 간 수면을 박탈하면 환각증세를 보일 것이다. 연구자들은 이들에게서 나타나는 기이한 행동을 확인하겠지만, 이러한 환각증세의 원인이 무엇인지는 딱히 말할 수 없을 것이다. 그러나 이 일화에서 보여주듯 화학적 불균형이 일종의 신경증과 연관되어 있을 가능성은 있다.

▶ 악몽의 주관자

수면과 관련된 두려운 경험을 뭉뚱거려 악몽이라 칭한다. 그러나 전문적인 수면 치료사들은 악몽을 구별해 생각한다.

가위눌림(incubus) 성인들이 주로 꾸는 가장 일반적인 악몽. 가슴을 무겁게 짓누르는 느낌으로, 숙면에서 깨어나면 두려움에 휩싸이지만 꿈에 대해 생각나는 것은 전혀 없다.

야경증〔夜警症 : night terrors(pavor nocturnus)〕 어린아이에게 주로 발견된다. 델타파를 내는 수면 중에 갑자기 비명을 지르며 깬다. 아이들은 공포로 벌떡 일어나 앉는다. 앞뒤 맞지 않는 말을 듣고 이 아이들을 위로할 수도 없다. 그리고 나서 아이들은 다시 골아떨어진다. 가끔은 놀란다거나 중간에 깨는 일도 없다. 꿈을 기억해내지 못하며, 자신이 했던 행동도 아침이 되면 모두 잊어버린다.

무서운 꿈(anxiety dreams) 대부분 렘 수면(rapid eye movement : REM) 상태에서 꾼다. 이러한 꿈은 우리들이 기억할 수 있다. 이런 유형의 꿈은 우리가 전기 스위치를 찾기 위해, 또는 다시 똑같은 꿈을 꾸지 않으려고 깨어 있고 싶어하는 꿈이다. 이러한 꿈은 겁 많은 사람에게만 국한되지는 않는다. 수면 전문가들은 꿈을 꾸는 것은 차분하고 원만한 성격의 사람들에게도 필수적인 것이라고 말하고 있다.

▶ 꿈의 상징

일부 수면 전문가들은 꿈을, 우리에게 깊이 감추어진 공포와 욕망을 보편적이고 상징적으로 표현하는 것으로서 여기고 있다. 대부분의 꿈의 상징은 동물이나 신화적 피조물이다. 가장 일반적인 상징과 그에 대응하는 연상물은 다음과 같다.

새 : 꿈을 꾸고 있음

황소 : 성(sex)

고양이 : 은폐된 것

까마귀 : 악의 징조

용 : 힘, 마술, 영원

꽃 : 결혼

정원 : 출산

호박벌 : 명성

말 : 성

괴물 : 두려움

거미 : 지혜

두꺼비 : 변화, 변질

늑대 : 죽음

고대 바빌론 사람들은 아마도 가장 조직화된 몽상가(dreamer)였을 것이다. 이들은 자신들이 꾸었던 꿈을 내용과 유형에 따라 분류하고 색인까지

달았다. 그리고 종종 이러한 기록을 평생 몸에 지니고 다녔다. 바빌론 전통에 따르면 아이들에게는 산수와 문학 수업에 쓰이는, 기본이 되는 다섯 가지 수면 유형이 있다.

- 꿈(dream) : 상징적이고 신비적이다. 해석이 필요하다.
- 몽상(vision) : 미래 사건에 대한 정확한 설명.
- 신비적인 꿈(oracular dream) : 향후 다가올 일에 대한 메시지.
- 불면(insomnium) : 일상적인 꿈, 별로 중요하지 않다.
- 환영(phantasm) : 악몽의 유형, 초자연적이다.

암호명 : 듀언 배리(Duane Barry)

사건 개요

호기심을 자아내는 병력의 소유자인 전 FBI 요원이 정신병원을 탈출했을 때(자신이 외계인의 피랍자였다는 것을 주장하면서 주치의와 여행사 직원 세 명을 인질로 삼고서), 정신병자 범죄 전문가 멀더가 소환되었다. 인질사 건 담당 팀의 경고에도 불구하고 멀더는 「배리의 환상」을 곧 받아들였다. 스컬리는 여전히 콴티코에 있었지만, 150년 전의 「피니어스 게이지 (Phineas Gage)」 사건에서 배리의 기이한 행동에 대한 해결의 실마리를 찾 았다고 생각한다.

심층적 배경

이상한 피니어스 게이지 사건

제2차 세계대전 중 비인간적인 조건 아래에서 수행된 연구는 차치하고라 도 인간 두뇌 연구에 대한 진보는 매우 더디게 진행되고 있다. 오늘날에도 배리가 입은 총상과 같은 뇌손상은 의학적으로도 신비에 싸여 있다. 기본적인 질문에 대한 연구조차 이에 답하는 데 필요한 수많은 실험을 통해 실험 대상들이 식물인간으로 되었음을 확인시켜주고 있기 때문에 단순히 실시할 수만은 없다. 따라서 게이지와 같은 사건이 발생하면 신경외과 의사들은 완벽한 회복에 최선의 희망을 걸 뿐이다. 그러나 솔직히 결과를 지켜보는 일이 더욱 흥미로운 것은 사실이다.

1848년 어느 날 오후, 25세의 철도 노동자 게이지는 버몬트의 캐번디시에 있는 루틀랜드 앤드 벌링턴 철도에서 일하고 있었다. 그는 암반 폭파를 서두르기 위해 철봉으로 구멍에 폭약을 다져 넣고 있었다. 이 때 폭약이 터져 그가 사용하던 철봉이 튀어 올라 왼쪽 뺨

을 관통해 두개골 위에 박혔다. 그 철봉은 120cm의 길이에 지름은 2.5cm 정도였다. 그의 전두엽은 심한 손상을 입었다.

그는 머리에 철봉의 일부분을 박은 채 여생을 보내야 했다. 게이지는 앉거나 말할 수도 있었고, 상처가 나은 후 다시 일도 했다. 그는 신체적으로 불구가 되지도 않았으며, 감각기관도 전혀 손상을 입지 않았다. 심지어 그의 정

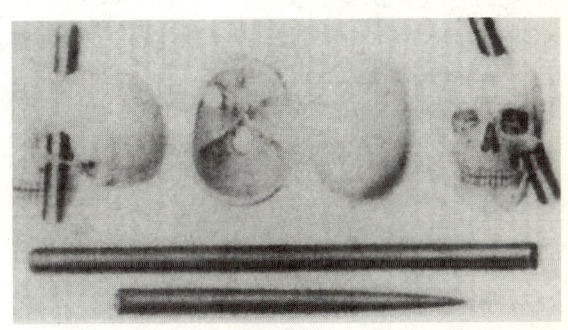

게이지가 평생 지니고 다녔던 철봉

신력과 기억력도 전혀 상하지 않았다. 그러나 그의 인성은 달랐다. 과거의 그는 상냥하고, 사근사근한 사람이었다. 그러나 사고 후에는 항상 초조해했고, 욕을 입에 달고 다녔고, 변덕스러운 사람이 되어 직장도 잃어, 인력시장에서 하루살이 삶으로 인생을 마감했다. 그의 친구에 따르면 게이지는 『신이 주신 게이지가 아니었다』고 한다.

퀴즈게임 29

쉬운 문제 : 각 1점

1. 멀더는 어째서 이 사건을 맡게 되었나?

2. 루시 캐즈딘(Rucy Kadzin) 요원은 크라이첵에게 무엇을 요청했나?

3. 배리는 어디에서 인질을 확보했나?

4. 배리가 정신병원에 수용되기 전의 직업은?

5. 배리는 외계인이 자신에게 어떤 짓을 했다고 주장했다. 그것은 무엇인가?

어려운 문제 : 각 2점

6. 배리가 감금되어 치료받은 곳은?

7. 배리가 납치한 정신과 의사의 이름은?

8. 멀더가 도착했을 때 배리는 몇 명의 인질을 볼모로 하고 있었나?

9. 스컬리가 배리와 비교한 유명한 의학적 주제는?

10. 인질들이 잡힌 곳에 멀더는 어떤 정보장치를 지니고 들어갔나?

주치의 할로(Harlow) 박사는 그러한 상처가 게이지의 행동에 미친 영향을 다음과 같이 기술하고 있다.

그의 신체적 상태는 양호하다. 그리고 나 또한 그가 회복되었다고 말하고 싶다. 그는 머리의 통증을 느끼지 않았다. 그러나 뭔가 형용할 수 없는 기이한 느낌이었다 한다. 그는 변덕스러웠고, 불경스러웠다. 종종 입에 담을 수 없는 심한 욕을 해대곤 했다. 동료에게는 전혀 예의를 갖추지 않고 말했으며, 그의 욕망과 충돌을 일으키는 제약이나 충고를 참지 못했다. 때에 따라서는 지나치게 완고한 면을 보였지만 여전히 변덕스러웠고 우유부단했다. 그는 미래를 위해 수많은 것을 설계했지만 곧바로 포기해버렸다.

CIA 소사

CIA는 OSS(Office of Strategic Services)의 서자로 1947년 출범했다. 이 OSS는 전시에 활발한 활동을 펼쳤으나 평화시에는 부적절한 조직이었다. 그 결과 생겨난 것이 CIA다. CIA는 주로 미 정부의 첩보와 반첩보를 염두에 두고 만들어진 조직이다.

이 명칭 중 「중앙(central)」이라는 단어는 이 기관이 가장 중요한 것임을 암시하고 있는 말이다. 전쟁 전이나 전쟁 중의 첩보 노력은 14개에 달하는 다양한 정보기관의 원조로 이루어졌다. 우리 민간인들이 알고 있는 정보기관인 육군, 해군, FBI 등등을 포함해서 말이다. 말할 필요도 없이 엄청나게 많은 조직이 정보수집 업무에 종사했다. 당연히 이들의 정보활동은 중복되는 것이 허다했다. 좀더 놀라운 것은 정보기관 간에 서로 경쟁했을 뿐만 아니라, 거의 의견교환을 하지 않았다는 점이다. 이것은 왼손이 하는 일을 오른손이 모르게 하라는 융통성 없는 행태였다. 종종 거짓으로 조작된 난처한 상황이 벌어지기도 했는데, 이는 다른 기관의 작전을 적의 것으로 오인하고 그릇된 수사를 한 데서 비롯된 것이다.

1942년 프랭클린 루스벨트(Franklin D. Roosevelt)는 OSS를 창설했다. 단일기관이 분산된 정보를 관리하도록 할 목적에서였다. 그리고 OSS의 책임자로 와일드 빌(Wild Bill)이라는 별명을 갖고 있는 윌리엄 도노반(William J. Donovan)을 임명했다. 그 후 3년 간 OSS는 해외에서 미군이 작전을 펴고 있는 곳이면 어디든지 정보를 수집하고 분석했다. OSS는 적군 지역에서 첩보요원을 통해 정보를 수집했다. 그리고 역선전과 역정보 작전을 수행했으며, 적의 후방 지역에서 태업, 폭동, 그리고 레지스탕스를 지원하고 그들에게 지시를 내리는 등 특별작전을 수행했다.

도노반은 다소 괴상한 성격의 소유자였지만, 이것은 OSS를 다스리는 그의 능력에는 하등의 문제가 되지 않았다. 사실 이러한 그의 성격이 OSS 작전에서의 미숙함을 극복할 수 있게 하는 결정적인 요소가 되었던 것이다. 도노반 휘하의 이 조직에서는 한때 최고 1만 2,000명의 직원이 일한 적도 있었다.

해리 트루먼(Harry S. Truman) 대통령은 좀더 효율적이고 공조적인 정보활동을 위해 1945년 OSS를 해체했다. 이듬해 그는 중앙정보부(Central Intelligence Group)와 국가정보국(National Intelligence Agency)을 설립했다. OSS의 요원 중 많은 사람들이 재차 고용되었지만, 육·해·공 3군은 이들 조직과는 별도로 정보활동을 펼쳐나갔다.

1947년 의회는 국가안보회의(National Security Council : NSC)를 창설하고, 그 방침으로 NSC의 감독하에 CIA가 국가안보에 관한 모든 기능을 수행하도록 만들었다. CIA 부장에는 도노반처럼 불 같은 성격의 소유자도 없었고, FBI의 후버처럼 독선적인 사람도 없었다. 오히려 다양한 성품의 사람들이 그 자리에 앉았다. 군 출신 인사, 외교관, 그리고 소수이기는 했지만 CIA 내부에서 승진한 사람도 있었다.

CIA는 주요 활동영역에 따라 4개 분과로 조직되었다.

1. 정보부(Intelligence)는 비밀정보원과 첩보작전, 항공 및 위성사진 촬영 등의 비밀활동에서 확보한 정보를 분석하고 분류한다(이 자료는 외부 과학자들도 사용할 수 있다). 또한 라디오, TV, 그리고 여러 형태의 통신 교신을 가로챈다. 이 정보는 게시판, 보고서로 작성·회람되고 철저한 조사가 이루어진다.

2. 작전부(Operations)는 은밀한 정보수집(첩보활동)과 특별 비밀활동을 포함하는 모든 비밀작전에 직접적인 책임을 지고 있다. 그러나 그 활동 범위에는 한계가 없다.

3. 종종 제임스 본드에서의 Q와 비교되는 과학기술부는 과학적·기술적 진보를 확인하고, 정보요원들이 사용하는 기계장치를 개발하며, 정보부 작전에서 과학적·기술적인 지원을 제공한다.

4. 관리부는 정보부뿐만 아니라 과거 OSS의 자료를 포함해 모든 관리적인 측면을 다룬다. 인사 및 시설 보안, 그리고 정보(내부 보안)에 직접

적인 책임을 지고 있다. 이들 자료에는 다른 나라에서 망명한 사람들에 관한 자료도 포함되어 있다.

비밀활동은 말 그대로 비밀활동일 수 있다. 가끔씩 「외교적」 기능의 일부분으로서 공개적으로 수행되기도 하지만, 정보 서비스업 또는 기업체로 위장해 작전을 수행한다. 또는 정보부는 여행을 하는 기업인, 여행객, 기자들이 정보부의 관심 지역에서 돌아오면 그 지역에 관한 애기를 듣기도 한다.

일부 CIA의 작전은 다른 조직에 비해 좀더 성공적인 성과를 거두었다. CIA는 이란 국왕을 복권시켰으며, 모하마드 모사데크(역주 Mohammad Mosadeq : 1880~1967, 이란의 정치가)를 추방했다. 정보부는 비우호적인 국가인 과테말라를 불안정한 상태에 빠뜨려 미국 정책에 좀더 순종하도록 만들었다. 그러나 쿠바의 피그스 만 사건은 두말 할 나위 없는 재난이었다. CIA의 워터게이트 사건 연루는 미국 정부의 위신에 먹칠을 하는 꼴이 되었다.

소련의 KGB와는 달리 CIA는 해외에서의 정보 및 반정보활동이라는 최초의 법률에 제한을 받는다. KGB는 자국 내에서 수많은 정보수집 활동과 정책기능을 담당했었다. 이러한 점이 CIA가 몹시 탐내는 부분이다. 첩보작전과 반첩보작전이 성공하려면 어느 정도의 비밀이 보장되어야 한다. 그리고 종종 CIA는 「안보」라는 미명 아래 그 법적인 한계를 넘기도 한다. 개방된 사회에서는 이들의 외유가 눈에 띈다. 국민과 신문, 그리고 정부의 감시의 눈은 이들의 활동을 눈감아주지 않는다. 그래서 CIA는 대체로 자신들의 경계영역 안에서 활동한다.

암호명 : 승천(Ascension)

사건 개요

　모든 요원들이 느끼는 악몽과 같은 것은, 어려움에 처해 있는 동료 요원을 위해 할 수 있는 일이 아무것도 없을 때다. 신뢰를 좀체로 얻기 힘든 멀더에게는 더욱 그렇다. 스컬리의 실종. 누가 그녀를 찾을 수 있도록 도울 것인가? 멀더의 새 파트너? 멀더의 활동일정을 알고 있는 상관? 그의 외부 접촉자? 멀더가 이것을 알게 될 때쯤이면 당신도 알게 된다.

심층적 배경

스턴트 : 그 한 장면

　모든 배우들이 육체적으로나 정신적으로 자신의 스턴트 연기를 해낼 수 있다면, 이와 관련된 다양한 직업과 사람들이 사라질 것이다. 그 한 사람의 배우와 스턴트 연기자를 위해 이중의 장비를 갖출 필요도 없을 것이고, 각기 다른 필름을 매끄럽게 연결하기 위해 세세한 부분까지 편집하는 데 시간을 허비할 일도 없을 것이며, 당혹스러운 연속성의 오류를 확인하기 위해 신경을 곤두세우며 화면을 쳐다볼 필요도 없을 것이다.

그러나 고도로 훈련된 스턴트 대역 배우 같은 기술을 지니고 있는 배우도 없거니와, 대본에서 요구하는 스턴트를 수행할 수 있는 자질을 갖춘 배우도 드물다. 배우들이 새롭고 어려운 일련의 기술을 자신들의 연기에 담아내기 위해 부상을 감내하려 하는 이유는 무엇인가? 이유는 가지각색이다. 예를 들어, 커트 러셀(Kurt Russell)이라는 배우는 스턴트 연기를 도전삼아 하는 천부적인 운동가다. 어떤 배우들은 타고난 수줍음을 극복하고 이러한 연기를 해내기도 하고, 어떤 사람들은 특정의 두려움을 극복하려고 스턴트 연기를 하기도 한다. 버스터 키턴(Buster Keaton), 실베스터 스탤론(Sylvester Stallone), 알렉산더 구도노프(Alexander Gudonov)는 연기를 멋지게 하는 배우이면서, 동시에 위험한 연기도 멋지게 해내는 스턴트맨이다. 그리고 이들은 고소 공포증, 불에 대한 공포증, 추락에 대한 공포증을 갖고 있는 배우이기도 하다.

『어째서 스턴트 연기를 직접 하는가?』라는 질문을 받았을 때 듀코브니는 가능한 한 시청자들에게 솔직한 모습을 보여주기 위한 예술가적인 고결과 욕망 때문이라는 식으로 말했다. 「승천」에서 그가 해낸 스턴트 연기는 그 자신이 딩연히 해야 할·필요라든가 의무가 없는 것이었다.

> **목격자 진술**
>
> 지금 당신을 도울 수 있는 사람은 없소. 당신이 호소하고 의지할 수 있는 사람은 죽었소!
> ―미스터 X, 「승천」에서

얼마 안 되는 높이에서 부풀어 오른 커다란 풍선 위로 떨어지는 장면을 말하고 있는 것이 아니다. 안전장치가 된 유리상자 안에서 동물원 동물들을 만나는 장면을 말하는 것도 아니다. 기차역 플랫폼을 따라 구르는, 평범한 스턴트를 말하고 있는 것이 아니다. 「승천」에서의 스턴트는 훈련된 스턴트맨들도 기대를 걸 만큼 야심적인 것이었다. 수십 m 높이의 흔들리는 곤돌라에 매달리는 연기를 할 때, 그가 브리티시 컬럼비아 스키장에 굴러 떨어지

는 것을 방지하기 위해 사용된 유일한 도구는 가죽 끈이었다. 듀코브니는 분명히 그의 시청자들에게 「정직하고 성실한」 연기를 보여주었다. 그리고 그는 근육통을 일으킬 정도로 강도 높은 격렬한 격투 장면, 높은 승강장에서 균형 잡는 연기, 그리고 미끄러운 철판 표면을 실감나게 기어올라가는 장면을 열연했다.

추락 장면

추락 장면은 각본 중에서 가장 극적인 상황이었다. X파일에서 팬들의 기억에 가장 오래 남은 것은 「게임의 종말(End Game)」에서 멀더와 신비로운 비행사의 추락 장면일 것이다. 이 두 사람이 다리에서 떨어지려고 할 때 시청자들은 분명히 이것을 그의 인생에서 결정적인 순간으로 생각했을 것이다.

그다지 극적이지 않은 장면은 아마도 「칼루사리」에서 스컬리가 염력으로 천장에 붙었다가 떨어지는 장면일 것이다. 「악령의 요양원 [역주] Excelsis Dei : 알츠하이머 병에 걸린 환자들이 유령에게 강간당하고 이상한 약물 실험의 대상이 된 요양원)」에서 멀더도 그와 유사한 장면을 연기했으며, 침입자가 카이트의 집 천장에 기이하게 매달린 장면도 있었지만 이것이 스컬리에게는 최초의 경험이었다.

그러나 가장 충격적인 추락 장면은 「군체」에서 멀더의 추락이었을 것이다. 달리고 있는 차에 갇혀 멀더가 추락하는 장면은 자동차 앞 유리창이 깨지기 직전에 이루어졌다.

멋진 스턴트

멋진 추락 장면처럼 멋진 스턴트는 그 범위에서 뭔가 특별한 취지와 연기가 필요하다. 너무 자주 사용하면 아무리 색다른 스턴트라 해도 그 충격은 반감된다. 너무 선별적으로 사용하면 시청자들의 뇌리에 오래 남게 되어 영화의 줄거리가 밀려나는 꼴이 된다. 그리고 멋진 스턴트는 남성들만의 전유물은 아니다.

「불가항력」의 마지막 순간에 스컬리가 비상계단 통로로 굴러 떨어지는 장면을 보고 숨을 죽이지 않은 팬들은 없었을 것이다. 이 때의 공포는 그녀만이 이해할 수 있었을 것이다. 스컬리는 필사적으로 벗어나려 했다. 이는 공포라기보다는 용기에 가까운 것이었다.

아연실색할 만한 장면을 단순히 화면에 내보내기보다는 그 순간에 시청자들의 이해를 함께 엮으면, 종종 거의 무의식적으로 상징되는 스턴트와 극적이고 시각적인 충격이 주는 효과는 더욱 증폭될 것이다. 「악령의 요양원」 일화에서처럼, 문학의 세계에서 변화와 정화의 상징으로 오랫동안 받아들여졌던 급류가 자신들의 일상적인 관계를 깨려고 노력했던 우리의 두 요원을 씻어버린 요양소 안에서 넘쳐흘렀을 때가 그러한 상황이다.

일 대 일

X파일의 극적인 긴장감은 이 두 요원들의 반응을 이해하는 데서 온다. 이 두 등장인물이 도망쳐 일신을 구하려고 한 드문 예에서 그 충격은 증폭된다. 엄청난 분노의 표현이 허락된, 이 보기드문 예는 할리우드의 전통인 대소동 장면을 충실히 따르고 있다.

퀴즈 게임 30

쉬운 문제 : 각 1점

1. 스컬리의 십자가와 사슬은 누구에게서 받은 것인가?
2. 스컬리가 피랍될 때 갖고 있었던 금속 조각은 어디에서 나왔나?
3. 배리가 경찰서에 들렀을 때 스컬리는 어디에 있었나?
4. 배리의 공식 사인은?
5. 크라이첵이 주장하는, 배리가 휘파람으로 부른 노래 곡명은?

어려운 문제 : 각 2점

6. 극 첫장면에서 『The Truth is Out There』 대신에 등장한 독특한 문구는?
7. 경찰들이 살해당한 경로는?
8. 멀더와 크라이첵이 배리를 체포한 요양원 이름은?
9. 배리의 자동차 트렁크에서 멀더는 무엇을 찾아냈나?
10. 멀더는 배리의 병원에서 쓰는 팔찌에서 어떤 법의학적인 증거를 발견했는가?

→ 해답은 p.244

스컬리는 난투극을 피해왔다. 이러한 난투극 장면의 대역은 멀더, 미스터 X, 그리고 스키너에게 맡겨졌다. 이들은 모두 한 번 정도씩 머리가 깨진 경험을 갖고 있다.

암호명 : 3

사건 개요

스컬리의 실종. 멀더가 신뢰할 사람은 아무도 없다. 멀더는 몇 년 동안 지켜왔던 일에서 물러선다. 그리고 연쇄 살인범 집단의 추적에 열을 올린다. 자신의 정열을 쏟을 수 있는 일이면 무엇이든 할 준비가 되어 있다. 미모의 뱀파이어 숭배주의자를 제외하고는 말이다. 범인이든 희생자든 간에, 크리스틴(Kristen)은 결코 호락호락한 상대는 아니다.

심층적 배경

뱀파이어! 에로틱한 반문화 집단

성적인 관심. 강렬함. 위험. 강력한 힘. 흡혈귀의 전설은 금지된 것에 대한 유혹, 불사(不死)라는 달콤한 약속, 그리고 힘에 대한 전율로 인간의 상상력을 유혹한다. 이미 대다수의 X파일 팬들은 알고 있겠지만, 이 전설은 X파일의 한 영역이기도 하다. 이미 대중의 인기를 한몸에 받았던 앤 라이스(Anne Rice)의 「뱀파이어와의 인터뷰(Interview With the Vampire)」, 브램

스토커(Bram Stoker)의 「드라큘라(Dracula)」, 그리고 다소 신비적인 충격을 준 TV극 「영원한 기사(Forever Knight)」는 이미 하나의 사건이 되었다. X파일 제작진의 도전은 명확한 것이다. 이들의 목적은 진부한 모방을 답습하는 것이 아니라, 장르의 감각적인 우아함으로 일화를 만드는 일이었다.

완전히 새로운 바탕을 개척하기 위해 X파일은 클럽 장면에서 사람을 애태우는 요소를 찾아냈다. 즉 뱀파이어의 반문화 집단이었다. 이는 완전히 인간들 자신의 섬뜩한 이야기를 지어내고, 등장인물의 사악한 삼위일체를 도입하면서 이루어진 문화다. 클럽 장면에 등장하는 사람들은 모두 뱀파이어의 올가미를 하나의 이상으로 여기는 자들이다. 밤이면 이들은 고딕 양식의 의상을 입고, 진한 적포도주를 마시며, 연인과 장시간에 걸쳐 욕정적 시선을 교환하며 사랑에 빠진다. 이들은 귀가하면 집안 청소를 하고, 내일을 위해 작업복을 찾는다. 이들 중 거의 대다수가 이런 식으로 생활한다.

극소수이기는 하지만 간밤의 환상에서 헤어나오고 싶지도 않을뿐더러, 헤어나올 수도 없는 사람들이 있다. 결국 이들은 전혀 다른 길을 걷게 된다. 이들은 다른 사람들이 입맞춤하듯이 「사랑의 증표」를 교환한다. 이들은 감각적 환희의 목록에 있는 서로의 피를 맛보고, 일광 시간을 피하는 행태를 통해 결국 흡혈귀의 존재를 믿게 된다.

뱀파이어의 주장을 이해하기는 어렵다. 구체적인 것은 각 전설마다 다르지만, 준영웅적인 속성은 언제나 줄거리에서 빠지지 않는다. 이 뱀파이어의 물리적인 힘, 정신적인 능력, 믿기지 않을 정도로 예민한 오감은 인간을 보잘것 없는 존재처럼 보이게 한다. 하늘을 비행하거나 자신의 모습을 변화시키는 능력, 인간과 동물들의 마음과 정신을 제어하는 능력, 그리고 청명한 날씨에 안개를 일으키는 능력은 분명히 우리 인간의 영역을 초월한 것이

> ## 목격자 진술
>
> 그것은 당신도 아니고, 당신을 행복하게 해주지도 못해요.
>
> —멀더, 「3」에서

다. 뱀파이어들은 몇 세기에 걸쳐 자신의 이름을 저주했던 인간들을 음식으로 여기는 경향이 있다.

다행히도 이들의 무시무시한 힘은 항상 균형을 이룬다. 적어도 신화에서는 이들도 취약점을 갖고 있다. 중국의 뱀파이어인 강시(殭屍)는 여러 가지 초자연적인 능력 외에도 독기가 있는 숨결을 내뿜는데, 이들은 이론상으로는 밤에만 출몰한다. 그러나 반드시 그런 것만은 아니다. 이들을 잡기 위해 이들이 출몰하는 곳에 쌀을 갖다 놓으면, 이를 발견한 강시는 멈추어 서서 자신들의 사냥 목적을 잊어버리고 낟알을 일일이 세고 나서야 지나간다. 그러고 있는 동안 해가 뜨거나 일상적인 무기의 희생물이 되어버린다.

아마도 뱀파이어를 제거하는 가장 전통적이며 불후의 방법은 이들을 태양빛에 단 몇 분 간 노출시키는 것이리라. 이 일화의 작가인 글렌 모건과 짐 웡(Jim Wong)이 극본에도 이러한 점을 정확하게 반영하고 있듯이, 이는 시야를 만족시키는 것 이상의 의도를 깔고 있다. 가장 유명한 뱀파이어인 드라큘라는 영화나 TV에서 일광을 싫어하는 것으로 묘사되었다. 1937년 드라큘라를 소재로 한 최초의 영화에서는, 빛은 단지 불편한 것이었지 치명적인 장애를 일으키는 요소는 아니었다. 뱀파이어 사냥꾼들의 초기 지침서에는 마력을 이겨내는 신념, 과학 위에 서는 신앙을 강조했다. 이것은 X파일이 초지일관 유지하고 있는 주제이기도 하다. 이 일화에서도 빛에 노출되어 죽었던 뱀파이어는 아무 손상도 입지 않고 햇빛을 받으며 걸어다녔다. 이는 사실, X파일의 보기드문 방향전환으로서 팬들이 「3」를 보기 전에 갖고 있던 기대와는 분명히 다른 것이었다. 이 일화에서 극적인 장면은 하수구나 터널 또는 공동묘지 근처의 안개 끼고, 음습한 저녁이 아니었다. 오히려 밝은 대낮이었다.

신앙은 뱀파이어를 퇴치하는 방법 중 가장 중요한 역할을 한다. 십자가든

성수든 간에, 큰 역할을 한다. 그러나 시험받고 있는 종교는 장담할 수 없다. 이것이 대중문학에서 강력한 무기를 만들어내는 뱀파이어 신앙이란 말인가? 생존시에는 유학자였을 법한 강시가 그러한 무기들을 두려워할까? 이러한 논쟁이 현재 뜨거운 감자라고 해도 어째서 어떤 상징이 반드시 필요한 것인가?

> 이 일화는 앤더슨이 출현하지 못한 유일한 X파일이다. 그녀가 임신 중이었기 때문이었다.

물론 그다지 생경하지 않은 방법, 즉 뱀파이어에게서 도망치거나 뱀파이어를 죽이는 수도 있다. 산사나무, 물푸레나무, 단풍나무의 심으로 만든 막대기도 매우 효과가 있다. 그리고 무덤 파는 삽으로 목을 치고, 소금물에 담그고, 태우는 것도 효과적이다. 그리고 그러한 처치방법으로 살아남을 수 있는 인간도 없다.

뱀파이어가 되는 방법

거의 300년 동안 동유럽 사람들은 그 당시 질병에 대한 약뿐만 아니라, 뱀파이어나 늑대 인간에게서 보호받을 수 있는 약 등 여러 가지 예방약을 만들어왔다. 사실 909년 바바리아의 콘스탄틴 사제는 각고의 노력 끝에 뱀파이어를 막을 수 있는 약품 목록을 작성했다. 그 목록은 1,100여 항목이나 되었다. 뱀파이어가 되는 것을 막는 방법은 그리 쉽지 않다. 또한 뱀파이어로 변하기 전에 죽는 것이 가장 일반적인 방법 중 하나였다. 죽는 방법에는 좋은 방법과 나쁜 방법이 있었다. 병약한 사람은 뱀파이어가 자신들의 육체를 필요로 하기 전에 앓아 눕는 것이다. 그리고 그저 뱀파이어가 되는 것을 막는다. 그러한 방법은 다음과 같다.

1. 파문당하며 죽기
2. 비기독교인으로 죽기
3. 배교(背敎)하며 죽기
4. 늑대 인간이 되는 동안 죽기. 이 방법은 적어도 두 달 동안 격리시켜

송곳니나 털이 나는지를 자세히 관찰해야만 성과를 거둘 수 있다.

5. 부모의 욕설을 들어가며 죽기

6. 자살하기. 병약한 사람이 자신의 병으로 인한 비참한 삶에서 헤어나오는 것을 막으려면 이들을 묶거나 재갈을 물린다.

7. 마차의 왼쪽에서 떨어져 죽기. 이 방법은 원래 무어 사람과 이슬람 사람들이 오른손으로는 식사를 하고, 사적인 신체 기능에는 왼손을 사용하는 데서 비롯된 것이다. 이 방법은 주류 신앙에 급속하게 편입되었다.

만약 당신이 불행히도 이러한 상태에서 죽었다면, 당신 가족들은 당신의 시체가 제대로 썩는지 지켜보아야 한다. 그러고 나서 안전하게 매장한다.

뱀파이어를 피하기 위한 죽음의 고통이 아무리 커도 이것은 피할 수 없는 운명이다. 뱀파이어의 상징은 태어날 때 발견할 수 있다. 그 상징은 다음과 같다.

1. 이가 난 상태로 출생한다.

2. 붉은 머리를 갖고 출생한다.

3. 7남 중 일곱번째의 아들로 출생한다.

4. 태몽으로 악마를 꾼 어머니에게서 출생한다.

5. 머리 위에 태반을 갖고 출생한다.

마지막으로 만약 이러한 항목에 해당하는 것이 전혀 없고 삶을 영위하면서 이를 피하는 방법을 알고 있다면, 당신은 그릇된 영생을 피할 가능성이 매우 높다. 출생에서부터 죽음에 이르기까지 당신은 다음과 같은 사항만 피하면 된다.

1. 난잡한 성생활

2. 무의식중에 뱀파이어의 피를 마시는 일
3. 뱀파이어에게 물리는 일

각 민족의 뱀파이어

뱀파이어는 여러 민족의 전통 속에서 존재한다.

- 아산보삼(Asanbosam, 아프리카) : 아산보삼은 갈고리 모양의 발을 갖고 있으며, 희생자의 목보다는 엄지 손가락을 더 좋아한다.
- 바장(Bajang, 말레이시아) : 바장은 종종 긴 털족제비의 모습으로 나타난다. 마법사가 지배하지 않을 때면 이들은 종종 같은 세대의 자기 가족들을 먹이로 취한다.
- 바오반 시드(Baobhan Sith, 스코틀랜드) : 이것은 항상 아름다운 여성으로 나타난다. 이들은 젊은 남성과 춤을 추는데, 상대 남성이 지쳐서 싸울 기력도 없을 때까지 춤을 춘다.
- 엠푸사(Empusa, 지중해 연안 민족) : 남자 몽마(夢魔 : incubus, 잠자는 여인을 덮친다)와 여자 몽마(succubus)와 관련 있다. 이 뱀파이어는 사냥할 때에는 아름다운 여성의 모습을 하고, 사냥을 마치면 몰골이 흉한 노파의 모습을 한다.
- 자라카라(Jaracara, 브라질) : 뱀처럼 생겼는데, 유럽의 뱀파이어보다는 좀더 다양한 식성을 갖고 있다. 피 말고도 잠자는 여성의 모유를

훔치기도 한다.

- 크르포피작(Krvopijac, 불가리아) : 콧구멍이 하나밖에 없다고 한다. 이를 퇴치할 때는 정확성이 요구된다. 단 한 명의 마법사만이 이 뱀파이어의 정신을 병에 가두어 태울 수 있다.

- 물로(Mulo, 세르비아) : 야행성이라는 뱀파이어의 개념에 도전하는 물로는, 낮에는 길을 따라 여행하다가 밤에는 피를 빨거나 그 육신을 먹을 수 있는 희생자를 찾는다.

- 노스페라투(Nosferatu, 중부 및 동유럽 전역) : 드라큘라 전설이 만들어진 당시에 존재했던 뱀파이어로서 우아하고, 카리스마적이고, 세련되었다. 안색은 창백하다.

- 왐피르(Wampir, 러시아) : 인간의 모습을 하고 낮에도 돌아다닌다. 송곳니 대신 혀 밑에 독이빨이 있다. 이들을 죽이려면 반드시 태워야 한다.

- 기타 :

    오스트리아 ― 드라쿨(dracul)
    미국 인디언 ― 콰키틀(kwakiytl)
    발라치아 ― 뮤로니(murony)
    보헤미아 ― 오골겐(ogolgen)
    루마니아 ― 스트리고이(strigoi)
    티베트 ― 카드로/다키니(khadro/dakini)

해답

1. 피하 주사 바늘.
2. 혈액 은행.
3. 태양 아래에서 타 죽었다.
4. 클럽 테페스(Club Tepes).
5. 목제 옷걸이에 찔려 죽었다.
6. 피하 주사 바늘과 거울 없는 콤팩트.
7. 라(Ra). 이집트 태양신의 이름을 딴 것이다.
8. 크리스틴 카일라(Kristen Kilar).
9. 수의사가 사용하는 주사 바늘, 뱀이빨 한 세트, 그리고 피에 젖은 빵조각.
10. 존 52 : 54. 이는 전혀 존재하지 않는 것이다.(John 52 : 54, which doesn't even exit.)

점 수 : _____

뱀파이어의 질병

실제 생활에서 듀코브니에게 중요한 배우 리브스는 「3」에서 크리스틴 역을 맡았다. 그런데 이들이 스크린상에서 변죽만 울린 것이 의아하지 않은가?

포피리아(porphyria)는 혈액의 주요 구성요소인 철분의 대사가 방해받는 기이한 유전적인 상태를 일컫는다. 이 포피리아는 1985년 데이비드 돌핀(David Dolphin)이라는 박사가 뱀파이어의 신화체계에 대해 그럴 듯한 설명을 곁들여 제시한 이후 뱀파이어의 질병(Vampire's Disease)으로 불리게 되었다.

일부 포피리아 환자들은 확실히 기이하고 어정쩡한 증상을 보인다. 빛에 대해 극도로 민감한 반응을 보이고, 이와 소변이 붉은 갈색으로 변해가고, 머리카락이 엄청나게 빨리 자라고, 급성 빈혈에 얼굴과 손가락의 선천적인 결함을 보인다. 그리고 어떤 환자들은 악마나 뱀파이어처럼 「귀가 뾰족한」 사람도 있다.

그렇다고 이들 환자가 피나 인간을 갈망하지는 않는다. 그들은 또한 성스러운 상징물을 싫어하지도 않는다. 당연히 마늘이라든가 전통적인 퇴치 도구나 물건에 대해서도 거부반응을 보이지 않는다.

▶ 페리 리브스(Perrey Reeves)가 출연한 영화

The Return of Ironside, 1993

Child's Play 3, 1992

Homefront, 1992

Plymouth, 1991

Mothers, Daughters and Lovers, 1990

The Preppie Murder, 1989

암호명 : 저승의 문(One Breath)

사건 개요

자신의 DNA 변종에 중독된 스컬리는 삶과 죽음이라는 막연한 세계에서 정처 없이 떠다닌다. 절대 스컬리를 포기하지 않을 유일한 인물 멀더는 잠시 비켜서서 가족들이 스컬리의 삶과 죽음에 대해 결정을 내리도록 내버려둔다. 멀더에게 남은 유일한 길은 필사적으로 그녀를 찾는 일뿐이다. 어둠에 가려진 음모가들의 존재로 인해 멀더가 스컬리를 찾을 수 없다는 것은 예정된 일이었다. 그러나 이 과정에서 멀더는 더욱 중요한 뭔가를 찾아낸다.

심층적 배경

임사체험

한 남자… 의사가 자신의 죽음을 선고하는 소리를 듣는다. 그는 또한 불쾌한 소음을 듣기 시작한다. 커다란 벨 소리, 웅웅거리는 소리. 그리고 동시에 길고 어두운 터널을 엄청나게 빠른 속도로 움직이는 자신을 발견한다. 그 후 그는 자신의 신체에서 자신이 이탈되어 있음을 문득 깨닫는다. 그리고 일정한 거리를 두고 자신의 육신을 본다. 내가 구경꾼이 되다니…. 주변이 숨가쁘게 움직인다. 다른 사람이 달려와 자신을 돕는다. 그는 이미 저승으로 갔던 친족들과 친구들의 영혼을 본다. 그는 생전 느껴보지 못한, 따스하고 사랑스러우며 친절한 영혼을 본다. 빛의 형태로 그 앞에 나타난다. … 그는 기쁨, 사랑, 그리고 평화라는 강렬한 감정에 사로잡힌다. 그리고 그는 다시 자신의 육신, 그리고 생과 재결합한다.

이것이 스컬리가 할 수 있었던 경험이다. X파일 제작진은 자신의 육신 위에서 자신을 바라보는 장면을 만들지는 않았지만, 아마도 스컬리가 경험했던 것은 이와 같았을게다. 이 글은 레이먼드 무디(Raymond Moody)의 베스트 셀러《사후 세계(Life After Life)》에서 인용한 문구다. 여기에서 그는 임사체험을 매우 복합적으로 묘사하고 있다. 이러한 체험에 대한 보고는 언제나 긍정적으로 받아들여지고 있기 때문에, 이러한 체험을 한 사람들은 사후의 세계가 행복으로 가득 차 있다는 것을 증명하는 데 열중한다(수천 건의 보고 중 단 한 건만이 지옥으로 떨어진 사례였다).

우리는 이 보고 내용을 어떻게 받아들여야 할까? 죽음 저편에서는 우리가 축복을 고대해도 좋다는 점을 증명하고 있는 것인가? 이런 보고가, 영혼은 육체와 분리될 수 있다는 플라톤의 철학을 확인시켜주는 것인가? 이러한 영혼의 비상(flight)이 죽음에 임한 사람들에게서 일어나는 일반적인 일인가?

임사체험은 당신이 여기고 있는 것보다 매우 일반적인 현상이다. 일부 연구자들은 심장마비와 같은 신체적인 외상으로 죽음 직전까지 갔던 수백 명의 사람들을 인터뷰했다. 이들 중 30~40%의 사람들이 일종의 임사체험을 기억해냈다고 한다. 조지 갤럽 주니어(George Gallup Jr.)가 미국인을 대상으로 1982년과 1986년 조사한 보고서에 따르면 약 15%가 이러한 체험을 했

> **목격자 진술**
>
> 당신이 그 어두운 곳에 있다는 것을 보기 위해서 제가 영매가 될 필요는 없어요. 제 여동생이 있는 곳보다 더욱 암흑의 그런 곳… 어둠 속으로 자진해서 들어가면 저는 전혀 그녀를 도울 방도가 없어요.
>
> —멜리사 스컬리, 「저승의 문」에서

다 한다. 이들 중 3분의 1(조사 대상자인 약 800만 명을 대표하는)은 신비체험도 동반했었다 한다. 어떤 사람들은 무의식상태 또는 임사상태였을 때 다른 사람들이 했던 얘기를 기억해내기도 했다(그러나 외과적인 대수술을 마친 일부 마취된 환자들도 수술실에서 오갔던 대화 내용을 후에 기억해낸다).

완벽한 임사체험에 대한 무디의 묘사가 친숙하게 들리는가? 이 임사체험과 전형적인 환각상태에서의 경험이 같다는 것은 충격적인 사실이 아닐 수 없다. 옛 기억의 재생, 육체이탈 감각, 그리고 터널의 광경이나 장례식, 부드러운 섬광이나 형태를 이루고 있는 빛 등등이 거의 똑같다. 즉 임사체험의 내용은 환각상태에서 일어나는 것과 거의 같다. 게다가 심장마비 같은 산소 결핍으로 인한 뇌 손상으로 일시적인 환각증세를 일으킬 수도 있다.

아마도 그 당시 스트레스를 받고 있는 뇌가 임사체험을 만들어냈을 수도 있다. 측두엽 압착을 경험한 환자들도 이와 유사한 깊은 신비체험을 한다고 한다. 극도의 단조로움, 고독감, 그리고 추위를 견뎌내는 단독 항해자나 극지 탐험가들도 이러한 경험을 한다. 비몽사몽을 헤매고 있을 때에도 육체가 잠자리에서 떠 있는 듯한 감각을 느낄 수 있다. 공상가들은 특히 임사체험이나 육체 이탈 상태를 체험한다.

어떤 연구에 따르면 임사체험은 「뇌의 분열성 환각작용」으로 이해될 수 있다고 한다. 외부 입력이 어렴풋할 경우 뇌 자체의 내부 활동은 인식할 수 있다. 이러한 추론을 예증해보자. 먼지기 잔뜩 묻은 유리창을 응시할 때 우리는 방안 내부가 투영되는 것을 본다. 이것은 마치 방 안이 아니라, 밖에 있는 듯한 착각을 불러일으킨다. 그 이유는 외부의 빛이 흐릿하거나(임사체험과 같이), 내부의 빛이 증폭되었기 때문이다(LSD와 같은 환각제를 먹은 것처럼). 우리 정신의 내부 이미지가 우리 인식 창에 투영될 때 실체처럼 느껴진다. 임사체험을

앤더슨은 이 일화에서 너무 창백해 보였다. 출산 예정일보다 1주일 앞서 제왕절개 수술을 했기 때문이다. 「승천」에 등장한 그녀의 볼록한 복부 사진을 보고 어떤 사람은 이를 「외계인 아이의 잉태」라는 시나리오의 복선으로 믿기까지 했다.

퀴즈 게임 32

쉬운 문제 : 각 1점

1. 스컬리 언니의 이름은?
2. 스컬리의 유언장 작성 때 증인으로서 서명한 사람은?
3. 멀더는 미스터 X를 만나고 싶다는 의사를 어떻게 전달하나?
4. 스컬리의 혈액이 든 병을 훔친 사람에게 어떤 일이 일어났나?
5. 멀더는 담뱃갑에서 무엇을 발견했나?

어려운 문제 : 각 2점

6. 스컬리에게 꽃을 들고 문병온 고독한 총잡이는 누구인가?
7. 고독한 총잡이의 새로운 구성원은?
8. 고독한 총잡이들은 컴퓨터 화면의 배경으로 유명인을 띄웠다. 누구인가?
9. 호숫가에 있는 스컬리를 지켜본 간호사는?
10. 스컬리의 묘비에 쓰여진 글은?

경험한 사람들은 LSD 환각여행을 한 사람처럼 「내부 이상의 것」을 탐험하게 된다.

어떤 임사체험 연구자들은 마땅찮게 여기고 있지만, 환각과 임사현상 모두 경험한 사람들은 이 두 현상 간의 유사성을 부정한다. 게다가 임사체험은 사람을 변화시키기도 한다. 이것은 약물 환각이 제공하지 못하는 점이다. 임사체험을 겪은 사람들은 더욱 친절해지고, 정신세계에 좀더 관심을 갖고, 사후 세계의 존재를 믿는다. 회의론자들은, 이러한 효과는 단순히 도덕성의 자각에 뿌리를 두고 있을 뿐이라고 말한다.

임사체험 해석을 둘러싼 논쟁은 정신과 육체의 문제라는 본질적인 주제가 되었다. 정신은 비물질인가? 정신이 육체와 떨어져 존재할 수 있는가? 이원론자들은 그렇다고 답한다. 이들은 정신과 육체는 분명 별개의 실체이자, 비실제적 정신과 실제적인 육체 간에 상호작용이 이루어진다고 믿는다. 플라톤의 「파이도(역주 Phaedo : 플라톤의 영혼불멸론으로서, 영혼의 초감각적 성격과 그 영겁의 의미를 다룬 대화목록 중 하나)」에서 소크라테스가 말했듯이『육체가 영혼과 분리되어 홀로 존재하게 되고, 영혼이 육체와 분리되어 홀로 존재하게 되는 것은 죽음을 의미하지 않는단 말인가? 그렇다면 죽음이란 무엇이란 말인가?』소크라테스나 임사체험이 불멸의 증거라고 믿는 사람들에게는 육신의 죽음이란 진정으로 사람이 죽는 것이 아니다. 죽음은 단지 육체라는 감옥으로부터 인간의 해방을 의미한다(이렇게 극단적으로 치달은 이원론자들은 《죽음의 전율(The Thrill of Dying)》과 《멋진 사후 세계(The Wonderful World of Death)》라는 제목의 책에서 사후 세계를 찬미하기까지 했다).

일원론자들은 육체와 영혼의 분리라는 논리를 단호히 거부하고, 정신과 육체는 같은 사상(事象)의 다른 측면이라고 말한다. 이들이 정신과 육체의 불가분성을 주장하는 과학자든 육신의 부활을 포함한 사후 세계를 유지하고 있는 신학자든 간에, 일원론자들은 대체로 죽음이란 실제적이며 육체가 없으면 우리는 아무것도 아니라고 믿고 있다.

해답

1. 멜리사(Melissa).
2. 멀더.
3. 멀더는 창가에 테이프로 X표시를 한다. 그런 다음 그림자를 만들기 위해 뒤쪽에서 불을 켠다.
4. 미스터 X가 쏜 총을 맞았다.
5. 스모킹 맨의 주소. 900 West Georgia Street.
6. 프로하이크.
7. 사색가. 이 자와 다른 사람의 유일한 접촉은 컴퓨터망 연결을 통해서다.
8. 리처드 닉슨.
9. 오언스(Owens) 간호사.
10. 『The Spirit is the Truth』, 요한 복음 5 : 07.

점 수 : _____

새로운 파트너

사건 번호: X-2.09-111894

암호명 : 화산 탐사 로봇(Firewalker)

사건 개요

화산 연구 팀의 소식이 끊기고, 로봇이 죽은 사람의 영상을 외부 기지 사람들에게 전송했을 때 이 기지의 사람들은 멀더와 스컬리에게 도움을 청하러 달려온다. 멀더는 분명한 관심을 표명했으며, 이제 갓 회복한 스컬리도 정상적인 임무를 수행하기로 결심한다. 이들이 기지에 도착하고, 스컬리가 기지에 만연해 있는 기이한 감염을 확인하는 과정에서 과학자들의 죽음을 몰고 온 결정적인 단서를 찾아낸다.

심층적 배경

화산, 규소 생명체, 그리고…

X파일의 여러 일화와 마찬가지로 「화산 탐사 로봇」도 풍부한 아이디어로 가득 차 있다. 일부는 증명된 사실이고, 일부는 극히 이론적이고, 서로의 견해에 맡겨진 부분도 있고, 우리들의 군건한 믿음에 의문을 제기하도록 정

리된 것도 있다.

화산에 생명체가 존재할 수 있을까?

이러한 질문을 받는 사람들은 그 자리에서 한결같이 『아니오!』라고 답한다.

가장 사소하지만 귀중한 과학적 정보를 결합함으로써 X파일 제작진은 우리에게 이에 대한 응답을 재고하도록 한다.

화산 속의 생명체

화산에는 생명체가 분명 존재한다. 다만, 우리가 일상적으로 상상하는 방식, 즉 화산 밑바닥의 내벽에 위험스럽게 붙어서 살아가는 것은 아니다.

1977년 심해 연구선은 갈라파고스 섬 남단에서 폭발한 바다 속의 화산을 조사했다. 연구진은 해표면 3km 아래에서 해상(海床) 구멍을 발견했다. 이곳에서는 뜨겁고 화학적 성분이 풍부한 물이 분출하고 있었다. 이 분출 작용으로 구멍 주변의 바위에는 금이 가 있었다. 과학자들은 이 곳에서 이러한 화학성분을 소비하는 박테리아 집단을 발견했다. 이 박테리아는 3~5m의 길이에 지름 10cm 정도 되는 거대한 것으로 벌레의 먹이였던 것이다. 이들 벌레는 이전에 과학이 접한 벌레와는 사뭇 달랐다. 이들은 입도 내장 기관도 없었다. 그리고 몸 전체를 둘러싼 깃털 같은 촉수로 박테리아를 빨아들였다. 이 촉수 끝에는 엄청난 혈관이 불쑥 삐져나와 있다.

> **목격자 진술**
>
> 우리는 엄밀히 말해 「적절한 채널」이 아니오.
> —멀더, 「화산 탐사 로봇」에서

이들 유기체는 바다 심연에 살고 있었기 때문에 태양 에너지를 직접 접할 수 없었다. 또한 죽은 동물들의 조각을 간접적으로 섭취할 수도 없었다. 생각해보라. 입이 없지 않은가! 이들은 순전히 화산물을 먹고 사는 박테리아에게서 영양을 공급받는다. 사실 그 벌레는 복잡한 먹이그물을 형성하고 있는 화산에서 전적으로 에너지를 끌어내는 생명체 중 가장 큰 생명체(동물)

일지도 모른다.

이 벌레 외에 30cm 크기의 거대한 대합조개도 박테리아를 영양으로 섭취한다. 뜨거운 물이 분출됨으로써 해상의 구멍 쪽으로 흐르는 해류가 형성되고, 지금까지 알려지지 않은 괴상한 물고기들과 눈 먼 하얀색의 게와 같은 유기체들이 먹다 남은 찌꺼기가 흘러들어 이 대합 조개와 벌레 주변에 쌓인다. 이 심연의 화산 분화구 주변에는 농밀하고 다양한 생물들의 군집이 어둠 속에서 번성하고 있었다.

이러한 현상은 그러한 지리적 환경에서만 발생하는 것은 아니다. 온천은 지구 도처에 허다하다. 지하수 또는 땅 속에 스며든 빗물일 수도 있는 온천이 만들어내는 물은 용암으로 덮혀져 갈라진 암반 틈 사이로 분출한다. 이들 물은 용암층 밑의 작은 암반층에 저장되어 있다가 압력을 받아 극도로 가열되면 마침내 증기를 분출하고, 지표면 위의 간헐천 형태로 용출하기 시작한다.

분출이 정기적으로 일어나는 경우도 있다. 또한 그 분출이 약하게 서서히 일어나 온천수로 넘쳐 흘러 깊은 풀장을 만들어내기도 한다. 박테리아는 손을 델 정도의 뜨거운 물에서 번성한다. 이들은 청녹색 조류와 같이 매우 진보된 유기체이기도 하다. 조류들은 중요한 성분을 자신의 조직 안에 갖고 있다. 그것은 엽록소인데, 마법의 물질인 것만은 분명하다. 이것은 태양 에너지를 화학적 물질로 변환하여 생체조직에 공급하는 역할을 한다.

그러한 유기체들은 북미 옐로스톤 공원(Yellowstone Park)의 간헐천에서도 발견된다. 이 곳에서는 조류와 박테리아가 얇은 녹색과 갈색의 띠를 형성하면서 자라고 있다. 그 밖에 이러한 환경에서 생존하고 있는 것은 아직 발견되지 않았다. 그러나 물이 넘쳐 흘러 식으면 다른 생명체들의 생존에 필요한 조건이 될 수 있다. 조류대(algae mat)는 풍부한 음식의 원천이다. 이것은 함수 파리(역주 brine fly : 염분을 함유한 물에서 사는 벌레)에서 너구리에 이르기까지 많은 동물들이 좋아하는 음식물이다.

규소 생명체

멀더가 「화산 탐사 로봇」에서 이론화한, 규소에 기생하는 생명체가 실제로 이 우주의 어딘가에 존재할 수 있을까? 이에 대한 견해를 피력한 두 명의 학파가 있다. 이들은 서로 배타적이지는 않다.

생명체는 지구의 생명체처럼 탄소에 굳이 의지할 필요가 없다고 생각하는 사람들은 원소주기율표를 보고 깨달았을 것이다. 이 주기율표를 보면 각 원소의 속성이 매우 유사하다는 것을 알 수 있다.

예를 들면 탄소(C)와 규소(Si)는 둘 다 4-1열에 배치되어 있다. 그 이유는 이것들이 다른 원소와 반응할 때 유사성을 보이고, 같은 전자가를 갖고 있으며, 똑같이 반응하는 화합물을 만들어내기 때문이다. 사

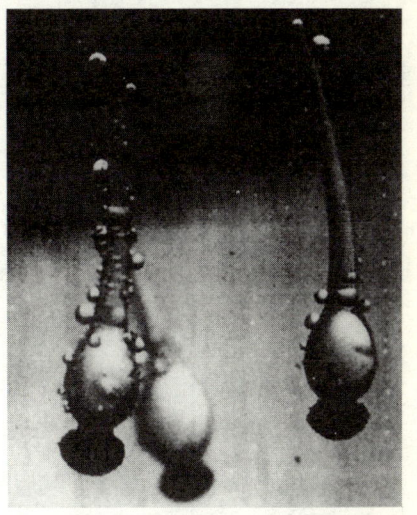

필로볼루스 : 규소를 근거로 한 가상 생명체

람이 호흡하는 동안 탄소와 산소가 결합해 이산화탄소가 형성된다. 적어도 이론적으로는 규소에 토대를 두는 유기체도 자신의 호흡을 통해 이산화규소(SiO_2)를 생산한다. 산화규소는 실제로는 존재하지 않는 화합물이다. 우리는 이것을 실리카(silica)라고 부르는데, 이것이 「화산 탐사 로봇」의 일화에 등장하는 희생자들의 몸에서 검출된 물질이다.

문제는, 나머지 다른 학파에 따르면 대사 과정이 없다는 데 있다. 그러나 DNA처럼 긴 분자구조를 가질 수 있다. 긴 규소염기 고리를 만들어내려는 시도는 줄곧 실패를 거듭했다. 그리고 그처럼 긴 분자 구조가 아니더라도 규소 생명체는 조직기관의 단순성으로 인해 한계를 드러낼 것이다.

그렇다면 균류는 얼마나 복잡한 분자구조를 갖고 있는가?

지구 중심으로의 여행

어린 시절 자연과학을 처음으로 접했을 때, 이 것은 우리가 살고 있는 지구에 대해 모든 것을 말 해줄 수 있으리라고 생각했었다. 정도의 차이는 있지만 우리는 그 당시 수준에 입각한 진실을 들 었다. 그 당시나 그 후에도 우리가 직업으로서 과 학을 접하지 않은 이상 우리가 듣지 못했던 것 은, 초기의 과학수업은 「최대한 적용된 과학 (best-fit science)」이라는 사실이다. 즉 「대부분」 의 현상을 설명해줄 수 있는 이론이라는 사실이 다. 그러나 우리는 과학의 불완전함을 인식하고 있다. 그렇다고 문제될 것은 없다. 단지 우리는 그 작동방법을 이해하지 못하더라도 전구를 켜는 방법을 알기만 하면 된다.

최선을 다해 적용한 과학이 안고 있는 문제는, 일상생활에서는 실용적이라 해도 호기심을 유발하 지는 못한다는 사실이다. 최선의 과학에서는 온갖 것이 설명된다. 의문이나 발견할 여지는 전혀 남 아 있지 않다. 예를 들어, 교과서에서 화산에 관 한 부분을 읽은 아이들은(그리고 화산의 다양한 모델을 생각할 수 있도록 자녀들을 가르칠 부모 들)『지구의 핵은 니켈과 철을 주성분으로 하는 마그마 형태다』라는 말을 듣는다. 이것이 지구 중 심에 관한 얘기의 전부다. 이것이 사실이라면 적 어도 우리가 알고 있는 한 이것이 진실의 유일한 부분이다. 실제로 지구핵의 90%는 니켈과 철로 이루어져 있다. 우리는 아직도 나머지 10%의 물질을 밝혀내지 못했다. 오랫동안 신비에 싸여 있던 것을 통찰할 수 있었던 계기는 극고압과 극한 온도하의 물질을 연구하는 연구실 실험을 통해 이루어졌다. NSF 산하의 고압연구를 위한 과학기술국(Science and Technology Center : STC)의 지구물리학자인 페이 양웨이(Fei Yingwei)와 마오 호팡(Mao Ho-Kwang)은 지구 중심에 없는 원소는 산소이거나 산소와 유황의 화합물이라는 생각을 강력하게 뒷받침하는 연구 결과를 내놓았다.

자신들의 연구를 실행하기 위해 페이와 마오는 작은 샘플을 두 면의 다이아몬드로 기계적으로 압착하는 도구, 즉 새로운 다이아몬드 모루를 사용했다. 그리고 지구핵과 맨틀의 경계부와 비슷한 고온·고압으로 올리기 위해 외부에서 열을 가했다.

만약 페이와 마오의 연구가 성공한다면 다음 세대의 공상과학은 중력파동이나 우주의 혹한을 소재로 하기보다는 행성 내부핵의 고온과 고압을 견디며 산소호흡을 하는 유기체를 만들어낼지도 모른다.

단테 : 파이어워커의 큰형

파이어워커는 캐스케이드 산악을 조사·연구하기 위해 만들어진 거미같이 생긴 로봇으로서 이 일화에서 붙여진 이름이다. 이것은 행성 탐사 임무에 사용하기 위해 NASA가 개발하여 가장 험악한 지형에서 시험 중에 있는 일련의 로봇 가상본

해답

1. 파이어워커(Firewalker).
2. 트렘코스의 노트.
3. 모래.
4. 3명 : 다나카, 제시 오닐(Jesse O'Neil), 필 에릭슨(Phil Erickson). 루드윅은 균류가 그를 죽이기 전에 살해되었다. 트렘코스는 피어스를 죽였다. 그러나 피어스는 감염될 만한 기회가 전혀 없었다.
5. 한 달.
6. 냉동실.
7. 리튬 탄산.
8. 루드윅은 조명탄 발사용 총에 맞아 죽었다.
9. 지질학자의 곡괭이로 공격했다.
10. 그는 로봇 하강 팀의 로봇 공학자다.

점 수 : _____

이다.

파이어워커와 가장 비슷한 원형은 단테Ⅱ다. 단테는 카네기멜론 대학의 현장 로봇 연구소가 개발한, 사슬이 묶여 있는 로봇이다. 단테가 우주 멀리에 있는 행성 표면을 걷게 되리라는 희망을 갖고 있지만, 이것은 이미 1994년 7월 알래스카 스퍼 산맥의 탐사를 마친 화산학자들의 마음을 사로잡았다. 몇 해 전에 여덟 명의 과학자들이 단테와 유사한 임무를 수행하려다가 죽은 적이 있었다.

그 임무는 화산 내부에서 분출하고 있는 고온의 가스를 수집하는 것이었다. 단테Ⅱ와 같은 로봇은 과학자들의 안전을 확보하면서 이들이 연구를 수행할 수 있도록 도와줄 수 있다. 분화구 가장자리에 안전하게 동여매어진 단테Ⅱ는 깎아지른 듯한 화산 내벽을 오르락내리락하면서 화산 바다의 샘플을 수집할 수 있었다.

지능기계연구그룹(Intelligent Mechanisms Group : IMG)은 인간 과학자와 기계의 손과 탐침 센서(눈) 간의 관계를 한결 원활히 하기 위해 1991년 이후부터 첨단 원격 현존제어(telepresence)와 가상현실 환경에 토대를 둔 운영자 인터페이스를 개발하고 있다. 이것은 로봇의 임무지역과 멀리 떨어져 있는 기지나 캠프의 엔지니어들에게도 유용하다.

이 첨단 인터페이스는 전적으로 원격측정제어에 의존하고 있는 행성 간 임무에 꼭 필요한 도구다. 1993년 후반 IMG는 원격현존제어차량 (Telepresence Remotely Operated Vehicle : TROV)의 현장실험을 실시할 때 근본적으로 다른 환경에서 사용되는 새로운 인터페이스를 시연해보였다. 그들은 이 기계를 남극의 맥머도 과학기지(McMurdo Science Station) 근처의 빙하 아래로 내려보냈다. 이 곳에서 이놈은 자신의 임무를 완벽하게 수행했다.

오늘날 IMG는 단테Ⅱ에 대한 전문적인 관심을 가상환경(현실)과 시각 시뮬레이션 도구를 제공하기 위한 연구로 전환했다. 이러한 도구는 엔지니어나 연구자들에게 차량 위상과 지역의 시각화를 제공해줄 수 있다. 게다가

IMG는 단테Ⅱ에서 생동감 있는 소리와 영상(파이어워커의 송출 시스템과 유사하지만 더욱 정교하다)을 구현하고 있는 TROV로부터 습득한 원격조작 전문기술을 이용해 여러 관찰지역과의 상호작용을 가능하게 했다. 아마도 이는 앞으로 더욱 멋진 기계가 될 것이다.

암호명 : 피의 신전(Red Museum)

사건 개요

위스콘신의 10대들이 알몸의 등에 이상한 메시지를 휘갈겨 쓴 채 숲속을 허겁지겁 뛰쳐나왔을 때, 멀더와 스컬리는 가축의 중심지인 이 마을로 향한다. 이들이 발견한 것 —— 채식주의자, 호색가, 그리고 생체공학적으로 처리된 소와 노니는 사람 —— 은 너무 복잡하게 뒤얽혀 있어 증거가 사라지기 전에 범인을 찾아내는 작업이 쉽게 이루어질 것 같지는 않다.

심층적 배경

우리들의 소가 어떻게 된 거지 ? 프랑켄푸드가 되었나 ?

생물공학으로 만들어낸 음식물에 대한 일대 결전으로 인해 사람들은 채식주의자가 되어가고 있다. 그리고 공중위생 노동자들도 청소에 곤란을 겪고 있다. 미국 특허청은 박테리아를 생성해내는 플라브르 사브르 토마토(Flavr Savr Tomato)에서 만들어지는 모든 것에 대한 특허권을 내주었다. 이에 반대하는 사람들이 할 수 있는 일이라고는 그저 반대의사를 표명하는 것뿐이

었다. 그러나 이들은 무엇인가 행동을 결의하기 시작했다. 미국 식품의약국
(Food and Drug Administration : FDA)의 사무국 앞에서 시위를 하면서 농
부, 부모, 그리고 환경주의자들은 성장 호르몬으로 사육된 소에서 나온 우
유를 수백 드럼이나 쏟아부었다. 도로와 하수구는 우유로 바다를 이루었
다. 그 여파로 벤 & 제리(Ben & Jerry)라는 아이스크림 회사는 자신들의
제품 원료를 주문할 때 다음과 같은 문구를 강조했다. 『인공 처리된 소에서
나온 것은 절대 사절함.』

　　우리 인간들은, 그레고어 멘델(Gregor Mendel)이 완두콩에 매달린 이후
유전적으로 조작된 식품을 먹어왔으며, 유전적 물질을 재결합하는 능력에
힘입어 농업에서 새로운 전기를 마련한 것은 분명하다. 청색의 장미는 앙증
스럽다. 그러나 돼지들이 인간의 헤모
글로빈을 만들어냈을 때, 이는 정말로
심각한 일이었고, 뭔가 정신 없는 일이
벌어지고 있다는 개운치 않은 느낌을
갖게 했다. 수많은 질문이 쏟아져 나오
기 시작했다. 두 그룹이 이러한 질문에
답했다. 그리고 이 두 그룹은 전혀 다
른 견해를 피력하고 있다.

> **목격자 진술**
>
> 당신은 사람들을 떠나게 하는 요령을 알고 있지
> 요.
>
> ―멀더, 「피의 신전」에서

　　FDA와 미국 의학협회(American Medical Association : AMA)에 따르면
유전적으로 변형된 박테리아가 만들어내는 소의 인공 호르몬인 BGH에 대
한 일반인들의 열광은 하나의 소란으로 끝났다. 이들은 모든 소들이 BGH를
만들어내고, 호르몬 주사만으로 기존의 소로도 더욱 증산할 수 있으며, 이
는 완전히 자연적인 과정이기 때문에 현재 우유 생산에 골칫거리가 되고 있
는 문제를 완화시킬 수 있다고 확신하고 있다. 그러나 무공해식품 운동본부
(Pure Food Campaign : PFC)와 같은 그룹에 따르면 빈약한 고기의 생산량
을 증가시키려고 소에다 인간 유전물질을 더해 소의 호르몬을 만들어내는
데 소의 박테리아를 이용하는 것은 매우 일시적인 일이었다. 이렇듯 야만적

인 주제는, 많은 소비자들이 그저 부질없는 세상 이야기로 치부할 수 없는 것이었다.

　FDA에게서 자신의 제품을 승인 받으려는 사람들에게는 불행한 일이었다. 소비자 연맹(Consumers' Union), 환경방위재단(Environmental Defense Fund), 전미 야생생활연합(National Wildlife Federation : NWF)과 같은 로비 집단은 이 도도한 생산업자들에게 타격을 입히지는 못했지만 소매상에게는 상당한 영향을 미쳤다. 식당에서는 이렇게 처리된 우유를 즉시 거부하기 시작했고, 학교 당국은 이 우유 제조업자에게 우유에서 BGH를 빼도록 압력을 가했다. 그리고 권위 있는 호텔에서는 피켓 시위가 끊이지 않았다. 과학자들은 자신들이 이상한 처지에 처해 있음을 깨달았다. 즉 FDA에 맞서는 것이 아니라 가두의 시위자들을 방어하는 처지가 되었던 것이다.

　제러미 리프킨(역주 Jeremy Rifkin : 《엔트로피》의 저자)의 PFC와 같은 그룹은 핵심적인 논제를 다루기 시작했다. 그 논제는『유전공학적인 인공식품에 치명적인 박테리아가 내재할 가능성은 없었는가? 이 변형된 유전자가 예기치 않은 반응을 일으켰을 때 항생물질을 사용하지 않았는가? 그리고 이러한 인공식품을 섭취하게 되면 항생제에 내성을 갖게 되지나 않을까? 원래의 식물군과 이화수분(異花受粉 : cross-pollination)은 어떤가?』등이었다. 이 생물공학적인 식품을 허가하기 전에 장기적인 실험을 거치지 않았던 FDA는 상당히 곤란한 처지에 처하게 되었다. 타당한 문제제기였다. 그리고 FDA는 이 질문에 답해야만 했다.

유전자 표지

　새로운 유전자가 세포에 성공적으로 이식될 가능성이 있는지를 관찰하는 것은 쉽지 않다. 유전 공학자들은 실패는 차치하고라도 이 변형된 세포가 성공적이라는 사실을 밝히려고, 이 새로운 유전자에 비교적 실험하기 쉬운 상태를 만들기 위해 항생물질 유전자를 결합시킬 것이다. 간결하고 효과적이긴 해도, 항생약품을 먹는 것과 토마토 항생제를 먹는 것과의 차이점에 관한 질문이 당연히 제기되게 마련이다. 그리고 그 유전자 자체는 어떠한가? 땅콩의 유전자가 토마토에 이식될 경우, 땅콩 알레르기를 일으키는 사람이 그 토마토로 만든 샐러드를 먹으면 이에 반응할까?

과학자들은 구강 소화나 위장 소화에서는 단백질이 생존할 수 없다고 한다. PFC는 증거를 원한다. 그것도 장기적인 증거를 말이다.

FDA가 재고하기로 결정한 것은 당연한 일이다. FDA는 실험을 거쳐 이러한 것이 안전하다고 증명될 때까지 「알레르기를 일으킬 수 있는 식품」이라는 문구를 붙일 것을 요구했다. 아마도 이들이 어느 정도 자제심을 보였던 이유는 어린아이들의 결막염 치료에 쓰이는 항생제인 카나마이신(역주 Kanamycin : 방선균(放線菌)의 일종의 배양액 중에서 분리된 항생물질)에 대한 내성이 극성을 부리고 있다는 사실과 상당한 상관성이 있는 듯하다. 이 카나마이신도 유전자 토마토에서 발견되었던 것이다.

> 과학자와 소비자 그룹은 우유 생산을 증가시키기 위한 화학물 사용의 필요성에 대해 논쟁을 벌였었다. 그러나 미국은 1980년대 이후로 우유 초과공급 현상이 지속되고 있다.

이화수분

민들레를 제거하려고 노력했던 사람이라면 식물이 우리가 원하는 데로 언제나 움직여주는 것은 아니라는 사실을 알고 있으리라. NWF와 같은 그룹은 생물 유전공학적인 식물이 어떤 새로운 성분을 함유하고 있는지 정확히 알고 싶어한다. 그리고 이런 것이 의도적이든 우연이든 간에, 자연의 서식지에 이식된다면 우리가 예상할 수 있는 결과가 무엇인지 정확히 알고 싶어한다.

FDA는 공학적인 식물 실험을 거의 10년 동

> CBS와 폭스(Fox)사가 거절하기 전에 X파일과 피켓 펜스(Picket Fence)의 작가들은 위스콘신 주 로마 마을에서 발생한 피켓 펜스의 「피의 신전」 사건을 멀더가 계속 수사할 수 있게 했다. 기본적인 줄거리가 진행되었다. 그리고 이들 로마 마을의 주민들은 자신들의 소에서도 이상한 징후를 발견했다. 그런데 이를 조사한 또 다른 요원이 있었다. 그것은 멀더가 아니었다. 그럼 그는 누구란 말인가?

쉬운 문제 : 각 1점

1. 게리 케인(Gary Kane)의 등 뒤에는 어떤 문구가 쓰여져 있었나?
2. 케인의 집 안에 있는 거울 뒤에서 발견된 것은?
3. 베스(Beth)의 남편은 어떻게 죽었나?
4. 피의 신전 신도들은 어디에서 왔나?
5. 어린아이들은 실제로 어떤 주사를 맞았나?

어려운 문제 : 각 2점

6. 도살장의 이름은?
7. 베스가 피자 위에 친 음식물은 무엇인가?
8. 아이들을 추적한 방법은?
9. 의사는 아이들에게 어떤 것을 주었다고 주장했나?
10. 리처드 오딘(Richard Odin)의 과거 이름은?

안 허가해왔다. 플라브르 사브르 토마토사의 대변인인 스티브 밴더팬(Steve Vanderpan)은 허심탄회하게 이 문제를 공개적으로 제기했다. 그는 〈뉴요커(New Yorker)〉지에서 자신의 회사는 이화수분에서 무슨 일이 일어날지 모르며, 자신들이 원치 않는 돌연변이가 생겨도 놀라지는 않을 것이라고 밝히고 있다.

FDA가 몇 년 전의 자세보다는 좀더 신중한 모습을 보이고 있으며, PFC나 어떤 그룹도 단일의 생물공학적 식품이 인간에게 직접적으로 해를 끼친다고 보고 있지는 않다. 그러나 FDA는 실리콘을 이용한 유방 확대 수술, DDT 살충제, 탈리도마이드(역주 Thalidomide : 수면제의 일종. 임산부가 복용하면 기형아를 낳게 되어 현재는 제제·사용이 금지됨) 수면제와 같은 재난을 인정하고 있다.

과학자들은 방송매체가 공학적으로 변형된 식품을 잘못 묘사하고 있으며, 너무 빨리, 그리고 너무 지나치게 자극적인 부분을 강조하면서 수백 곳의 연구소가 이루어놓은 성과에 대해서는 너무 경시하는 경향이 있다고 불만을 토로한다. 그러나 이런 것을 반대하는 사람들은 자신들의 노력이 정부나 거대 기업에게서 진리를 확보할 수 있는 유일한 방법임을 믿고 있다. 양측 다 타당성과 진실을 담고 있다. 그리고 우리가 공학적으로 처리된 식품을 먹든 안 먹든 간에, 좀더 나은 변화는 이러한 논쟁을 거침으로써 만들어질 수 있다. 한때 기술자들을 위한 과학교육에서는 인본주의를 강조하는 의사소통 기술을 무시했었다. 그러나 과학자들은 다음절(多音節)의 라틴어나 그리스어 학술용어보다는 일상어를 쓰고 있는 문외한들과 관계를 맺을 수 있어야 한다는 것을 배워왔다.

MIB

스컬리는 이 일화에서 검은색 옷을 입은 사람들(Men In Black : MIB) 중 한 명을 죽였다. 이 사람들은 음모 이론이나 시간 상실과 같은 UFO적 전설을 현저히 보이고 있다. 이들은 매우 자극적인 이야기를 동반하며 등장했었다. 그리고 그 후 사라졌다. 검은색 옷을 입고, 검은색 대형 차를 운전하거나 검은색 헬기를 이용하고, 심지어 야밤에도 검은색 선글라스를 쓰고 다니는 이 사람들은 하나의 신비로써 의인화되었다.

대부분의 UFO학 분야와는 달리 MIB의 기원을 살펴보면 분명하고 게다가 상당히 잘 정리된 기록이 있는 사건을 추적할 수 있다. 1953년 앨버트 벤더(Albert K. Bender)는 국제비행접시국(International Flying Saucer Bureau : IFSB)이라고 불리는 조직을 운영하며 〈스페이스 리뷰(Space Review)〉라는 한정본 잡지를 출간하고 있었다. 이 잡지는 주로 목격담, 수필, UFO에 대한 연구 등을 담고 있다. 특별히 논쟁적인 내용을 담고 있지는 않았다. 그러나 1953년 10월 판에 게재된 예기치 않은 공고가 독자들을 대경실색하게끔 만들었다.

벤더는 UFO 뒤에 숨은 비밀을 찾아냈다고 주장했다. 그는 자신이 이를 밝히지 못하도록 하는, 어떤 강력한 세력이 있음을 은근히 암시하면서 앞으로 조심하라고 독자들에게 알렸다. 그리고 그 후 이 잡지의 출간은 이어지지 않았으며, 그의 조직은 해체되었다. 그는 자신의 지속적인 UFO학 참여 중지를 「권고」하는 세 명의 MIB 방문을 받았다고 나중에 밝혔다.

몇 년에 걸쳐서 윤색되어갔지만 유사한 보고가 계속 뒤따랐다. 그러나 그 기본적인 구성은 모두 똑같았다. 즉 보통 사람들은 접촉이나 피랍을 통해 UFO에 관해 무언가를 알게 된다. 그들은 자신이 알고 있는 내용보다 더 많은 것을 알고 있는 한 명 또는 몇몇 MIB(여성인 경우도 있다)들의 방문을 받는다. MIB는 협박을 동반한다. 때에 따라서는 애매모호하게, 어떤 때에는 당사자가 아니라 가족이나 친지들에게 지시하기도 한다. 이것은 그 사람이 미행당하고 있다는 뜻이다. 전화에서는 이상한 잡음이 끓고, 아무 이유도 없이 전화 벨이 울린다. 가전제품도 이상하게 작동한다. 그 사람이 해왔던 일을 그만 두면 그 이상한 일도 멈춘다. 물론 그 차이는 있다. 그러나 모호한 테러라는 일반적인 주제는 남는다.

암호명 : 악령의 요양원(Excelsis Dei)

사건 개요

노인들을 위한 요양원의 간호사가 연루된 「어떤 존재의 강간」 사건을 스컬리가 가져왔을 때, 멀더는 왠지 의심스러웠다. 그러나 그 원인이 영혼이든 마법의 버섯이든 간에, 범죄는 이미 발생했고 스컬리는 이를 해결하려 한다. 스컬리의 직관이 정확했음이 증명되었을 때 누구보다도 멀더가 가장 놀란다.

심층적 배경

콤부차 : 기적의 버섯

1960년대 이후 한창때의 어린아이들이 기이한 버섯을 발견하고 이를 샘플로 채집했을 때, 우리는 이것이 마법의 버섯(Magic Mushroom)을 뜻하는 것으로 이해했었다. 그러나 X파일은 우리에게 새로운 정의를 내려주었다. 당신은 노인들을 20년은 더 늙게 만들어버리는 알츠하이머 병을 치료하는 이 버섯을 무엇이라고 부르겠는가? 어린아이들도 전혀 못 보았던 것을 당신은 상상할 수 있겠는가?

1990년대의 마법의 버섯은 전혀 다른 것이다. 이것은 청춘의 샘이자, 운동선수들의 강장제이며, 에이즈까지도 치료할 수 있는 약으로 열렬한 환호를 받는다. 혹자는 이를 콤부차(Kombucha) 버섯이라 부르고, 이 시대의 만병 통치약이라고 부른다.

지금은 이 경이의 치료약을 팔러 다니는 판매원은 없다. 강장제로서의 가치를 확신하고 있는 사람들은 이「자랑거리」를 친구들과 함께 나눈다. 건강식품점에서는 이것을 차와 설탕병 안에 띄워놓아 전시한다. 의학잡지에서는 전 페이지를 장식하는 화려한 광고를 싣는다. 그리고 그 버섯이 나오는 곳이 어디든 간에, 그 신비의 능력에 대한 추천장을 발행한다.

중국의 「만주차」로 불리는 이 콤부차는 전립선을 축소시키고, 피부와 머리털에 생기를 불어넣고, 월경 전 증상을 경감하고, 헛배를 제거하고, 심지어 주근깨까지 없애준다고 한다. 아마도 당신이 할 수 있는 것이라고는 자신의 문제를 확인하고, 이것을 해결하기 위해 콤부차 문화에 흠뻑 빠지는 일뿐이다. 이 제품에 대한 관심이 급작스럽게 고조되는 데 대해 일부 관조적인 사람들은 이것을 「살아 있는 애완 바위(living pet rock)」라고 부른다. 이 말은 콤부차 애호가들이 보이고 있는 성향을 빗대 한 말이다. 다른 사람들은 콤부차가 에이즈의 진행을 멈출 수 있으며, 에이즈에 치명적인 영향을 미칠 수 있다는 말을 들었다 한다. 이것은 사람들로 하여금 캘리포니아 전역을 풍미했던 최근의 민간요법까지 쉽사리 떠올리게 했다. 그 최근의 민간요법은 절망적인 에이즈 환자에게 독성이 있는 과산화수소수를 끼얹는 것이다.

콤부차는 대체 무엇인가? 이것은 효모와 버섯에 기생하는 효모가 갖고 있는 박테리아의 공생 군체다. 그러나 이 콤부차는 버섯과 닮은 구석이 한군데도 없다. 그 유기체인 군체는 크고 투명한 해파리를 닮았으며 8일마다 재생산을 한다.

혹자들은 콤부차가 고대 이집트·러시아·한국·중국·일본의 민간 치료법이라고 주장하고 있으며, 어떤 사람들은 아틀란티스에서 기원한 것이라고 주장하기도 한다. 판매상들은, 이러한 현상이 유명인들 —— 특히 장수한 명사들 —— 이 이것을 사용한 데 기인한다고 한다. 일부는 강장제로서의 가치를 인정하지만, 일부에서는 전혀 관심을 두지 않는다. 그러나 1994년 한 해동안 100만 명의 사람들이 이 콤부차를 구입했거나 선물받았다 한다.

콤부차를 기르는 일은 알약을 먹는 것처럼 쉽지 않다. 콤부차 애호가들은 1주일 전부터 이 치료약의 결과에 마음졸이며 자신이 양조장 경비라도 되는 양 주변을 맴돈다. 강장제를 만드려면 끓는 물 3ℓ 정도에 가공하지 않은 설탕 한 컵을 넣어 섞은 다음 살균한 유리병에 붓는다. 설탕이 녹기 시작하면, 이 달착지근한 물에 차(4개의 팩)를 넣는다. 이것이 콤부차를 만드는 첫번째 배양 단계다.

콤부차가 들어 있는 유리병을 깨끗한 광목으로 덮는다. 그리고 1주일 동안 거의 빛이 들어오지 않는 곳에 보관한다. 그 1주일 동안 자연발효가 일어난다. 그 결과 톡 쏘고, 시고, 종종 거품이 이는 음료수가 된다. 이것이 두번째 배양 단계다. 이것은 친구들에게 나주어줄 수 있는 자랑거리가 된다. 새로운 문화를 이루는 데 드는 비용이 50달러 정도라고 생각하면 상당히 괜찮은 선물이지 않은가.

에이즈 치료 연구에 몰두하고 있는 대다수의 의사들은 이러한 인습적인 치료방법에 관해 전혀 양심의 가책을 느끼지 않는다. 대부분의 의사들은 에이즈를 퇴치할 수 있는 무엇인가가 있으리라고 생각하고 있었다. 의사들의 걱정은 이 콤부차 치료가 아니라, 콤부차가 갖고 있는 문제에 있다.

1. 콤부차는 아주 생장력이 강한 유기체다. 최소한의 여건 아래에서도 재생되는 유기체인 것이다. 이것은 잘 씻기지도 않는다. 만약 이것으로 집을 짓는다면 아주 완벽한 집이 된다. 그 대신 손님들은 오지 않을 것

퀴즈 게임 35

쉬운 문제 : 각 1점

1. 누가 이 사건을 맡자고 했는가?

2. 레오(Leo)의 전 직업은?

3. 요양원에 있는 대부분의 환자들은 어떤 병으로 고생하고 있는가?

4. 도로시(Dorothy)는 스컬리의 주위에서 무엇인가 떠다니고 있는 것을 본다. 무엇인가?

5. 할(Hal)과 스탠(Stan)은 차터스(Charters) 간호사가 리모컨을 압수했을 때 무엇을 보려고 했는가?

어려운 문제 : 각 2점

6. 겅(Gung)이 지하실에서 기르는 버섯 묘판에서 멀더는 무엇을 발견했는가?

7. FBI는 어떤 상황에서 이 사건을 맡게 되었나?

8. 차터스 간호사의 찢어진 입술은 몇 바늘 꿰맸나?

9. 차터스 간호사는 자신을 강간한 사람이 누구라고 생각했나?

10. 레오는 이 일화의 종반부에서 무엇을 그렸나?

이다.

2. 강장제로서의 부작용은 거의 없다지만 그래도 발생한다. 발진, 두통, 메스꺼움이 균류의 가장 일반적인 부작용이다.

3. 콤부차 강장제는 전혀 인공적 화학제가 아니다. 그러나 이것에는 설탕이 들어 있다. 그것도 상당량을 포함하고 있다. 종종 췌장염으로 고생하는 에이즈 환자들에게 설탕은 치명적이다. 당뇨병 환자들도 언제나 천연의 음료수를 찾아다니지만, 1주일이 지나고 나면 이 차에 설탕이 들어 있다는 사실을 까맣게 잊고 만다.

4. 오염의 가능성도 높다. 1주일 동안 실내 온도에 맞춰졌기 때문에 곰팡이나 벌레 유충이 자라는 토양이 될 수도 있다.

콤부차는 분명 약으로서의 효능을 인정받은 것 같다. 그러나 민간치료로서의 기능을 담당했었던 아스피린이나 발륨(신경안정제)처럼 콤부차의 효과는 공정한 과학적 연구로 인해 전혀 손상을 입지 않았다. 인체에서 작용하는 콤부차에 대한 이해는, 아마 더 많은 혜택을 가져올지도 모른다.

물, 흔한 물 : 특수 효과

영화 세트에 어떤 형태로든 물을 도입할 필요가 있을 때 이 영화를 「상영가능한」 상태로 만드는데 따르는 어려움으로는 최소한 100여 가지 이상의 요소를 열거할 수 있다. 물과 전기는 분명 상극이다. 이는 실제로 매우 쉬운 듯하면서도 해결하기가 극히 어려운 문제다.

「악령의 요양원」이나 「죽음의 침묵」에서 물 속 촬영은 세트 관리자, 카메라맨, 배우, 조명 기사, 그 밖의 제작진에게는 특히 어려웠다. 그리고 통상 예상되는 문제가 발생한다. 스튜디오의 조명처럼 자양분이 많은 빛과 열에서도 번식할 수 있는 녹조류를 포함해서 물은 많은 생명체들이 삶을 엮어가는 생활환경이다. 규칙적으로 화학처리를 하지 않으면, 이 수중 식물은 촬영 수조나 수영장을 오염시킬 수도 있다. 이렇게 되면 수중 촬영할 때 이들 조류가 귀신같이 떠다녀 선명한 영상을 만들 수 없게 된다. 또한 이들 조류의 생장 주기도 빨라진다. 촬영 대본은 매우 중요한 관심사다. 이들 조류의 생장 주기를 잘못 선택해 촬영하면 아마도 그 색상이 변할 것이다. 일부 장면을 다시 촬영해야 하는 경우에 조명 조건을 거의 똑같이 맞출 수 없기 때문이다.

수영장 같은 곳에 이들 조류가 집중되어 있디면 조류의 성장을 억제할 수 있는 염기성 화학제는 별 효과를 볼 수 없다. 공설 수영장 같은 곳에서는 더욱 심해 두 배의 염기성 화학제와 함께 더욱 강력한 조명이 필요하다. 그렇게 되면 배우들은 온통 빨갛게 나오고, 이들의 눈이 심하게 자극받게 된다. 관계자들의 개인적 관심사 외에 제작자와 감독은 하나의 일화가 필름화되는 데 8일 정도

해답

1. 스컬리.
2. 그는 유명한 예술가였다.
3. 알츠하이머 병.
4. 유령.
5. 권투 경기.
6. 나이가 지긋한 업셔(Upshaw).
7. 투명인간이 저지른 강간사건이라고 해서 연방수사국이 개입하지는 않는다. 문제는 처터스 간호사가 연방정부를 상대로 소송을 제기했기 때문이다.
8. 13비늘.
9. 할 아든(Hal Arden).
10. 보트.

점 수 : _____

의 시간이 소요되는 촬영 일정을 정확하게 꿰고 있다. 누군가 병을 앓거나, 특히 이 염기성 화학물로 인한 눈의 자극과 같은 상황이 발생하면 촬영 일정이 어긋나 엄청나게 큰 재정적 손실을 입게 된다.

조류가 득세하지 않는다 해도 수중 촬영하는 동안의 시간관리는 매우 어렵다. 물 속의 환경에 필요한 온갖 것들을 제거하거나 침전시키는 데 몇 시간이 걸릴 수도 있는 먼지와 오물을 이용해야 할 경우도 있다. 이렇게 되면 촬영이 지연되는데, 이러한 지연을 피하기 위해 세트와 장비 관리자들은 가장 상식적인 방법을 창안해냈다. 장비를 깨끗하게 세척하는 것이다. 신발과 배우들도 같은 방식으로 씻는다. 촬영 중 카메라 앞을 떠다닐 가능성이 있는 것에는 추를 매달아 가라앉히거나 철사로 묶어 고정시킨다. 필요하다면 카메라 촬영 전에 의복이나 섬유에 대한 투명성 검사를 해야 한다. 치마는 날리지 않도록 치맛단에 무게 있는 것을 넣어 감침질한다.

영화 제작업자들에게 공기보다 다양한 광학적 속성을 지니고 있는 물은 하나의 난관이다. 물 속에서는 배우를 포함해 모든 대상이 호리호리하고 작게 보인다. 벽은 끝부분이 잘린 듯 보이고, 바닥은 경사져 보인다. 세심하게 원근법을 적용하지 않으면 전혀 거리감을 느낄 수 없을뿐더러 움직임도 어색해진다. 비디오 테이프 대신에 필름을 사용해 촬영함으로써 얻은 「깊이」와 「질감」은 상실되어버린다. 「악령의 요양원」에서는 분명한 모퉁이와 곧게 뻗은 부분을 많이 만들고, 수조 안에 화장실 세트를 가라앉혀 전체 장면을 카메라에 포착하지 않음으로써 이러한 1차원적 모습을 줄일 수 있었다.

물의 또 다른 이름 : 얼음, 서리, 비, 눈, 안개

「게임의 종말」이나 「빙하의 공포」에서는 눈발 날리는 장면이 가장 중요한 것이었다. 그러나 이것은 1분 이상 지속시킬 수 없는 효과다. 북극에서 촬영한다면 전혀 문제가 되지 않지만 말이다. 스튜디오에서 눈에 대한 효과를 낼 때에는 가장 기본적인 접근방법을 이용한다. 「빙하의 공포」가 그 첫 무대다. 그 중 첫번째 방법으로는 북극의 기지 모델을 촬영한 기본 필름에다가 나중에 이중 인화(superimposition)를 하기 위해 검은 상자 안에 폴리스티렌 알갱이를 휘날리게 해서 촬영하는 것이다. 배우가 눈발 휘날리는 곳에서 움직이는 듯한 장면을 만드는 데에는 아직도 이중인화를 이용한다. 그러나 스노 머신과 팬을 이용하면 더욱 좋은 효과를 볼 수 있다. 특히 이미 다른 장면을 위해 눈과 얼음 세트가 설치되어 있다면 효과적이다. 그리고 「빙하의 공포」에서처럼 그 촬영은 실내에서 이루어진다.

점성학에 따르면

멀더는 천칭궁이다(12궁 중 7번째). 이론적으로 보면 그는 외교관으로 태어났다. 아마도 누군가가 그를 위한 도표를 만들어야 할 것이다. 그가 자신의 윗사람들을 점검하기 전에 말이다.

▶ **천칭자리**
- 기질 : 근본주의적이다.
- 요소 : 공기.
- 핵심어구 : 나는 균형을 제공한다.

▶ **설명**
천칭궁 사람은 무엇보다도 평화를 중시한다. 이들은 다른 사람들과의 갈등을 피하기 위해 타인의 결점을 관대히 넘긴다. 그리고 주변의 적대적인 요소 간에 조화를 이루게 하는 능력이 있다.

▶ **긍정적인 성격**
협동적이고, 외교관적 기질이 있고, 원만한 사회관계, 순한 성격, 사려 분별이 있고, 말솜씨가 좋다.

▶ **부정적인 성격**
음모를 꾸미기 좋아하고, 우유부단하다. 쉽게 단념하고 종종 도덕이나 명예에 대한 개인적인 가치관을 세우는 데 변덕스러우며 무능력한 모습도 보인다.

특수효과 기사들이 이루어낸, 물과 연관된 예술적인 작업으로는 창가에 서리를 만들어내는 것도 있다. 이것은 메틸알코올과 미세한 분필 가루를 이용해 만든다. 이 기사들은 얼음처럼 보이도록 하기 위해 폴리스티렌과 왁스 고드름, 아크릴 플라스틱으로 수벽(water-full block)도 만든다. 이러한 기술의 예를 보려면 「빙하의 공포」를 시청하기 바란다. 그리고 스컬리가 권총을 잃어버린 곳도 이 일화의 바로 이 장면에서였다.

암호명 : 오브리 마을(Aubrey)

사건 개요

한 시골 마을의 경찰관이 실종된 지 반 세기가 지난 FBI 요원의 유골을 발견했지만, 그 경찰관은 그것을 어떻게 찾았는지 설명하지 못한다. 이 때 멀더는 단순한 운 이상의 무엇인가가 있다고 생각한다. 꿈과 현실, 역사와 기억, 그리고 과거와 현재를 분별하는 데는 멀더의 심리학적인 배경과 좀더 과학적인 스컬리의 지식 외에도 직관적인 무엇인가가 필요하다.

심층적 배경

혈흔 : 여기도 핏자국, 저기도 핏자국

DNA 검사

멀더와 스컬리가 DNA 검사 결과를 오브리 마을의 한 모텔 방에서 기다리고 있었다면, 우리는 단지 이들이 카드 놀이만이라도 해주기를 바랄 수 있다. 스컬리가 언급한 검사에서 의미 있는 결과가 나오기까지는 1주일이 걸릴지 한 달이 걸릴지 아무도 모른다. 그러나 시간이 많이 지났다고 해서 독극물 증거나 혈액 증거의 중요성을 낮게 평가할 수는 없을 것이다. 이것은 법집행 기관의 연인이 되어가고 있다. 그리고 이는 조만간 지문이나 다른 물증과 함께 법정 증거자료로 채택될 수 있을 것이다.

법의학자들은 몇십 년 동안 혈액이라는 요소에 매달렸다. 처음에는 혈액형의 종류를 확인하고, 그 다음 Rh 음성과 양성, 루이스(Lewis)형, 켈(Kell)형을 샘플에서 밝혀냈다. 혈청학의 진보로 사람마다 각기 다른 모습을 띠는 조직 적합성 항원, 혈액 효소, 그리고 혈청 단백질을 포함해 첨가된 혈액 요소를 분리해내고 확인할 수 있게 되었다.

몇 가지 혈액검사를 소개하면 다음과 같다.

목격자 증언

저는 항상 B. J.라는 여성들의 노리개가 되었어요.

– 멀더, 「오브리 마을」에서

▶ **RFLP**. 이 검사는 관련 연구에서 사용되었던 1980년에 두각을 나타낸 기술로, 겸상 적혈구 빈혈증(sicklecell anemia)을 위한 진단검사의 일부로 편입된 1982년부터 유명해지기 시작했다. 이것은 DNA 성분 중 몇 가지 요소를 확인하고, 연관되지 않은 두 가지 샘플의 특정 순서를 구성하는 연속성의 가능성을 계산하는 방법이다. 이 검사에서 의미 있는 결과를 얻으려면 수천 개에 달하는 양질의 세포가 필요하다. 이 방법은 PCR에 비해 정확성이 매우 높다.

▶ **PCR**. PCR 증폭화는 조사되는 코드의 특정 부분을 더욱 세분화하는 것이다. 스컬리가 언급한 DQ-알파(DQ-alpha) 검사란 인간 백혈구 항원(HLA-DQ-alpha)상의 두번째 엑슨(역주 axon : 메시지 RNA의 정보배열)을 합성하는 것이다. 그리고 여섯번째 인간 염색체의 세 가지 유전자군(gene family) 중에서 하나만을 이용한다. PCR는 RFLP 검사에서 사용되는 유전물질 가운데 아주 작은 부분만 있으면 된다.

일반인들도 DNA 검사를 자주 한다. 이 검사는 주로 영리적인 연구소에서 담당하고 있다. 일반인들의 DNA 검사는 주로 부성(父性) 결정을 하는 데 이용된다. 그러나 범죄학에서의 DNA 검사에서는 용의자들이 배제되는 일도 종종 있다. 두 번의 강간 살인죄로 기소된 한 남자가 자신의 결백을 주장한 1986년 사건이 그 예다. 용의자 목록에서 그가 배제되지 않았다면, 경찰은 뭔가 다른 것을 찾아다닐 이유가 없었을 것이다. 개개인에게 고유의 문상이 있는 지문과는 달리 「툼스」에서의 DNA 지문은 유일하다거나 독특한 것으로 받아들여지지 않았다.

PCR와 RFLP 검사는 둘 다 세포핵에서만 발견되는 핵DNA를 사용한다. 따라서 앞으로의 검사는 좀더 풍부하게 공급될 수 있는 미토콘드리아의 DNA에 초점이 맞춰져 개발되어 현재의 법의학의 모습을 바꿔버릴지도 모른다.

물증

폭력저인 범죄에서 자연스럽게 생기는 혈흔은 DNA 검사와 같은 현미경적인 검사가 일반화되기 전까지 경찰들의 현장검증에서 핵심적인 요소였다.

혈흔의 모양, 위치, 그 양은 범죄 행위가 일어난 주변 환경에 대해 중요한 정보를 제시한다. 혈흔의 형태를 통해 피가 어느 높이에서 떨어졌는지 추정할 수 있으며, 피가 터진 각도도 알아낼 수

퀴즈 게임 36

쉬운 문제 : 각 1점

1. 멀더 가족 중에서 해바리기씨를 좋아하는 사람이 있다. 누구인가?
2. 희생자의 가슴에 새겨진 단어는?
3. B, J.는 멀더의 머리를 무엇으로 내리쳤나?
4. 그녀를 시체가 있는 곳으로 데리고 간 것은 따로 있다고 모로(Morrow) 형사는 주장했다. 그것은 무엇인가?
5. B, J. 모로는 1942년의 시마론 카운티 카탈로그 4756에서 무엇을 찾았나?

어려운 문제 : 각 2점

6. 모로와 해리 코클리(Harry Cokely)의 관계는?
7. 코클리가 스컬리를 부를 때 이용한 다소 불길한 표현은?
8. 모로 형사가 서장 서리인 브라이언 틸먼(Brian Tillman)과 자신의 임신에 관해 논한 모텔 이름은?
9. 코클리가 체포되기 전에 신문에서는 그를 무엇이라고 불렀나?
10. 린다 디버독스(Linda Thibedeaux) 부인이 사는 곳은?

→ 해답은 p. 284

있다. 이 혈흔을 검사해보면 얼마나 오래 되었는지도 대략 알아낼 수 있다.

노련한 수사관은 이 샘플에 대한 낙하 높이, 각도, 그리고 희생자의 대략적인 나이를 알면 범죄 현장을 재현할 수도 있다. 그리고 이 수사관들은 진범을 체포하기 위해 범행 현장에서 발견된 세세한 증거를 이용한다. 영국에서 발생한 한 사건이 신참 범죄학자들에게 곧잘 인용되고 있는데, 이것은 물증이 범죄 수사에서 얼마나 중요한 도구인지를 설명하고 있는 사건이다.

첨단 기술조차도 부정하기 어려울 정도로 DNA가 매우 흡사한 쌍둥이 형제 중 한 명이 가게 주인을 살해했을 때, 이 둘은 모두 강도 살인죄에 연루되었다. 더욱 혼란스러웠던 것은 두 형제가 싸움으로 인해 상처를 입었고, 이들의 피가 서로 뒤섞여 현장에 묻어 있었던 것이다. 이들 형제의 상처 부위와 떨어진 혈흔을 비교해보니 상박부에 상처를 입은 사람이 범인일 가능성이 높은 것으로 나왔다.

대충 이루어진 검사든 DNA 검사처럼 세밀하게 이루어진 검사든 간에, 혈액은 수사관들이 가장 소중히 여기는 증거 가운데 하나인 것만은 분명하다. 아마도 이러한 사실에는 거의 변함이 없을 것이다.

암호명 : 불가항력(Irresistible)

사건 개요

　멀더와 스컬리는 정신적인 성도착(fetish) 장애가 있는 한 남자를 체포한다. 스컬리는 멀더와는 달리 이상 성욕 사건을 다루어본 적이 전혀 없었지만, 그 남자의 정신의 소용돌이를 추적하면서 차츰 자신의 궤도를 찾게 된다. 살인자가 스컬리를 목표물로 삼아 납치했을 때 그녀는 다음 번 희생자처럼 보였다. 멀더조차 동요하기 시작한다.

심층적 배경

물신숭배주의자

　X파일이 묘사하는 돌연변이나 외계인은 섬뜩한 느낌을 갖게 하고, 인간의 심층에 손을 뻗어 특히 공포심을 유발시키고 있다. 「바다 저편에」나 「기적의 사나이」와 같은 일화는 심리적으로 충격을 잘 받는 사람들에게 주의하라는 경고를 했어야 했다. 그러나 「불가항력」에 등장하는 악마에 대해 시청자들을 위한 배려는 전혀 없었다. 성적 도착자인 도니 패스터(Donnie

Pfaster)는 인간일 수 있다. 그러나 전혀 그렇지 않을 수도 있다. 성적 도착이 흔한 일이긴 하지만, 매니큐어 색에 따라 희생자를 선택하고, 희생자들을 대상화하고, 자신의 만족을 위해 희생자들을 죽이는 행위는 대다수 사람들의 이해의 범주를 넘어선 것이다. 다행히도 우리 사회에서는 그런 정도까지 물신숭배가 이루어지고 있지는 않다.

성도착자에 대한 정의

많은 사람들이 성생활에 감미료 역할을 하는 실크 속옷이나 홑이불, 레이스 달린 원통형 속옷, 표범 가죽으로 만든 짧은 팬티 따위를 찾지만 이들은 성도착자가 아니다. 물론 이들이 자신의 파트너보다 이러한 것을 더욱 중요하게 여긴다든가, 자신의 욕구를 채우기 위해 이러한 것을 본질적인 요소로 여기지 않는 한 그렇다는 애기다.

다른 병적인 애호(물신숭배도 그 중 하나)가 정신 형성과 혼합되면 진단하기가 더욱 어려워진다. 성적 도착과 관련된 일반적인 병적 애호로는 복장도착(역주 이성의 옷을 입기 좋아하는 변태성), 동물 성애, 소아 성애, 노출증, 관음증, 피학대 음란증, 호분증(好糞症), 프로타주증(역주 frotteurism : 옷을 입은 채 남의 몸에다 자신의 성기를 비벼대는 것), 시체 애호증 또는 시간자(屍姦者) 등이 있다.

성적 도착자들은 대개가 남성인데, 이들은 일부 움직이지 않는 대상이나 사람의 성과는 상관없는 특정 부분에 사로잡힌다. 이러한 성적 도착의 장애는 성적 쾌감을 얻기 위해 반복적이고 특이한 방법으로 생명이 없는 물건을 사용함으로써 형성된다.

실제로는…

멋진 신발, 스타킹, 장갑, 화장실 물품, 모피옷, 그리고 특히 속옷이 성적 도착자들을 자극하는 가장 일반적인 품목이다. 수음을 할 때 자신들이 흠모하는 대상이나 물건을 애무하거나, 키스하거나 냄새 맡거나 응시하면서 성적 도착을 느끼는 사람도 있는가 하면, 이러한 성적 감정을 일으키는 대상물을 자신의 성관계에 개입시켜 자신의 파트너에게 성관계를 맺는 동안이나 그 전에 성적 감흥을 불러일으킬 수 있는 속옷을 입으라고 요구하기도 한다.

성적 도착자 중에는 수집가도 있다. 대상물과 직접적으로 연관된 성적 파트너를 찾기보다는 자신이 원하는 물건을 대량으로 수집하는 데 더 관심을 두고 있기도 하다. 이들의 성생활은 이들 수집품을 모으고 몽상하는 것만으로도 충분하다. 그러나 이들은 자신의 수집 창고에 매주 새로운 것을 덧붙이기 위해 전문 범죄자나 도둑이 되기도 한다.

어떤 사람은 여성 신체의 특정 부위를 물신으로 삼는다(이러한 물신 숭배적 측면과 패스터가 했던 수집을 같은 선상에서 보는 사람은 거의 없다). 머리핀, 다리, 발목, 손, 손톱, 귀, 그리고 커다란 가슴 등은 이러한 사람들의 표적이 될 수도 있다. 자신들의 물신과 확실히 접촉하기 위해 이 물신숭배주의자들은 교묘한 책략을 쓰기도 한다. 예를 들면 더 좋은 보수를 받을 만한 자질이 있음에도 불구하고, 신발 판매원으로 일하는 경우다. 그리고 이들은 폭행도 서슴지 않고 한다.

어떤 대상이나 신체의 일부에서 이 성적 도

> 바이킹(Viking) 팀과 레드스킨(Redskin) 팀에는 카터(Carter)라는 선수가 있다. 전자는 Cris이고 후자는 Chris다. 바이킹 팀의 크리스 카터는 쿼터백이 터치다운을 하는 장면이 나올 때 복스 사무실의 TV에서 볼 수 있다.

> 물신 숭배 또는 성적 도착(fetishism) : 이 단어는 원래 인류학에서 기원한 말이다. 이것은 마법적·정신적인 힘을 포함하는 주술적인 사상을 뜻하는 「물신([역주] fetish, fetich : 영험한 힘이 있다고 숭배되는 물건)」에서 파생된 말이다.

> 이 일화에서 패스터의 모습에 가끔씩 드리워지는 기이하고 악마적인 이미지는 원래의 각본에 없었던 것이다. 이미 촬영을 다 마친 후에 카터는 정신병자가 X파일에 등장할 자격이 없음을 자각하고, 「기이함」을 제공하기 위해 한 가지 변종을 덧붙인 것이다.

착자들이 주관적으로 느끼는 매력은 무의식적이다. 다시 말해 통제가 불가능한 것이다. 이는 너무 강력하고 충동적이기 때문에 이러한 성적 도착은 그 사람의 인생에서 주된 동인으로 작용한다. 일반적인 매력과 성적 도착은 성애적인 면에 어느 정도 초점이 맞추어졌는가에 따라 구별된다. 즉 정상적인 성생활을 하는 남자들은 하이힐이나 망사 스타킹에서 매력을 느낄 수도 있고, 아름다운 머릿결, 가슴, 발목에서도 성적 감흥을 느낄 수 있다. 그렇다고 이런 것을 모두 성적 도착이라고는 볼 수 없다.

정신분석가들은 일반적으로 성적 도착과 아울러 다른 병적인 애호가 일종의 방어적인 기능을 제공한다고 생각한다. 정상적인 성적 접촉에 대한 두려움을 피하면서 말이다. 학습 이론가들은 한 개인의 사회적 성(gender)의 역사에서 일종의 전형적인 조건화를 언급한다. 예를 들면 한 젊은 남성이 겪은 어린 시절의 성경험이 검은색 가죽 속옷을 입은 여성들의 사진을 걸어놓고 수음을 한 것이었다면, 이 사람에게는 검은색 가죽이 성적 자극을 일으키는 대상물이 될 수 있다. 사실 다음 실험은 이들 학습 이론가의 가정을 어느 정도 뒷받침하고 있다. 남성 실험 대상자에게 여성의 나체 사진 슬라이드를 반복적으로 보여주면서 간간이 여성들의 부츠 슬라이드를 끼워넣는다. 이 남성은 결국 부츠만으로도 성적인 자극을 받게 된다. 이 경우에도 「물신 숭배적인 유혹」이 일어나는데, 이는 일시적이고 그 정도는 극히 미미한 것이다.

어떤 사람들은 특정 대상물에서 공포심을 느끼도록 학습이 「준비」되었으며, 또 다른 사람들은 어떤 자극적인 것에 의해 성적으로 자극받도록 학습이 「준비」되어 있는 것처럼 보인다. 그러나 파블로프(Pavlov)의 개처럼 이러한 연상작용이 이루어진다면, 천장과 베개도 성적 도착을 일으킬 수 있는 목록에 집어넣어야 하지 않을까? 좀더 많은 학술적인 근거가 확보되지 않는다면 심리치료사들이 이러한 전형적인 조건화 모델을 치료에 적용시킬 것 같지는 않다.

현실에서는 패스터를 어떻게 설명해야 할까? 사실 우리는 이 점에 관해 언급할 수 없다. 특정 상황 아래에서의 기이함이 사람을 죽일 수도 있다는 사실은, 우리에게 주는 경고인지도 모르겠다.

좀더 기술적으로 : 페인트 검출

패스터가 스컬리의 자동차를 도랑에 처박았을 때 그는 귀중한 증거를 남겼다. 사동자 자체에서 떨어진 페인트가 그것이다. 특정 상황에서 페인트와 같은 증거물로 물리적 · 화학적인 검사를 해보면 어떤 차인지 정확하게 알아낼 수 있다.

용의자의 차와 페인트 부스러기를 구할 수 있다면 그 첫단계 조사는 분명히 물리적인 검사일 것이다. 페인트 조각은 범죄 현장에 있었던 차를 찾아내는 데 가장 기본이 되는 것이다. 「불가항력」

해답
1. 장례식장
2. 외계인.
3. 장례식 화환과 부케로 가득 차 있었다.
4. 도널드 에디 패스터(Donald Eddie Pfaster).
5. 단계적인 성적 도착자.
6. 비교 종교학.
7. 종업원 지원 프로그램.
8. 인간의 손가락.
9. 미네아폴리스에 있는 자기 모친의 집.
10. 네 명.

점 수 : _____

의 일화에서처럼 여러 겹 칠해진 자동차 페인트를 통해 제조 회사 또는 제작 연도, 심지어는 자동차 종류까지도 밝혀낼 수 있다. 물론 분리된 페인트 층이 충분한 특성을 갖고 있다는 전제에서 그렇다. 그렇지 않으면 그 페인트는 실질적인 증거라기보다는 데이터베이스의 한 항목을 차지하는 데 그칠 것이다.

분명한 특성을 갖는 페인트 검사는 그 구성성분을 알아보기 위해 화학적인 검사를 이용한다. 그리고 적외선 분광광도계, 발산분광기, 전자분석기와 같은 도구를 이용하기도 한다.

대부분의 FBI 수집품이 다 그렇듯이 이들의 데이터베이스 가운데에는 가옥용 페인트, 미술가의 페인트, 도로 페인트와 차량 페인트 등등이 포함되어 있다.

스컬리는 어떤 옷을 입을 것인가?

스컬리는 새로운 레인코트를 구입해야 한다. 그녀가 전에 입었던 것(1차와 2차 방영 때)은 에이즈 기금을 위한 경매에서 팔렸다. X파일과 관련된 물품 수십 점도 최고의 입찰가에 팔렸다. X파일의 총 기부액은 4만 2,000달러를 넘어섰다.

매각된 품목	가격(달러)
자필 사인한 신분증 카드 1	615
자필 사인한 신분증 카드 2	951
자필 사인한 T 셔츠 1	255
자필 사인한 T 셔츠 2	207
자필 사인한 T 셔츠 3	331
자필 사인한 T 셔츠 4	319
X파일 그림 1~3	311
자필 사인한 가죽 배지 1	2,123
자필 사인한 가죽 배지 2	10,200
스컬리의 자수가 들어간 레인코트	5,175

자필 사인한 포스터	4,010
자필 사인한 대본 3세트	4,550
듀코브니가 사인한 넥타이	8,000
자필 사인한 X파일 그림 세트	5,300

암호명 : 악마의 손(Die Hand Die Verletzt)

사건 개요

제식적(祭式的)인 살인이, 두꺼비가 하늘에서 떨어지고 물이 역류하는 작은 마을로 멀더와 스컬리를 이끌었다. 숲속의 재단에서 벌어지고 있는 기이한 일에 관해 마을 사람들이 수근대는 가운데 스컬리는 대리(代理) 교사를 조사하기 시작한다. 이 대리 교사를 누가 고용했는지를 아는 사람은 아무도 없다. 그리고 멀더는 사교집단의 제사장을 추적하기 시작한다.

심층적 배경

두꺼비의 강림

『멀더, 두꺼비가 하늘에서 떨어져요!』

옷을 실팍하게 갖추어 입은 우리의 두 요원이 하늘에서 두꺼비가 떨어질 때 우산을 펴들자 시청자들은 의구심과 폭소를 금치 못했다. X파일은 이 두 요원의 이러한 행동에 대해 일언반구도 없었다. 이것은 기상학자들에게는 상식과 같은 일이다. 기상학자들은 「악마의 손」에서 기이한 폭우에 대해 스컬리가 제시한 배수관 이론을 최초로 지지했던 사람들이다.

1666년 봄 영국 켄트의 한 목사는 다음과 같은 말을 했다.

　부활절쯤인가… 이 교구의 목초지에서 있었던 일인데, 바닷가와 그 지류와는 상당히 멀리 떨어져 있는 곳인데다 연못이 있기는 하지만 물고기도 살지 않을뿐더러 그 연못에는 물도 거의 없었는데 주변에 작은 물고기가 널려 있었어요. 한 양동이 정도 됐을까? 생각해보니 천둥 번개, 우박, 바람을 동반하는 돌풍과 함께 비가 내렸었지요. 그 물고기는 새끼손가락만한 크기였어요. … 그리고 이것은 메이드스톤과 다트퍼드에서 주민들에게 전시되었지요.

이와 유사한 기록이 곳곳에서 보이는데, 이는 지방에서 비가 내릴 때 하늘에서 떨어지는 가장 흔한 생물이 물고기라지만 이것이 유일한 생물은 아님을 암시하고 있다.

1891년 번마우스(Bournemouth)라는 청년이 다음과 같은 말을 했다.

> **목격자 증언**
>
> 거대한 커피용 탁자네.
> 　　－숲속 재단에서 멀더, 「악마의 손」에서

　어느 날 폭풍우를 동반하는 천둥 번개가 내리쳤어요. 피할 곳이 없어 순식간에 속옷까지 젖었는데, 그 순간 저는 노란색의 작은 개구리를 보았어요. 은화 크기만한 것이었는데, 저에게 떨어지는 거 아니겠어요? 저는 커다란 나무가 있는 쪽으로 딜려가 피했지요. 폭풍우가 지나가고 나서 그 나무를 보니까 수백 마리의 개구리가 있었어요. … 수천 마리가 가시 나무 숲에 떨어져 꼼짝도 못 하고 있었어요.

새들도 무더기로 떨어진다. 1904년 3월 어느 날 저녁에 약 75만 마리의 롱스퍼(longspur)가 미네소타의 몇 km 지역 안에 집중적으로 떨어졌다. 1941년에는 엄청나게 많은 찌르레기과의 새가 슈레브포트에 떨어졌

> 이 일화의 제목은 기도문에서 따온 말이다. 이것은 「상처입은 손」으로 번역된다.

다. 군인들이 이것을 치우기 위해 동원될 정도였다. 이 작업에 참여한 어느 군인의 말을 인용하자면, 『퍼덕거리는 새로 바다를 이루었다.』

프랑스에서는 연체 동물도 떨어졌다. 테네시 주 내슈빌에서는 30cm 정도 크기의 도롱뇽이 떨어졌다. 그리고 1857년 몬트리올에서는 살아 있는 도마뱀이 떨어졌다. 괌의 주민들은 영국의 민물고기인 팅카팅카가 자신들의 섬에 떨어졌을 때 소스라치게 놀라기도 했다. 이 모든 사건만큼이나 기이한 것이 아이오와 주 두부크에서 발생했는데, 이는 아마도 가장 이상한 사건일 것이다. 우박을 동반한 폭풍우가 있었는데, 이 얼음 덩어리가 녹자 살아 있는 자그마한 개구리가 나타난 사건이다.

당연히 그러한 사건은 세인의 관심을 끌게 마련이다. 물론 멀더와 스컬리처럼 이러한 초자연적 현상의 원인을 즉시 제언하는 과학자들도 관심을 갖고 있다. 여러 사건에서처럼 토네이도(tornado)나 물이 거꾸로 치솟아 생물들이 함께 올라갔다가, 다시 지상에 떨어진다는 이론은 쉽게 받아들여졌다. 앞에서 언급한 사건처럼 이러한 현상은 폭풍우가 몰아치는 날씨와 관련이 있다. 이러한 현상의 목격자들은 스타일테겔렌(Steyl-Teegelen)이라는 네덜란드 사람이 한 말과 유사하게 이 현상

을 묘사하고 있다. 테겔렌은 물이 거꾸로 치솟아 낮게 떠 있는 구름과 반응해 몇 차례의 폭발음을 동반하면서 다시 분리되어 엄청난 양의 물과 물고기를 떨어뜨린 현상을 목격한 사람이다.

그러나 여러 과학자들은 이러한 현상을 곧이곧대로 받아들이는 것을 무척

이나 싫어한다. 개구리는 곤충, 물고기, 새, 식물, 작은 돌, 진흙, 그리고 뱀 들과 환경을 공유하며 모여 산다. 단 한 가지 종류의 물고기만 사는 호수는 없다. 위의 여러 사건을 보더라도 한 가지 종류 이상의 생명체가 함께 떨어졌다. 1894년 배스에서는 수천 마리의 해파리가 떨어졌을 뿐만 아니라, 비늘이 있는 물고기도 떨어졌다. 다소 복합적인 이 사건에서 해파리들은 2.5cm의 균일한 크기로 잘게 쪼개졌다. 거의 같은 크기로 쪼개진 생명체들이 도처에서 발견된 이유는 원심력에 의한 것이라는 논지가 제시되었지만, 그다지 설득력 있는 설명은 아니었다.

또 다른 당혹스러운 측면으로는 발견된 생명체들의 상태다. 의심할 여지도 없이 물고기들은 아가미 호흡을 한다. 그런데 물에서 수십 km 떨어진 곳에서도 이들 생물이 살아 있었다는 것이다. 어떤 돌이나 식물, 또는 부근의 여느 생명체보다 더 무거운 3kg의 거북이가 창문에 부딪치기도 했다. 단단하게 얼어붙은 까나리는 바닥에 부딪쳐 그 충격으로 산산조각 났지만, 섬세한 섬유조직을 갖고 있는 해파리는 아무 손상도 입지 않았다.

마지막으로 아마도 가장 기묘하고 드문 경우는, 현시적인 이상 기후가 전혀 없었는데도 수천 마리의 생명체들이 마른하늘에서 떨어진 것을 들 수 있다. 1947년 10월 23일 특이한 현상을 똑똑히 목격한 어느 수산회사 직원이, 물고기들이 떨어지는 현상에 대해 널리 공인된 논거에 도전장을 내는 보고를 했다. 몇 t에 달하

> 「악마의 손」에서 나오는 고등학교의 이름은 크롤리 고등학교(Crowley High School)였다. 이것은 현대적인 마술 숭배의 형성에 영향을 끼친 앨리스테어 크롤리(Alistair Crowley)를 암시하고 있다.

는 수천 마리의 물고기들이 폭 200m 이상에 길이 3,000m 이상의 띠를 형성하면서 정원이나 지붕, 심지어는 저수지 할 것 없이 떨어졌다는 보고를 한 것이다. 하늘에서 어떤 이상 기류나 기후의 징후는 보이지 않았다 한다.

160km 이내에서는 어떠한 이상 기후도 보고되지 않았으며, 이 사건과 관련된 폭우도 없었다. 그리고 천둥소리나 기이한 소음도 보고되지 않았다. 「악마의 손」에서처럼 그저 물고기들이 떨어진 것이다.

쉬운 문제 : 각 1점

1. 학생들이 공연하고자 한 뮤지컬은 어떤 것이었나?
2. 숲속의 제단에서 어떤 예기치 않은 동물이 나타났나?
3. 학생들이 기말 시험의 일부로 해부되리라고 여긴 것은?
4. 섀넌 오스베리(Shannon Ausbury)는 몇 명의 아기를 잉태했었다고 했나?
5. 멀더와 스컬리의 우산 위로 어떤 동물이 떨어졌나?

어려운 문제 : 각 2점

6. 제리 스티븐스(Jerry Stevens)의 신체 일부가 없어졌다. 어느 부위인가?
7. 치그년(Chignon)은 몇 명의 아이를 가졌었다고 했나?
8. 패독이 스컬리에게서 훔친 것은?
9. 멀더와 스컬리는 칠판에 쓰여진 글을 보았다. 어떤 문구였나?
10. 학생들이 의식을 거행하려고 도서관에서 빌린 책 이름은?

마술 숭배 : 뉴에이지 종교의 뿌리는 옛 것

멀더가 스컬리에게 『마술 숭배(wicca)는 악마 숭배 또는 이 일화에서 우리가 찾아다니는 신비주의자와는 아무런 공통점이 없다』고 말한다. 초기 비기독교적인 종교에 대한 현대적인 해석에 따르면, 마술 숭배는 지구의 종교(Earth religion)이고 마녀나 마법의 재주를 가진 사람들로 알려진 마술 숭배주의자(Wiccan)들은 지구의 성직자로 알려져 있다. 일반적으로 마술 숭배주의자들은 남성과 여성 모두를 숭배한다. 그리고 이들은, 인간의 의지는 적절하게 지도를 받으면 손으로 만질 수 있는 결과를 만들어낼 수 있다고 믿는다.

마술 숭배주의자들은, 비록 이들이 종교가 없는 사람들로서가 아니라「지방 거주자들」로서의 이교도로 정의되고 있기는 하지만, 엄밀한 의미에서는 이교도의 부분집합을 형성하고 있다. 이들에게는 「위칸 리드(Wiccan Rede)」라는 경전이 있다. 마술 숭배주의자들은 이 경전을 늘 지참하고 다닌다. 이 경전의 축약판에는 다음과 같은 문구가 들어 있다. 『이것은 어느 누구에게도 해를 입히지 않는다. 그리고 이것은 당신 의지의 실천이다.』 해를 입힐 수 있다는 것은 이들 마술 숭배주의자에게는 숙고의 대상이다. 그리고 이들은 법률처럼 강제적으로 수용되는 것보다는 개인적인 윤리에 바탕을 두고 상당히 오랜 시간 동안 숙고에 고심을 더해 그 힘을 확장해가고 있다. 마술 숭배주의자들의 마녀 집회라고 불리는 회합은 대체로 소규모로 이루어진다(13명 정도). 마술 숭배주의자들은 각 집단 구성원의 복지에 상당히 개인적인 관심을 갖고 있다. 이 마술 숭배주의자들을 이끄는 힘은 개인이든 아니면 집회에 부가되는 것이든 간에,「신의 지시(the Charge of the Goddess)」에 따른 것이다. 즉 『사랑과 기쁨의 모든 행동은 나의 의식(儀式)이다.』 이러한 신의 가르침이 있기는 하지만 이것은 집회 때마다 변하는 경향이 있다.

마술 숭배교는 주류 종교는 아니다. 그렇다고 「악마의 손」에서처럼 인간을 제물로 바치거나 고문하는 흉포한 종교도 아니다.

「생육을 먹는 질병」으로 알려진 괴사성 근막염(necrotizing fasciitis)은 100만 명 중 한 명꼴로 발생하는 것으로 알려져 있다. 이 일화에서 선생 역할을 한 패독 부인이 이 질병에 걸린 것 같다. 유독성 박테리아 감염으로 12시간 이내에 몰골이 흉찍하게 변하고, 48시간 안에 죽을 수도 있는 무서운 병이다.

패독 부인 역할을 한 배우는 버터핑거 광고에서 또 다른 생물선생 역할을 했다.

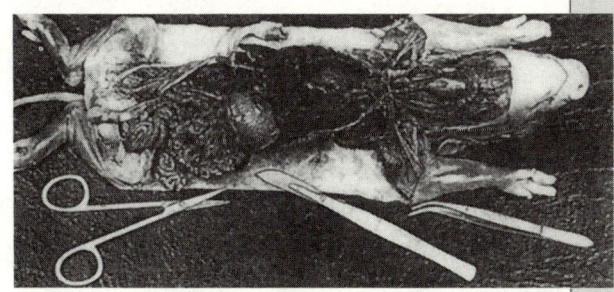

해답

1. 지저스 크라이스트 슈퍼스타(Jesus Christ Superstar).
2. 검은 쥐.
3. 태내의 돼지.
4. 세 명.
5. 두꺼비.
6. 눈과 심장.
7. 세 명.
8. 펜.
9. 『안녕, 당신들과 멋진 시간을 보냈소.』
10. 《마녀 사냥 : 미국 신비의 역사(Witch Hunt : A History of the Occult in America)》. 이 책의 저자를 알면 보너스 점수를 더하시오. 저자는 크라셰프스키(M. R. Krashewski).

점 수 : _____

암호명 : 생사의 경계선(Fresh Bones)

사건 개요

버지니아 주 노퍽의 하이티 난민 수용소에서 발생한 두 명의 해병대원 죽음을 조사한 결과 자살로 판명되었다. 그러나 멀더와 스컬리는 군대의 잔혹성, 「부두교(voodoo)」의 저주, 그리고 무덤에서 나오는 좀비(역주 zombie : 죽은 사람을 되살리는 초자연적인 힘. 서인도 제도 원주민의 미신) 군인에 대한 주장을 받아들인다. 현실에서 진실을 가려내는 노력은 우리 요원들이 하이티 사람들의 문화에 갇히고, 하이티의 마법을 경험함에 따라 점점 더 어려워진다.

심층적 배경

웨이드 데이비스, 좀비 프로젝트와 인종생물학

1962년 4월 30일 클레어비어스 나시스(Clairvius Narcisse)는 하이티 섬에 있는 유명한 알베르트 슈바이처 병원에 도착했다. 같은 해 5월 2일 두 명의 의사가 그의 사망진단서에 서명을 하고서 그의 누나에게 애도의 말을 전했다. 메리 나시스(Mary Narcisse)는 그의 시신을 확인하고 사망진단서에 확인 지장을 찍었다. 그의 시신은 밤새 얼음으로 보관되어 있다가 다음 날 꺼내졌다. 메리와 그의 여동생 안젤린(Angeline)은 그의 시신을 매장했다. 적도에 위치한 섬에서 거행하는 장례식이 대개 그렇듯이 신속하게 이루어졌다. 이 경우에는 8시간도 채 걸리지 않았다. 친구와 친족들은 비탄에 잠기었다. 그리고 10일 후 묘비를 세우고 무덤을 덮었다.

그런데 1980년 나시스는 매우 건강하게 살아 있다. 집에서는 걸어다닐 수도 있다.

신비의 섬인 하이티에서조차도 그의 귀환으로 일대 소동이 벌어졌다. 보고된 후에는 곧 잊혀지는 수많은 유사 사건과는 달리, 나시스의 경우에는 확실한 의학적 기록이 있다. 스코틀랜드 야드도 가족들의 사망확인 지장을 비교·검토한 끝에 사실임을 인증하고 있다.

나시스의 죽음으로부터의 귀환은 비하이티인들이 이해할 수 있는 방식으로 최초로 문서화되었다. 그리고 이것은 웨이드 데이비스(Wade Davis)라는 연구자에게 커다란 관심을 불러일으켜 그는 1982년에 좀비 프로젝트를 시작했다. 보둔 좀비(vodun zombie)는 하이티의 불가사의한 과거에서 서서히 걸어나오기 시작했다. 이는 영화나 대중소설로 커다란 반향을 불러일으켰을 뿐만 아니라, 현대 의학에도 비옥한 토양을 제공했다. 나시스가 살아 있기는 해도 좀비화 과정은 아직 신비로 남아 있고, 좀비를 만들어내는 이 복잡한 집단은 외부인들에게는 굳게 닫혀 있어 수많은 오해의 소지를 남겨주고 있다. 좀비 프로젝트 연구 팀은 현재까지의 좀비 연구를 검토하는 것에서 시작했다. 며칠 안 있어 이들은 심각한 기록상 오류를 발견했다. 비록 하이티의 초

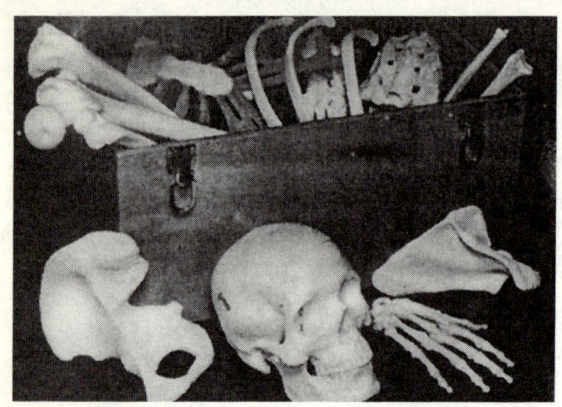

다른 사람의 사물함을 몰래 훔쳐보는 것은 좋은 일이 아니다.

기 역사는 거대한 플랜테이션과 유사하고, 대다수의 주민들은 거대 농장의 감독관 밑에서 같은 경험을 공유했다지만 그 초기의 역사 기록은 소수의 지주와 도시인들이 만든 것이었다. 적지만 귀중한 이들의 그림, 구전된 전통 지식, 그리고 비하이티인들이 작성한 「~라고 전해진다」라는 문체의 기록은 단지 전통에 대한 참고자료의 수준에 불과하다. 프랑스 가톨릭 마을에서 수집한 보고서는, 이 지역의 80%를 차지하는 원주민들이 사는 지역[종교는 보둔이고, 언어는 크레올레(Creole)]에 대해 외부 사람들이 정확한 견해를 갖도록 하기에는 역부족이다.

부정확한 하이티의 정보를 정리하는 과정에서, 데이비드는 이 자료가 실질적인 연구라기보다는 하이티인들을 헐뜯기 위해 수집된 것이 아닌지 의구심을 갖지 않을 수 없었다. 외부인들은 한결같이 좀비화의 가장 실질적인 역사적 내용을 제공할지도 모를 종교, 음악, 전승 지식, 그리고 예술보다는 목이 잘린 닭 설화나 부두 인형 이야기에 더 많은 관심을 갖고 있었다. 하이티에서 이루어진 가장 집중적인 연구는 할리우드에서 시작되었다. 확실하고 편향되지 않은 출발점이었던 것이다. 할리우드는 걸어다니는 미라, 인형에 핀을 박는 할멈 등등을 우리에게 보여주었다. 2류 영화나 삼류 소설 그 어디에도 믿어지지 않는 하이티의 역사를 밝힌 것은 없다.

좀비 프로젝트는 그 문화에 대한 어떤 선입견도 없는 좀비화에 관한 논의에서 시작되었다. 이 논의에는 하이티인의 관점에서 하이티를 바라보려는 모든 사람들, 즉 재능 있는 화학자, 의사, 미술사가, 예술가, 심지어는 신학자까지 참가했다. 이들은 적어도 다양한 삶의 한 형태로 이 좀비화를 인정하려 했다. 이 기이한 학술적 영역에서 인종생물학(약물학, 식물학, 생물학, 인류학이 통합된 영역)은 서로 성격을 달리하는 지식의 가교역할을 하는 과학이다. 어떻게 보면 데이비스의 접근방법은 가장 기본이 되는 과학적 접근방법인 셈이다. 다시 말해 문제를 기술하고, 가설을 세우고, 변수를 확인하고, 실험하고, 평가한다. 필요하다면 이러한 절차를 다시 반복한다. 그러나 가장 결정적인 것은 데이비스의 연구가 매우 독특하다는 점이다. 데이비스는 『좀비가 어떻게 만들어지는가, 또는 어떤 약물을 결합하면 이러한 좀비 현상을 설명할 수 있는가?』라는 방법론적인 질문(how)이 아라, 『어째서 그러한 좀비를 만들어내려고 했는가?』라는 근본적인 이유 (why)를 파고들었던 것이다.

데이비스의 발견 과정은 하이티 사회에서 존경받는 성원, 즉 주술사 (bokor)라는 과학자들의 기이함을 인정하는 것에서부터 시작됐다. 이 주술사들은 전문가로서, 이들의 도움은 본질적으로 금전적 가치를 갖고 있다. 주술사들은 연구자들의 질문에 반드시 답해야 한다고 생각하기보다는, 연구자들이 이 가치 있는 현상을 공짜로 연구할 수 있는 권리를 갖게 되었다고 여겼다. 또한 주술사들은 자신의 직업에 대한 정당성을 입증할 기회가 필요하다는 식으로 생각했다.

데이비스는 장기간에 걸친 좀비화 과정을 관찰하는 한편, 원주민들이 사는 곳에 터를 잡고서 나머지 연구 팀원들에게 자신의 생활을 보고했다. 그러면서 그는 의식의 각 부분의 전후 관계를 이해했다. 그리고 의식의 기술적인 부분도 흡수했던 것이다. 이 과정의 여러 측면, 특히 나시스의 경우에 여러 측면이 문제가 되었다. 그는 하이티의 주술사 밑에서 연구하는 동안 서글픔을 느꼈다. 이들이 가루를 만드는 과정에서는 혐오감마저 들었다. 그는, 나시스의 죽음은 나시스 자신이 초래한 것이라는 암시를 나시스의 가족과 나시스에게서 받았다. 그의 가족들은 나시스의 귀환을 축하하는 대신에 그를 너그럽게 받아들였던 것이다.

데이비스는 나시스의 가족들과 연관된 그의 범죄가 무엇인지 알고 싶었다. 성적인 자유와 책임이 분명하고 수많은 남성과 여성 간의 관계가 존중

웨스 크레이븐(Wes Craven)이 영화화한 「악마와 무지개(The Serpent and the Rainbow)」는 데이비스의 하이티 경험을 기술한 그의 처녀작에 토대를 두고 있다. 「생사의 경계선」에서 마지막 관 속 장면은 데이비스의 연구에 찬사를 보내면서 크레이븐 영화의 마지막 장면을 흉내낸 것이다. 일부 시청자들은 이 일화에서 무지개도 보았다고 주장하는데, 여러분도 정말 보았는가?

되는 사회에서, 나시스는 다섯 명의 여성에게 임신을 시켜놓고 그 아이가 자신의 아이가 아니라고 했다는 사실을 나시스 가족의 이웃을 통해 데이비스는 알게 됐다. 이 여성들의 가족은 대화로써 해결을 보고자 했지만 나시스는 거절했다. 그의 반응은 반사회적인 행동에 민감한 그의 가족으로서는 참을 수 없는 일이자, 불명예였던 것이다. 가족농장을 공동소유하는 하이티법 아래에서도 유독 그의 형제들에게는 아무 이유도 없이 가족 대출이 거절되었다. 나시스 개인이 사는 집도 수많은 가족 소유물 중 하나였다. 그는 가족들에게 자신의 몫을 달라고 했지만 거절당했다. 자신의 자녀들에게 음식도 줄 수 없었다. 당연히 그의 농장은 기울어갔다. 결국 가족들은 전체 가족에게 해를 끼친 그의 탐욕에 일침을 놓아달라고 주술사에게 호소하기에 이르렀다.

그러나 나시스는 어떤 요구도 무시했다. 그의 자식들은 다른 가정에서 살게 되었고 이 아이들의 어머니들은 그의 행동에 수치심을 느꼈지만, 그는 계속해서 가족들의 돈을 멋대로 탕진했다. 그는 자신의 농장에서 나오는 작물을 시장에도 내놓을 수 없었다. 그래도 그는 자신의 탐욕만 추구하며 무위도식하고 있었다.

결국 나시스는 데이비스의 끈질긴 노력으로 주술사와 보둔교의 심판부인 비잔고 협회(Bizango society)로부터 경고를 받았다고 시인했다. 그의 사회적 죄악상이 낱낱이 열거되었으며, 자신의 종교적·도덕적인 죄과에 대해 해명할 기회가 부여되었다고 한다. 그리고 자신이 받아야 할 벌이 명료하게 제시되었다. 나시스는 죄과로 3년형을 선고받았으나, 그는 더욱 난폭해져 갈 뿐이었다.

그가 병에 걸렸을 때 그는 오랫동안 연기되었던 판결이 시행되었다고 생각해 자신의 병을 고쳐달라고 주술사에게 호소했다. 주술사도 형벌이 연기된 이유를 알 수 없었다. 나시스가 보둔교의 사회적·종교적·의학적인 사회와는 전혀 다른 슈바이처 병원에 입원했을 때, 그는 자신의 문화적 법이 담고 있는 형벌을 피하려고 젖먹던 힘까지 다 썼다.

좀비 만들기

하이티인이 좀비를 만드는 과정에는 각종 약제의 정확한 배합 이상의 무엇인가가 필요하다. 약초, 가루, 의식도 중요하지만 주술사 개인의 힘과 좀비 가루의 힘을 결정하는 로아(loa : 신의 정신적 측면)와의 결합이 더욱 중요하다.

주술사들은 인간의 거주지와 조심스럽게 거리를 두고 살면서 로아가 계시해주는 성분의 양과 조건을 지시한다. 만약 주술사들이 성공을 거두었다면 그 희생자들은 이내 「죽게」 된다. 아무리 재능 있는 의사라 해도 새롭게 만들어진 좀비와 실제 시체를 구분하는 것은 어렵다.

주술사들이 제조한 좀비 가루에 들어 있는 성분의 샘플을 살펴보자. 일부 성분은 주술사를 보호하기도 하며, 희생자의 몸 곳곳에 좀비 가루가 스며들도록 하는 작용도 한다. 색깔 있는 활석은 의식이 치러지는 바닥 부근의 보호제 역할을 한다. 활석과 염료는 「생사의 경계선」에서 나무에 그려진 것과 같은 베베(역주 vé-vé : 상징적인 그림)를 그릴 때 쓰인다. 유리 가루, 옷을 입힌 가시 나무, 가시가 있는 딸기 나무 등은 좀비 가루가 희생자의 몸에 깊숙이 배도록 해준다.

- 복어 : 「생사의 경계선」에서 언급했듯이 강력한 진정작용을 하는 테트로도톡신을 함유하고 있는 복어를 이틀이나 5일 간 통째로 건조시킨 다음 미세 분말로 만든다. 주술사들은 이것을 바닥에 뿌릴 때 들이마시지 않도록 조심해야 한다.
- 두꺼비, 도마뱀 : 복어가 없는 경우에 사용한다. 그러나 두꺼비는 효력이 약하기 때문에 두꺼비가 담긴 단지에 바다 벌레를 하룻밤 동안 함께 넣어두어 이 벌레들의 정기가 빠져나오도록 한다. 바다 벌레들은 두꺼비를 두려워하기 때문에 이들의 몸에서는 엄청난 활성 화학물이 만들어진다. 유독성 환각제인 부포테닌, 부포게닌, 부포톡신 등이 부포 마리누스(bufo marinus)라는 두꺼비에 의해 만들어진다. 아침이 되면 둘 다 죽는다. 이것을 태양볕에 건조시킨 다음 간다. 어떤 지역의 주술사들은 보나파르트와 같은 어린이들에게 재정적인 후원자 역할을 한다. 이 아이들은 두꺼비를 잡아들여 짭짤한 수입을 얻기도 한다. 하이티에서는 「좀비 화학물」을 만드는 데 도마뱀을 사용하는 것 같지 않다. 도마뱀은 하이티 사회의 아프리카 후예들이 사용했을 가능성이 크다.
- 화약 : 이는 의식에서 청각적인 효과를 노리는 것이라 하지만, 주술사들의 좀비 가루 성분 목록에서는 찾아보기 힘들다.
- 쓸개 말린 것 : 노새나 사람의 것을 사용한다.
- 본초(plants) : 능숙한 주술사들을 위한 기능보강 성분이다. 머큐나 푸

리엔스(Mucuna puriens)와 같은 식물은 과립이나 줄기에 작은 털[毛茸]이 있는데, 이것과 접촉하면 가려워 긁게 된다. 스컬리처럼 희생자들이 이러한 증상을 겪게 하려는 의도로 사용되는데, 테트로도톡신처럼 피부에 작은 발진을 일으킨다.

- 인간 유골 : 신선할수록 좋다. 48시간 이내에 묻힌 것이면 그 효력은 매우 강력하다. 주로 공동묘지에서 구한다. 약초 기름을 바르면 피부는 건조된다. 뼈는 절구를 이용해 가루로 만든다. 어린아이의 유해는 가장 강력한 것으로 알려져 있다. 특히 태어나자마자 죽은 아이일 경우에는 최상이다. 그 이유는 삶과 죽음이 동시에 일어났기 때문이라 한다.

희생자들이 회생하는 방법에는 두 가지 이론이 있을 수 있다. 대부분의 의약품 성분은 그것이 독이든 치료제든 간에, 일정 시간 동안 신체에서 작용한다. 한 가지 이론은 신속하게 매장되는 곳이라면 주술사가 희생자들이 깨어나는 시간을 계산해 좀비 가루의 양을 조절할 수 있다는 것이고, 다른 또 하나의 이론은 관을 열면 그 안에 단지 하나가 있는 것으로 유추해보아 이것이 다시 살아나도록 해주는 해독제가 아닐까 하는 의견이다.

좀비 가루와 같은 해독제는 주술사나 지역마다 독특하다. 성분이 약간씩 다르지만 크게 문제되지는 않는 것 같다.

이상적으로는, 독약을 만드는 시점에서 해독제도 함께 만드는 것이 바람직히다. 왜냐하면 그 상호 작용을 명중할 수 있기 때문이다. 좀비 가루 제작과정은 주술사들이 직접 그 성분을 만지지 않고 지시만으로도 가능하지만, 해독제는 주술사 본인이 직접 해야 하는 작업이다. 의식의 준비와 해독제의 사용은 공동체 사원 내에서 여러 사람들이 지켜보는 가운데 행한다. 이 때 종종 정신적인 지도자들이 참석하기도 한다(희생자들을 중독시키는 일은 이러한 특정 주술사들의 연합체인 비밀스러운 집단이 수행한다).

해독의 목적은 죽은 자를 되살리려는 것이 아니다. 오히려 해독제는 좀비화에 노출될지도 모르는 사람들을 보호하기 위한 것이다. 다시 말해 이는 주술사의 조력자나 아직 「죽지」 않은 희생자들을 위한 것이다. 무덤에서 꺼내어져 새롭게 만들어진 좀비는 완벽하게 소생되지는 않는다. 개성 있고 독립적인 사고를 하는 민감한 뇌가 산소 결핍으로 인해 손상되었기 때문이라는 이론이 매우 유력하기는 하지만, 이 이론은 자신들을 좀비로 만든 주술사들이 죽으면 자신들의 권태에서 「깨어나는」 좀비들에 관해서는 해명을 못 하고 있다.

마지막으로 화학적으로 확인가능한 성분으로 구성된 독과는 달리 해독제는 약물학적으로 화학작용을 일으키지 않는 것 같다. 암모니아를 포함해 산도 특수처리를 하면 테트로도톡신을 변성시킬 수 있는 증거가 있기는 하지만, 주술사들의 주장은 주술사의 힘과 그에게 작용하는 로아만이 진정으로 그 「성분을 활성화」시킨다고 한다.

보둔교의 용어

- 아레이(Arrêt) : 집안을 지키기 위해 주술사가 행하는 마법의 힘.
- 주술사 : 주술이나 마술을 업으로 하는 사람으로서 사람들로부터 존경받는 존재다.
- 부가(Buga) : 두꺼비인 부포 마리누스의 토속어.
- 가데(Garde) : 악마적 마법으로부터 지켜주는 부적. 멀더가 보나파르트에게서 구입한 것은 한 사람에게 단 한번의 보호만이 가능한 유형의 부적이었다.

- 하운포(Hounfour) : 보둔교의 신전. 이것에는 실체적인 건물뿐만 아니라 그 신자들(hounsis)도 포함된다.
- 하운건(Houngan) : 보둔교의 성직자.
- 로아 : 신상(神像). 대중에게 그려진 것과는 대조적으로 보둔교 신자들은 신전을 숭배하지 않는다. 오히려 이들은, 하나의 신은 여러 개의 모습을 갖고 있다고 생각한다. 그리고 일부 개인들은 신의 특정한 모습에 공감한다. 실제로 로아는 기독교에서 말하는 삼위일체와 유사성이 있다.
- 플라케이지(Placage) : 남성과 여성 간의 성적이며 경제적인 연결을 이루는, 사회적으로 인정된 관계를 뜻한다. 여러 유형이 존재한다. 펨 카일(Femme caille)은 남성의 집을 공유하는 여성이고, 마망 프티(Maman petite)는 남성과 한집에서 같이 살지는 않지만 그 남성의 아이를 잉태한 여성이며, 펨 플라세(Femme placée)는 자신의 남성과 집을 공유하지도 않고 아이를 잉태하지도 않은 여성을 뜻하며, 빈 아베크(Bien avec)는 남성이 자주 들르는 여성을 말하지만 오로지 성적인 관계만을 위한 만남은 아니다. 그리고 플라케이지 호네트(Placage honnête)는 일부일처의 관계이지만 하이티의 변두리에서는 거의 찾아보기 힘들다.
- 서비 로아(Servi Loa) : 보둔교 신자들이 자신들의 종교(부두가 아니다)를 설명할 때 사용하는

해답
1. 구더기.
2. 부적.
3. 살아 있는 두꺼비.
4. 무덤에 묻힌 시체가 도난당했기 때문에.
5. 개의 시신.
6. 걸상, 조개껍질, 스컬리의 자동차를 주차했던 밑바닥, 바우베이스의 관 안에.
7. 뉴올리언스.
8. 테트로도톡신. 두꺼비나 여러 물고기들이 생성해내는, 독성이 있는 화학물.
9. 검은 고양이.
10. 다이아몬드 10.

점 수 : _____

용어. 이것을 문자 그대로 번역하면 『로아를 섬기다』라는 식의 번역이 가능하다.

- 베베 : 활석, 가루, 재 등으로 그려진 상징물. 이것은 특정의 로아를 불러낼 때 쓰인다. 로아에 따라 베베의 형태도 가지각색이다.

- 보둔 : 전통적인 하이티 사회에서의 신학적인 교리와 관습. 하이티인의 종교.

- 왕가(Wanga) : 악의적인 목적에 쓰이는 주술. 매칼핀과 구티에레스의 병무 기록을 닭의 발로 찌른 것이 그 일례다.

- 좀비 : 살아 있는 시체에 대한 통칭. 좀더 구체적으로 말하면 좀비 애스트럴(Zombi astral)은 영혼 좀비이고, 좀비 캐더버(Zombi cadavre)는 육체가 있는 좀비를 말하며, 좀비 자댕(Zombi jardin)은 일하는 좀비이고, 좀비 사베인(Zombi savanne)은 좀비가 정상적인 상태로 되돌아오는 기묘함(나시스와 같이)을 뜻하는 말이다.

> 이 일화에서 매칼핀 역을 연기한 배우는 「X파일 : 첫출항」에서 페기로 나왔었다.

암호명 : 군체(Colony)

사건 개요

동일한 직업의 동일한 의사들이 동일한 살인무기로 북동부 주에서 살인 사건을 저질렀을 때, 이것은 멀더와 스컬리의 주의를 끌기에 충분했다. 익명의 전자우편이 이들의 컴퓨터에 배달된 것이었다. 이 의사들이 복제인간임이 밝혀지고, 자신이 사만다 멀더라고 주장하는 여성이 멀더의 아버지 집에 나타났을 때 이들의 수사는 새로운 전기를 맞이한다.

심층적 배경

사실과 허구 : 복제인간 사건

복제(cloning)라는 말은 그리스어의 잔가지(twig)에 어원을 두고 있다. 이것은 영화 팬이나 과학자들에게는 각기 다른 의미를 갖는 말이다. 이 용어는 농업에서 자연적으로 싹이 발생하는 과정을 묘사할 때 처음 사용되었다. 오늘날에는 이 과학자들도 단일 세포에서 생성된, 유전적으로 동일한 개체의 인공적 산물이라는 의미로 받아들이고 있다. 영화팬들, 특히 공상과학을 탐닉하는 사람들은 동일하다는 것은 다소 싱겁다는 생각을 갖는다. 과학자들은 배(胚 : embryo)세포에서의 복제만을 언급한다. 작가들은 이러한 복제의 의미를 어떤 세포에도 적용할 수 있다. 심지어 재생산과는 무관한 성인들의 세포까지도 복제할 수 있다.

X파일에서 성인과 8세의 쌍둥이 소녀의 복제판을 만들어낸 복제는 좀더 환상적인 것이다. 그러나 현실은 약간 다르다.

새로운 수정란의 초기 세포분열로 얻을 수 있는 배세포는 성숙된 성인의 세포와는 근본적으로 다르다. 배(胚)가 생기기 시작할 때 모든 세포들은 기본적으로 같다. 그 후에 차별성을 갖기 시작한다(세포들은 각기 고유 임무를 맡게 된다). 처음 두 차례의 세포분열 후에 새로운 배가 네 개의 세포로 구성될 때, 이 네 개의 세포 중 어떤 것이 뇌세포가 되며 어떤 것이 뼈를 구성하는 세포가 되는지는 알 방도가 없다. 무엇인가로 될 수 있는 세포를 분화전능(totipoten)이 되어가고 있다고 한다.

분화전능은 계속되는 것은 아니다. 사람의 경우에는 배세포가 32개의 세포에 달했을 때 멈추는 듯하다. 그 전까지 세포는 분리될 수 있다. 이 32개의 세포 가운데 하나를 떼어내 핵을 넣은 후, 시간이 흐르면 32개의 새롭고 동일

한 세포가 만들어진다. 그러나 그 후에 그 세포는 적절하게 분열하지도 살아남지도 못한다. 그 시점에서 인간이 태어난다. 수천 번의 세포분열을 거친 후 각각의 세포는 각 기능을 담당하면서 분화전능성(totipotentiality)을 유지한다.

분화전능성 상실을 초래하는 세포 변화는 아직 확인된 바 없으며, 이 과정을 역순으로 한다든가 세포가 복제될 수 있는 상태로 되돌린다든가 하는 것은 분명히 불가능한 일이다. 이것이 유전 공학자들이 직면한 문제다. 어

쩌면 도전이기도 하다. 그리고 이 공학자들은 이런 문제를 포기할 생각이 전혀 없는 것 같다.

만약 과학자들이 이처럼 차별화되는 과정을 완전히 이해한다면, 공상과학적인 소설이나 영화보다도 더욱 이상한 세계가 열릴 것이다. 세포들이 차별화되고, 각 세포가 세포분열을 하는 것이 나이를 먹는 과정이다. 과학은 우리의 재생산 가치가 확장된 직후에 「파괴」가 시작되도록 프로그램되어 있거나 만들어졌다는 것을 믿지 않는다. 만약 우리가 이 과정을 역으로 하는 방법을 알고 있다면, 암이나 악성 종양을 막아낼 수 있으며, 종국적으로는 노화 과정도 막아낼 수 있을 것이다.

그 때까지 복제 전문가들은 현대 과학의 영역 내에 있는 복제 방식, 즉 배복제(embryonic clo-ning)에 여전히 관심을 기울일 것이다. 최고의 시험관 수정 프로그램을 동원하더라도 그 성공률은 겨우 15％에도 못 미치지만 배복제술은 즉시 응용할 수 있는 기술이다. 이것은 분명 아이를 낳지 못하는 부부에게는 천혜나 다름없다. 이식가능한 배를 하나만 만들이내는 부부들은 배복세술로 좀더 많은 수정의 기회를 갖게 된다. 이러한 과학기술은 배란이 어려운 여성들을 위해 무한한 가치가 있는 것이다.

불임 부부들은 종종 이러한 첨단기술을 시술 받으려 하지만 상상도 못 할 비용에 엄두도 못 내고 있다. 환자들의 호르몬 수준 상태를 만드시 점검해야 하고, 난소에 대한 초음파 검사도 실시해야

퀴즈 게임·40

쉬운 문제 : 각 1점
1. 비행사가 자신을 위장한 방법은?
2. 와이스(Weiss)가 근무한 곳은 FBI의 어떤 지국인가?
3. 이 세 명의 의사 부고가 어떻게 멀더에게 전해졌나?
4. 우리의 두 요원과 함께 일하자고 제안한 CIA 요원은?
5. 스컬리의 신발은 어떻게 되었나?

어려운 문제 : 각 2점
6. CIA 요원은 그 복제인간에게 어떤 암호명을 붙여주었나?
7. 자신의 아파트 창문에서 뛰어내린 복제인간의 이름은?
8. 멀더의 부친은 어디에 살고 있나?
9. 스컬리가 머문 호텔은?
10. 이들 복제인간의 연구소는 어디인가?

→ 해답은 p. 312

하고, 난자를 축출하는 데 외과적인 마취 시술도 필요하다. 배복제술을 이용할 경우 몇 차례에 걸친 난소수집 과정의 부담을 덜 수 있고, 전체적인 시술 과정에 드는 비용도 절감할 수 있을 것이다.

일란성 쌍둥이들도 법적인 영역에서 전혀 어려움이 없기 때문에 이러한 「인공적인」 쌍둥이도 쉽게 받아들여질 수 있을 것이며, 과학적인 복제 과정은 좀더 폭넓은 이해를 얻고 허구와 쉽게 결별할 수 있을 것이다.

▶ X파일의 야담가들

	제목	작가
1.01	「X파일 ─ 첫출항」	카터
1.02	「내부 밀고자」	카터
1.03	「압착」	모건과 웡
1.04	「교신」	알렉스 갠사(Alex Gansa)와 하워드 고든(Howard Gordon)
1.05	「저지 공원의 악마」	카터
1.06	「어둠의 그림자」	모건과 웡
1.07	「컴퓨터 유령」	갠사와 고든
1.08	「빙하의 공포」	모건과 웡
1.09	「우주 유령」	카터
1.10	「추락 천사」	갠사와 고든
1.11	「이브」	빌러와 브랭캐토
1.12	「불의 사나이」	카터
1.13	「바다 저편에」	모건과 웡
1.14	「성 바꾸기」	래리 바버(Larry Barber)와

해답

1. 변형하여.
2. 뉴욕 주 중부 도시인 시러큐스.
3. 전자우편으로.
4. 엠브로스 채펠(Ambrose Chapel).
5. 녹색 아교대변기 ─ 이것은 디콘스 박사의 유해였다 ─ 를 밟은 후에 그 녹색 물질이 스컬리의 밑창을 녹였다.
6. 그레고어(Gregor).
7. 제임스 디콘스(James Dickons) 박사.
8. West Tisbury, Martha's Vineyard Massachusetts.
9. Vacation Village Motor Lodge.
10. 메릴랜드의 저먼타운(Germantown).

점 수 : _____

2.20	「협잡」	모건
2.21	「칼루사리」	카르노
2.22	「이매스큘래타」	카터와 고든
2.23	「부드러운 빛」	빈스 질리건(Vince Gilligan)
2.24	「우리 마을」	스포트니츠
2.25	「외계인 사건」	카터

스컬리가 복제인간 그레고어의 유전 공학연구소를 발견한 저먼타운은 DNA 연구로 유명한 셀마크 다이어그노스틱스(Cellmark Diagnostics)가 자리잡은 곳이기도 하다.

▶ 메건 리치가 출연한 영화

X파일 세계의 섬뜩한 분위기는 메건 리치 (Megan Leitch : 사만다 멀더역)에게 전혀 생소한 것이 아니었다. 그녀는 최근 심리적인 공포물에 출연했었다.

No Child of Mine, 1993

Knight Moves, 1992

The Resurrected, 1992

Omen IV : The Awakening, 1991

Stephen King's It, 1990

암호명 : 게임의 종말(End Game)

사건 개요

멀더의 납치된 파트너를 위한 유일한 몸값인 멀더의 여동생과 함께 멀더는 필사적으로 계획을 세웠지만 무언가 잘못되어가고 있다. 북극에 혼자 남겨진 멀더는 자신이 거의 이해할 수 없는 사람들과 그 사람들의 생각을 파악하려 한다. 그런데 자신의 처지가 너무나 편안하게 느껴졌다. 그러는 동안 스컬리는 자신을 납치한 범인의 또 다른 희생자들을 통해 멀더가 한 말을 다소나마 이해하게 되었다.

심층적 배경

죽은 자가 말을 하다

스컬리의 전문 분야인 법의학은 범상치 않은 개업의들을 끌어들였다. 이들은 구하지 못할 환자가 없는 완벽한 지식으로 무장하고 아침에 집을 나서는 사람들이다. 이들은 거의 온종일 그다지 유쾌하지 못한 환경에서 일한다. 그리고 자신들의 일을 모두 끝마쳤을 때 이들은 자신들이 만졌던 모든 것의 타협점을 찾으려고 하는 한 명의 변호사를 만날 수 있다.

법적인 병리학, 달리 말해 법의학의 목표는 단순히 사인을 규명하는 것만은 아니다. 법의학은 모든 사실을 규명해내야 한다. 치명적이든 치명적이지 않든 간에, 법정에 도움이 될 만한 모든 사실을 밝혀야 한다. 사인은 그 사체를 해부한다고 해서 자동적으로 밝혀지는 것은 아니다. 법의학은 다른 분야와 독립된 분야도 아니며, 확실성을 보장해주지도 않는다. 오히려 가능한 한 많은 단서를 설명하는 하나의 이론인 것이다. 그리고 이것은 분명 판단과 인간 오류의 영역에 속하는 분야다. 이러한 이유로 법적인 검시에는 짜증스러울 정도로 세세한 묘사와 검사, 그리고 그 내용의 문서화가 필요하다.

범죄 장면을 밝히는 데 이들의 경험을 능가하는 사람은 없다. 그리고 노련한 법의학 검시관들은 종종 살해 유형을 정립하기 위해 물증뿐만 아니라 단서를 제공하기도 한다. 예컨대, 자살하는 사람은 뛰어내리기 전에 안경을 벗는 경향이 있다. 사고사라면 안경을 벗을 시간적 여유는 없을 것이다. 검시 자체만으로는 그 의미를 결정할 수 없지만, 범죄 현장과 장면을 이용해 명백한 증거를 확보할 수 있다.

사인의 어떤 잠재성을 배제하지 않는다면 법적인 검시는 완벽해질 수 있다. 모든 검시보고서, 특히 법의학 보고서일 경우 검시하는 동안 속기사로 하여금 이를 받아적거나 녹음기 따위로 그 검시 내용을 기록해두도록 해야 한다. 이러한 기록은 종종 법정 증거로 이용되기도 한다.

모든 검시는 실수를 밝혀내고, 새로운 질병이나 그 유형의 범위를 정하고, 앞으로의 연구에 어떤 지침을 세우는 데 중요한 역할을 하고 있다. 신중한 검시가 이루어질 때 질병률이나 사망률 통계의 중요성과 정확성이 보증된다. 검시로 접촉성 감염이나 전염병을 처음으로 밝혀내기도 한다. 의과

대학에서는 검시 과목을 매우 강조하고 있으며, 이러한 전문직에 어떻게 접근하며, 의학적 지식을 어떻게 적용하는지를 가르치고 있다. 사인을 규명하는 것 외에 검시는 좀더 포괄적인 목적을 갖고 있다. 그 목적은 대다수의 병리학자들로 하여금 생색도 낼 수 없는 이 일에 계속 매달리도록 하는 것이다.

세트 세우기

우리는 우리 요원들의 옷장 안에 있는 사물, 자동차 조수석 앞 상자 안의 물품, 벽에 걸린 사진, 찻장 안의 식품 등을 통해 이 허구의 등장인물을 알게 된다. 멀더와 스컬리라는 등장인물의 허구의 역사를 창작하기 위해서는 마치 음악회 무대의 한 가운데 있는 것처럼 현실적으로도 친밀하고 아늑한 분위기를 연출할 수 있도록 세트 장비를 제대로 구성할 필요가 있다.

멀더의 아파트는 전형적인 독신자의 소굴이다. 그의 방은 각각의 카메라 앵글에서 그의 성격을 반영해야 한다. 물고기가 전혀 없는 그의 어항, 거의 비어 있다시피 한 냉장고, 테이블 밑의 야구 장갑, 외견상 헤아릴 수 없을 만큼 많은 괴팍한 넥타이, 그리고 잠을 청하기에 안성맞춤인 푹 꺼진 소파 등은 갑갑하고 정신 없는 그의 작은 사무실처럼 우리에게 멀더라는 인물에 관해 수많은 실마리를 제공해주고 있다. 그러한 사무실에서는 자신의 포스터(I WANT TO BELIEVE)를 책상 위쪽에 붙이는 것이 어려웠을 것이다(팬들은 그 포스터를 구하러 다니느라 허탕만 쳤다. 우리는 이 점에서 이 X파일의 세트가 얼마나 공들여 만들어진 것인지 직감할 수 있다. 이 포스터는 스태프가 설계한 세트 장비 중 하나였던 것이다).

멀더처럼 스컬리의 집도 등장인물의 성격을 세세하게 엿볼 수 있는 근거를 제공해주고 있다. 그러나 그녀의 아파트를 보면 놀라움을 금치 못한다. 스컬리는 직업적으로 자로 잰 듯한 성격의 소유자지만, 사적인 면에서는 좀더 부드러운 면을 갖고 있음을 알게 된다. 고전적인 욕조에는 두껍고 지나치게 커다란 타월이 장식되어 있다. 배스 솔트(역주 bath salt : 목욕물을 부드

쉬운 문제 : 각 1점

1. 그 잠수함의 이름은?

2. 그 종양 바이러스는 어떻게 활동을 멈추게 되었나?

3. 와이스(Weiss) 요원의 공식 사인은?

4. 이 일화에서는 사만다 멀더가 몇 번 등장하는가?

5. 그 비행사와 사만다는 어떤 다리에서 떨어졌나?

어려운 문제 : 각 2점

6. 사만다는 멀더에게 그 비행사를 죽이는 방법을 일러주었다. 어떤 것인가?

7. 복제인간들은 왜 유산 클리닉에서 일을 했나?

8. 멀더의 아파트 방 번호는?

9. 사만다는 멀더에게 카카드의 번호를 알려주었다. 그 번호는?

10. 스컬리는 멀더의 정보 제공자와 접촉하려고 어떤 시도를 했나?

럽고 향기나게 하는 것)와 거품비누는 선반에 가지런히 놓여져 있다. 방마다 초가 널려 있다. 거의 모서리가 접혀 있고 낡았을 것으로 여겨지는 그녀의 서적은 거실에 진열되어 있지 않다. 그것은 침대맡의 누비 덮개를 걷어 올리면 있다. 멀더의 갑갑한 아파트는 그의 사무실을 방불케 하지만, 스컬리의 아파트는 좀더 포근한 장소다.

설정된 세트에 쏟은 세심한 정성은 도처에서 볼 수 있다. 툼스의 최초 희생자는 오래 된 어떤 사무실에서 죽지 않았다. 그 자질구레한 장신구가 그에게 어떤 의미가 있었는지 우리가 알기 전에 그가 죽어 우리를 애태웠는데, 그는 그러한 개인 소장품이 갖추어진 사무실에서 죽었다. 페닝의 트레일러는 60여 개의 장식품으로 실내가 장식되어 있다. 고독한 총잡이들의 은신처 비품은 마치 군대의 정확성을 연상케 하는 배치 구조를 이루고 있다. 그리고 빌 멀더(Bill Mulder)가 사는 집은 작지만 허전한 분위기를 연출하고 있는데, 이러한 것은 우리들에게 그 인물에 대해 좀더 미묘한 암시를 제공해주고 있다.

야구공, 촛대, 그리고 여타의 인물을 지지해주는 장신구는 그다지 어렵지 않게 설치되지만, 다른 세트 장비는 무대 감독들의 철저한 고증과 검증을 거쳐 설치된다. 우드랜드의 재단, 간을 빼먹는 돌연변이의 둥지에 사용된 혼응지(역주 pa-piermâché : 송진과 기름을 먹인 딱딱한 종이), 냉동된 외계인 태아, 메뚜기 떼 등은 계획적으로 갖춰놓은 무대 장비는 아니다. 인체기관이나 코끼리, 피가 배인 빵덩어리 등도 언제나 갖추고 있는 세트는 아니다. 고리를 이루며 흐르는 물이나 생기 있는 장미 덩굴 등을 현대의 부엌 한 가운데 설치하는 것은 매우 어려운 일이다.

이러한 무대 장비나 장신구 들은 개인 물품으로 X파일에서 특정 인물이나 사건의 연상을 불러일으키는 효과에 이용되었다. 멀더가 몇 개월 동안 스컬리를 찾아다니면서 지니고 있던 스컬리의 십자가 목걸이는 강력한 희망의 상징물이다. 짙은 연기가 나오는「몰리(Morley)」담배는 음모와 사악함을 연상시키는 것이 되었다. 그런데 일부 X파일 팬들은 이 담배와 비슷한 상표의 담배를 피우지 않거나 금연함으로써 일종의 욕망을 표현하기도 했다. X파일은 분명 형식을 갖춘 연속극이지만 일화마다 보여주는 상징성은,「문학적인」전략이 방송 황금시간대에도 영향을 미칠 수 있음을 증명하고 있다.

해답

1. USS Allegiance(소련에 충성).
2. 그 숙주의 온도를 화씨 5° 내림으로써.
3. 혈액 응고로.
4. 다섯 번.
5. 올드 메모리얼 다리(Old Memorial Bridge).
6. 두개골의 밑면(목 뒤쪽).
7. 태아 조직에 자유롭게 접근하기 위해.
8. 42.
9. 4A.
10. 그녀는 멀더의 집으로 가서 창가에 X자 테이프를 붙이고 빛을 비췄다.

점 수: _____

멀더의 아파트 구조

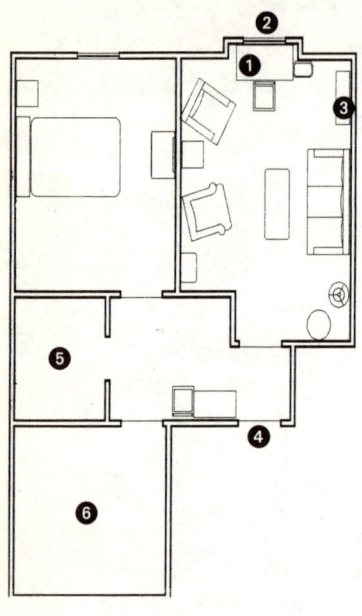

1. 멀더의 컴퓨터.
2. 멀더가 X표시의 테이프를 붙이는 창문. 그리고 뒤쪽에서 푸른색 등을 비친다. 그러고 나서 멀더는 비밀 접촉자와 교신을 하기 시작한다.
3. 「게임의 종말」에서 멀더의 어항을 자세히 보시오. 그러면 당신은 뭔가가 빠져 있는 것을 알게 될 것이다. 물고기가 없다.
4. 멀더의 아파트 방 번호는 42.
5. 우리는 전혀 보지 못했지만, 아마도 화장실이라고 추정할 수는 있다.
6. 「군체」에서 멀더의 부엌은 거실에서 분명히 보였다. 이에 근거, 대충 위치를 정하면 이 곳이 아닐까?

주 : 이 평면도는 그간 방영된 X파일에서 얻은 정보를 뽑아 편집한 것이다. 각 일화마다 특정 가구, 창문, 문, 심지어 방 전체가 있었다가 사라지거나 위치가 변동되기도 했다. 또 한 가지, 여기에서는 방이 연결된 듯이 보이지만 실제로는 여러 세트로 구성되어 있다.

스컬리의 아파트 구조

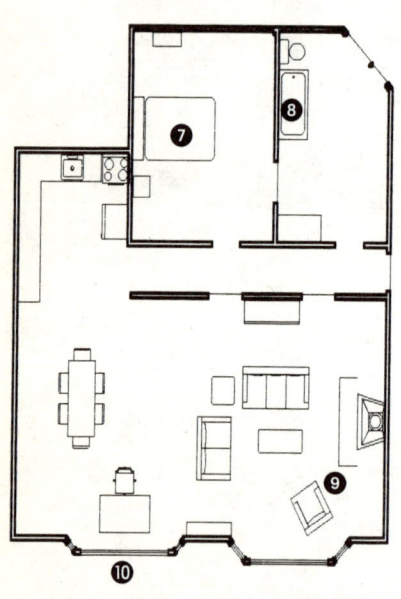

7. 멀더는 스컬리의 침대에 한 번 누운 적이 있다. 비록 「외계인 사건」에서의 상황이 낭만적 시청자가 바라는 그런 것은 아니었지만….
8. 「압착」에서 스컬리가 툼스에게 수갑을 채웠을 때 그녀의 고풍스러운 욕조를 감상할 기회가 있었다.
9. 「군체」에서 채펠은 이 곳을 자신의 아늑한 장소로 만들었다.
10. 배리는 문이 고장 난 것으로 생각한 모양이다. 「듀언 배리」에서 그는 창문으로 들어왔다.

주 : 스컬리의 아파트 층수를 알기는 어렵다. 분명한 것은 402호라는 방 번호다. 이것으로 미루어 4층이 아닌가 싶다. 그런데 배리는 1층의 창문을 깨고 그녀의 아파트로 침입했다.

암호명 : 공포의 대칭(Fearful Symmetry)

사건 개요

투명한 동물이 공무원들을 죽이고 개인 재산을 파괴하며 날뛸 때 멀더와 스컬리는 가장 가까운 동물원을 조사했다. 자연과 교감할 수 있는 평화스러 워야 할 동물원이 동물보호 그룹, 이해타산에 밝은 경영자들, 심지어는 그 직원들 간의 각축장으로 변해버렸다. 진실을 밝힐 수 있는 유일한 곳은 수 화를 하는 고릴라가 갇힌 우리다.

심층적 배경

수화

여러 면에서 우리는 여느 동물들과 구별되어 왔다. 그 중에서 변함 없는 사실은 말하는 능 력이다. 그러나 세계의 언어연구소에 따르면 그러한 기준은 이제 더 이상 동물과 인간을 구 분해주는 것이 못 된다고 한다. X파일에서 가

「공포의 대칭」이라는 제목은 윌리엄 브레이크(William Brake)의 시 「The tyger」에 나오는 말이다. 이 극을 자세 히 보았다면 당신은 호랑이가 잡힌 건 물 이름에 붙어 있는 「Blake Towers」를 보았으리라.

공의 고릴라와 같은 생명체, 즉 소피(Sophie)의 행동은 그러한 불후의 논리에 대한 일종의 도전인 것이다.

여러 동물들이 자신들만의 의사소통을 하고 있다는 데에는 이견이 없다. 인간 유형의 「언어」는 좀더 협의의 뜻을 갖는다. 인간에게 단어와 사상(事象) 간의 관계는 임의적이며 학습되는 것이다. 예를 들어, 우리는 소를 소라고 부른다. 다른 언어를 구사하는 나라 사람들은 소에 대한 논의를 하기 전에 반드시 소라는 말을 먼저 배워야 한다. 그러한 단어와 사상이 쉽게 연결되는 것은 아니다. 그러나 우리가 만질 수도 어떤 조작을 가할 수도 없는 「사랑」이라는 추상적인 단어는 「바위」나 「태양」과 같은 단어처럼 우리 어린 아이들이 다소 쉽게 학습할 수 있다.

인간의 언어는 유연성을 내포하고 있다. 우리는 전혀 경험하지 못한 사건이나 상황, 심지어는 전혀 불가능한 것까지 논할 수 있다. 우리는 우리의 표현 능력을 암시와 은유로 확장할 수 있다. 우리의 언어는 구문과 문법, 문장

> **목격자 증언**
>
> 밝은 빛. 인간이 인간을 구한다.
>
> —소피 고릴라, 「공포의 대칭」에서

작성 등에 대한 규칙으로 구성되어 있다. 좀더 명확히 해보자. 『보브가 코코를 간질이다』와 『코코가 보브를 간질이다』는 다른 뜻이다. 그다지 확연하지 않은 또 다른 예를 들어보자. 『나는 크고 빨간색 풍선을 갖고 있다』라고 말한다. 『나는 빨간색의 큰 풍선을 갖고 있다』라고는 말하지 않는다(역주 영어의 형용사 어순을 생각하세요. 한글이 아닙니다).

우리는 현존하는 다른 동물들의 의사소통체계를 밝혀내야만 한다. 그간 밝혀낸 것으로는 부족하다. 1910~45년 사이에 수십 명의 언어학자와 과학자들이 인류와 가장 가까운 생물학적인 친족인 침팬지에게 말을 가르치려 했었다. 그러나 모두 실패했다. 그제서야 우리는 그러한 것이 불가능하다는 사실을 알게 되었다. 침팬지의 생리구조는 인간 유형의 소리를 재생산해낼 수 없다.

그것을 알고 난 후 연구의 주제는 발성 언어에서 비발성 언어로 옮겨갔다. 청각 장애인들이 사용하는 수화, 그림문자, 말판(speech board) 등을 이용해 서서히 성공을 거두기 시작했다. 많은 원숭이들이 50단어 정도의 어휘를 구사할 수 있게 되었다. 그 중 뛰어난 원숭이들은 100∼200단어의 어휘를 구사하기도 한다.

비트리스(Beatrice)와 알랜 가드너(Allan Gardner)에게 훈련받은 암컷 침팬지 워슈(Washoe)는 150가지 이상의 수화를 익혔다. 워슈는 빠른 속도로 명사를 익혔다. 자신을 훈련시킨 사람의 이름, 좋아하는 음식, 그녀가 갖고 노는 장남감의 이름 등을 익혔다. 동사형 단어를 익히는 데는 다소 시간이 걸렸다. 「부탁하다」, 「서두르다」, 「더 많이」 등을 익혀가며 「오다」, 「가다」, 「간질이다」, 「먹다」와 같은 진정한 의미의 동사를 덧붙여나갔다.

단어를 표현하는 데에는 수화보다 플라스틱 토큰을 이용해 훈련받은 침팬지 사라(Sarah)가 좀더 많은 어휘를 익혔다(워슈보다 현저히 뛰어난 것은 아니지만). 명사와 동사는 물론이고 형용사도 익혔다(색깔, 모양, 크기 등). 그리고 「안에(in)」나 「밑에(under)」라는 전치사도 익혔다.

인간이 아닌 동물들이 대답하는 데 임의의 상징을 할당할 수 있는가에 대한 질문에, 언어학자와 행동 생물학자들은 그러한 임의의 상징이 어떻게 사용될 수 있었는지 밝혀낼 수 있었다. 수화나 토큰 등이 진정으로 단어의 역할을 담당하고 있는 것일까? 아니면, 원숭이들은 조련사들의 지시에 그저 간단히 반응하는 것은 아닐까? 사라와 워슈 또는 다른 동물들이 실제로 그 단어의 뜻을 이해하고 있기나 하는 것일까? 원숭이들이 가정(if-then)이라는 관계를 이해하는 것이 가능할까? 이들이 하나의 신호를 보내면 바나나가 나타난다. 다른 토큰을 보이면 잇달아 다른 음식이 제공된다. 연구자들이 행동-보상이라는 상투적인 수단을 이용해 이들 동물을 가르치는 것은 어쩔 수 없는 일이다. 그러나 이러한 수단은 배제될 필요가 있다. 그렇게 한다면 분명 구문(構文)이 없기는 하겠지만, 이러한 수단으로 일종의 언어를 만들어냈을 것이다.

퀴즈 게임 42

쉬운 문제 : 각 1점

1. 미첨(Meecham)은 그 코끼리를 어떤 유형의 코끼리라고 주장했나? 아프리카형인가, 인도형인가?

2. 그 고릴라의 이름은?

3. 소피는 어떻게 말을 하는가?

4. 그림에서 갈색 점은 무엇을 의미하는가?

5. 스컬리는 카일 랑(Kyle Lang)의 몸에 변칙 장치를 한 증거를 찾았다. 어떤 장치가 사용되었나?

어려운 문제 : 각 2점

6. 멀더는 데이비드 코퍼필드(David Kopperfield)가 기념 건축물을 사라지게 하는 것을 보았다. 그 건물은?

7. 랑이 대표하는 조직은?

8. 비디오 원격회의를 시작한 회사는?

9. 호랑이를 발견한 곳은?

10. 소피는 얼마나 많은 단어를 이해하는가?

초창기 연구에 따르면 침팬지는 뭔가 다른 우수성을 갖고 있다고 한다. 예를 들면 사과에 대한 사라의 토큰은 파란색 삼각형이지만, 사과가 어떤 색인가를 물으면 그녀는 붉은 색이라고 답한다. 그 토큰은 사과가 아니다. 단지 사과를 대표하는 것이다. 다른 침팬지들도 음식과 사과의 상징을 섞어놓으면 실수 없이 이것을 분리해낸다. 이것은 우리의 의자라는 범주에, 커다란 공기 주머니와 안에 스프링이 들어 있는 것도 같은 범주에 넣는 사고의 「집단화(분류)」 유형을 의미하는 것이다.

유별나게 뛰어난 칸지(Kanzi)라는 피그미 침팬지에 대한 연구에서는 키보드를 언어의 수단으로 이용했다. 그 침팬지는 음식 보상을 이용한 학습 기간이 오래 걸리지 않았다. 그리고 문맥에서 의미를 추론할 수 있게 되었다. 이 때 조련사들의 암시는 전혀 없었다. 자신의 언어판(키보드)으로 인간과 의사소통을 했을 뿐 아니라, 그는 인간들이 하는 말을 관심을 갖고 주의 깊게 경청하기도 했고 키보드로 이에 응답할 수도 있었다.

인간과 동물은 공통의 언어를 공유할 수 있는 듯이 보인다. 그런데 원숭이들이 단어를 구사하거나 구문 규칙에 따른 문장을 만들 수 있고, 사상(事象)과 연관 있는 단어를 선택할 수 있을까? 원숭이들이 하나의 상징이나 제스처 이상을 사용할 수 있다는 것을 연구자들은 알았다. 라나(Lana)라는 원숭이는 키보드로 『기계야 라나에게 마실 것 주다(Please machine give Lana drink)』라고 찍었다. 수화나 다른 몸짓 언어로 훈련받은 위슈나 다른 침팬지들은 종종 『너 나 가다 밖에 (You me go out)』, 『로저 간질이다 워슈(Roger tickle Washoe)』 따위의 문장을 만들어내곤 했다. 그러나 회의론자들은 수화나 상징의 문자열이 갖는 의미에 이의를 제기한다. 이들은 라나가 자판에 찍는 내용을, 인간들이 정확히 해석했는지를 지적하고 있다. 라나의 마음이 『여기 찍고, 그리고 여기, 그 다음은 여기. 자, 이제는 마실 것을 기다리자?』라는 것이었을 가능성은 없었는가? 비둘기들도 마실 것을 주문할 때 네 개의 채색된 키를 누르도록 훈련시킬 수 있다. 키에 단어를 전혀 할당하지 않았어도 말이다. 그러한 키가 과연 문장을 만들 수 있는가?

수화의 경우에 두 가지 의문이 항상 따라붙는다. 하나는 『원숭이들이 조련사의 질문에 대꾸하면서 학습할 가능성은 없는가?』다. 만약 조련사들이 『워슈야, 마시고 싶니?』라고 하면 『워슈는 마실 것 원해』라고 답하거나, 『피곤하지 않니?』라는 질문에는 『워슈 피곤해』라는 식의 패턴 학습 가능성은 없었는가? 이렇게 보면 꼭 의사소통이 일어나는 것처럼 보인다. 워슈가 정말로 피곤하지도 않고 목이 마르지도 않을 수도 있었겠지만, 조련사들이 부정적인 응답을 기대하려고 질문한 것 같지는 않다.

두번째 문제는 문장의 시작과 끝을 결정하는 것이다. 원숭이들의 어휘는 생략되기 때문에 조련사

해답

1. 인도형 코끼리(귀를 보면 뭔가 다른 느낌을 받을 것이다).
2. 소피(Sophie).
3. 미국 수화(American Sign Language : ASL)를 통해.
4. 아기(a baby).
5. 소를 자극하는 막대.
6. 자유의 여신상.
7. 야생회귀조직(Wild Again Organization : WAO).
8. 조조의 카피 센터(JoJo's Copy Center).
9. 블레이크 타워.
10. 소피는 1,000개 이상의 단어와 600개 이상의 수화를 이해한다.

점 수: _____

들은 단독적인 의미를 갖는 제스처를 하나의 문장으로 해석할 가능성이 있다는 것이다. 실험에서는 어느 문장을 보더라도 대문자나 마침표가 없다.

한편 다른 원숭이들에게는 특정 순서에 따라 자신의 신호를 만들어내는 학습을 시켰다. 『마시다 많이』나 『주다 나에게』라는 것보다는 『많이 마시다』나 『나에게 주다』와 같은 것은 이들 원숭이에게 기호의 위치가 중요한 것임을 암시하고 있다.

그러면 다음과 같은 것은 어떤까? 루시(Lucy)라는 침팬지는 자신의 조련사인 로저 파우츠(Roger Fouts)에게 『로저가 루시를 간질인다』는 제스처를 통해 알리는 데 익숙해 있었다. 어느 날 파우츠는 이러한 것에 응하는 대신에 『아니, 루시가 로저를 간질인다』라는 신호를 보냈다. 비록 처음에는 전혀 반응이 없었지만 몇 차례에 걸쳐 이와 유사한 상황이 있은 후, 결국 루시가 그에게 답을 했던 것이다.

동물의 언어 연구는 아마도 가장 어려운 연구 분야이며, 그 조사 연구자들은 종종 진퇴양난의 상황에 빠지기도 한다. 그 연구 과정을 평가하기 위해 외부 인사들은 표준적인 기호집합이나 단어 수와 같은 특별한 기준을 마련해야만 했다. 또한 이에 대한 연구자금을 모으기 위해 자신들의 연구성과를 계량화할 수 있는 방법을 모색해야 했다. 그러나 언어란 유동적인 것이다.

의사소통은 의미를 전달하기 위한 비구조적인 시도의 자연스런 결과다. 다른 영장류들의 언어와 우리의 언어를 정확히 비교하려면, 그와 관련된 체계적인 방식도 자발적이고 비공식적으로 발생하는 상징을 포함할 수 있을 만큼 유연해야 한다.

PAWS사의 크루세이드 TV프로그램은
적어도 좀더 많은 정보를 수집하기 위해
X파일의 작가와 연출가를 부추겼다.
「코끼리 훈련」장면은 대형 동물원에서
실제로 촬영된 것이다.

암호명 : 죽음의 침묵(Død Kalm)

사건 개요

제2의 버뮤다 삼각지라고 부르는 지역에서 USS 아던트(USS Ardent) 호가 사라졌을 때, 멀더는 이를 현대판 필라델피아 실험으로 믿고 이 선박을 찾기로 결심했다. 구조된 선박의 선원 중 한 명이 이상할 정도로 노화되는 것에 더욱 큰 관심을 갖고 있는 스컬리도 그 원인을 찾기 위해 멀더와 의견을 같이한다.

심층적 배경

필라델피아 실험

필라델피아 실험(The Philadelphia Experiment)은 실제 있었던 일은 아니다. 이것은 1943년 10월의 안개 낀 저녁에 발생한 것으로 알려진 일련의 사건을 바탕으로 만들어진 영화였다. 혹자들은 이 실험이 모든 면에서 진실이라고 주장하고 있지만, 다른 사람들은 그 실험이 사실이라면 어째서 10년이 지난 후에 빛을 보게 되었느냐고 반문한다.

1950년대 중반까지 필라델피아 실험은 전혀 매스컴의 관심을 끌지 못했다. 그 당시 두꺼운 봉투가 모리스 케첨 제섭(Morris Ketchum Jessup)의 책상에 놓여졌다. 정글 탐험가이며 라몽허시 관측소(Lamont-Hussey Observatory) 천문학자이자, 이중성(double star)의 발견자이고 카네기 연구소 고고학 탐험대의 사진사인 제섭은 UFO와 관련된 서적 네 권을 저술하기도 했다.

출판업자로부터 그에게 배달된 서신 중 카를로스 미구엘 알렌데(Carlos Miguel Allende)에게서 온 것이 있었다. 알렌데는 공중 부양이론과 그 기술에 대한 책을 쓴 사람이었다. 제섭은 정중한 사과의 회신을 보냈다. 그는 알렌데에게서 두번째 서신이 올 때까지 그 두꺼운 봉투를 까마득하게 잊고 있었다.

이 때 알렌데는, 아인슈타인의 통일장 이론으로는 반중력의 신비를 풀 수 없다는 제섭의 연구발표 강연을 통해 그를 알고 있다고 알렸다. 알렌데는 제섭에게 선형적인 연구를 그만두라고 충고했다. 그것은 이미 수많은 시도가 있었고, 엄청난 실패를 맛보았다고 말했다. 알렌데는 또한 1943년의 실험으로 배와 선원들이 김쪽같이 사라졌다고 썼

> ## 목격자 증언
>
> 모든 것이 멈추었어요. 모든 것이… 심지어는 바다와 바람까지도… 그 당시 제 배는 피를 흘리기 시작했어요. 선체에서도… 연결부위에서도….
>
> ─바클레이(Barclay) 선장, 「죽음의 침묵」에서

다. 알렌데에 따르면 선원 가운데 반은 그 경험으로 미쳤다고 한다. 그 배는 필라델피아 부두에서 사라졌고, 단 몇 분 후 영국의 노퍽 선창에 나타났다가 다시 필라델피아의 계류장으로 무사히 돌아왔다고 한다〔후에 연구자들은 그 배가 USS 엘드리지(USS Eldridge)임을 확인했다〕.

놀랄 일이 아니었다. 제섭은 그것을 전부 읽지 않았다. 그러나 1년 후 그는 워싱턴의 해군연구소 사무국으로부터 초청을 받았다. 제섭은 도착하자마자 그 사무국에 자신의 저서인 《UFO 사례(The Case for the UFO)》라는 책

퀴즈 게임 43

쉬운 문제 : 각 1점

1. 우리의 두 요원 중 배멀미를 하는 사람은?

2. 스컬리가 자신의 이름을 써넣은 책은 어떤 종류의 책인가?

3. 멀더가 자신과 비교한 코미디언은 누구인가?

4. 바클레이 선장이 실수로 「피」라고 부른 것은 무엇인가?

5. 스컬리가 선원들의 노화의 원인으로 제시한, 반응에 매우 민감한 화학물질은 무엇인가?

어려운 문제 : 각 2점

6. USS 아던트 호의 등록번호는?

7. USS 아던트 호의 선원들을 구출한 캐나다의 트롤선 이름은?

8. 제2차 세계대전 중에 미 전함이 사라진 것에 대해 책임이 있는 프로젝트 이름은? 멀더가 제시했다.

9. 수원(水源)에서 스컬리가 수집한 품목 두 가지는?

10. 론스쿄(Lonesco)가 일본인에게 판 것은?

이 있음을 알았다. 이 책에는 세 명이 주석을 단 흔적이 역력했다. 그리고 이 책은 N. 퍼스(N. Furth) 장군에게 보내졌다. 이 책 각 쪽의 가장자리에 빽빽이 적어놓은 내용은 사라졌다가 귀환한 해군 전함에 관한 이야기였다.

퍼스 장군은 이 책을 중요하지 않다고 여겼다. 그러나 그의 부관이 계속 의문을 제기했었다. 이들은 텍사스 갈랜드의 바로(Varo) 인쇄소에서 이 책의 사본을 몇 권 만들었다. 이 바로판에는 서명이 없는 머리말이 덧붙여졌다. 이 몇 부 안 되는 책이 결국에는 바로 판으로 알려지게 된 것이다.

1958년 10월, 15년이 흐른 뒤였다. 제섭과 이에 관심을 두고 있는 그룹은 유명한 미스터리 사건에 관한 저자인 이반 샌더슨(Ivan Sanderson)의 집에 모여들었다. 제섭은 참관인 자격으로 이 모임에 참가해 자신의 책 원본을 이들에게 주었다. 분명 예사스러운 일이 아니었다. 제섭은 이 책을 다른 곳에 안전하게 보관해달라고 요청했다. 그는 자신에게 일어날 어떤 일에 대비하고 있었다.

6개월 후 그는 자신의 차에서 시체로 발견되었다. 그는 자살한 것이다.

대부분의 사람들은 제섭의 책에 있는 알렌데의 서신과 쪽지가 정교하게 꾸며진 사기극이라고 생각했지만, 그의 죽음으로 그 사건에 관심이 집중되었다.

20여 년 동안 소문과 추측이 꼬리에 꼬리를 물었다. 그리고 결국 필라델피아 실험이라는 이름의 영화로 제작되었던 것이다. 그 영화(때에 따라서 X파일도)는 멋진 허구를 만들어내기 위해 그 정확성을 희생했던 것이다. 그리고 다음과 같은, 일부 관련된 사실이 누락되어 있었다.

- 카를로스 알렌데는 익명이었다.
- USS 엘드리지 호의 선원 중 정신병에 걸린 사람들의 비율은 총인구의 정신병 발병률보다 높지 않다.
- 제섭의 서적에 쓰여진 주석은 여러 색상의 펜과 여러 사람들의 필체로 되어 있었지만, 알렌데는 이 모든 주석을 혼자서 썼던 것이다.
- 알렌데는 USS 엘드리지 호가 그렇게 빨리 필라델피아와 영국의 노퍽 간을 항해할 수 없다고 했는데, 그는 이 두 항구 간의 항로를 언급하지 않았다.
- **노화에 관한 유리기 이론**: 육체와 그 세포는 유리기라고 불리는 생화학물질에 손상을 입는다. 이 화합물은 세포가 신진대사를 할 때 방출하는 노폐물 때문에 생성되는데 매우 반응성이 높다. 그리고 세포와 DNA에 독성으로 작용한다. 전기에 노출되면 일부 화학반응률이 높아지기 때문에, 장수를 원하는 사람들은 전선에 가까이 가지 않으려고 하며 어떤 전기 기구도 사용하지 않으려 한다. 만약 「죽음의 침묵」에 등장하는 물이 배터리처럼 작용한다면, 이는 분명 유리기의 활동을 자극하게 될

해답
1. 멀더.
2. USS 이더트 호의 공식 항해일지.
3. 조지 번스(George Burns).
4. 녹.
5. 유리기(遊離基 : free radical).
6. 925.
7. 리제트(Lizette)호.
8. 필라델피아 실험.
9. 여섯 개의 레몬으로 만든 주스, 눈장갑에서 나온 물, 정어리 즙.
10. 불법 포경한 고래.

점 수 : _____

옥에 티

X파일을 처음 보았든 아니면 열 번 보았든 간에, X파일 제작진이 만든 이상한 장면을 찾아보자.

- 「내부 밀고자」에서 스컬리는 단 한 발의 총알을 빼내려고 자신의 총을 싼 잡지를 걷어냈다. 도대체 한 발의 총알만을 장전하는 사람이 어디 있는가?

- 벨트 대령은 「우주 영혼」에서 병원의 창문을 뛰어내리지는 못했을 것이다. 대다수의 주와 같이 플로리다 주도 병원 창문을 견고하게 하도록 요구하고 있다.

- 윌리스 요원은 혈액이나 소변검사와 같은 신체검사를 어떻게 통과할 수 있었을까? 그는 당뇨병을 앓고 있었는데….

- 「우주 영혼」에서 제너루의 자동차가 움직이기 시작했을 때 소나기가 쏟아졌다. 그러나 멀더와 스컬리가 그녀의 전복된 자동차에서 그녀를 구출하려고 애쓸 때 바퀴의 회전은 멈추었다고 해도, 비는 그친 상태이고 바닥에는 전혀 물기가 없었다. 게다가 그녀를 끌어낼 때 무릎을 꿇었던 멀더의 바지는 전혀 젖지도 않았다.

- 「군체」에서는 멀더의 자동응답기 소리가 몇 번씩이나 나온다. 이상하게도 응답기에 녹음된 인사말은 매번 달랐다. 그런데 멀더는 새로 녹음하려고 집에 온 적도 없었다.

- 연속성의 오류가 있는 장면은 세심한 시청자들에게는 포복절도할 만큼 재미있다. 다음에 「군체」를 볼 기회가 있으면 스컬리가 버스에 타고 있는 장면을 유심히 살펴보자. 출발할 때 그녀의 뒤에 앉아 있던 한 남자가 어떻게 갑자기 버스 앞에 나타날 수 있는지 관찰해보자.

- 스컬리가 멀더에게 자신은 메릴랜드 저먼타운의 I-90에 있는 모텔에 방을 잡았다고 말했는데, 이는 너무 지나친 실수다. I-90은 뉴욕 주와 매사추세츠 주를 관통하는 도로다.

것이다.

　현재의 USS 아던트 호는 MCM 12라는 이름으로 소해정(掃海艇)으로 활약 중이다. 실제의 아던트 호는 1991년 진수되었다. 허구적인 아던트 호의 명판에도 같은 해 취역한 것으로 나타나 있다. 실제의 아던트 호는 녹이 슬지 않았다. 대다수의 소해정이 그렇듯이 아던트 호는 목제 외피와 섬유로 만들어진 최고의 구조를 갖추었다.

　1975년 미 해군은 구축함 경호선(Destroyer Escorts : DE) 건조를 그만두었다. 그리고 모든 DE를 프리깃함으로 대체했다. DE 925호는 1944년 취역을 멈추었으며, 1945년 제2차 세계대전 후 남은 에바트급 전함의 대부분을 없앴다. DE 925호는 이미 퇴역한 캐나디안(Canadian) 호의 맞은편에 곱게 채색되어 있는 것 같다.

> 　노르웨이인의 성으로 트론다임(Trondheim)이라는 것이 드물기는 하지만, X파일 사무실에 있는 지도에서는 트론다임이라는 도시를 볼 수 있다.
> ─바클레이(Barclay) 선장, 「죽음의 침묵」

암호명 : 협잡(Humbug)

사건 개요

퇴직한 서커스 곡예사들의 모임이 신비스런 페기 머메이드(Fegee Mermaid)라는 자에게 테러를 당했다. 이 자는 자신의 희생자를 즐겨 먹으며, 족문 대신에 물갈퀴를 남긴다. 멀더와 스컬리는 사기극과 진실을 판별해야만 한다. 문신을 한 사람들, 수염이 있는 여성들, 그리고 기계적으로 자신의 고환을 몸 안으로 끌어당기거나 자신들의 코에 못을 박는 사람들이 모여 사는 마을에서 이 초과학적인 현상은 극히 흔한 일처럼 보인다.

심층적 배경

서커스 : 그 역사

대다수의 사람들은 서커스를 고대의 오락으로 생각하고 있지만, 실제 그 역사는 몇백 년밖에 안 되었다. 고대 로마와 연관시켜 언급되는 서커스는 현대의 청중들이 생각하는 서커스가 아니었다. 고대의 서커스는 대부분 경주장에서 행해졌었다. 이 곳에서 이륜 전차 전투나 해전 흉내를 포함해 장관을 이루는 구경거리가 재연된 것이었다.

물론 현대의 곡예사 중 그 연원이 오래 된 것도 있다. 애크러배트 (acrobat)나 저글러(juggler)들은 몇천 년 전부터 세계 곳곳에서 공연을 해왔다. 줄타기는 그리스에서 매우 인기가 높았고, 로마는 동물들의 공연, 특히 코끼리 묘기를 좋아했다. 대규모 어릿광대들은 거리공연뿐만 아니라, 거물들 앞에서도 공연을 했다. 동물 묘기는 850년 영국의 킹 알프레드(King Alfred) 곡예단이 가장 큰 규모였다. 후에 인간 곡예사를 더욱 선호하게 되었는데, 그 이유는 덜 어수선할 뿐 아니라 통제하기가 쉬웠기 때문이다. 그리고 공중제비 곡예사, 몸을 자유자재로 구부리는 곡예사, 춤꾼들이 유럽 무대를 휩쓸었던 시기는 1000~1500년경이었다. 순회 동물 조련사들은 원숭이에서부터 말이나 곰 등에 이르기까지 온갖 동물들을 훈련시켰다. 이들과 순회 동물원과의 차이는 조련사들의 규모가 단출했다는 점이다.

현대 서커스의 기원은 실제로 1770년경 영국에서 발생했다는 주장에 모두 동의한다. 이 때는 필립 애스틀리(Philip Astley)라는 한 신사 ── 전직은 군하사관이었는데 전역 후 마술 기수(trick rider)로 전업한 ── 가 직접 말 잔등에 올라 서서 원을 그리며 질주하면 원심력이 자신의 균형을 잡아준다는 것을 알게 된 시기였다.

말 한 마리에 한 사람이 올라타서 부리는 묘기로는 쇼가 될 수 없다고 판단한 애스틀리는 어릿광대, 음악가, 여러 배우들을 덧붙였다. 사업이 본궤도에 오르자 그는 지붕을 얹고, 청중을 위한 좌석과 무대를 만들었다. 그는 자신의 사업을 서커스라고 부르지 않았다. 그에게 이것은 언제나 청중석이 경사져 있다는 이유로 「원형극장」이었

고, 중심 공연이 마술(馬術)이었기 때문에 「승마 학교(Riding School)」였던 것이다.

서커스는 이내 여러 곡예사들을 고용하기 시작했다. 저글러나 공중제비 곡예사, 그리고 한번쯤은 시장 장터에서 묘기를 부렸던 사람들에게 이 서커스는 안정된 공연장이었다. 즉 이들이 손님을 찾아다니는 것이 아니라, 손님이 자신들의 공연을 보기 위해 찾아오게 된 것이다. 서커스가 제공한 다채로움은 더 많은 청중들을 끌어들이기에 충분했다. 그리고 이 곳에 발을 들여놓게 된 곡예사라면 누구나 이 곳에 뿌리를 내렸던 것이다.

애스틀리는 영국에서 대단한 인기를 모았다. 그리고 이 인기가 자신의 원형극장을 이끌고 순회공연을 하는 데 호기임을 이내 깨달았다. 물론 청중이 옳았다면 말이다. 1772년 애스틀리와 그의 동료들은 프랑스 궁정에서 공연을 가졌다. 그는 자신의 서커스를 지원해줄 다양한 재주의 곡예사들이 프랑스에 엄청나게 많음을 발견했다. 10년 후 애스틀리는 파리에서 그의 두번째 원형극장을 개장했다. 이 때가 프랑스 혁명기였다. 영국과 프랑스 간의 껄끄러운 관계가 있었지만 전혀 문제가 되지 않았다. 그는 자신의 프랑스 원형극장의 모든 것을 최고 마술가(馬術家)인 안토니오 프랑코니(Antonio Franconi)와 어떻게 보면 더욱 중요한 의미를 띨지도 모르는 능력 있는 관리자에게 임대해주었다. 이 두 사람은 몇 년 동안 좋은 동반자 관계를 유지했고, 프랑코니의 아이들이 성장함에 따라 이들은 지름이 120m로 확장된 서커스를 프랑스에 양도했다.

서커스는 1900년 남아프리카, 중국, 캐나다에도 세워졌다. 이들의 앞길에 경쟁이라는 요소가 가미되었던 것이다. 일반인들은 의미 있는 관중이었고, 대부분의 서커스단들은 이들의 취향을 맞춰 주었다. 귀족이나 관리들도 서커스에 매료되기 시작했다. 상트 페테르부르크의 대규모 서커스단은 방문하는 관리들의 코를 자극하지 않으려고 정기적으로 마굿간에 향수를 뿌렸다.

서커스단은 19세기 들어 우후죽순처럼 생겨났다. 어린 시절부터 다양한 기술로 단련된 젊은이들이 서커스의 주역이 되었고, 이들은 전략적으로 결혼하여 서커스 가족을 형성했다. 이들이 분가해 새로운 서커스단을 만들어갔다. 이들에게는 엄격한 행위법전 같은 것이 있었다. 동유럽에서는 서커스단이 집시들과 관련을 맺고 있었는데, 자유로운 왕이나 여왕은 이러한 것을 인정해주었다. 서커스단은 사회 속의 또 하나의 사회다. 이들은 단지 직업을 위해서만 모이는 것이 아니었다. 자신들만의 생활형태를 만들어갔다. X파일에 등장하는 퇴직 곡예사들이 모여 사는 마을은 위대한 예술가, 음악가, 그리고 작가와 여흥을 만들어내는 자활적이고 기업가적이며 공동체 지향적인 사람들의 전통에 뿌리를 두고 있다.

미국에서는 서커스와 링글링 형제단(Ringling Bros.)을 따로 떼어내 생각할 수 없다. 주식 매입과 합병으로 링글링 형제단은 11개의 주요 서커스단 경영에 참가하게 되었고, 1,000여 석의 좌석을 이 일화에서 두드러지게 언급된 전시회는 아마도 1800년대에 유럽을 휩쓸었던 수많은 모조 인어(mermaid)였다. 이 전시회는 영국의 세인트 제임스의 터프 커피 하우스(Turf Coffee House)에서 동인도의 인어로서 유럽 여행을 시작했다. 1822년에는 수천 명의 방문객이 몇 주 동안 이 곳을 다녀갔다. 원숭이와 연어를 섞어놓은 인어는 후에 일종의 속임수로 밝혀졌지만 여전히 방문객은 끊이지 않았다.

바넘은 1840년경 그 인어를 보고 미국으로 가져오기로 결심했다. 확실한 사업으로 생각한 것이다. 프록터 & 갬블(Procter & Gamble)사의 명예를 걸고 대대적인 광고를 하고 나서 뉴욕 브로드웨이의 음악당이 아니라 한 가정집으로 운반되었다. 이렇게 하는 것이 전혀 소문을 내지 않는 방법이었기 때문이었다. 이 인어를 플로리다의 서커스 박물관에 영원히 안치하기 전에 뉴욕의 미국 박물관에서 전시를 했었다. 바넘은 그 인어를 『추하게 쭈글쭈글한 검은 외양의 자그마한 기인』으로 묘사했다.

갖춘 공연장을 갖게 되었다. 이것은 세계에서 가장 큰 규모였다. 플로리다 새러소타의 링글링 서커스 박물관은 은퇴한 곡예사나 겨울을 나기 위한 현직 곡예사들이 모여 사는 곳이다. 이 곳에는 최초의 서커스 마차가 복원되어 전시되어 있다.

창과 엥 : 샴 쌍둥이

1811년 5월 시암(현재의 태국)의 매클롱에서 허리가 붙어 태어난 창과 엥(Chang and Eng)은 너무 유명하여 최근까지 국적과 상관 없이 신체가 붙어 태어난 쌍둥이들을 샴 쌍둥이(Siamese twins)라고 부르게 되었다. 이들은 소년 시절부터 모국에서는 명사의 지위를 차지했고, 심지어 시암 국왕의 초청까지 받게 되었다.

그러나 이들을 보기 위해 각지에서 사람들이

> 스컬리가 어린 시절 손으로 하는 요술을 배웠다지만 앤더슨은 그렇지 않았다. 노련한 배우는 언제나 그러하듯 그녀는 그 벌레를 입 안에 넣었다. 그것도 한 번도 아닌 세 번씩이나.

몰려들자, 이들을 보려고 방문한 사람들은 그 특권으로 일정한 대가를 기꺼이 지불하리라는 것을 누군가가 깨달았다. 1829년 서커스가 세계 각지에서 전성기를 구가하고 있을 때, 창과 엥은 영국의 한 알선업자와 함께 시암을 떠났다. 그리고 이들은 캐나다, 쿠바, 그리고 유럽 전역을 여행하며 다녔다. 작은 돈이었지만 이들이 벌어들인 수입은 모두 알선업자에게로 돌

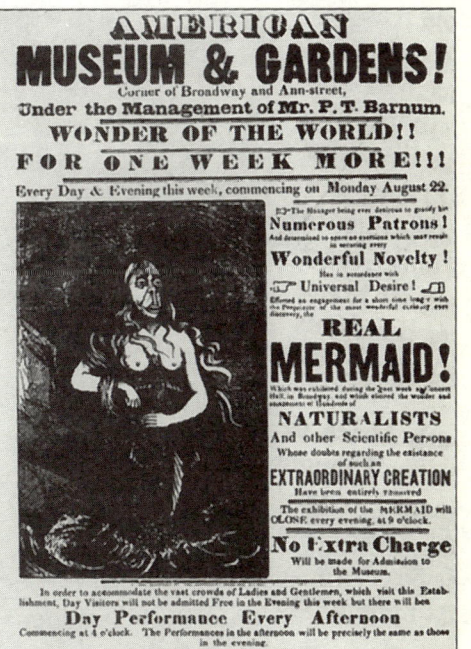

이 일화에 등장하는 곡예사들은 짐 로즈 순회 서커스단(Jim Rose Traveling Sideshow) 소속 사람들이었다. 이들 서커스단은 실제로 X파일에서 모든 곡예를 연기했다. 일부는 X파일에서조차 너무 과격한 내용도 있었다. 로즈는 전구와 그 밖의 온갖 것을 식사로 대용하는 것으로 유명하다.

아갔다. 이들이 스물한 살이 되었을 때, 이 쌍둥이들은 자신들의 사업을 결심하고 여행 계획을 세우기 시작했다. 이들은 극히 짧은 기간 동안 적으나마 부를 쌓아, 북캐롤라이나 마운트에어리(Mount Airy)의 노예 농장을 사들였다. 이들은 미국 국적을 취득할 때 자신들의 성을 벙커(Bunker)라고 지었다. 그리고 그 후 이들은 애들레이드(Adelaide)와 사라 예츠(Sarah Yates) 자매와 결혼했다. 이들은 이 노예 농장을 공동으로 운영하면서 농장에서 3마일 떨어진 곳에 별도의 집을 지었다. 이들은 3일마다 집을 바꿔가며 자신들의 부인과 여러 자녀들과 함께 생활했다.

이들 형제에게는 평생 단 한번 분리 수술이 제안되었디. 그러니 이들은 그 수술을 거부했다. 비록 그리 크지는 않았지만 수술 과정에 위험이 있었던 것이다. 그리고 이들은 현재 자신들의 환경에 더 잘 적응하고 있다고 생각했다. 이들은 달리거나 수영하거나 사냥할 수도 있었다. 그리고 이들의 가정은 안정적이었다. 비록 이들의 허리

부분이 붙어 있기는 했지만 신체기관이나 중요 조직은 서로 분리되어 있었다. 당연히 이 두 명은 명백히 다른 성격을 갖고 있었다. 이들은 붙어 있기는 했지만 완전한 두 사람이었다.

이들 형제는 1874년 사망했다. 3시간 간격을 두고 운명을 같이했다.「협잡」에서 신비의 박물관 소유자를 포함해 일부는, 엥은 옆에 붙어 있던 창이 죽는 것을 보고 공포에 질려 죽었다고 하지만 이를 뒷받침할 만한 증거는 없다.

암호명 : 칼루사리(The Calusari)

사건 개요

풍향에 역행해 움직이는 풍선이 어린아이의 죽음에 유일한 단서일 수 있다. 그러나 스컬리가 사건 수사를 위해 도착했을 때, 엄청나게 많은 기이한 사건들이 희한한 아동학대 사건을 다루고 있는 그녀를 사로잡았다. 멀더는 칼루사리라고 불리는 성가대원과 죽은 수탉에서 사건의 해답을 찾을 수 있다고 생각한다.

심층적 배경

푸닥거리 : 과거, 아니 지금은 더욱 극성

사회에서 생겨나는 칼루사리와 같은 헌신적인 무당 집단을 위해서는 액막이를 해야 할 무엇인가가 있다는 믿음을 가져야 한다.

악마의 홀림 또는 보통 사람들도 악마적 심성을 갖고 있다는 것은 오래된 종교적·민속적인 전통이다. 홀렸다는 것을 아는 최초의 실마리는 분위기에 극도로 민감하다든가, 평상시와 다른 행동, 그리고 인성의 변화를 들 수 있다. 만약 이러한 변화가 계속되면 그 사람은 외부의 초자연적인 힘에 직접적인 통제를 받고 있다고 여겨도 된다. 귀신들림에 대한 명확한 표시는 폭력적인 움직임, 새된 목소리, 끙끙거리기, 그리고 특이한 말 내뱉기 등이다. 독실한 신자라면 욕을 하거나 불경스러운 말을 한다. 심지어 성직자나 신성한 대상에 대해 노골적인 증오와 두려움을 보이기도 한다. 기독교에서 조차 이러한 상태는 악마의 불가해한 마수에 걸려든 것일 수 있음을 인정하고 있다.

대부분의 과학적 연구에 따르면 이러한 증상은 심리 물리학적 영혼의 형태화로서 다루어지고 있다. 악마적 홀림이라고 역사적으로 명명된 이러한 상태는 간질이나 히스테리, 몽유병 또는 정신분열 등의 범주로 다루어지고 있다.

어떤 나라의 전통에서는, 신들린 사람들은 병치레를 하거나 자신들의 공동체에서 정신적인 죄를 범한 것으로 여기고 있다. 이러한 신들린 사람을 원래의 사람으로 되돌리려면 그의 원죄를 속죄시켜야 한다. 이 때 종종 죽음이 뒤따르기도 한다. 다른 구전에 따르면 이러한 사람들은 영혼과 인간 사이의 매개자로서, 그리고 영혼과 그 관계를 통제하는 영매로서 인식되기도 한다. 영매의 주된 역할은 다른 영혼에 영향 받고 있는 사람을 진단하고 치료하는 것이다. 이 경우 혼수상태에 가까운 영매의 행동은 종종 자기 유도적이며, 약이나 북소리 또는 집단 히스테리로 인해 유발된다. 무아상태에서 영매는 일상적인 자극을 느끼지 못한다.

어떤 대상, 장소 또는 사람을 포기하는 악마 영혼의 의식적인 포기를 우리는 액막이 또는 푸닥거리(exorcism)라고 한다. 기독교 전통에서 예수는 성경의 말씀으로 악마를 쫓아냈다. 그리고 이러한 행동은 신의 왕국이 도래한다는 징표라고 말했다. 예수의 추종자들은 「예수의 이름으로」 악마를 쫓아냈다. 서력 기원의 처음 2세기 동안 액막이를 할 수 있는 능력은 성직자나 속인에게 부여된 특별한 재능으로 여겨졌다. 250년경 지위가 낮은 성직자 중에서 특별한 계급이 이러한 임무를 맡았다. 그리고 이들을 무당(exorcist : 칼루사리의 뿌리)이라고 불렀다. 이들은 서민들의 신뢰를 받았다. 그 당시 푸닥거리는 세례의 예비의식 가운데 하나가 되었다.

> 대리에 의한 뮌하우젠 증후군(Munchausen Syndrome by Proxy) : 꾀병을 부리는 아이들에게 주는 벌로서 부모가 계속 이 아이를 병원에 데리고 가서 질찰을 받게 함으로써 남용에 대한 고통을 주는 것.

그리고 이것은 로마 가톨릭 의식 가운데 하나의 상징이 되었다. 그리고 악마에게 홀린 사람들의 푸닥거리는 로마 가톨릭 교회의 교회법으로 조심스럽게 규제되어갔다.

폴터가이스트

독일어가 어원인 polter의 의미는 소음 또는 법석이고, geist는 정신 또는 영혼을 뜻한다. 폴터가이스트는 육체에서 분리된 영혼이나 초자연적인 힘을 믿고, 보통 불온하거나 악의에 찬 현상을 일으키는 것으로 생각한다. 만약 그러한 상황을 무시하거나 만족스럽지 못한 반응을 보이면 폴터가이스트는 돌을 던지거나, 옷이나 가구 또는 머리카락에 불을 놓는 폭력적인 행동에 의존하면서 자신의 행동을 차츰 확대해가는 경향이 있다.

작지만 위험스러운 것이 폴터가이스트 활동의 일반적인 특징이다. 그들의 행동은 반복적이디. 예를 들이, 특정한 빅자와 유형으로 끊임없이 반복해서 똑똑 소리를 낸다. 대부분의 행동은 산발적이고 예견할 수 없지만, 점점 더 규칙적으로 되고 서서히 위험성을 내포하게 된다.

폴터가이스트는 가족 구성원 중 특정인에게 집중적으로 나타난다고 사람들은 믿고 있다. 그 대상은 주로 청소년이다. 낯선 사람이 출현하면, 그들은 자신들의 기이한 행동을 중지한다. 이들의 희생자는 심한 히스테리에 고생한다. 회의론자들은 여러 예를 통해 폴터가이스트들의 행동은 낡은 가옥의 삐걱거리는 마루에서 일어나는 자연적인 현상으로 설명할 수 있다고 말한다.

그러한 설명을 부정할 수 있는 예를 들어보자.

- 상트 페테르부르크의 토목기사들은 똑똑거리는 원인 모를 소리의 출처를 6개월 간이나 거주하면서 확인하려 했으나 실패했다. 또한 기사들은 방 안 전체를 잠기게 했던 급작스러운 낙수의 원인도 밝혀내지 못했다. 당연히 그 건물에는 스프링클러 장치가 되어 있지 않았다.
- 솔트 레이크 시(Salt Lake City)의 정부 건물에 놓인 책상 서랍이 자주 열리는 바람에 직원들의 무릎이 남아나질 않았다. 그리고 서랍에서는 반복적으로 노크 소리가 났다. 책상 배치를 다시 했지만 문제는 해결되지 않았다.
- 최근 새롭게 단장된 어느 호텔의 엘리베이터가 사람들의 불만을 샀다. 이 엘리베이터는 폴터가이스트에게 점령당한 것이었다. 종종 분명한 이유도 없이 층수를 가리키는 바늘이 거꾸로 움직이거나 층을 잘못 가리키곤 했다. 60년이나 된 건물이지만 과거에는 그러한 일이 전혀 없었다. 당연히 층수를 표시하는 바늘의 문제는 엘리베이터 밑에서 끽끽거리는 소리를 동반했다.

▶ 卍자

팬들은 이 일화에서 만자가 나오는 것에 놀랐을 것이다. 특히 악마에게 홀려 침대에서 발버둥치며 누구 손이든 간에 자신의 이빨로 물어 뜯으려고 했던 이 착한 소년의 손에서 만자가 발견된 것은 놀라운 일이었다. 우리 대부분은 그 만자를 보면 나치를 연상하기 때문이다. 그러나 이는 전적으로 악마의 상징도 아니며, 또한 현대에 만들어진 것도 아니다.

이 글자는 남서부 인디언 원주민들이 만든 장식 담요에서 쉽게 볼 수 있다. 더 남쪽으로 가면 이는 카리브의 의상 페인팅과 과테말라 양동이의 문양으로 가장 일반적인 디자인 요소였다. 최남단과 신세계에서는 그 디자인과 그것을 기초로 변형된 모양의 옷을 짤 때 들어가는 문양이다. 동남아시아에서는 불교 사원이나 도교 서원에 이 글자를 역으로 하여 장식하고 있다. 설계에서 가지의 방향은 신세계에서 만들어진 직물과 무관한 것이다. 그리고 왼쪽과 오른쪽 가지가 모두 보인다.

예리한 시청자들은 X파일에서 쓰였던 상징이 나치의 십자장과 방향이 반대였음을 간파했을 것이다. 제2차 세계대전 당시 악명 높았던 나치가 썼던 만자 십자장은 그와 같은 시대에 평화의 상징과 이집드의 잉크 십자(덕주 Egyptian ankh : 생명의 상징)의 전통에 뿌리를 두고 있다. 이것은 4방의 바람, 4계절, 4방위를 나타내는 것이다. 오른쪽 시계 방향으로 도는 것은 자연의 조화를 가리킨다.

해답

1. 풍선.
2. 짐마차.
3. 수탉.
4. 루마니아.
5. 골다(Golda).
6. 그의 넥타이가 차고 문 개폐장치에 끼여 목이 졸려 죽었다.
7. 닭에 쪼여 죽은 것처럼 보인다.
8. 중력의 법칙을 무시하고 계속해서 그들을 찔렀던, 보이지 않는 손에 내던져졌다.
9. 테디(Teddy), 마이클(Michael)과 찰리(Charlie) 쌍둥이.
10. 벽에 녹아붙었다.

점수 : _____

포화 중

사건 번호 : X-2, 22-042895

암호명 : 이매스큘래타(F. Emasculata)

사건 개요

멀더와 스컬리는 접촉성 전염병이 돌고 있는 교도소를 탈출한 두 명의 죄인을 검거하려는 연방보안관을 지원하기 위해 파견된다. 그런데 문제는 이 두 명의 요원이 교도소에 들어가기 전까지는 아무도 그러한 사실을 얘기해 주지 않는다는 데 있다. 이것이 우리의 두 요원을 제거하기 위한 기도인가, 아니면 이들을 불신하기 때문인가?

심층적 배경

현대의 천벌

미국의 교도소가 질병통제 실험을 위한 시험대로서 이용되고 있다는 증거는 없지만, 교도소의 집단 거주적인 조건은 후에 대중에게 에볼라 바이러스(Ebola virus)로 알려진 「F. 이매스큘래타(F. Emas-culata)」와 같은 현대 전염병의 주요 서식지가 될 수도 있다.

에볼라는 바이러스성 출혈열로 알려진 질병 중 하나다. 「이매스큘래타」 일화에서의 가상 질병처럼 네 개의 바이러스 집단, 즉「필로바이러스(filoviruse), 아레나바이러스(arenaviruse), 플라비바이러스(flaviviruse), 번야바이러스(bunyaviruse)」는 곤충을 통해 쉽게 전염된다.

에볼라에 관한 내용 중 가장 무서운 것은 이들의 자연적 숙주에 관해 확실히 알려진 게 없다는 점이다. 「이매스큘래타」에서의 질병이 통상적인 과정으로 연구되었다면, 에볼라도 그랬듯이 과학자 집단은 좀더 자세한 관찰을 위해 우림지역의 대머리 독수리를 쫓아다녀야 할 것이다. 그 기원은 알 수 없지만 다행히도 그 증상과 진행과정에 관

> **목격자 증언**
>
> 단 한 순간이라도 이것이 별개의 사소한 사건이라고 믿지 말아요!
> ─오스번(Osbourne) 박사, 「이매스큘래타」에서

해서는 상당한 연구자료가 있다. 모든 형태의 바이러스성 출혈열은 체온의 상승과 근육통으로 시작된다. 이 점에서는 감기와 공통점을 갖고 있다. 이 특이한 바이러스가 일으키는 질병은 호흡 곤란, 심각한 출혈, 신장기능 장애와 졸도를 일으키는 선까지 급속히 진행된다. 이는 바이러스성 독감 증상과 거의 똑같다. 바이러스성 출혈열로 인해 비교적 약한 병세에서부터 심하면 죽음에까지 이르기도 한다.

1976년 자이르에서 발견된 에볼라는 그 지역 하천의 이름을 따서 붙여진 것이다. 1995년 중빈까지 이 질병은 단 세 차례의 창궐만이 우리 인간늘에게 알려졌다. 처음의 두 차례 창궐은 1976년에 일어났다. 한번은 자이르에서, 한번은 수단에서였다. 세번째의 창궐은 자이르의 키퀴트에서였다. 이 세번째 창궐기에 집중적인 노력을 기울임으로써 그 전염병 매개체를 확인할 수 있었다. 연구자들은 그 창궐 지역에서 포획된 수천 마리의 샘플을 검사해보았지만 성공하지 못했다. 그러나 이 과학자들은, 인간과 원숭이의 접촉으로 인해 발생하는 유일한 질병은 에이즈만이 아니라는 사실을 밝혀냈다. 어떤 지역에서는 일단의 원숭이들이 감염된 것이 발견되었지만, 창궐하지

않은 것은 이들 원숭이가 이 질병을 떨쳐버리는 천부적인 능력을 갖고 있기 때문이 아니라 이들이 고립된 생활을 했기 때문이었다.

1995년의 창궐은, 에볼라가 감옥이나 병원과 같이 붐비는 조건에서 가장 치명적인 결과를 가져올 수 있다는 논거를 뒷받침하고 있다. 최초의 환자는 어느 지방 병원의 외과 환자였다. 그리고 이 증상을 최초로 발견한 사람은 이 병원의 의사였다. 그 바이러스는 다른 환자들뿐만 아니라 이들을 간병하는 가족들에게도, 그리고 그 지방 대다수의 사람들에게도 전염되었다.

우선 자이르의 의료 팀들이 1차적으로 진료를 했고, 역병통제 및 예방센터와 세계보건기구의 역병 전담반이 공중에서 투입되어 완전한 격리를 선언했다. 한 달도 채 되지 않아 이 병은 거의 그 지역 전체로 퍼졌다. 확인된 오염에 대한 반응 시간은 48시간도 안 걸렸다.

「이매스큘래타」의 봉쇄 과정에서 가장 중요한 부분은 확실한 진단을 한 후에 감염되었거나 그 가능성이 있는 사람들을 모두 격리시키는 것이다. 스컬리는 바퀴벌레를 자신의 팔뚝에 올려놓고 투명 상자로 덮고서 30분 동안 있었지만, 에볼라는 그렇게 특이하지 않은 검사방법을 사용한다. 진단으로 항원, 항체 또는 유전적인 물질을 발견하고, 이것으로 바이러스를 배양하는 것이다.

「이매스큘래타」에서 질병을 일으키는 매개체로서 바퀴벌레의 일종인 흡혈성 딱정벌레(assassin beetle). 이것을 당신의 팔뚝 위에 30분 동안 올려놓으려는데? 이 행동을 스컬리가 했다는 사실!

진단은 더욱 쉬워진다. 그러나 에볼라나 현대의 역병에 대한 치료는 아직 요원하다. 에볼라와 이들 변종에 대한 지속적인 연구가 진행되고 있지만 최첨단으로 봉쇄되어 있는 연구소 시설이 없기 때문에 한계점을 노정시키고 있다.

존 에드거 후버

워싱턴에서 태어난 후버(1895~1972년)는 거의 자신의 고향을 떠난 적이 없다. 그러나 FBI 국장으로서 그의 영향력이 미치지 않는 곳은 없었다. 후버의 FBI 시절 유산은 아마도 미국의 법 집행 역사와 가장 모순된 것일 수 있다. 정치적으로 민감한 생명체인 후버가 바로 FBI였던 것이다.

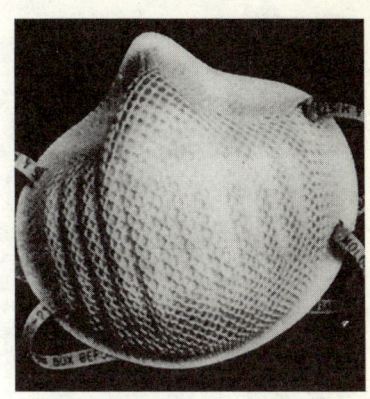

해즈메트 4 상황(Hazmat 4 situation)에서 이 간단한 의료기구에 자신의 생명을 담보할 수 있을까? 스컬리가 그랬다는 사실!

처음부터 후버는 의사당이 있는 도시와 그 곳의 사람들을 이해하고 있었다. 정객들은 오가지만 공무원들은 영원히 그 곳에 남는다. 그리고 법이나 회계에 대한 학위를 갖고 있는 사람들은 여느 공무원들보다 더 높은 자리에 올랐다. 의회도서관에서 일하면서 후버는 조지 워싱턴 야간 대학에 다녔다. 여기에서 그는 자신이 원한, 화려한 경력의 서광을 알리는 법학 학위를 받았다. 그는 1917년 파일 검열직으로 법무부에 들어갔다(어떤 사람은 이 시기가, 건장한 젊은이인 후버가 공익근무조항에 의거해 제1차 세계대전에서 빠질 수 있었던 최적기였다고 후일담을 들려주었다. 그렇다고 이 조항으로 인해 그가 의회도서관에서 좀더 이름난 지위로 오른 것은 아니었다).

후버

2년 후 그는 자신을 법무장관인 미첼 팔머(A. Mitchell Palmer)에게 없어서는 안 되는 사람으로 만들었다. 팔머는 그를 특별보좌관이라 불렀다. 그는 볼셰비키로 추측되는 사람은 누구든 검거하거나 국외로 추방하는 데 온 정열을 바쳤다. 그의 야망은 수사국에서 최고가 되는 것이었다. 그는 1924년 중반 국장 대리라는 직함을 받았고 30세 되던 해인 1925년 국장이 되었다.

FBI에서 이런 파격적인 승진 인사는 다시는 없을 것이다.

후버는 자신의 직위를 필사적으로 홍보하고 다녔지만 자신이 원했던 모든 것을 얻지는 못했다. 스캔들에 휘말렸고, 언론으로부터 비판의 대상이 되었으며, 범법자나 법을 준수하는 시민 모두 그를 싫어했다. 후버가 발행한 불량수표를 발견해 그의 서명과 이름을 변조한 한 사람으로 인해 수사국의 평판은 말이 아니었다. 그러나 후버는 자신과 FBI가 비난받을 이유가 전혀 없다고 생각했다.

후버 체제에서 요원 양성소가 출현했다. 선발 과정은 그 규칙이 엄격해 FBI에 뽑힌다는 사실은 뭔가 의미 있는 일이 되었다. 후버가 신규채용한 요원들은 자객단이 아니었다. 각 지역 대학에서 정선된 사람 내지는 기술자들이었다. 후버는 지문 담당부서를 조직에 흡수시켰고, 세계에서 가장 훌륭한 범죄학 연구소를 설립했다. 그리고 새로운 FBI가 대중의 눈에 뜨이도록 명확한 사건을 활동적으로 추구하기 시작했다. 그의 요원 중에서 여성이 없었다는 것은 사실이다. 있었어도 백인이 아닌 인종이었다. 그리고 그의 일부 방법론은 다소 기이했지만, 국민과 정부는 후버가 어떤 성과를 보이는 한 기꺼이 눈감아주는 것 같았다.

정치 평론가에 따르면 후버는 1930년대 초반 미국민의 영웅이 되려 했던 갱들을 처리하는 데 시간을 쏟았다 한다. 그는 대중의 눈에 불안하게 비치는 악한은 누구든 혼신의 노력을 기울여 직접 처리하는 경향이 있었다. FBI의 블랙리스트는 범죄자들의 죄질과는 무관한 것이었다. 신문의 헤드라인을 독점하다시피 하고, 더욱 방대한 참모들을 만들어갔다. FBI는 새로운 책임과 세력을 쌓어냈다. 1930년대 말경 루스벨트는 후버에게 미국 내에서 외국인 첩보작전을 수사할 수 있는 권한을 주었다. 그리고 공산주의 활동이나 파시스트 활동을 하는 것으로 여겨지는 사람들도 그 조사범위에 포함시켰다. 이러한 「혐의(suspicion)」라는 단어는 누군가의 배경을 조사하는 데 정당성을 인정받고 싶었던 후버의 생각일 뿐이었다. 그러한 관행은 미국민의 권리에 대한 명백한 도발과 같은 것이었다. 그렇다고 FBI의 도도한 움직임을 막지는 못했다.

냉전의 한기가 전국을 휩쓸었고, 후버의 FBI는 용의선상에 오른 개인의 뒷조사뿐만 아니라 이들을 적극적으로 감시하기 시작했다. 후버는 흑표범단(역주 Black Panthers : 미국의 극좌 흑인 과격파), 히피, 킹 목사, 그리고 쿠 쿨룩스 클랜(Ku Klux Klan : KKK) 등 급진주의자들을 혐오했다. 그리고 자신을 이러한 것에 대한 최후의 보루로 생각하고 있었다.

정보는 후버에게 성배와 같은 것이었다. 각 지역 국장들은 매일 그에게 보고서를 올려야 했다. 그리고 정치인, 저명인사, 사회 지도자, 그리고 앞으로 영향력을 행사할 것으로 판단되는 모든 사람들에게 개인적인 손상을 입힐 수 있는 자료가

해답

1. 밖으로 유출되는 세탁물에 몸을 숨겨서.
2. 교도소 내의 소각로에서 화장되었다.
3. 코스타리카.
4. 농포가 터져, 그 자리에서 유충이 튀어나와 새로운 숙주에서 자리잡는다.
5. 버스 안의 화장실.
6. JTT047101111.
7. 생물 다양성 프로젝트(The Biodiversity Project).
8. 토론토.
9. 보균 벌레(carrier bug).
10. 총에 맞아 죽었다.

점 수 : _____

「후버의 개인 서류철」에 조심스럽게 수집되었다.

　각 주가 시민권에 대한 정의를 확장정의하면서 정책구현에 한계를 정하고 있는 가운데 후버는 FBI에서 그의 독선적인 시각으로 인해 비판의 대상이 되었다. 급진주의자들에 대한 원칙 없는 기소, FBI를 개인적 목적으로 전용한 것 등등…. 그는 77세 나이로 사망할 때까지 자신의 지위를 지켰다. 그는 8명의 대통령과 18명의 법무장관과 함께 일했던 것이다.

　후버는 죽을 때까지 어머니와 함께 살았다. 성에 대한 그의 인식에는 다소 문제가 있었고, 그의 개인적인 정견은 베일에 싸였으며, FBI를 지휘하는 데 항상 문제를 일으켰지만 그가 평생 동안 지켜왔던 것은 불굴의 의지로서 그 누구도 부정할 수 없는 측면이 있다. 그는 과학과 기술에 대한 전문지식으로 무장하고, 동시대의 어떤 기관보다도 풍부한 사건관련 기록을 갖춘 법집행 기관을 만들었다. 또한 이 기관의 요원들은 세계에서 가장 뛰어난 정예요원이었을 것이다. 그는 세계의 정보기관이 해야 할 일의 원칙을 세운 사람이다.

암호명 : 부드러운 빛(Soft Light)*

사건 개요

마룻바닥에 얼룩만 남기고 사람들이 사라지기 시작했을 때 스컬리는 문제의 해결책을 알고 있는 과거 학생에게 도움을 청했다. 스컬리 파트너의 이론은, 사람들이 계속 사라짐에 따라 설득력을 잃고 달갑지 않은 이론이 된다. 멀더는 회의적인 스컬리와 더욱 회의적인 그녀의 부하(학생)와 새로운 물리학인 어둠의 물질(dark matter) 이론을 공유하는 것 같지 않다.

심층적 배경

어둠의 물질 : 유치원 물리학

만약 당신이 어둠 속에 손을 뻗었는데 친숙하지 못한 물체에 손이 닿았을 때의 불안한 느낌을 경험한 적이 있다면, 물리학자가 우주에 대해서 느끼는 감정이 어떤지 당신은 어느 정도 알고 있는 셈이다. 예컨대, 한때 천체 물리학자들은 기존의 자료를 이용해 추정하면 은하계의 무게를 쉽게 도출할

---

* 그림자가 생기지 않는 조명상태를 말한다.

수 있으리라고 생각했었다. 그러나 그 때 일부 과학자들은 자신들의 측정값에 뭔가 껄끄러운 불일치가 있음을 알았다. 당신은 중력이라는 것이 우리의 태양과 그 행성들을 함께 묶어준다는 사실을 알고 있다. 그리고 중력으로 인한 인력을 만들어내려면 일정 양의 물질이 있어야 한다. 심지어 태양계의 행성 간에도 우리를 서로 끌어당길 만큼 충분히 강한 인력을 만들어내는 질량은 없다. 태양의 거대한 인력이 우리를 묶어주지 못한다면 우리 지구는 태양계 밖의 우주 공간으로 회전하면서 날아갈 것이다.

과학자들은 눈에 보이는 대부분의 은하계가 충분한 질량을 갖고 있지는 않지만, 상당히 안정적으로 보인다는 사실을 발견했다. 하늘을 관찰할 수 있는 새로운 첨단 기술이 있다지만, 우주에는 우리가 볼 수 없는 물질이 있다. 사실 우리가 눈으로 보고 그 수를 셀 수 있는 것은 우주 전체의 10%도 채 안

> **목격자 증언**
>
> 어둠은 엄청나게 많은 죄를 감출 수 있어요.
> —스컬리, 「부드러운 빛」에서

될 것이다. 90%라면 엄청나게 많은 것이다. 그리고 물리학자들은 이 신비의 물질 ——「어둠의 물질」—— 을 구성하고 있는 것이 무엇인지 이론화하고 있다.

우리가 직접 눈으로 볼 수 없는 대상은 다른 것에 대한 영향을 관찰함으로써 대체로 분별할 수 있다. 과학자들은 200년 전에 빛의 속도를 가까스로 계산해냈는데, 그 당시에는 이 답을 확인할 수 있는 요긴한 도구도 없었다. 이러한 점에서 어둠의 물질의 속성에 관한 초기의 생각이 다소 이상

> 켈리 라이언(Kelly Ryan) 형사가 친숙하게 보인다면, 그가 「성 바꾸기」에서 마티(Marty)의 여성적 측면을 연기했기 때문일 것이다.

했다는 것은 전혀 놀랄 만한 일이 아니다. 우리가 일반적인 방법으로 이 물질을 볼 수 없다면 이는 분명 기이한 것임에 틀림없다. 이 물질은 자신의 모습을 감추는 데 매우 능숙한 것 같다.

어둠의 물질에 관한 이론이 수없이 난무하고 있지만 그 어떤 이론도 이

실종된 물질에 관해 명확한 설명을 하지도 못하며, 이것이 갖고 있는 목적도 제시하지 못하고 있다. 더욱더 복잡하게 하는 것은 사실만을 연구하겠다고 선언했음에도 불구하고, 물리학자들은 모든 것이 대칭적이기를 바라는 마음을 공유하고 있는 듯하다. 우주에 그러한 기본틀을 적용하면 다소 기이한 가정을 도출하게 된다. 예를 들면 우리가 볼 수 있는 우주 10%의 질량이 양(+)의 원소로 이루어져 있다면, 어떤 물리학자들은 어둠의 물질 가운데 적어도 10%는 음(-)의 원소로 이루어져 있어야 한다는 점을 제시하고 있다.

원래 이것은 「부드러운 빛」에서 밴턴 박사가 전개했던 이론이다. 우주가 대칭이면 이는 악몽일 것이다. 우주가 두 개의 상반되는 물질로 이루어져 있다고 잠시 가정하자. 이것이 서로 접촉할 때 어떤 일이 벌어질까? 전통 물리학은 우리에게 그 답을 줄 수도 있고 그렇지 못할 수도 있다. 아마도 다소 멋진 장면을 연출하며 중화되거나, 강력한 자석의 양 극처럼 이 두 물질이 붙을 것이다. 당신이 TV 각본을 쓴다면 어떠한 가능성을 소재로 삼겠는가?

「부드러운 빛」 일화는 밴턴의 그림자와 접촉되는 온갖 것이 와해되거나, 아니면 거대한 도시가 한 순간에 사라져버리는 상황을 연출할 수 없었다. 자, 다시 이 대칭성이라는 개념을 이용해보자. 작가들은, 인간이 다른 인간을 파멸시킬 수 있다는 사실을 제시하는 것이 더욱 실질적일 수도

퀴즈 게임 47

쉬운 문제 : 각 1점

1. 이 일화에서 멀더는 무엇을 향해 방아쇠를 당겼나?
2. 체스터(Chester) 박사가 밴턴(Banton)의 회사에서 만든 것은 무엇인가?
3. 스컬리는 라이언 형사와 어떤 관계인가?
4. 그림자가 만들어지는 것을 피하기 위해 밴턴은 어디에 매달렸나?
5. 화상 흔적에 관한 멀더의 원래 논리는?

어려운 문제 : 각 2점

6. 밴턴 박사 회사의 이름은?
7. 밴턴의 최초 희생자는 누구인가?
8. 밴턴이 납치되었던 곳은?
9. 희생자가 묵었던 호텔 방 번호는?
10. 밴턴은 얼마나 많은 사람을 계획 살인했나?

→ 해답은 p. 356

있다. 당신이 밴턴의 그림자는 정말로 수백만 개의 작은 조각과 블랙 홀과 같은 어두운 물질의 음의 요소로 구성되어 있다는 것을 수용하고, 또한 어둠의 물질과 정상적인 물질은 서로 근접해서 존재할 수 없다는 것을 받아들인다면 당신은 이 일화의 줄거리를 모두 이해하고 있다고 보아도 무방하다.

정말로 앞에서 말한 애기와 같은 일이 일어날 수 있었을까? 어둠의 물질과 정상적인 물질이 서로 만나 사라지는 곳이 암흑의 우주공간 한 구석 어딘가에 존재할까? 그럴 수 있다. 그런데 이와 유사한 또 다른 이론이 있다. 만약 어둠의 물질이

단지 우리가 그것을 볼 수 없기 때문에 「어둡다(dark)」라고 한다면, 우리는
일상의 물질을 실제로 감지하지 못할 수도 있다.

약어 설명

ACIC : 군 범죄수사국(Army Criminal Investigative Command).

AFOSI : 미 공군 특별조사국(The Air Force Office of Special Investigations). 보
통 확인된 UFO 추락사건 조사를 맡고 있다.

ASAC : 임무를 맡고 있는 특별 요원보(Assistant Special Agent in Charge). SAC의
휘하에 둔다. 종종 어떤 부서 내의 별도의 요원 그룹 활동에 참여한다.

BATF : 술, 담배, 그리고 화기 담당국(Bureau of Alcohol, Tobacco, and
Firearms).

CDC : 질병통제 및 예방센터(The Centers for Disease Control and Prevention).
본부는 조지아 주 애틀랜타에 있다.

DEA : 마약 담당국(Drug Enforcement Agency). DOJ와 같은 조직.

DOJ : 법무부(Department of Justice). FBI의 상부 기관.

INS : 이민 및 귀화 담당국(Immigration and Naturalization Service).

INTERPOL : 국제범죄경찰조직(International Criminal Police Organization).

NCIC : 국가 범죄정보 컴퓨터(National Crime Information Computer). 전국적인
범죄정보 자원은 FBI가 수집했다. 이 조직은 포괄적인 데이터베이스로 구성되
어 있다. 정보의 범주에는 범죄 기록에서 실종된 사람 정보, 그리고 지문 정보
도 포함되어 있다.

NIS : 해군 정보부(Naval Intelligence Service).

SAC : 사건을 담당하고 있는 특별요원(Special Agent in Charge). 보통 FBI의 50
개 이상 지부에 한 사람이 배속되어 있다.

암호명 : 우리 마을(Our Town)

사건 개요

연방 공무원이 아칸소의 양계 중심지에서 갑자기 사라졌을 때, 그리고 그가 기이한 비전염성 질병에 걸려 갑자기 나타났을 때 스컬리는 그가 닭모이로 변하지 않은 점을 의심하기 시작했다. 그러나 멀더는 엄청나게 많은 유골을 발견하고서 다른 추적 수사를 통해 닭가공 공장의 소유주가 기이한 식습관을 갖고 있다는 것을 알아낸다.

심층적 배경

식인종

차코 닭의 제왕(Chaco the Chicken King) 비행기가 추락한 뉴기니는 지구에서 두번째로 큰 섬이지만 인구밀도는 낮다. 이는 어느 정도 그 섬의 식인 관습(cannibalism)에 기인하기도 한다. 식인 관습은 이 섬의 3개 대부족 집단 모두가 행했었다(파푸아족, 멜라네시아족, 피그미족). 그러나 초기 이론과는 대조적으로 식인 관습은 종교나 선호하는 음식물이라는 측면보다는 전쟁과 밀접한 관련이 있는 것으로 밝혀졌다.

뉴기니에서의 전쟁은 초자연적인 정신세계에 묶인, 상당히 제식적인 행사였다. 공식적인 선전포고가 있기 전까지 게릴라 전술은 사용되지 않았다. 대부분의 부족은 어린이와 여성들에 대한 공격을 엄격히 금지했다. 주술사와 여성들은 이러한 규칙이 지켜지는지 확인하기 위해 모든 전투를 참관해야만 했다. 그리고 아마도 적을 죽였을 때 가장 중요한 그의 영혼도 즉시 죽여야 했을 것이다. 초자연적인 세계에서 그의 적이 배회하도록 남겨두는 행위는 비양심적인 것이라고 여겨졌다. 이것은 절대불변의 법칙이었다. 그래서 죽은 영혼의 방황을 방지하기 위한 확실한 방법은 이들을 먹는 것이었다.

영혼은 하나의 물체(material object)라고 생각했다. 일부는 육신에 스며 있고 일부는 물질적인 영혼에 묶여 있지만, 이 물질적인 영혼이 죽기 전까지 실세계와는 묶여 있지 않는 물체라고 여겼다. 당연히 물질적인 영혼의 죽음은 육신의 죽음과 긴밀하게 연결되어

있었다. 파푸아 섬 사람들은 물질적인 영혼의 양에는 한계가 있으며, 그 영혼이 유리되어 다음 세대에 존재하지 않으면 그 때서야 사람이 죽는 것이라고 믿고 있다. 그 영혼은 언젠가 부족으로 다시 돌아와야만 한다. 이처럼 적어도 전투에서의 죽음은 자연적이지 못한 죽음이라 여겼기 때문에 여기에서 식인 관습이 생겼다 한다.

차코가 만났던 가장 기이하고 있음직한 것은 적하 숭배(cargo cult)였다. 이것은 상당히 현대적인 신앙으로서, 자신의 조상들이 백인들의 보물을 가득 싣고서 배나 비행기로 돌아와 파푸아인들에게 나눠준다는 일종의 구원 신앙이

퀴즈 게임 48

쉬운 문제 : 각 1점

1. 차코 양계 가공공장에 붙은 예언적인 표어는?

2. 차코 공장에서는 닭의 허드레 부위를 어떻게 하는가?

3. 직원들의 급여에 대한 불만으로 조지 키언스(George Kearns)는 어떤 조건을 제시했나?

4. 차코가 자신의 신경을 진정시키기 위해 한 일은?

5. 하천에서 발견된 유골에는 당연히 있어야 할 부분이 없었다. 무엇인가?

어려운 문제 : 각 2점

6. 멀더가 소각장에서 발견한 도구는?

7. 기록에 따르면 폴라 그레이(Paula Gray)의 나이는?

8. 1944년 차코가 6개월 간 함께 지낸 부족은?

9. 스컬리는 키언스의 유골을 어떻게 확인했나?

10. 뼈 끝이 매끈하게 갈린 것은 멀더에게 어떤 의미로 다가왔나?

다. 제2차 세계대전의 영향으로 수많은 비행기와 선박이 그 지역에서 가라앉거나 추락했다. 이로 인해 이 섬에 감히 상상할 수 없는 부를 안겨다 주었다. 차코가 1944년 실제로 뉴기니에 추락했다면 원주민의 먹이가 되지 않고, 자신의 물건을 강탈당했을 가능성이 더 크다. 차코에게는 회수할 만한 물질적 영혼조차 없는데, 테스토스테론으로 가득 찬 성인의 끔찍한 맛을 느끼려 했겠는가? 전혀 그럴 이유가 없다.

따라서 차코는 그 원주민들이 비행기에 실린 것을 요구하면 언제나 이를 받아들였을 가능성이 크다. 그는 식인 제식을 배움으로써 어른으로 다시 태어났을 것이다.

특수 음향효과

비록 TV 영상물에서 음향은 가장 일시적인 측면이긴 하지만, 별개의 영상과 연기를 통합할 수 있는 매우 큰 영향력을 갖는 요소 중 하나다. TV 연속극에서는 각 일화를 초월해 유사한 주제와 연결시킬 수 있다. 마크 스노(Mark Snow)는 「저지 공원의 악마」와 소피라는 고릴라가 나오는 장면에서 같은 곡을 삽입했다. 우리들은 스크린에 투사된 영상을 보고 나서야 배경이나 배우들과는 별개의 것으로 얼마나 많은 음향효과가 이루어지는지 알게 된다. 원래의 필름에는 4분의 1 정도가 음향효과로 깔렸을 것이다. 대화에서 특수효과를 포함한 음향효과의 각 부분은 별도로 기록된다. 그리고 최종 편집 작업이 이루어지기까지 결합되는 일은 없다.

대화

영화가 선호하는 방음 스튜디오에서보다는 TV 수상기에 마이크를 위치시키는 것이 더욱 안정적이지만, 앤더슨보다는 듀코브니가 마이크에 가까이 대고 우물거리듯 말한다는 사실은 전혀 변하지 않는다. 결국 캐나다인 제작진은 ADR(역주 automatic diologue replacement : 대화 자동위치 설정장치)를 채택했다. 차이점이라고는 이것을 디지털화하여 좀더 부드러운 발음으로 들리게 만드는 장치다.

음향효과

시청자들은 모든 소리를 듣는다. 심지어는 대화, 음악, 자연스런 움직임을 예외로 하더라도 잠재의식적으로 듣고 있다. 폭발, 총성, 똑똑 두드리는 소리 등을 배우 자신은 실제로 듣지 못한다 해도 이에 반응해야만 하는 것은 당연한 일이다. 「숙주」에서 유리로 플루크민의 「이빨」을 두드리는 소리는 다행히도 연기와 그 소리의 결과가 일치한 경우다. X파일 제작 일정은 종종 촉박한 경우가 허다하다. 그 제작 현장에 있던 사람들마저 최종 화면의 음향을 듣고 놀라는 경우가 빈번하다.

음악

음악은 촬영과정에서 두 가지 유형으로 나뉜

다. 하나는 배경음악(background music)으로 이것은 영상장면을 강조하기 위해 사용된다. 극적인 순간에는 더욱 극적으로, 부드러운 순간에는 더욱 달콤하게 하는 효과를 목적으로 하고 있다. 두번째 유형은 원천음악(source music)으로 이것은 극이나 영화를 보는 사람들뿐만 아니라 배우들도 들을 수 있도록 의도된 음악이다. 이 원천음악의 한 예로서 다린의「바다 저편에」(노래 제목과 X파일 일화 제목이 같다)라는 곡을 들 수 있다. 또는 배리가 한 경찰관에게 검문당할 때 연주되었던 음악도 원천음악이다. 원천음악과 배경음악은 각기 다른 목적으로 사용되지만, 이들 음악은 처음 촬영 때는 녹음되지 않는다. 만약 녹음된다면 대화 소리가 안 들릴 뿐 아니라, 촬영과 촬영 또는 장면과 장면 간에 음악과 화면을 매끄럽게 일치시키는 것이 불가능하기 때문이다.

스노의 음악

TV화면에 흘러나오는 음악가의 작품은 드물다. 영화의 사운드트랙이 종종 상업적으로 팔리기는 하지만, TV 음악은 거의 배경 소음으로 치부되어 버린다. 스노의 음악이 CD로 발매될 예정인데, X파일 팬들에게는 행운일 것이다.

▶ 스노가 관여한 영화

Caroline at Midnight, 1994

Moment of Truth : Caught in the Crossfire, 1994

Oldest Living Confederate Widow Tells All, 1994

The Substitute Wife, 1994

Witness to the Execution, 1994

The Man with Three Wives, 1993

In the Line of Duty : A Cop for the Killing, 1990

Disaster at Silo 7, 1988

Blood & Orchids, 1986

암호명 : 외계인 사건(Anasazi)

사건 개요

멀더는 이전보다 더욱 깊고 위험스러운 음모에 빠져든다. 그의 경력, 가족, 그리고 그의 삶은 백척간두의 위기에 놓이게 된다. 해답을 찾으려 하지만, 스컬리가 외계인 접촉과 관련된 정부의 연관성이 기록된 기밀문서를 해독할 수 있는 사람을 멀더에게 데려왔을 때 둘 다 충격을 받게 된다.

심층적 배경

그 이름의 뜻

허구적인 작품을 창작할 때 가장 재미있는 것 중 하나는 등장인물과 함께 놀 수 있으며, 이름을 지어줄 수 있는 자유가 있다는 것이다. 예컨대, 「악마의 손」에서 크롤리 하이(Crowley High)나 패독 부인을 거명할 수 있다. 하이라는 이름은 「악마의 손」 일화에서 언급했듯이 현대의 마술 숭배 종교의 창시자인 크롤리를 참고로 지은 이름이고 후자는 셰익스피어 시대까지 거슬러 올라가는데, 이 뜻은 가축우리가 아니라 두꺼비를 뜻하는 말이다.

종종 감사의 말을 빠뜨리는 출판 작
가들과는 달리, 자신들을 후원해준 사
람들에 대한 감사의 표시를 위한 영화
나 TV 작가들의 선택권은 제한적이
다. 「악마의 손」에서는 이 일화의 중
간에 성씨로 사용된 이름인 오스베리
를 X파일의 팬이 제공해주었다는 교묘
한 감사의 표시가 있었다. 「녹색 인간」에서는 승객 명단으로 멀더의 별명인
조지 헤일(George Hale)뿐만 아니라, 수십 명의 팬들의 이름이 등재되어 있
었다.

　일부 제작진은 카메라 앞에 출현하지 않고서도 스크린상에서는 불멸의 인
간이 되어왔다. 「발 스테포프(Val Stefoff)」라는 등장인물의 이름은 블라다
미르 스테포프(Vladamir Stefoff)라는 수석 조연출자의 이름인데, 이는 「외
계 지적 생명체」에서 보안시설에 들어갈 수 있도록 고독한 총잡이가 스컬리
에게 통행증을 만들어주었을 때 그녀의 별명이 되었다. 조연출자의 이름 톰
브레이드우드(Tom Braidwood)와 고독한 총잡이의 프로하이크는 「어둠의 그
림자」에서 주차장의 이름을 하워드 그레이브스(Howard Graves)의 이름을
따서 그레이브스 주차장이라고 했다.

　고독한 총잡이들의 이름은 X파일 팬들의 호기심을 자극하는 것 중 하나이
리라. 프로하이크라는 이름은 그리 흔한 이름은 아니다. 그러나 이 이름은
한때 후버의 업무상 지인이자
국방부 차관이었던 로버트 프
로하이크(Robert F. Frohi-
ke)의 이름이기도 하다. 바이
어스(Byers)라는 이름도 실제
의 인물인 빌리 바이어스
(Billy Byers)에서 따온 것이

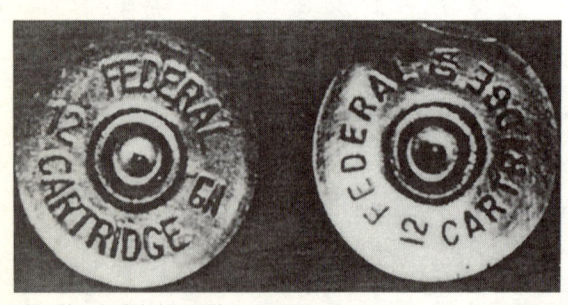

미국 정부의 탄약제조 규정

다. 빌리 바이어스는 텍사스의 석유업자이며 후버의 절친한 친구이기도 했다. 그리고 후버의 내부 서클 중에서 랭글리(Langly)라는 이름의 소유자는 전혀 없다. 의혹의 눈길을 보내고 있는 팬들은 고독한 총잡이의 이름과 CIA 본부와 버지니아 주의 랭글리(Langley)에 있는 양성소를 한데 묶은 것으로 생각할지도 모르겠다.

문학적인 암시도 일화의 곳곳에서 보인다. 「군체」와 「게임의 종말」에서 자신을 암브로스 채펠이라고 부른 신비의 CIA 요원이 화면에 나타났을 때 보았듯이 말이다. 교회를 지칭했던 「암브로스 채펠」이라는 어구가 실존하지 않는 사람을 상정하고 있는 히치콕(Hitchcock) 감독의 「너무 많이 알았던 남자(The Man Who Knew Too Much)」의 경우처럼, X파일의 암브로스 채펠도 실존 인물은 아니다. 아마도 그 당시 편의에 따라 붙여진 이름일 것이다. 「피의 신전」에서 거드 토머스(Gird Thomas)는 엿보는 톰(역주 Peeping Tom : 소설의 등장인물로 어느 부인의 알몸을 엿보다 눈이 먼 재단사)을 분명히 암시하고 있다.

마지막으로 「폭스 멀더」와 「대너 스컬리」의 이름이 스크린상의 한 등장인물로 창조되기 전에 철저한 고찰이 있었다. 「폭스(Fox)」는 X파일을 제작한 폭스 방송국(Fox Network)을 고려한 것이라고 하지만, 카터에 따르면 자신의 어린 시절 친구 이름이었다 한다. 「멀더(Mulder)」는 카터와 밀접한 관계가 있다. 이것은 카터의 어머니가 결혼하

퀴즈 게임 ⁴⁹

쉬운 문제 : 각 1점
1. 고독한 총잡이의 싱커가 침투한 컴퓨터 시스템은?
2. 멀더가 싱커를 만난 곳은?
3. 지진으로 채석장에 노출된 것은 무엇인가?
4. 누가 멀더를 쏘았나?
5. 애나사지의 뜻은?

어려운 문제 : 각 2점
6. 최초의 UFO 문건을 멀더는 무엇이라 불렀나?
7. 이 문건을 해독하는 데 사용된 언어는?
8. 멀더의 부친이 퇴직 전에 일한 곳은?
9. 빌 멀더와 대너 스컬리를 제외하고 해독된 문서에 나온 친숙한 이름은?
10. 멀더가 사는 건물 지하에서 스컬리가 발견한 것은?

X파일 제작진은 뉴멕시코의 사막을 흉내내기 위해 부르고뉴 페인트 7,300ℓ를 밴쿠버 외곽의 자갈 구덩이에 뿌렸다.

→ 해답은 p.366

기 전의 이름이었다. 「스컬리(Scully)」는 여러 시
즌 동안 LA다저스(L. A. Dodgers)의 대변인이었
던 빈센트 스컬리(Vincent Scully)가 제공한 이름
이다.

1차 방영분 종영 때 화면에 다소 기이한 메시지가 영사되었다. "Anasazi"—ÉÍ 'AANEIIGOO' Á HOOT'É. 이것은 『The Truth Is Out There』라는 나바호족 인디언의 말이다.

나바호 인디언의 문자에서 도레미파솔라시도를 보았는가?

인사철

#118-366-047

이름 : 폭스 멀더

직위 : 특수요원, 연방수사국

배속 부서 : X파일

개인 정보

출생일 : 1960년 10월 11일

신장 : 180cm   머리색 : 옅은 갈색   눈동자 색 : 엷은 갈색

결혼 유무 : 독신, 결혼 경험 없음, 부양식구 없음.

부모 : 이혼

형제 자매 : 여동생, 사만다 T. 멀더. 1973년 11월 27일 집 안에서 실종.
이에 관해 알려진 바 없음.

교육 정보

옥스퍼드 대학 졸업. 심리학 전공. 우등으로 졸업. FBI 콴티코 요원 양성소 졸업.

직업 경력

심리학 수련 기간 수료

폭력범죄 부서에 배속, 행위과학

X파일 부서 배속, 현장 요원

정보부서 배속, 통신

X파일 부서 재배속, 현장 요원

관리 주석

1. 멀더 요원은 교수의 추천으로 훈련을 마치고 폭력범죄 부서의 행동과학과에 배속되었다.

2. 멀더의 전 파트너인 라마나의 죽음에 대해 조사한 결과 멀더 요원은 적절한 조치를 취했고, 라마나 요원의 죽음에 전혀 책임이 없음.

3. 이 파일에는 귀감이 되는 업무기록이 덧붙여 있음.

4. 그의 요청과 상관의 동의로 멀더 요원은 이전의 미제사건을 수사하는 임무를 맡았다. 이는 그간의 쌓였던 사건을 정리하기 위한 일시적인 배속이며 곧 VCS로 복귀할 것이다.

5. 가까운 장래에 이전 임무로 복귀할 징후가 보이지 않음. 현재 그의 업무가치에 대한 비공식적인 조사에 따르면, 그가 X파일 외의 임무에서 좀더 나은 재능을 발휘할 가능성 여부에 따라 재배속이 결정될 것임.

6. 스컬리 요원이 X파일 부서에 배속됨. 관리적인·측면에서 스컬리는 상사와 직접적인 보고체계를 이룰 것임.

7. 비공식적인 조사에 따르면 멀더는 일상적인 임무에 재배속될 것임(정보부, 통신 및 감시과로 전근).

8. 부국장 스키너의 지휘 아래 이 두 요원은 X파일 부서로 복귀함. 이 임무기간은 확정된 것이 아님.

마지막 몇 마디

　진실은 그 곳에 있다. 그리고 진실은 종종 허구보다 더 생소하기도 하다. 학생들이 차코 계곡〔「우리 마을」의 계황(Chicken King)에서 영감을 얻어 이름 붙인 계곡〕에서 사진의 두개골을 발견했을 때 그들은 납득할 만한 충격을 받았다. 아나사지 인디언의 조상 땅에서 발견되었을 때 이것은 「외계인 사건」에서 박스카에 묻힌 두개골처럼 거대한 눈구멍에, 비강은 거의 분간할 수 없었고, 피랍자들이 한결같이 묘사한 외계인처럼 보이는 작은 입을 갖고 있었다.

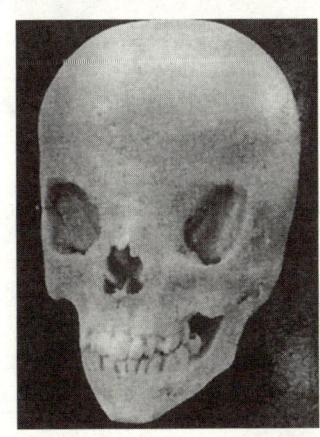

　　　　　　　　이것이 외계인이 존재한다는 증거가 될 수 있을까? 이들 이름이 암시하듯이 정말로 「외계인 사건」 일화에서 말하고자 했던 것은, 외계인이 인간과 우호적인 관계를 깊게 맺고 있는가였다. 그러나 의학적으로는 옥시세팔리아(oxycephalia)라고 불리는 기이한 선천성 골격 손상으로 고생한 어린아이일 가능성이 높다고 기록되어 있다.

　여전히….

퀴즈 게임 점수표

모든 질문에 답하면 금상첨화. 자, 그럼 당신이 X파일 팬들 중 어떤 등급의 사람인지 볼까요?

1~100   이런, 타성의 소유자군요! 거리에서 커피나 도넛을 파는 사람도 당신보다는 더 많이 알고 있답니다. VCR 한 대 장만해서 2주간 휴가를 내어, 인생에서 가장 중요한 일좀 해보지 않으시겠습니까?

101~200   저는 스컬리와 멀더가 아직도 CIA에 고용되어 있다고 들었습니다.

201~300   다음 번에는 좀더 나아지겠군요. 기초가 튼튼하군요. 그러나 다소 난해한 질문은 당신에게는 힘겨울 거예요. 다시 한번 보고, 진짜 X파일 팬들의 이야기를 귀담아 들으세요.

301~400   배신자에 대해 얘기좀 합시다! 저는, 우리가 당신에게 한 2년 간 도청 임무를 주었다고 생각하는데….

401~500   수사국에서 당신에게 핵심이 되는 임무를 부여할 수 있으리라고는 장담할 수 없습니다. 그러나 만약 타이프를 칠 수 있다면, 오랫동안 일해왔던 대니(Danny)라는 이름의 친구가 있는데, 이 사람은 수사국 건물을 절대 떠날 것 같지 않네요. 그는 아마도 급사를 원하겠죠?

501~600   마침내 해냈군요! 당신은 실제로 FBI의 잠재력을 알려면 상당히 힘

겨우리라는 사실을 믿지 않을 겁니다. 특히 이들이 출입 등급을 50에서 70으로 올린 이후에는….

601~700 당신과 같은 기억의 소유자라면, 본인의 생각으로는 당신을 위한 멋진 자리를 줄 수 있을 겁니다. 중앙 복도를 걷다가 왼쪽으로 돌면 지하실로 가는 계단이 보일 거예요.

701~735 잠깐… 몰리 시거를 특히 좋아한다고 알려진 사람의 회사에서 당신을 본 적이 있는 것 같은데요?

더 많은 것에 관해 알고 싶어요

Ackerknecht, Erwin H. *A Short History of Medicine*. Baltimore : The Johns Hopkins University Press, 1982.

Asimov, Isaac. *Asimov On Numbers*. New York : Doubleday & Company Inc., 1977.

Bailey, C. A. *Advanced Cryogenics*. London : Plenum Press, 1971.

Bernstein, Carl and Bob Woodward. *All the President's Men*. New York : Simon & Schuster, 1974.

Bishop, Peter. *Fifth Generation Computers : Concepts, Implementations, and Uses*. New York : Ellis Horwood Limited, 1986.

Block, Eugene B. *Science vs. Crime : The Evolution of the Police Lab*. San Francisco : Cragmont Publications, 1979.

Brennan, Richard P. *Levitating Trains and Kamikaze Genes*. Toronto : John Wiley & Sons, Inc., 1990.

Budge, Sir Ernest Wallis. *Herb-Doctors and Physicians in the Ancient World*. Chicago : Ares Publishers Inc., 1927.

Cone, Joseph. *Fire Under the Sea*. New York : William Morrow and Company Inc., 1991.

Corliss, William R. *Tornados, Darh Days, Anomalous Precipitation, and Related Weather Phenomena*. Glen Arm, Md. : The Sourcebook Project, 1983.

Culpeper, Nicolas. *The Compleat Herbal*. 1597.

Dawson, George Gordon. *Healing : Pagan and Christian*. London : Society for Promoting Christian Knowledge, 1977.

Dawson, Warren R. *The Bridle of Pegasus*. London : Methuen & Company Ltd., 1930.

Dethlefsen, Thorwalk. *Voices from Other Lives*. New York : M. Evans and Company, Inc., 1976.

Dyson, James L. *The World of Ice*. New York : Alfred A. Knopf, 1963.

Freedland, Nat. *The Occult Explosion*. New York : G. P. Putnam's Sons, 1972.

Gentry, Curt. *J. Edgar Hoover : The Man and the Secrets*. New York : W. W. Norton, 1991.

Glushkov, Viktor M. *Introduction to Cybernetics*. New York : Academic Press, 1966.

Huxley, Francis. *The Invisibles : Yoodoo Gods in Haiti*. New York : McGraw-Hill Book Company, 1966.

Jacob, Dorothy. *Cures and Curses : A Witch's Guide to Gardening*. New York : Taplinger Publishing Company, 1967.

Jameson, Eric. *The Natural History of Quackery*. Michael Joseph Inc., 1961.

Kee, Howard Clark. *Medicine, Miracle, and Magic in New Testament Times*. London : Cambridge University Press, 1986.

Kelsey, Morton T. *The Christian and the Supernatural*. Minneapolis, Minn. :

Sugsburg Publishing House, 1976.

McKinnel, Robert Gillmore. *Cloning : Of Frogs, Mice, and Other Animals*. Minneapolis : University of Minnesota Press, 1979.

Maeterlinck, Maurice. *Light Beyond*. Freeport, N.Y. : Books for Libraries Press, 1972.

Malcolm, James F. *Christianity and Psychic Facts*. Stirling, Scotland : Observer Press.

Messick, Hank. *John Edgar Hoover*. New York : David McKay Company Inc., 1972.

Moore, E. Garth. *Try the Spirits*. New York : Oxford University Press, 1977.

Morgan, Jim. *Secret Agenda : Watergate, Deep Throat, and the CIA*. New York : Random House, 1984.

Oberg, James E. *UFOs & Outer Space Mysteries : A Sympathetic Skeptic's Report*. Norfolk, Va. : Donning Press, 1982.

Oeschger, H. *The Environmental Record in Glaciers and Ice Sheets*. New York : John Wiley & Sons, 1989.

Price, Harry. *Confessions of a Ghost Hunter*. New York : Causeway Books, 1974.

Ricciuti, Edward R. *The Devil's Garden*. New York : Walker and Company, 1978.

Singer, Charles. *From Magic to Science*. New York : Dover Pub-lications Inc., 1958.

Sklar, Dusty. *Gods and Beasts*. New York : Thomas Y. Crowell Company, 1977.

Spence, Lewis. *The Encyclopedia of the Occult*. London : Bracken Books, 1994.

St. George, E. A. *The Casebook of a Working Occultist*. London : Rigel Press, 1972.

Tabori, Paul. *The Natural Science of Stupidity*. Englewood Cliffs, N. J. : Prentice-Hall, 1959.

Thurnwald, Richard C. *Profane Literature of Buin, Solomon Islands*. New Haven, Conn. : Human Relations Area Files Press, 1970.

Waffitt, Robin. *Telling Tales of the Unexpected*. Hartfordshire, Eng. : Harvester Wheatsheaf, 1992.

Walker, Nea. *The Bridge : A Case for Survival*. London : Cassel & Company Limited, 1927.

Warren, Ed and Lorrain Warren. *Ghost Hunters*. New York : St. Martin's Press, 1989.

Webb, James. *The Occult Underground*. La Salle, Ill. : Open Court Publishing Company, 1974.

Wilkie, Bernard. *Creating Special Effects for TV and Video*. Oxford, Miss. : Focal Press, 1977.

Wilson, Ian. *All in the Mind : Reincarnation, Hypnotic Regression Stigmata, Multiple Personality, and Other Little-Understood Powers of the Mind*. Garden City, N.Y. : Doubleday & Company Inc., 1982.

Wolman, Benjamin B. *Handbook of Parapsychology*. New York : Van Nostrand Reinhold Company, 1977.

저자에 대해

N. E. 가인즈(N. E. Genge)는 북부 캐나다에서 살고 있다. 가인즈는 다큐멘터리 대본 작가이자 두 권의 역사적 전기를 쓴 작가이며, 〈런던 타임스(London Times)〉와 〈머싱(Mushing)〉지의 정규 기고자다. 그녀가 쓴 소설은 〈토속 과학소설(Aboriginal Science Fiction)〉지와 〈아시모프 과학소설(Asimov's Science Fiction)〉지에서도 볼 수 있다. 이러한 이력의 소유자인 그녀는 X파일의 열광적인 팬이 되었다.

□ 역자 약력 □

전문 번역가
인하대 경제학과 수료
역서로 《허풍 떠는 인터넷》
《사라의 노래》《오픈북 경영》등

•

X파일 비망록(Ⅰ)

•

지은이 / N. E. 가인즈
옮긴이 / 한경훈
펴낸이 / 박용정
펴낸곳 / 한국경제신문사
등록 / 제2-315(1967. 5. 15)
제1판 1쇄 인쇄 / 1997년 7월 10일
제1판 1쇄 발행 / 1997년 7월 15일
주소 / 서울특별시 중구 중림동 441
대표전화 / 360-4114
직통 / 313-8293 · 312-0063
FAX / 360-4552

•

＊ 파본이나 잘못된 책은 바꿔 드립니다.
ISBN 89-475-2206-6
ISBN 89-475-2208-2(전2권)

•

값 7,500원